# 生活見聞录

SHENG HUO JIAN WEN LU

天河山 ◎ 著

知识产权出版社
全国百佳图书出版单位

图书在版编目（CIP）数据

生活见闻录/天河山著. —北京：知识产权出版社，2018.1
ISBN 978-7-5130-5313-6

Ⅰ.①生… Ⅱ.①天… Ⅲ.①长篇小说—中国—当代 Ⅳ.①I247.5

中国版本图书馆CIP数据核字（2017）第300710号

### 内容提要

本书描写的是当代社会小城市平民百姓的生活故事。小说以第一人称的写法，讲述了主人公出生、求学、工作、恋爱、结婚等人生历程，特别描写了主人公热爱文学、励志写作的梦想和追求，描绘了一幅普通人平凡而多姿多彩的生活画卷。

| 责任编辑：石红华 | 责任校对：潘凤越 |
|---|---|
| 封面设计：刘 伟 闻 雨 | 责任出版：孙婷婷 |

## 生活见闻录

天河山　著

| 出版发行：知识产权出版社有限责任公司 | 网　址：http://www.ipph.cn |
|---|---|
| 社　址：北京市海淀区气象路50号院 | 邮　编：100081 |
| 责编电话：010-82000860 转8130 | 责编邮箱：shihonghua@sina.com |
| 发行电话：010-82000860 转8101/8102 | 发行传真：010-82000893/82005070/82000270 |
| 印　刷：北京建宏印刷有限公司 | 经　销：各大网上书店、新华书店及相关专业书店 |
| 开　本：787mm×1092mm　1/16 | 印　张：19.5 |
| 版　次：2018年1月第1版 | 印　次：2018年1月第1次印刷 |
| 字　数：330千字 | 定　价：58.00元 |

ISBN 978-7-5130-5313-6

出版权专有　侵权必究
如有印装质量问题，本社负责调换。

# 目 录

## 第一部分　旧情难忘　　　　　　　　　　/1

第1章　家族追忆　　　　　　　　　/3
第2章　淘气了得　　　　　　　　　/10
第3章　告别沈阳　　　　　　　　　/25
第4章　谷家姐妹　　　　　　　　　/33
第5章　初到湖北　　　　　　　　　/44
第6章　中学岁月　　　　　　　　　/52
第7章　上山下乡　　　　　　　　　/62
第8章　命运转折　　　　　　　　　/69
第9章　写作初探　　　　　　　　　/80
第10章　女神降临　　　　　　　　/89
第11章　苦涩初恋　　　　　　　　/98

## 第二部分　人间记事　　　　　　　　　　/117

第1章　走进围城　　　　　　　　　/119
第2章　平静生活　　　　　　　　　/128
第3章　我的表弟　　　　　　　　　/135
第4章　难得好友　　　　　　　　　/150
第5章　美好愿望　　　　　　　　　/160
第6章　父亲走后　　　　　　　　　/166
第7章　人到中年　　　　　　　　　/173
第8章　眺望山外　　　　　　　　　/183
第9章　话剧你好　　　　　　　　　/188
第10章　遗产分割　　　　　　　　/196
第11章　腿摔断了　　　　　　　　/211

## 第三部分　人生记录　　　　　　　　　　/217

　第1章　无独有偶　　　　　　　　　　　/219
　第2章　作品问世　　　　　　　　　　　/234
　第3章　女大当嫁　　　　　　　　　　　/241
　第4章　出书之难　　　　　　　　　　　/246
　第5章　再见女神　　　　　　　　　　　/252
　第6章　不虚此生　　　　　　　　　　　/267
　第7章　生活烦恼　　　　　　　　　　　/277
　第8章　房子之争　　　　　　　　　　　/291
　第9章　居有定所　　　　　　　　　　　/302

## 第一部分
# 旧情难忘

# 第 1 章　家族追忆

我还是给大家讲故事吧,其实每个人的生活中都有故事,每个人活一辈子都有故事。虽然每个人的经历有所不同,但是每个人的一生都有难以忘怀的故事。

我想人活一辈子总要给孩子留下一点东西。留下什么呢?我既没有钱,也没有什么值钱的东西,只能给孩子留下一本人生的记录,告诉子孙后代,人活一辈子,见识了哪些人,经历了哪些事儿,人类到底是一种什么动物?人为什么要活着?人活着到底有什么意义?人与动物之间到底有什么区别?

我的一生太平凡了,没有什么值得向大家炫耀的地方,既不是革命干部家庭出身的孩子,也不是有钱家庭的子弟,命里注定,我来到这个世界上就是一个普普通通的人。

我是 20 世纪 50 年代后期来到这个世界,按照现代人的说法就是"50后"。我出生在东北的风水宝地辽宁,国家最重要的工业基地沈阳。

我的父亲胡湘江,应该算是有知识有文化的人吧,年轻的时候参加过共产党的地下组织,后来当过兵,从部队过渡踏上了人生的跳板,成功地进入大学,成为全国解放后新中国培养出来的第一批大学生。之后就读于武汉华中工学院,毕业之后分配到东北重工业基地沈阳工作。

我的母亲叫湘水清,是一位湖南的农村姑娘,一辈子没有读过书。但是她很聪明,很勤奋,也很善良。

我的祖辈是江西人,我的父母均是湖南人。所以我应该是江西祖,湖南人。说得更精确一点,是湖南洞庭湖人。我的故乡是鱼米之乡。

我的父母是 1948 年春上在湖南老家结婚的。他们结婚的时候,我父亲已经当兵。他们结婚之时正值解放战争的尾声,国民党政府已经失掉了半壁江山,人民解放军已经打过长江。

我的父亲说,他是 1948 年秋天在湖南老家参加共产党地下组织的。他从湖南长沙第一师范学校毕业之后，就在老家县城从事地下党组织秘密活动。当解放军打过长江，解放湖北，包围湖南，迫使国民党守军将领程潜、陈明仁宣布湖南和平起义之后，我的父亲就跟随解放大军南下，然后跟随罗瑞卿将军指挥的部队到达了广东。

这样，就留下我爷爷和我母亲两个人在家乡度日。我爷爷当时已经年过半百，身体也不是太好，所以，当时主要是靠我勤劳善良的母亲照顾老爷子的生活。他们当时以打渔、种地为生。当时我爷爷的家里很穷，只有一条打鱼的小船，两间木板房，还有租人家一点地。他们的日子过得非常苦，非常难。

据我母亲说，我爷爷人很老实，非常厚道，话语不多，是个老好人，也不愿意求人，家里没有一样值钱的东西，经常是无米下锅。多亏我母亲精明能干，娘家也算比较富有一点吧，所以我爷爷家，实际上是由我母亲支撑下来的。母亲说，父亲和她结婚只有几个月的时候，就当兵走了。

我爷爷经常愁得在家里流眼泪，也不知道求助自己的女儿。我的姑姑当时比我的父母先结婚，姑姑家的生活条件比较好一点。但是我爷爷张不开嘴去找女儿家借粮食，不愿要饭吃。所以老人家每天就在家里愁眉苦脸，觉得很对不起嫁到胡家来只有几个月就没有饭吃的儿媳妇。

人是铁，饭是钢。没有粮食怎么办？我母亲实在没有办法了，只有跑回娘家去找娘家人要饭吃。我母亲的娘家人生活还算比较好过吧，距离我爷爷家有三十多里的路程，地处山区，家里的粮油还是有得吃的。我母亲的娘家地名叫太子庙，靠近常德，属于山区。当老人的自然要帮助女儿了，所以我的姥姥和姥爷，就让我大舅挑上粮食，深更半夜地送到我母亲和我爷爷的家里去。

当时解放区正进行土地改革，我母亲的娘家因为生活条件比较好一点，结果划成分的时候，被划为富农。所以，我大舅白天不敢送粮食到我爷爷家里去，只有夜晚才敢为我母亲家送粮食、送东西，然后再连夜返回家，怕叫人看见，被发现了开批斗会。好在我爷爷和我母亲当时属于军属，有优待政策，所以我父亲的军人身份还是有一点好处的。

有一回，我大舅深更半夜给我母亲和我爷爷来送粮食，被查夜的干部和民兵抓住了，结果经过调查核实是给军人家属送粮食，也就没有追究，放过去了。我母亲和我爷爷，就这样在母亲娘家人的帮助下，度过了半年艰难困苦的时期，所以我母亲一辈子都念念不忘娘家人的恩情。

人生一世，人与人之间什么最可贵？就是亲情最可贵。在我母亲和我爷爷生活最困难的时期，在胡家没有粮食吃、没有被子盖的时候，是我母亲的娘家人帮助了他们。为此，老爷子心里也特别感激。我父亲远在广东，老爷子的生活指望不上儿子，只有与儿媳妇苦度艰难的日子。

我仅有一个姑姑，如今已经八十多岁，至今还在湖南老家生活。我爷爷家就我父亲和我姑姑两个孩子。由于过去的人家普遍重男轻女，所以我爷爷从小就偏重儿子，一直供着儿子读书、学习，从小学到中学、一直供到我的父亲从长沙第一师范学校毕业，参加工作，以后又去当兵。所以我父亲的一辈子还算是比较幸运的，没有吃过什么苦，也没有受过什么罪。他自己也说，一辈子活得比较有福分。

我父亲南下到广东公安部队当了一名文化教员，因为我父亲当时的文化水平还算比较高，中专毕业，属于军队中的知识分子。

我父亲当兵走后不到两个月，我姑姑就接我爷爷和我母亲到她家里去吃饭。吃过饭，晚上回到自己家里，我母亲发现床上的被褥没有了，木箱子也没有了。

母亲问爷爷这是怎么回事儿？我爷爷气得暗自落泪，只有原原本本地把事情的原委如实地告诉了我母亲，原来被褥和箱子都是借姑姑家的，他们以请客为名偷偷拿走了。我母亲气得什么话也说不出来。因为东西是姑姑家的，主人拿回自己的东西也是天经地义。但是在这件事情上，我姑姑做得实在有点儿太不光彩。她至少应该跟我爷爷或者跟我母亲说一声，打个招呼，但是她没有勇气当面开口要回自己的东西，就想到了用这样的小计谋取回自己的东西。我姑姑那件事情做得实在有一点儿过分，深深地伤害了我母亲的心，我母亲认为她做得太无情无义，太绝情了。不过当时人们的生活条件也确实苦，确实难。我母亲没有发脾气，只有眼泪往心里流。

那时是1948年的冬天。我爷爷家里只有一床破被褥，我爷爷又是长辈，身体又不好，我母亲只有把被褥让给我爷爷用，我母亲只有用稻草当被褥过冬。后来我舅舅又给我爷爷家来送粮食，知道了这件事，马上就从家里拿了被褥给我母亲用。所以，后来我母亲一直对我姑姑不满，姑嫂之间一辈子关系不洽，就是由此而产生的。那个冬天对我母亲来说实在太难过了，后来我母亲一想起姑姑做的事情就有气。

我母亲的长相普普通通，个子不算高，身体比较丰满，肤色不是很白，眼睛也不是很大，但是我母亲有一副结实的身板，有一双勤劳能干的手，有一个聪明灵活的头脑，有一颗温柔善良的心，有一种精明强干的气质，有一种刚毅坚强的精神。这就是我敬爱的母亲。她的品格，她的精神，影响了我的一生。

我有一个弟弟和一个妹妹，在我们三兄妹当中，唯独我最像我的母亲。母亲为人诚实，心地善良，做事勤奋，她身上的可贵品质传给了我。母亲是我人生最好的导师，母亲身上所具有的品德告诉我：为人诚实，才能取信天下；心地善良，才能包容万事；做事勤奋，才能成大事！

我的母亲虽然没有文化，但是能看懂家书。我母亲一生接受过的教育，就是在夜校扫盲班学习了两个月。非常遗憾的是我母亲从小生活在贫穷落后的小山村，当时她的家乡所在地没有小学校，所以我的母亲也就没有机会上学、读书，也就没有接受过文化教育。这是她一生的遗憾。

母亲在她一生中最困难的时候，身边没有丈夫，还要侍候公爹，家里没有饭吃，床上没有被褥，过冬没有棉衣，她也没有向困难低头，没有向命运屈服。

她咬牙挺过了1948年的冬天。当时村里的人都说，我母亲要跑，不会在我父亲家里继续待下去的，因为父亲不在家，母亲早晚有一天要离开胡家、跑回娘家去的。村里人风言风语的理由是，我母亲的娘家厕所也要比我爷爷家住的房屋好。村里人说，湘家女肯定是待不住的。但是我母亲没有逃避，也没有为生活的艰难困苦所压倒。她照顾着我爷爷，挺过了在胡家生活最困难的时期。

1949年秋天，中华人民共和国成立了。我母亲和我爷爷的苦难日子就要过去。

1950年春天，我爷爷和我母亲的命运开始出现转机。由于我父亲是革命军人，我爷爷和我母亲成了光荣的军人家属。地方政府依照中央人民政府的政策和精神，为了照顾革命军人的家属，帮助他们解决生活中的基本困难，每天补助我爷爷和我母亲两个人四两大米。我爷爷和我母亲算是有饭吃了。

随着新中国的诞生，随着农村土地改革的进行，农民们分到了土地。随着冰雪消融，春暖花开的春季到来，我爷爷和我母亲的生活条件开始出现明显的变化。因为天下太平了，农民分得了土地，就有了最基本的生活保障。

我爷爷是个勤快人。他每日的劳作，再加上我母亲的吃苦耐劳，不到两年的时间，生活就发生了天大的变化。他们有饭吃了，有衣穿了，有新被褥盖了，基本的生活不成问题了。我爷爷笑了，我母亲笑了，他们高兴起来了。新中国的农民们笑了，这是新中国农民发自内心的欢笑，这是新中国农民发自肺腑的欢笑！

其实自从我的老家湖南解放以后，我母亲和我爷爷的生活也就一天天地好起来了。他们分到了土地，勤奋耕作，丰收了足够的粮食。同时我能干的母亲还养了不少鸡、鸭、猪等家畜。

等到我父亲离开广东，离开军队，读大学顺路回家探亲的时候，我母亲和我爷爷的生活已经丰衣足食了。我父亲回家，看到家里粮食满仓，鸡鸭满地，猪圈里还有两头大肥猪，高兴地笑了。我父亲上大学以后，家里的事情从来不操心，以后也是如此。

然而，我母亲和我爷爷的好日子好景不长，也就是两三年的光景吧，我的老家洞庭湖，就发生了百年不遇的洪水灾害，无情的洪水把我母亲和我爷爷家里的所有家产全部卷走了，冲光了。

我母亲说："1954年夏天的那场大水灾，真像是洪水猛兽一样，把家里的东西全冲跑了，连人住的房屋也一起冲走了，只有人活下来了。"

我母亲和我爷爷在自家的小船上与几个乡亲在湖水中泡了三天三夜，才被好心的军人和民兵救上了岸。他们的生活又陷入了困境，家里又一无所有了。

正当我母亲和我爷爷在家乡遭难的时候，我父亲大学毕业了，分配到东北去工作。我父亲得知家乡遭了水灾，马上打电报给我母亲，叫她带上我爷爷离开家乡去东北。母亲就这样离开了湖南农村老家，背井离乡，跑到了北方城市沈阳，与我父亲团聚了。我爷爷认为自己年纪大了，不愿意离开家乡，不愿意离开故乡的泥土，就留在了湖南老家，由他的女儿——我的姑姑，照顾后来的生活，在家乡度过了晚年。

我母亲一个人从来没有离开过湖南家乡，也从来没有出过远门，所以她到东北不是一个人去的，而是和一个小同乡，一位湖南的小姑娘结伴同行的。那位湖南的小同乡姓杨，当时还是一位没有结婚的姑娘，因为家乡遭了水灾，要到东北去投奔她的姐姐。两个人一起坐着火车去东北，去沈阳，投奔亲人。我的母亲与小同乡杨阿姨由此相识，也由此成为好朋友，她们之间的友谊保持了好多年。

杨阿姨的个子非常矮，身高还不到一米四。她长得白白净净的，身材有一点胖，她跟我母亲到东北去的时候还是个未婚小姑娘，虽然已经成年了，但看起来像孩子一样。杨阿姨的父母都在洪水中丧生了，她的姐姐也是跟随丈夫从湖南老家去东北的，听我母亲说，杨阿姨的姐姐、姐夫都是军人，而且都还是军官。

我对小杨阿姨还是有印象的，因为她在我们家里住过几年。我小的时候，她经常带着我出去玩，还经常给我买好吃的，为我买糖果点心吃。小杨阿姨到沈阳去投奔姐姐，后来又找到了工作，生活本来过得挺好的，可是天有不测风云，她到沈阳还不到五年，姐姐就得病去世了。她原本是住在姐姐家里的，后来姐夫再婚，她就没有地方住了。怎么办呢？她在东北又没有其他亲人，后来她就想到了我母亲，于是便跑到我们家里来，寻求母亲帮忙，为她寻找一个安身之处。

我们家的房子当时在沈阳还算是比较大的。小杨阿姨到我家里来的时候，我已经四五岁了，对事情有一点模糊的记忆。我家当时住的房子是两大间，外面有一间，里面有一间，不过两间房子都是阴面。里面一间是卧室，是我们睡觉的地方，外面一间是厨房，是吃饭的地方，房间也是挺大的，可以洗衣服、做饭。还有一间应该算是储藏间吧，可以放一些乱七八糟的东西。我母亲看到小同乡杨阿姨怪可怜的，变成无亲无故的姑娘了，出于同情就收留了她，让她住在我们家外间的储藏室里。储藏室有两米多长，一米多宽，住一个人是没有问题的。小杨阿姨就这样在我家安定下来，一直住了好几年，直到她后来找了对象，结了婚，才从我家里搬出去。

小杨阿姨当时还算是一个比较有文化的姑娘，初中毕业，就是身高实在太委屈她了，因为在众人的眼里，她不属于正常人，她比一般正常的人明显矮一截，但是比袖珍人又高出一点儿，所以她找对象拖了几年。她后来与丈夫结婚的时候，还请我们全家人喝了喜酒。那是我第一次看到新娘子和新郎官结婚的情景。她对我母亲特别感激，后来把我母亲当成娘家人，当亲姐姐一样，她跟我的母亲之间的友好感情保持了几十年。就是后来我们家离开东北，到了湖北，还依然保持着通信联系。

我母亲初到东北，人生地不熟，又没有工作，我父亲就给母亲介绍了一位湖南籍同乡，郭大叔一家人。郭大叔是一位典型的知识分子，比我父亲可能小两岁，他也是从南方大学毕业之后分配到沈阳工作的，他跟我父亲是同事，两个人在一起同样从事机床设计工作。

郭大叔长得一副知识分子形象，斯斯文文的，戴着一副高度的近视眼镜，个子不高，长着白面书生相。我叫他的爱人胡妈妈，也是湖南人，同样没有工作，不过会做一点裁缝。我父亲就介绍我母亲跟着胡妈妈一起学裁缝。就这样，我们两家湖南人，在东北沈阳，在异地他乡，结为了关系非常密切的同乡好友，常来常往，而且这种纯朴友好的感情也保持了几十年，直到我父母去世。

好了，话题扯远了，我们还是言归正传吧。我的父亲是1950年夏天离开广东到武汉华中工学院学习的。他是全国解放以后，军队培养地方干部和国家建设人才，首批保送到大学去进修的军人。因为他是湖南长沙第一师范学校毕业的学生，所以也算比较幸运，长沙师范学校毕业之后，又继续进了大学深造，学机械，出了校门之后，就分配到东北工业基地重镇沈阳工作，一路还算比较顺利。我父亲自己也说，他年轻的时候命运还是不错的，一路顺风，大学毕业之后，就分配到沈阳机床厂从事技术工作。

结婚六年，我母亲与我父亲总算能到一起生活了。两年之后，他们的第一个孩子出生了，这个孩子便是我。

# 第 2 章  淘气了得

我来到世界上，成为家庭的第一个孩子。父母对我的出生自然是欢喜异常的，因为我是他们的第一个孩子，又是一个男孩子。听母亲说，我上面有一个孩子，是我父亲与我母亲刚结婚时怀上的，可惜我母亲因劳累过度，或者是营养不良，不幸流产了。这样，长子的名分就落到了我头上。我的父母还是有点儿过去中国人的老观念、老思想：重男轻女。家庭生了第一个男孩，他们自然非常高兴。

我出生的时候，我父亲已经30岁，我母亲已经27岁。我的出生给父母带来了家庭的欢乐，也给家庭带来了幸福。父亲高兴得想了好多天，最后给我取名：胡南。父亲大概是希望我长大以后不要忘记自己是湖南人吧。我的父母原来对我的期望是比较高的，因为我是家里的长子，所以父母望子成龙的心情也是可以理解的。但是我的一生如此平淡无奇，既没有成名，也没有成家，更没有干出什么惊天动地的大事情。

我出生的时候，我国人民的生活还是比较困难的，对大多数中国民众而言，只能说有饭吃，有衣穿，还不能说丰衣足食。不过我的童年是在父母的呵护中度过的。

母亲说，我小的时候，父母要上班工作，就把我托付给一个女人照看，每个月给人家几块钱，希望那个女人能照顾好我。我母亲将我托管的人家，是一个从山东到沈阳的农村妇女，对孩子极不负责任，女人怕我出事，就一天到晚地叫我躺在炕上（东北人家说的炕，就是南方人说的床）。用绳子把我的胳膊、腿绑起来，不让我乱踢乱动。限制我的小胳膊小腿自由活动。这样我就老实了，不会出事儿了，看护我的人也省心省力了，她想干什么就干什么，但是我的身体发育不正常了，因此我到一岁半还不会走路，不会说话。由于我的小胳膊小腿长期被捆绑，身体严重发育不良，加上严重缺钙，看起来脑袋大，胳膊腿细，身体比例不正常。这可把我父母吓坏了，父母以为我是天生的残疾呢。后来有好心人就告诉我母亲,说照管我的家庭妇女,是从农村出来的,什么也不懂,她还是按照她在农村带孩子的方法,一天到晚把我绑在床上,不叫我玩,不叫我动,可能把我的小胳膊、小腿捆坏了。我母亲听说了这样的事,气得不得了,就与照看我的农村妇女大吵了一场,伤心地哭了好几天。

后来我母亲就不出去工作了,待在家里一心一意地带着我、照顾我。我得到了自由,在母亲的精心喂养下,我的身体发育也恢复正常了。我很快学会了走路,学会了说话。

后来我长大一点了,母亲就带着我一起出去工作。母亲当时没有固定的工作,按照现在的说法是没有正式的工作。我母亲从湖南老家出来以后,就跟着城里人学着生活,学着过日子,学着工作。我母亲跟着湖南老乡胡妈妈学裁缝,后来就自己买了一台缝纫机,带着我一起出去工作。

我到现在还记得,母亲自己动手制做了一个木制的手推车,刷上了绿色的油漆,然后就带着我天天出去找活做。现在回想起来,母亲为了生活,为了家庭,为了能挣几个钱,当时所干的工作真是太辛苦了。我至今还清楚地记得,母亲每天出去工作的时候,就把我和缝纫机一起放进手推车里。母亲的小推车,用了好多年;缝纫机则用了一辈子。

再长大一点,母亲就把我送进了一家托儿所。母亲早上推着车,推着缝纫机,出去工作,顺便送我去托儿所;晚上回来,就到托儿所接我回家。

晚上吃过饭之后,母亲又继续做她的缝纫活儿,在家也不肯闲着,把白天干不完的活,晚上做出来,第二天给人家送去。

我父亲没事儿干,晚上就在灯下看书、念唐诗宋词,我在旁边听着父亲读书、念诗,就像听着湖南人唱歌一样。

在我少年时代的生活中,母亲给我的是她的吃苦精神,是她的勤奋精神,还有她坚韧不拔的毅力、做事坚持到底的精神,这些优点影响了我的一生。父亲遗传给我的就是他的学习精神、百读不厌的精神,这也是难能可贵的。

我清楚地记得,我还没有上学就跟着父亲学会背诵唐诗三百首了。这是父亲对我一生的最大功劳。我父亲那时的想法可能是希望儿子长大以后成为文化人吧。可是我到现在也不算什么文化人,不过小时候我父亲教我学习唐诗、宋词,对我后来喜欢文学、热爱艺术、喜欢创作是大有益处的。父亲虽然从来也没有说过要培养我当文学家、诗人、作家,但是他培养我学习唐诗、宋词,学习中国古典文学，还是对我成年以后热爱文学创作产生了很深的影响。

但是，我父亲逼着孩子学习的方法也是令人讨厌的：他每天逼着我学习唐诗、宋词两小时，从晚上7点到9点，天天如此。小孩子都喜欢玩儿，对学习根本就没有兴趣，所以到了晚上读书学习的时间，我就免不了要犯困，读书学习的时候就想睡觉。父亲就用五个指头敲打我的头，敲得我晕头晕脑，头上经常起包。读书不到两小时，或者是该背出来的东西没有背出来，父亲是从来不让我睡觉的。所以，后来我对父亲逼着我如此读书的方法恨之入骨，每天晚上学习唐诗、读写宋词，就成了我最头疼、最害怕，又最反感的事情。

我小时候不是一个听话的孩子，属于性格比较内向、不爱多说话、贪玩、非常淘气，还有一点小野蛮的男孩子。我虽然不懂事，但天生有一种湖南人不怕苦、不怕死的精神。

因为我长了一个大脑袋，又长了一对灵活的大眼睛，所以父母还是非常喜欢我的。

我还记得上托儿所的时候，我就喜欢爬高上低，有一种天不怕地不怕的精神，托儿所的阿姨们也常常为此感到头疼，或者说经常教训我，说我是玩起来不要命的孩子。我还记得有一次发生的事情，大概是6岁吧。

托儿所的大门平时总是关着的，因为托儿所的门前就是大马路，车来车往的，阿姨们怕孩子跑出去、跑到马路上被大汽车撞着，不好向家长们交待，所以平时大门是关门上锁的。有一天托儿所的大门不知为什么没有关，也没有上锁，敞开着，我就跑出了托儿所的大院。

我爬上附近家属区的锅炉房大烟筒，那是冬天居民们烧锅炉取暖用的排烟筒，有二十多米高，我爬上烟筒的顶部，兴高采烈地朝远处东张西望。不久我被托儿所的一个阿姨发现了。她吓坏了，马上跑回托儿所叫出了所有的阿姨，跑到烟筒下面来喊我，叫我下来。我也不理睬她们，还坐在大烟筒上面显得非常得意。后来在阿姨们不停的喊叫声中，我不得不下来了。

一个阿姨马上就走到我面前，狠狠地打了我一耳光，其他阿姨还说我该打，应该使劲地打，再打两耳光。打我的阿姨是托儿所的所长。她生我的气，又拎着我的耳朵把我拖回了房间，叫我跪在地板上。到了中午吃饭的时间，其他小朋友们都吃饭了，她还不给我饭吃。我到现在还模模糊糊地记得那位所长阿姨的样子：她长得细高细高的，瘦得像麻秆一样，人也长得挺黑的，作为女人，她实在不好看。她一边打我，一边骂我，一边哭。我当时非常不理解，后来我特别恨她。是那时候我太小，太不懂事了。她打我，骂我，还流眼泪。我没有哭，也没有叫，我恨得咬牙切齿，还用一双仇恨的眼睛望着她。我这从小到大就没有在人前流过眼泪，不管受了什么委屈，受了什么处罚，我也不会哭，我也不会流泪，心里只有仇恨和怒火。

有一天，为了报复她，我自制了一把小弹弓，趁她不注意的时候，我在她身后用子弹射击她。北方的孩子小时候都喜欢玩弹弓。我偷袭了她两次。有一次成功了：石子击中了她的后脑勺，把她打得抱着头，蹲在地下哭起来。我的报复心得到了满足。我报了仇，我的心情也显得好高兴。她发现了坏事是我干的，就起身跑来抓我，我就马上逃跑了。

我吓得第二天就不敢去托儿所了。妈妈逼着问我为什么不去托儿所，我就讲明了原因。母亲气得把我大骂了一通，还打了我的屁股。后来又领着我到托儿所去，推我到所长阿姨面前赔礼道歉。

所长阿姨说："没事儿，大姐，小孩子淘气是正常的事儿。不过孩子那天爬上了大烟筒，可是把我和阿姨们都吓坏了，我真怕孩子从上面掉下来出人命呀！"

母亲后来又把我送进了托儿所。可奇怪的是，所长阿姨既没有打我，也没有骂我，好像什么事儿也没有发生过一样，对我依然如故，后来还特别喜欢我，因为我比别的孩子会唱歌，会跳舞。我在托儿所待了有三年多的时间吧，快要上学了，我才离开。我走的时候，所长阿姨还送了我一支带橡皮头的铅笔，教育我以后要好好学习，不要再淘气。多么善良的人啊！我用弹弓把她的头都打破了，打流血了，她事后不仅没有责骂我，没有处罚我，当我离开托儿所时还送给我礼物。这是我童年时代最难忘的一件事情。我到现在还记得那位敬爱的所长阿姨，对孩子们很亲切，在孩子们眼中，她算不上是一位漂亮的妈妈，却是最好的妈妈。现在回想起这件事情来，我还感到脸红。我应该向那位可敬的所长阿姨说一声：对不起，阿姨，请原谅一个孩子的天真无知吧！

我的童年，应该说是在父母的宠爱中，在托儿所阿姨们的精心呵护中，平安度过的。到了上学的年龄，我背上书包，走进校园，走进了一片新的天地。

我上学的学校是沈阳市铁西区的一所小学。四十多年后，我重返沈阳，回到我童年学习和生活过的地方，那里已经面目全非了。我连自己的家，自己的出生地,原来我家住过的房子都找不到了,老房子已经拆除了。原来的学校也同样找不到了,不过我小时候爬过的那个大烟筒还奇怪地立在那儿,立在原来的老地方,不过也快要倒塌了,快要拆除了。

我上了学进了学校,也不是一个听话的好学生。我上学的时候已经八岁,在同龄的小朋友们中间,我是上学比较晚的一个。这倒不是因为我小时候学习能力差、智力差,而是因为沈阳市的教育招生制度卡住了我。沈阳是东北最大的工业城市,人口众多,当时的学校也是太少,每年招收的小学生都以年月为基准。我是八月出生的,但是学校的招生制度卡在了七月底,七岁上学我差十五天,十五天之差,使我失去了七岁上学的机会。父母为我把书包也买好了,学习的文具也买好了,什么东西都准备好了,我的学上不成了。

我的父母为此找到学校的校长谈过两次,学校就是不同意接收我。我怎么办?再回托儿所?不可能了,人家也不肯接收我了。这样一来,我就回家待学,等着第二年再上学。

在家里待学一年,我学"坏"了。因为父母白天要上班,不在家,晚上天黑了才能回来。他们早出晚归,我白天就自由了,没有人管我,我就在家里疯跑、疯玩。结果我跟着一帮大朋友学"坏"了。

我开始跟着同龄的小朋友们学会了游泳,那是在沈阳市铁西区工厂排水沟里面学会的。那条排水沟当时是很多家工厂、居民社区,排放出来的脏水、工业废水,一切污水的来源与合成。小孩子不懂事,也不管水的脏臭,夏天可以游泳的时候,我们家住在附近的孩子们,就背着家里的大人们,跑到排水沟里去玩水、学游泳;不怕脏,也不怕臭,什么也不怕,而且玩得还很开心、很快乐。我们有许多孩子,都是在这条又脏又臭的河里找到了夏天的快乐,并且在这条臭水沟里学会了游泳,我就是其中的一个,而且还是比较优秀的一个。我在同龄的小朋友中间,学游泳是最快的,后来游泳的技能也是最好的。

就是在我成年以后,我的游泳水平在同龄人中间,也算是比较优秀的,因为我天生一副宽手掌、宽脚掌,是当游泳运动员的好材料。可惜,我小时候没有受过游泳运动方面的专门培养,无缘游泳运动健将。但是作为一般的游泳爱好者,我的水平还是不差的。年轻的时候,我体力最好的时候,可以下水游泳五六个小时不起水,可以游出一两万米。一口气潜泳百八十米是不成问题的。就是现在,虽已年过半百,在水里游泳也可以游上三五千米,不过跟年轻力壮的时候还是不能比了。

我前面说过，我们游泳的排水沟，是沈阳市工业区环城排水的污水河流，河面有15～30米宽，水深的地方可以达到两米，水浅的地方也有一米，河底下都是淤泥。在这样的排水沟里洗澡、游泳，还是有危险的，而且我们是背着家里的大人到排水沟去游泳的，家里的大人们要是知道我们到臭水沟里去游泳，是要打我们的。但是我们不管三七二十一，还是趁着白天父母上班的时间，到排水沟里去娱乐。我们也想到游泳池里去游泳，可是家里的大人们不给钱，虽然那时候正规游泳场馆的门票只要五分钱一张票，可是那时候的人们太穷了，家庭没有钱，就是五分钱的一张门票钱，家长也舍不得给。

有一次，我们几个小伙伴到排水沟去游泳，结果真出事了。

有一个小伙伴，当时比我大一点，他已经上学。我们到臭水沟去游泳，正好碰到他跟他弟弟放学回家，兄弟两人马上就主动跟着我们一起到臭水沟里游泳。那天双胞胎的老大，就先脱了衣服下水。我们几个动作慢的，还在岸边脱衣服，他已经跳下水去了。他游泳的水性照理说是不应该出事儿的，因为我们这些小伙伴经常在排水沟里一起游泳、打闹，谁也没有想到那天他就出事了。他下水比较急，是跑步、起跳，一个猛子扎进水里去的，结果进水之后半天没有动静。我们在岸上脱衣服的小朋友还觉得奇怪，他跳水扎猛子能在水里潜游这么长时间？我们动作慢的小朋友，脱了衣服，下水玩起来，他还没有露出水面，我们才感觉到情况有点不妙。大家一起叫他，喊他的名字，他也没有浮出水面，他也没有回应。我们马上钻进水里寻找他，结果等我们几个小朋友把他从水底捞起来，拖上岸，他已经死了。他一个猛子扎得太深，脑袋扎进水下污泥里去了，我们把他从水里捞起来的时候，他满头满脸全是污泥。他死的时候可能还不到10岁。那是我人生中第一次看到死人，他宝贵的生命就这样结束了。我们在场所有的孩子们都感到害怕了。有的胆小的吓哭了。他的弟弟马上就跑回家去叫大人。

可怜的父母跑到河边，抱着儿子就失声痛哭。我们在场的孩子都吓得不知所措了。后来又接着跑来了许多大人，把死去的孩子抱起来，用河沟里的水洗去脸上头上的污泥。孩子已经没有救了，脸色都发黑了。大人们追问我们怎么出的事，我们就一五一十地说了。最后，孩子的父亲把死去的儿子抱回家。我们在场的大人孩子也跟着一起回家了。一个活泼可爱的小生命就这样不幸地离

// 生活见闻录 //

开了人世。

我们一同到排水沟去游泳的孩子，每一个人回家都挨了大人的打骂。我还算是好的，没有挨父亲的打，只是挨了骂。后来再到排水沟去游泳，我再也不敢扎猛子了。这件事给我留下了非常深的阴影。此后我到任何一个不熟悉的地方游泳，我都不跳水，不扎猛子，只有偶尔到正规的游泳池里去游泳，我心血来潮，会在跳水台上玩一下跳水表演，显示一下自己的能耐。

自从双胞胎的大孩子出事以后，父母就对小朋友到排水沟偷偷游泳的事情加强监管了。大人们白天上班，晚上回家就要盘问我们白天到排水沟游泳了没有。我们说没有去，家长们就要用手指甲划我们身上的皮肤，检查我们白天到底游没游过。如果我们白天游过泳，那么皮肤上划出来的道子就会明显地发白。有时候我们被父母检查出来，说了假话，就要受到处罚。我们想出欺骗父母的方法是，白天到臭水沟去游泳，只能上午去玩，下午多活动，让身体多出汗，这样父母晚上回家检查我们的皮肤就查不出来了。

我在家里待学的一年里，真的是跟小朋友们学"坏"了，我学会了偷东西。请原谅一个天真无知的孩子吧，我之所以学坏，是因为同我一起玩的朋友，都是性子比较野的孩子，或者换句话说，就是在家里不太听父母话的孩子。在这些小朋友当中，我是其中年龄最小的一个，其他小朋友的年龄都要比我大一些，有的大两三岁，有的大四五岁，还有大七八岁的。

我的少年时代，"文化大革命"已经开始了，学校已经有一点乱了。我接触的所谓好朋友，他们虽然是学生，但是他们也不好好学习了，也不正常上学了，一天到晚就知道逃学、玩儿。所以我跟这样的小朋友们经常在一起玩，自然而然也就学坏了。

我跟他们学偷东西，是从偷鸡摸狗开始的。在我们经常游泳的排水沟附近，有一个很大的狼狗圈，有一群特别可爱的狼狗吸引了我们的眼球和好奇心。

这座狼狗圈是沈阳市一个特别大的狼狗饲养基地，是沈阳市军队或者公安系统的军犬培养基地。这个基地是建在方圆有二十多公里没有人家的农田里，这片农田夏天有人种玉米、红高粱之类的农作物。我们游泳之余，肚子饿了，就经常钻到玉米地里去偷吃玉米，或者钻到玉米地里去捉喜欢斗架的蟋蟀，拿回家玩。后来发现了狼狗基地，我们就对狼狗产生了兴趣。这里大概圈养了上千条狼狗，只有两个饲养员。我们几个小朋友为了偷狗，经常到狼狗基地去玩。那些大狼狗并不欢迎我们，看见我们走近，就想冲出来狂咬我们，不过看护基地的大狼狗都是由饲养员用铁链子栓着的，所以狼狗咬不到我们。但是我们要想偷到狗也是不容易的事情。因为基地有两个饲养员，他们白天喂狗，晚上就在值班室睡觉，他们是军人。但是什么好东西都怕贼盯上，都怕贼掂记。我们发现了狼狗圈，一天到晚就琢磨着怎样能把狗偷出来，拿回家去养。狼狗圈的狗可真是又大、又多、又威风。不过我们看中的是狼狗圈里的小狼狗，大狼狗肯定是偷不成的。我们孩子偷狗只能是白天的时间，那么怎样才能把狼狗圈里的小狼狗偷出来呢？我们观察了好多天，终于发现了下手的机会：两个饲养员，每个星期有两天推着手推车到外面去拉东西，拉狗吃的食物。至于到什么地方去拉东西，我们不知道，反正每个星期二或者星期五，他们两个人上午都不在狼狗圈基地。我们只有利用他们不在的时机偷小狗。我们发现了有几个狼狗圈里有小狗，小狗出生不久，总是跟在大母狗的身边或者身后，在狼狗圈里走来走去。

　　有一天，我和两个小伙伴，看着两个饲养员把狼狗圈的大铁门锁好了，把他们住房的门锁好了，拉着手推车出去了。等他们走远，不见踪影了，就趁机下手了。狼狗圈的铁栏圈，是用铁栏杆把狼狗们一间一间分开的，一间铁栏里面圈养有十来条狼狗。那么怎样偷小狗呢？我们就动脑子想了一个可行的办法。我们找一根长竹竿，竹竿前面栓了一个麻绳套，打上活结，人在外面，隔着铁栏杆，伸到狼狗圈里面套小狗，套住了，就把小狗从狗圈里吊出来。这个办法还真好用。我们下手的时候，那些大狼狗疯狂地向我们扑来，但是有铁栏杆隔离，大狼狗咬不到我们。我们就是用了这样巧妙的方法，从一个狗圈里面偷出了三只小狼狗。那些大狼狗简直要气疯了，它们疯狂地冲着我们吼叫，想保护它们的孩子。特别是小狼狗的妈妈，冲着我们瞪着血红的眼睛，张着大嘴，连吼带叫，伸出吓人的舌头，向我们疯狂地进攻，扑咬。可是大母狗的疯狂行为阻挡不了我们的行动，我们三个人非常成功地偷出了三只小狼狗，马上就抱着小狼狗跑回了家。我们三个偷狗贼，一人偷了一条小狼狗，心满意足。

　　小孩子学坏是不知不觉的，跟着什么人在一起玩就学什么人。我的朋友们，或者说我的小伙伴们，不仅教我学会了偷鸡摸狗，还教我学会了翻墙走壁，跳进人家的院子里，偷人家的鸡鸭，拿到自由市场上去卖，换了钱，买水果、糖块吃。虽然那时候我才七岁的一点,还不到八岁,还不到干坏事的年龄,但是有人带着我干,教唆我干,所以我也就很快学坏了。带着我干坏事、偷东西的人,都是我们家属区居民大院里楼上楼下住着的大哥们、邻居们,他们比我的年龄大许多。

最大的一位大哥,已经中学毕业,到了知识青年上山下乡的年龄了,不想到农村去接受贫下中农的再教育,就赖在家里,无事可做,嘴巴又馋,家中大人又不给钱花,所以没有办法,就学会了偷东西。

还有一位上中学的大哥,被汽车撞坏了腿,在家休学,后来复学,学习又跟不上,干脆就不去上学了,一天到晚在家里闲着没事,也就琢磨着怎样偷鸡摸狗弄钱花。

跟着这样的大哥们在一起玩,我小小年纪就学会了偷鸡摸狗。古人说物以类聚,人以群分。小孩子本身没有分辨是非的能力,尤其是一个还没有上学的小孩子,跟着好人就学好人,跟着坏蛋就学坏蛋,一切都是听人家的。

不过我第一次跟着大哥们偷居民家庭小院里的东西,还真是把我吓坏了。

记得一个冬天的晚上,也就是八九点钟的样子,两位大哥带着我到人家的小院里去偷鸡。我不敢,两位大哥就叫我在外面放哨,他们跳进人家的院子里去偷鸡,叫我在外面接应。两位大哥翻进人家的小院,很快就抓出两只鸡来,交给在外面接应的我。我马上把鸡接在手里,等他们出来,我们就把偷来的鸡藏进冬天温暖的大棉衣里。然后我们把偷来的鸡拿回家,找地方藏起来,第二天上午再拿着鸡到自由市场上去卖,卖了钱,三个人分,我也挺高兴的,因为这样就有钱花了。

我跟着他们偷过两次鸡,我觉得好像这样偷东西也是比较容易的事情,结果我跟着两位大哥偷了两次鸡,第三次,他们就要我去干了。说实话,什么事都是说起来容易,做起来难。

我第一次学偷鸡,还是心惊胆战的,因为我毕竟是个没有上学的孩子。两位大哥叫我到人家的小院里去偷鸡,他们在外面接应,我心里还是挺怕的。孩子到底是孩子,我心里虽然敲锣打鼓,但我还是硬着头皮学着干了,因为我不可能老不沾手,吃现成的。不过我第一次出手偷东西还是比较顺利的,一次就偷了三只大母鸡。有了第一次,也就有了第二次、第三次……后来我的胆子也就跟着两位大哥越练越大。没有钱花了,我们就想着偷人家的鸡,成了家常便饭。不过我跟两位大哥也就偷过几次鸡,后来我就上学了,跟着他们偷东西的机会也就相对少了。但是我跟他们之间的关系并没有中断,还始终保持着联系。

我正式上学已经八岁多了。我上学的时候除了年龄大一点之外,个子也长得高一些,身体也壮实一些,所以看起来好像比同龄的小朋友老成一些。我上学之初,在学校里还是深得老师和同学们喜欢的。因为入学考试,我能背诵不少唐诗、宋词,字也认识不少,一般的加减算数题,我都会算的,因为我已经在家中,在父亲的悉心指导下,学习两年有余了。

所以,我上小学一年级的时候,还荣幸地当上了班长。因为在同学们中间,我年龄偏大,个子偏高,学习成绩也比其他同学好,所以老师指定我为班长。我当时感到那个荣幸啊,那个自豪啊!可是好景不长,我当班长得意了还不到一年的时间,就被老师免了职。唉,说起来伤心呀,本来是班里的排头兵,结果由于上课不守纪律,上课说话,发言不举手,上学迟到等多方面的原因,我最后还是被老师罢免了班长的"领导"职务。

我上小学的时候,学校的课堂纪律还是非常严格的。上课时间,老师走进教室,班长要叫同学们起立,向老师问好;坐下来听老师讲课,学生们要双手背在后面,身体坐得笔直,两眼目视黑板,认认真真地听老师讲课;不许说话,不许自己在下面搞小动作,发言要举手,上厕所要向老师请假、报告,等等。学生一条做不好,就要受到老师的批评。那时候学校的教育制度与现在学校的教育制度区别很大。现在的学生们上课说话,自己在下面做一点小动作,发言不举手,偶尔迟到,只要学习成绩好,就是好学生。但是我们上学的时候,这些就是严重错误,就是大问题。

虽然我的学习成绩在班里还是名列前茅的,但是老师还是不能原谅我的过错。我被老师免了职,自尊心受到严重的打击,我马上学坏了:上课不听老师讲课,故意跟老师作对,大声与周边的同学们讲话,故意破坏课堂纪律,还带动其他调皮捣蛋的同学,一起跟老师唱对台戏。那时候年幼无知呀,老师们太善良了,学生们也会欺负温柔善良的女老师。我们有时候会想着法子戏弄为我们上课的女老师。

我记得,当时的班主任是一位姓刘的老师。名字我已经忘记了,我就记得她个子不高,长得文文静静的,留着齐耳的短发,当时还是个没有结婚的姑

// 生活见闻录 //

娘，说起话来声音也不高，五官长得也像未成熟的小姑娘一样。

我第一学期还是比较听老师话的，因为孩子都有自尊心，都有上进心。身为班长，我当然要以身作则，因为当班长就意味着成绩优秀，是个好学生。所以，我每天到学校的时间都比较早，至少要比其他同学早十分钟到二十分钟。到了教室以后，主动打扫卫生；冬天还要为同学们生炉子，烧火取暖。北方的冬天可是很冷的。那时候我们的生活条件还比较差，教室里没有暖气，师生们冬天上课就是靠一台小煤炉子取暖。条件实在艰苦，但是大家也不觉得什么，因为当时人们的生活条件也就是如此，北方人已经习惯了。

自从我的班长职务被小刘老师撤了以后，我的心态就发生了变化，上课故意气老师，想着点子，带动其他坏同学哄老师，以此为乐。小刘老师的课上不成了，她就请来其他老师到我们班里来"镇压"坏学生。

当时我们学校有一位姓赵的男教师，是为学生们上体育课的，人长得又黑又壮实，三十出头，样子好凶，学生们都怕他，他是全校学生公认的最厉害的老师。学生们上课不听讲，他就用粉笔头打人、弹人，还用教棍打人，所以学生们都怕他。赵老师上课教训学生的功夫很好，他用指头弹粉笔头百发百中。所以，小刘老师在班里为学生们上不成课了，就请赵老师来压阵，结果学生们都老实了，上课也不捣蛋了，也没有人敢闹事起哄了。但是赵老师一走，课堂纪律又坏了，坏学生又闹起来了。这样反反复复，持续了好长一段时间。有时候，我们能把小刘老师气哭了。大概由于小刘老师太小，太温柔，太软弱，太善良，好欺负的缘故吧。

记得小刘老师当时个子和我一般高，她虽然是我们的老师，但长得也像孩子一样。班里的坏学生，在我的带动下，经常想坏点子欺负她。那时候我们太无知，太不懂事啦。

我记得有一次，我想了一个点子，在老师的讲台座椅下面安装了四个压炮，巧妙地安在了老师座椅的四条腿上。结果小刘老师为我们学生讲课讲累了，想坐下来休息一下，椅子下面的压炮响了，小刘老师吓得惊叫起来。同学们都哄堂大笑。小刘老师问是谁干的，同学们当着我的面，谁都不敢说是我干的。孩子们天真活泼的恶作剧，有时候气得老师真是哭笑不得。

小刘老师当了我们三年的班主任，教我们语文课。开始同学们都想欺负她，戏弄她，但是过了一年之后，我们班所有的同学都很敬重她、敬爱她了。

小刘老师把我们班所有的同学都感动了，征服了，但她不是用惩戒和用武力征服学生的，而是用爱，用善良征服了学生们。

这样的老师现在已经不多见了。我到现在还记得小刘老师的音容笑貌，虽然时间已经过去了四十多年，但她亲切可爱的形象有时还出现在我的脑海里，留在我的记忆深处。

我小时候的脾气不大好，或者说脾气比较暴，作风比较霸道，在同学们中间喜欢用拳头、用武力、用手脚。说老实话，我参与学校外面的打架，也是那些大哥们带着我一起干的。

有一天，学校放学了，轮到我们小组留下来打扫教室。有一个同学说家里有事，想早一点回家给父母和弟妹们做饭去。作为小组长，我就不高兴了。其实这件事说起来本身不算什么事，但是那个同学有点玩小聪明，每一次轮到我们小组打扫卫生，他就说家里有事，提前跑了。我早就想教训教训他。我当小组长多少还是有一点小权力的，他向我请假，我就不同意，并且强迫他打扫完教室以后再回家。可是他不听我的，我们就吵起来，最后就拳脚相加了。战斗的结果，我把他打得鼻青脸肿，结果他自然就跑到刘老师面前告我的状。

小刘老师马上把我叫到办公室，关上门，把我狠狠地说了一顿，还叫我写检查，同时要向那位同学赔礼道歉。事后，小刘老师还是原谅了我的错误，没有把我的小组长免职。

此后不久，又发生了一件事儿。那是学校在电影院包了一场电影，影片是《地道战》还是《地雷战》，我已经记不清楚了。

小刘老师要发电影票的时候，我正好去她的办公室，交小组同学们的作业。小刘老师就叫我把电影票带给班长，让班长发给班里的同学们。我出于私心，自己先拿了一张电影票，也就是座位比较好的座席。我傻的地方是，把这事对关系好的同学说了，结果对我有意见的同学，马上把这件事反映到了小刘老师那里。刘老师得知这件事以后，马上就跑来找我，叫我把座位好的电影票主动交出来，还批评了我的自私行为。这可把我气坏了，我对举报我的同学心里非常不满，事后就找他算账。结果大家可想而知，我们两人动手打起来。小刘老师得知我们打架的消息，马上跑来阻止我们。我和那位同学正打得难解难分，刘老师跑过来拉架，想拉开我们。结果在乱战中，我一拳头打在小刘老师的脸上，把小刘老师打倒在地。小刘老师脸也肿了，嘴也出血了。我当时吓坏了，深知事情闹大了，不好收场了。虽然事后我主动向小刘老师赔礼道歉，承认错误，做了检查，但是全班全年级的同学都知道了，学校的老师和领导们也知道了。

事后，我听说学校的领导要严厉地处分我，要叫我在全校大会上做检查，还说要开除我，等等。

我父母当天晚上回家也知道我在学校闯了大祸，要打我，我吓得跑出家门，在外面躲了一夜。

第二天，我到学校去上学，学校的老师和同学们都用一种奇怪的眼光看着我。小刘老师把我叫到她的办公室批评我，其他老师也跟着一起来围攻我。我当时吓得浑身发抖，我是真的感到害怕了，我到底还是一个孩子。那些坐在办公室围攻我、批评我的老师，好像开我的批斗会一样，大家你一言，我一语的，说得我头上直冒冷汗，浑身哆嗦。那一年，"文化大革命"已经轰轰烈烈地开展起来了。小刘老师看到我的狼狈样子，就把我领出了办公室，找了一间没有人上课的教室，心平气和地教育我，同时也避免了其他老师围攻我。看到老师红肿的脸，我哭了，我认识到自己错误的严重性了。小刘老师后来又送我回到教室去上课，什么话也不多说了。

中午我没有回家吃饭，肚子饿了，小刘老师又把她从家里带来的饭叫我吃了一半。下午放学了，小刘老师又亲自送我回家，陪我到晚上，等我的父母下班回来，叫我的父母不要打我，叫我不要跑到外面去过夜了。

过后，小刘老师叫我在全班同学面前，做了深刻检查，事情就这样平息了。后来，学校的师生都认为小刘老师对我的处理太轻了。按照当时的学校纪律，学生打老师是可以开除的。但是，小刘老师对其他的老师和学生们说了一句我一辈子也忘不了的话："他还是个孩子呀！"

这就是我终生难忘的小刘老师！她用宽容和爱心教育我、开导我、帮助我，回避其他老师围攻我，不叫家长打我，避免学校处分我，所以时至今日，虽然几十年过去了，但我仍然念念不忘可敬可爱的小刘老师。她不但用爱心感动了我，同时也用爱心感动了班里面其他的学生和家长。

我们班有一位姓朱的男同学，上小学时就得了肾病，肾炎还挺严重的，上课经常尿裤子，同学们都叫他"尿裤裆"。小刘老师得知姓朱的同学经常尿裤子的原因后，就主动让其他学生为姓朱的同学家长带话，为他多备两条裤子，特别是冬天，孩子穿着湿裤子是很不舒服的。学生家长非常感谢小刘老师的热心，就为孩子多备了两条裤子，放在小刘老师的办公室，由小刘老师负责保管。该学生上课尿湿了裤子，小刘老师就把备用的裤子拿给他，叫他及时换上，小刘老师还要把学生尿湿的裤子拿到办公室去，放在火炉子旁边烘烤以备替换用。

我记得有一年冬天，天气特别冷，姓朱的同学一个上午就尿湿了两条棉裤，刘老师把另一条备用的裤子换上去，过了不到一小时，这条备用棉裤也尿湿了。姓朱的同学没有裤子换了。

为了学生，小刘老师自己掏钱，跑到附近的商店去，为该学生买了一条新裤子，拿回来及时叫他换上，她怕学生穿着湿裤子病情加重。

那时候的老师对学生是多么实在呀，多么好呀！为了给有病的学生买新棉裤，我们的小刘老师差不多要花掉自己三分之一的工资吧。那个时候的十块钱或者八块钱，差不多够一个人生活一个月的。这就是我上小学时候的小刘老师，一位可敬可爱的园丁。她用爱心赢得了我们全班所有同学对她的尊敬，对她的爱戴！

小刘老师现在应该有六七十岁了吧？她应该是一位可亲可敬的老太太了。但是，在我的心目中，她永远是那么年轻可爱的形象：梳着齐耳的短发，脸上带着亲切可爱的笑容。在此后的学生生涯中，我再也没有遇到过像小刘老师一样的老师了。如今几十年过去了，小刘老师至今还是我最难忘的人生老师！尊敬的小刘老师，您还好吗？我此生还能见到您吗？敬爱的小刘老师，学生祝您健康长寿！

我小时候虽然做了很多坏事，但学习成绩比较好，文化体育方面也比较优秀，这可不是自吹自擂。我原来上学的时候，学习成绩一直在班里是比较优秀的。我唱歌、跳舞、踢足球、游泳，在同学们中间也是比较出色的。

我唱歌的天赋是天生的，是爹妈给的。湖南出歌唱家与湘江水是否有关呢？李谷一、宋祖英、张也都是湖南人吧？其实歌唱家的天赋就是爹妈给的，没有爹妈恩赐的好嗓音，也就当不了歌唱家。音乐知识与艺术修养是后天学来的，而嗓音是学不出来的，绝对是天生的。

我小时候就喜欢唱歌，喜欢跳舞，我还在学校的文艺节目表演时，唱过独唱，还与女同学一起唱过男女声二重唱。

我记得非常清楚，我与一个名叫宋丹心的女同学一起唱过毛泽东的诗词歌曲《山下旌旗在望》。那个女同学唱得也很好听，嗓音也非常好，而且长得也是蛮漂亮的，又白又瘦，按照现在的说法，她长得柔美，身材苗条。我很高兴能跟她一起同台表演节目，可惜我们一辈子就合作表演了一次，以后再也没有合作表演的机会了，不过她的音容笑貌我还是记得的。

　　如今，我已经五十多岁了，但是我的音色、音准，依然是相当不错的。当我高兴的时候，当我苦闷的时候，我都会唱歌。我的歌声依然是清脆的、高亢的。可惜我的唱歌才华，没有得到过名师的指点，也没有得到过父母的精心培养，一辈子只能自娱自乐了。

　　我上小学的时候，在体育方面也是多面手，足球、游泳可以说是我的强项，而且是我十分喜爱运动，在同学们中间，算是出类拔萃的。所以，我在沈阳上小学的时候，虽然不是听话的好孩子，但是老师和同学们还是比较喜欢我的，因为我的学习成绩并不差，在班里总是名列前茅。而且，我在文艺、体育活动方面表现积极，也算比较出色的，所以老师和同学们并不讨厌我。

# 第 3 章　告别沈阳

　　我的学生时代,都是在"文化大革命"的暴风雨中度过的。家庭、学校、社会全乱套了。学生们经常不上课,停课闹革命。

　　"文化大革命"十年,我的学业完全荒废过去了。所以我在学校等于什么知识也没有学到,就学会了玩,学会调皮倒蛋,干坏事了。我虽然年龄还小,但是我对社会上发生的事情还是深感好奇的;虽然我什么也不懂,但我还是非常喜欢凑热闹的。好奇心是人人都有的,这是人类的天性。特别是对那些初中生、高中生的红卫兵,到全国各地去"大串连",我特别感兴趣。

　　这种强烈的好奇心、兴趣感,使我有勇气跟着比我大的两位大哥哥一起跑出去野游。他们带着我到处乱跑。他们是为了偷东西,偷钱包;我呢,是为了好玩。两位大哥哥在我小时候对我的影响真是很大的。他们当时在社会上游荡,没有工作,不务正业,在外面偷东西、抢东西、打架,我跟着他们,当然也好不到哪里去。我虽然不是首要的坏分子,但我是积极参与的坏分子。我跟着他们也"开了不少眼界,增长了不少见识",胆子也练得越来越大。

　　我的两位大哥真是我人生路上最坏的启蒙导师,他们不光教我学会了偷东西,还带着我学会了与人打架。当然了,打架没有什么技巧,只要傻大胆,敢出手就行。其实小孩子打架,不是什么好事。你打了人家也不好,人家打了你也不好。但是小孩子为什么要打架呢?原因是多种多样的。为了玩,为了争夺东西,为了争强好胜,等等。反正什么原因都可能引发矛盾,引发冲突。有时候我们打了别人,有时候我们也挨打。打胜了自己高兴,打败了自己也闹心。小孩子打架,谁也不可能是常胜将军。有打赢的时候,也有打输的时候;打赢了就吹牛,打输了就认倒霉。

　　我小的时候,为了打架,吃过一次大亏。那是因为我的两位大哥与别人打架,当时我也是参战人员之一。交战两边的孩子都拿着凶器,有拿军刀的,有拿棍棒的。我们一方有五个人,对方比我们人还多,可能有六七个人。结果双方打起来，有人被打得头破血流。我的右胳膊被对方的一个家伙用军刀砍了一刀，砍在右臂肘上。多亏打架的双方都是未成年的孩子，力量有限，我的胳膊没有被砍断，至今还留下一道伤疤，成为一辈子抹不掉的记号。

我就读的学校，在"文化大革命"中，有两位可敬的老校长都受到了冲击。

一位是白校长，一位可敬的老教育工作者，是个女的，当时已经五十多岁了，花白头发，戴着高度的近视眼镜，个子不高，长得白白净净，慈眉善目。当时学校的红小兵小将们批斗她的罪名是：资产阶级反动权威。

可怜的白校长，每天早晨在学生们上学前，她就站在学校的大门口，低着头，弯着腰，向进学校的学生们请罪；下午，学生们放学回家的时候，她也同样要站在学校的大门口，向放学回家的学生们谢罪。学生们白天上课的时候，她就拿着扫把打扫学校的厕所，接受劳动改造。有些手欠的学生，看到她低头弯腰的姿式不够标准，就跑上前去按她的头部，或者是用手拍打她的腰部，命令她低头认罪要达到九十度。学校工人宣传队的负责人，还有学校红小兵组织的负责人，每天都要指派专人盯着她，看着她。

有一天下午，老太太站在学校的大门口，向放学回家的学生们低头谢罪的时候，终于昏倒了。后来我听说，有些好心的老师把白校长送到医院抢救去了，最后的结果如何我就不得而知了。此后的岁月，直到我离开学校的时候，我都再也没有见到过白校长。

还有一位姓曹的副校长，是个男的，有四十多岁，他被批斗的罪名也是资产阶级反动权威。他也同样是天天站在学校的大门口，与白校长做伴，两个人分别站在学校大门口的左右两侧，每天向上学、放学的学生们请罪谢罪。不过曹校长看起来身体还是健康的、结实的，也是一个挺有血性的男子汉。他不怕学生们的折腾，恨他的学生，或者是一些手欠的学生，经常打他、骂他，叫他低头认罪，他横眉冷对，也不老实认罪，并且对无理胡闹的学生，他也不服，表示不满，叫他低头他不低头，叫他弯腰九十度，他也不听学生们的，因此他挨学生们的打骂也是最多的。不过在我最后离开学校的时候，我看见他还是在学校的，也就是说他度过了"文化大革命"运动的危难期。

除了学校闹革命之外，整个社会都在闹革命。

我还在家门口看到有一些被批斗的黑五类坏分子，也同样受到了非人道的待遇和折磨。

我就是在"文化大革命"期间到处乱跑,玩遍了沈阳城所有好玩的地方,什么故宫、北陵、东陵、千山公园等地方,我都玩到了。几个小同学或者小朋友,结伴同行,身背黄书包,登上公交汽车去宣传毛泽东思想,给车上的乘客们或者卖票的乘务人员,唱几支歌,跳几段舞,就可以坐在公共汽车上不用花钱买票,免费到达想要去的地方。

沈阳城玩遍了,我就想到外地去看一看,跑一跑,想到外面去见一见世面。我特别想到北京去,虽然我小时候去过北京,那还是我在童年时代跟着父母回湖南老家,一起去过的。不过那时候的我太小了,可能只有四五岁的样子吧,什么也不懂,什么也没有记住,就记住了一个天安门广场。

北京是所有中国的小朋友最喜爱的地方,最向往的地方。我梦想到北京去,也许能碰到伟大领袖毛主席接见红卫兵,那该是多么幸福的事儿呀?毛主席已经在北京天安门广场接见过红卫兵了。如果我到北京去能见到毛主席,那将是我一生最大、最光荣、最幸福的事情。可是我跟谁去北京呢?我跟同龄的小朋友们说想去北京,小朋友们没有一个敢跟我跑的,没有一个敢去北京的。

于是,我就想到了我的两位大哥。他们听说我想要去北京,就答应陪我去。他们已经去过北京了。当然,我想去北京与两位大哥想去北京的目的不同:我是想到北京去游玩,去见毛主席,他们想到北京去是路上想偷东西。于是,我便跟着两位大哥,背着我的父母,同样背着学校的老师和同学们,逃学出发了。

我跟着两位大哥到了火车站。那天要到北京去的人特别多,我们没有挤上去北京的火车。两位大哥说,去不成北京,那就去长春吧,因为去长春的人不多,还有座位可以坐。一位大哥对我说:"我们到长春去玩好了,回头再去北京。"

"长春好玩吗?"我问大哥。

"好玩,长春有电影制片厂。"另一位大哥说。

我当时年龄还是小,只有听从他们的。我的本意是想跟着他们一起到外面去玩两天,因为我从生下来就生活在沈阳,除了北京、湖南老家,我就没有到过其他地方。我想,去长春玩一圈也行。但是我们的运气不佳,我们坐着火车刚跑到长春,长春火车站就发生了两个革命造反组织的武斗。我们坐火车到长春的人刚下了火车,还没有走出站台,就被震耳的枪声吓得魂飞魄散。我们吓得马上跑回火车上,躲在车厢里不敢动弹。后来火车长鸣了几声,就拉着我们离开了长春。这是我平生第一次跟着两位大哥出远门,坐了一天的火车,还没有看清长春火车站的模样,就接着坐火车返回了沈阳。

第二天中午,我们回到家,家里大人都急坏了。我父母到处找我,但是我回到家里又不敢对大人说实话,说实话肯定是要挨骂的。我就骗父母说,我和两位大哥到千山公园去玩了,因为没有汽车回来,就在外面过了一夜。父母也就相信了我的话,没有再追问了。那一年我只有 12 岁,身上一分钱也没有,什么东西也没有带。吃的、用的,都是两位带我去的大哥帮忙赞助的。

时过不久,我就和我的两位大哥闹翻了。

事情的起因是由于我们在一次联合行动中抢风筝。我记得那是一个冬天,一个雪后风和日丽的下午,我和两位大哥一起到一所中学的操场上去玩。我们看见有两个小学生在学校的操场上放风筝。他们放飞的风筝确实很漂亮,那两只大风筝都是彩色的花蝴蝶,拖着长长的尾巴,在天空中飞呀飞呀,飞得好高好高。他们没有想到来了三个坏蛋要抢他们心爱的风筝。因为是大白天,所以他们一点心理准备也没有。我们三个人就上去从两位小学生手里接过了风筝的控制线板,说是借着玩一玩,过把瘾,玩一会儿就还。两个小学生也信以为真,就大大方方地把手里的风筝控制线板主动交给了我的两位大哥。他们还天真地以为我们真是借着他们的风筝玩一玩呢,两个傻孩子还站在我们身边看着我们玩他们的风筝玩了半个多小时,还指手划脚告诉我们放线、收线,在旁边当指挥官。后来他们开口找我两位大哥要风筝,要回家,我的两位大哥不给,还叫他们滚蛋,他们才明白过来了,我们是要霸占他们的风筝。

"这是我们的风筝嘛,你们为什么不给我们?"一个小学生说。

"你们说好了是借着玩的,为什么借了不还呢?"另一个小学生说。

"滚蛋,"我的大哥说,"少啰唆!"

"再不滚蛋,揍你们啦!"另一位大哥说。

两个可怜的小学生吓哭了。我跟两位大哥抢了他们的风筝,一点也不心虚,一点也不感到可耻,还大模大样地在操场上继续放着玩,就像玩自己的东西一样心安理得。两个小学生流着伤心的眼泪走了,回家了。

我们玩得差不多了,就把两只风筝收回来,准备回家。两只风筝确实做得很精美、很精致。我们三个人就抢了两只风筝,谁都想要,怎么办呢?我们三个人说好了，玩石头剪刀布，谁赢了谁得风筝，输家没有份儿。结果我首先赢了，我拿了一只风筝。两位大哥有一个赢了，有一个输了，输家应该没有份儿。但是玩输的那位大哥说话不算数，他欺负我年龄小，就霸占了我应该得到的风筝。我当然不干了，我就跟他吵起来。结果他仗着身高力大把我打了，强行占有了我的风筝。

我心里感到委屈，同时也感到愤怒。打架我虽然不是他的对手，但是我心里也不服他。我正面交锋打不过他，我就晚上用砖头把他家里的玻璃全砸碎了。十冬腊月呀，沈阳的大冬天有多冷啊！尤其是冰天雪地的时候，我把他家里的玻璃窗全砸碎了，其结果是很害人的。小孩子打架瞎胡闹，害得家里所有的人跟着吃苦头。尤其是在那个年月，人们的生活条件本来就不好，玻璃碎了，花钱都买不到。有半个月的时间，他家里大人小孩都冻得睡不好觉。多亏那时候的人们善良、宽容，再加上家长们的关系也比较好，楼上楼下住着十几年了，所以大人们也就原谅了我们小孩。我父亲觉得很对不起人家，就把我打了几巴掌。从此以后我跟两位大哥的关系就破裂了，我再也不跟他们一起玩了。

我在沈阳的少年时代就是这样度过的。

我和两位大哥之间的关系虽然闹翻了，但是这并不影响老一辈人之间的关系和感情，大人们之间的关系还是很友好的。东北人的性格是特别真诚、特别豪爽、特别热情的。他们真心对待朋友、对待亲人、对待左邻右舍的美德，是非常令人难忘的，也是非常令人感动的。在我们居住的大院里，人与人之间的关系相处得都是非常好的、非常和睦的。谁家有什么事了，有了什么困难，只要能出力的，大家都愿意出力帮忙，这是非常难能可贵的。

记得有一件事，让我非常感动，铭记在心。有一年冬天，我母亲的老胃病犯了，需要去医院。那一年，正好是"文化大革命"武斗最疯狂的时候，白天还好一点儿，晚上就很不安全了。我母亲是白天发的病，咬牙挺过了一天，到了晚上，病情加重了，疼得满头大汗，又喊又叫，疼得实在挺不过去了，必须要送医院去看病。那时候，要把我母亲送到医院去，连一般的交通工具也没有。到了晚上，外面公共汽车同样也没有。怎么办？我父亲找来左右邻居，请老邻居们帮忙想一想办法。邻居们看到我母亲疼得实在可怜，都主张马上送医院去。可是用什么送呢？谁愿意帮忙送呢？我父亲一个人肯定是无法把我母亲送到医院去的。用自行车推着送？我母亲疼得根本坐不了自行车。最后大家商量，只能用平板车送我母亲到医院去。所谓的平板车，实际上是居民们用来推煤用的手推车。有一个人马上就从家里把平板车推来了，同时大家还不忘记在平板车上铺上棉被，放上枕头，加上一床盖被。四个好邻居，男爷们，深更半夜地抓紧时间把我母亲送到医院去了。

要知道，那时候，深更半夜出门还是有危险的。半夜走路的人，如果闯进了造反派控制的地域，就要受到盘查，问你属于哪一派的？如果回答错了，对不起，轻者叫你滚蛋，重者还有可能把你打个半死。我父亲和热心的邻居大叔们，把我母亲送到医院去住了三天院，母亲算是平安回家了。那一次发病，是我母亲犯病最严重的一次，多亏了好心的邻居们帮忙，使我母亲少受了许多痛苦。

所以，东北人的美好品德给我留下了终身难忘的印象。我在东北也确实见过许许多多的好心人，他们慷慨、大方、乐于助人的品性，是非常令人尊敬的。

我记得有一位王大娘特别令人难忘，如果今天老人家还活着，已经有九十多岁了。老人家既不是护士，也不是医生，但是听我母亲说，我们家三个孩子都是她一手接生的。那时候人穷，到医院生孩子花不起钱，一般人生孩子都是在家里生。我母亲生我弟弟，我还有印象，因为我比我弟弟大10岁，那时候我已经有点明白事了。母亲就是在家里生的我弟弟，接生人就是王大娘。她老人家干了一辈子接生孩子的事，从来也没有找人家要过钱。母亲生我弟弟的时候，王大娘从早上忙到晚上。第二天还给我母亲拿了一篮鸡蛋，两只老母鸡，给我母亲坐月子吃，叫我母亲为孩子下奶。这件事我还记得清清楚楚。

王大娘一家真是好人，在"文化大革命"中却倒了霉，因为王大娘的丈夫解放以前当过国民党的兵，所以受到了冲击，成为社会批判的对象，王家也被造反派抄了家，王家就开始遭遇不幸了。不过王家在"文化大革命"期间倒霉的时候，我母亲总是私下里去帮助王大娘一家人，因为我母亲总是念念不忘人家对我们家的好处，总是念念不忘王大娘过去对我们家的帮助。母亲经常说的话是："人要有良心。"

不过王大娘家还算比较走运，在"文化大革命"中没有家破人亡。就是王大娘的老伴儿，挨了一年多的批斗。

那时候人与人之间的感情真是有一种奇怪的现象：一方面是各派之间的铁面无情，另一方面是人与人之间纯朴、善良的感情。邻里之间相互帮助，相互理解，相互支持，相互同情，是非常普遍的。

我记得还有一位孟大妈跟我母亲的关系也非常好。孟大妈的一只眼睛什么也看不见。她和她老伴当时已经五十多岁了，老两口子一辈子也没有生过孩子，无儿无女，但是两个人平平安安地过了一辈子。孟大妈属于心灵手巧的女人，虽然只有一只眼睛，但是她绣花、织毛衣，所有女人干的活，她样样精通，而且做得特别地好，能挣钱。我母亲是南方人，又是从农村出来的，原来在家乡也没有学过绣花、也没有织过毛衣，后来就跟着孟大妈学绣花、织毛衣。后来由于"文化大革命"，我母亲不敢到外面去做缝纫机活了，改为在家里，以绣花、织毛衣挣钱，贴补家用。

我在前面对大家讲过，我母亲到沈阳之后，为了生计，跟着湖南老乡胡妈妈学会了做缝纫机活儿，成了一名手艺不错的裁缝。那时候人穷，做衣服的人也特别多。尤其是逢年过节，不论大人、小孩还是老人，过年不吃不喝也要做一套新衣服穿在身上。所以每年临近春节的时候，都是我母亲一年中最忙的时候，不过我母亲不是为了忙挣钱，而是为了帮助人家做衣服。左右邻居，楼上楼下的人，求我母亲做新衣服，赶着过年穿，我母亲从来不拒绝，做好了衣服，人家来拿，也从来不收人家的钱，因此我母亲的人缘也是特别地好。我母亲娘家的成分是富农，我父亲又属于知识分子臭老九，他们在"文化大革命"中却平安无事，没有挨过批斗，也没有受到过一点伤害。我父亲为人老实，身为知识分子，当过革命军人；我母亲为人善良，与人和睦相处。北方人经常爱说的一句话是远亲不如近邻，确实如此。

其实跟我们家关系最好、最近的还是湖南籍同乡。外地人在异乡，喜欢找老乡，认同老乡，这也是非常普遍的现象。

我的少年时代，既有好的一面，也有坏的一面；既有可爱的一面，也有可憎的一面。善意的读者，请原谅一个孩子的过错吧。

老实说，我在学校和家庭居住的地方是不干偷鸡摸狗的事情的，我干坏事都是跟着两位大哥在外面干的。所以我在学校里还是装得像个人一样，表现还是挺不错的：第一批当过班长，当过学习委员。我是班里及学校活跃的文艺骨干分子，什么唱歌、跳舞，什么活动都参加。我跟男同学打架，但是我从来没有欺负过女同学。所以女同学们对我都很友好,这种友好的感情是同学之间所特有的非常纯洁的友谊。我到现在还记得小时候那几位非常可爱的女同学,少年时代的小伙伴真是难以忘怀呀!

说句坦白的话,在小学的学习阶段,我就学了一些汉字,学了一些数学加、减、乘、除法,也就是说只学了一个人活在世上应该具备的最基础的知识。所以我的人生受教育阶段,等于一片空白。再加上我自己也不争气,淘气、贪玩,跟坏朋友一起经常逃课,所以我学到的文化知识实在少得可怜。

说实在的,现在小学五年级的数学题,我做不出来。中国人的母语汉字,人人都会的汉语拼音,我也没有学会,至今我还不懂得汉语拼音。这就是我人生初级阶段所受到的教育。悲哀!但是找不回来了,脚下的路是自己走的,只能自认倒霉了。

我在东北生活了14年。东北人坦率、热情、豪爽的性格,给我留下了特别深刻难忘的印象。所以,在我后来学习创作的文学作品中,主人公大多数是以东北人的性格为特征的,这就是东北人的生活习惯与东北人的性情对我产生的深切影响。

1970年春天,我父亲从东北重工业基地沈阳,调到了湖北一个军工企业工作。按照当时的说法是"支援三线建设"。

南方人调离东北主要的原因是受不了北方冬天寒冷的气候,除此之外就是吃不习惯当时北方的玉米面和红薯,再有一个原因就是南方人想回南方,想离老家近一点,人老了,大概想着叶落归根吧。

于是,第二年春天,我们全家人就随着父亲一起迁移到了湖北,一个穷山恶水的大山沟里面。那时候,我们已经是五口之家了。

我是家里的老大,我下面已经多了一个妹妹和一个弟弟,他们也是在沈阳出生的。我妹妹当时7岁,弟弟不到3岁,还在吃母亲的奶水呢。

从此以后,我们家就告别了沈阳,告别了辽宁,告别了东北,告别了我出生并且度过了少年时代的城市,告别了我终生难忘的地方!

# 第 4 章  谷家姐妹

踏上南行的列车，跟着父母坐火车到湖北去。旅途中让我感到意外和惊喜的是，在火车上遇到了两个美丽的小姑娘。这两个可爱的朋友就像天上掉下来的仙女一样，突然出现在我的面前，她们就是谷家姐妹，谷玉大姐和谷香妹妹。原来她们是随着我父母一起到湖北去的。姐姐谷玉比我大四岁，妹妹谷香比我小五岁。我上火车的时候，为了抢占座位，还与谷玉大姐和谷香妹妹争了起来。因为坐火车的人比较多，我又是在父母上火车之前先挤上车厢的。我父亲只是简单地告诉了我车厢座位的两个号码，我就跑进车厢为家里人抢占座位，抢占了面对面三人坐的靠近窗口的位子。这时谷玉大姐就牵着妹妹谷香的手，来到我抢占的座位前面停下来，看了看手中的火车票。

"这就是我们两个人的座位，小香，"姐姐对妹妹说，"你先坐下来吧。"

姐姐把手里拎的黄色军旅包放到了我头顶的货架上。

"这个位置是我先来的。"我伸直了腿，不让姐妹俩人坐我抢占的地方。

"姐姐，他不让我们坐。"妹妹看着我，抬头对姐姐说。

"他不让坐？为什么不让坐呀？"

"你看他的腿，姐姐，他把座位全占上了。"

姐姐放好了东西，低下头来微笑着看着我，问道：

"小朋友，你的座位在哪儿呀？"

"你管我呢？"我不高兴地对姐姐说，"这个座位是我先来的。"

"小朋友，你的座位是在这儿吗？"姐姐还依然笑着问我。

"我先来的，这里的座位就是我的，我是给我家里人占的。"

谷玉大姐看了看不讲道理的我，又接着说：

"小朋友，你有火车票吗？请拿出来看一看。"

"你凭什么看我的火车票？"我不愿意理她们。

"小朋友，你不能不讲道理呀。"谷玉大姐依然温和地对我说。

"不讲道理，不是好孩子！"妹妹谷香不满地开口对我说。

我也觉得理亏，就实话实说：

"火车票在我爸爸的手里，我没有火车票。"

"你没有火车票，那你就应该讲道理，"谷玉大姐对我说，"这两个座位是我们的，小朋友。"

"谁说这两个座位是你们的？"我用眼光横着谷玉大姐。

"我们有火车票，小朋友，坐火车是对号入座的，你明白吗？"

谷玉大姐拿着火车票亮在我眼前，叫我看火车票，我也觉得理亏，只有让座位给她们姐妹二人。姐妹两个人在我身边坐下来之后就不理我了。

我听姐姐对妹妹说："小香，你喝水吗？"

"我不喝水。"谷香回答说，"姐，我们什么时间能到达湖北呀？"

"我也不知道。"姐姐回答说，"可能需要十天半个月的时间吧。如果我们要想在北京多玩几天时间呢，大概就要半个月的时间，如果我们要在北京少玩几天时间呢，大概十天左右就可以到达湖北吧。"

"大姐，我想到北京多玩几天时间，我还从来没有到过北京呢。"

"那好吧，看见胡大叔，我跟他商量商量，我们争取在北京多玩几天时间。"

我听谷玉大姐说到胡大叔，我就对她们姐妹表示友好的情意了。

我问姐妹两人："你们也是到湖北去的？"

谷香妹妹不愿意理我。谷玉大姐却与我搭讪："是的，小朋友，我们是去湖北的。你是到哪儿去的呀？"

"我家也是去湖北的。"

"你们全家人到湖北什么地方啊？"

"听说是到湖北的一个军工厂。"

"哟，小朋友，那我们是一起的，正好是一路的。你爸爸是不是姓胡？"

"对呀。"

这时我父母抱着我的弟弟，带着我的妹妹，挤过来了。我马上就从座位上站起来，招呼我的父母："爸爸，妈妈，我在这儿呢！"

这时坐在我身边的谷玉大姐立刻站起来，对我父亲说：

"胡大叔，我也在找您呢。"

"谷玉,你和你妹妹都上火车来啦?"我父亲问她。

"是的,胡大叔,就等您全家人来了。"

"上来就好,上来就好,"我父亲说,"我还在火车下面的站台上张望,找你们姐妹二人呢。"

"小香,快叫胡大叔,爸爸就是叫我们两个人跟着胡大叔一家人一起去湖北的。"

"胡大叔好!"小姑娘很有礼貌地对我父亲说。

"你好,小香。"

"胡大叔,路上我们姐妹俩人要麻烦您多照顾了。"

"照顾你们是应该的。"我父亲说,"路上人多,一起走热闹。"

"爸爸,她们是谁呀?"我问父亲。

"儿子,认识一下,这是谷玉大姐,这是谷香妹妹。"

"爸爸,她们是跟我们一起的?"

"对呀,是一起的,是一起的同伴。"父亲对我说,"我跟她们的爸爸是一起从沈阳调到湖北去的。"

听父亲这样介绍说,我觉得在谷家姐妹二人的面前真是感到不好意思。谷玉大姐看着我笑了,谷香妹妹看着我也笑了。

谷玉大姐说:"大叔,我看见他的长相,就知道是您的儿子,他太像您了。"

"野小子,淘气,不听话,一个人先跑上火车来了。"

"大妈,您好!"谷玉大姐又继续对我母亲说,"我来帮您抱孩子吧?"

"不用,不用,"我母亲说,"我抱得动,谢谢姑娘。"

"您请坐,大妈。"谷玉大姐对人是太有礼貌了。

"老婆,这就是我跟你说的,"我父亲对我母亲说,"谷世荣家里的两个女儿。"

"坐吧,姑娘。你爸爸我认识,到我们家里去过。"

"大家不要站着了,都坐下来吧。火车马上就要开了。"

我父亲招呼谷家姐妹俩和我们全家人坐下来,七个人正好把面对面的两排三人座位全坐满了,七个人坐在一起,好像是一家人出门远行一样。

大家坐定之后,我才听父亲讲,谷家姐妹的父亲谷世荣,是与我父亲一起从沈阳支援三线建设调到湖北军工厂的同事。父亲接我们全家离开沈阳到湖北去安家落户，谷世荣就委托我父亲把两个在东北的女儿一起带到湖北去。原来姐妹俩在沈阳，留在爷爷奶奶家生活了一段时间，谷家姐妹的父母特别想念女儿，所以想接孩子们到一起团聚。

我安静下来，留心观察，我发现谷家姐妹长得真漂亮。谷玉大姐年方17岁，高中毕业，在东北面临知识青年上山下乡问题，所以她父母委托我父亲带着谷家姐妹二人进山，也是为了解决谷玉大姐的工作问题。山里的三线建设需要招收工人，谷玉大姐进山就可以参加工作，当一名国家大型企业的工人，不用下乡了。谷玉大姐的小妹妹谷香呢，还不到8岁，她跟我妹妹同年。我留心观察谷家姐妹，两位姑娘长得真是漂亮，越看越美。

谷玉大姐大眼睛，双眼皮儿，而且红光满面，可以说青春、靓丽、光彩照人。

妹妹谷香更是迷人。她是我见到过的最漂亮的小姑娘。她有一双美丽的大眼睛，好像蓝宝石一样闪闪发光，两片柳叶眉陪衬着明亮的大眼睛。她的牙齿也可以说非常整齐，而且洁白如玉，她的樱桃小嘴看起来非常红润。她的肤色也像姐姐一样地光滑洁白。她笑起来好像仙女一样！

我们全家人与谷家姐妹二人在火车上成了好朋友，大家很快就熟悉起来，这也是自然而然的事情。

大家安静下来，谷玉大姐问我喜欢看什么书，我说：

"我喜欢看小人书。"

"我姐姐也喜欢看书。"谷香对我说，"我也喜欢看书。"

"大姐，你喜欢看什么书？"

"我喜欢读毛主席的诗词，还喜欢看小说之类的书。"谷玉大姐对我说，"多看书好，多读书，会使人变得聪明起来。"

"谷香妹，你喜欢看什么书？"我问她。

"我也喜欢看小人书。"

火车到了北京，我和谷家姐妹还有我妹妹，都兴奋起来了。北京，是全中国人特别是青少年都非常向往的地方。

我第一次到北京是1962年春天，父母带着我回湖南老家，也是路过北京。那一年我只有5岁，没有什么记忆。

我第二次到北京,已经年满14岁了,什么事理都明白了,也懂事了。我的心情那个激动啊,那个兴奋哪!我从小到大都喜爱玩,喜欢到处乱跑,对旅游情有独钟。这一次到北京来,我打定主意要好好玩一玩,玩遍北京城。

而且我还有两个好朋友谷玉大姐、谷香妹妹及我妹妹小静一起做伴呢。我们四个人可以天天跑出去一起玩。谷家姐妹俩也特别喜欢玩。她们姐妹二人还是第一次到北京,更是兴奋激动得不得了。

"我们今天到哪儿去玩儿呀?"谷玉大姐第一天吃过了早饭,就问我们。

"到故宫。"我先发表言论。

"到北海公园。"谷香妹妹说。

"到天安门广场。"我妹妹说。

"谷玉,你们出去玩儿,不要跑丢了,一定要注意安全,"我父亲嘱咐我们说,"晚上一定要早一点回来。"

"我会的,大叔,我带着他们出去玩,不会跑丢的,一定会注意安全的,一定会早一点回来的。"

谷玉大姐带着我们三个小朋友跑出去玩了一整天,天安门广场、北海公园、故宫博物院,该玩的地方我们都玩到了。我们凭着两条腿走路,从早上跑到晚上,回到宾馆累得腰酸腿疼,无精打采。不过孩子们虽然玩起来累得筋疲力尽,但是到了晚上在宾馆里好好地休息,美美地睡上一觉,第二天也就没事了,照样还有精神跑出去玩。

"大姐,我们今天到哪儿去玩?"第二天早晨,我又问谷玉大姐。

"你说呢?你想去什么地方玩?"谷玉大姐不把我当小孩子看了,因为在我们四个爱玩的孩子中间,我算是唯一的男子汉,所以谷玉大姐有什么事,她先征求我的意见。

我看了北京的旅游地图之后,说:"去香山,去颐和园。"

"好的,听你的,去香山、颐和园。"

"姐,香山、颐和园在哪儿呀?"谷香问大姐。

"跟胡南学,看地图。"

"大姐,我不会看地图。"

"不会看,要学呀,不会的东西就要学习呀。"

"谷玉大姐,今天出去玩,我们坐公共汽车吧,走路实在太累了。"我妹妹说。

"今天肯定是要坐公共汽车的，走路去香山、颐和园，路程可是太远了。"

我们跟着谷玉大姐吃过早饭又出发了。我们先跑到颐和园，在昆明湖上划船。因为北京的四月天阳光明媚！我觉得可以游泳，高兴之余，我就脱了衣服从船上跳水，在昆明湖里游了起来。谷玉大姐吓得叫我赶快上船："胡南，水凉，你快上来，不要冻病啦！"

"不要紧的，谷玉大姐，我觉得水不凉。"

我为了在姑娘们面前逞英雄，在水里游了半个多小时才上船。

"水冷不冷，胡南哥？"谷香妹妹问我。

"不冷！"我故作身体健康不怕冷的样子。

其实北京的四月天，虽然阳光灿烂，上午下水游泳还是有一点冷的。

"你就瞎说吧，还不冷呢，"我妹妹把我的衣服递给我说，"看你冻得浑身哆嗦，快穿上衣服吧。"

"快把衣服穿起来，胡南哥，"谷香妹妹也对我说，"不要冻病了，冻病了明天可就不能出来玩啦。"

谷玉大姐也叫我把衣服快穿起来。她们都怕我冻病了，我也只能听她们的。下了船之后，谷玉大姐还叫我在陆地上跑了两圈，暖和暖和身子，叫我跑出汗来。其实我的身体还是很健康的，什么事也没有。

上午我们玩过颐和园，下午我们又坐车跑到香山去玩。我们登上了香山的顶峰，又沿着小路跑下来，真是把人累坏了。

我和妹妹小静与谷家姐妹俩在一起玩得很高兴，玩得很开心，大家难得在北京一起玩呀，这是大家的缘分。我跟着姑娘们一起游北京，这是多么幸福的美事呀！我跟谷家姐妹在一起，还有我妹妹，我们四个人在北京简直玩疯了，到处跑，也不怕跑丢了。因为那时的北京人特别地好，出门在外，我们的嘴巴又甜，不知道的地方就问人，北京人就会特别热心地告诉我们，到哪儿去坐几路车，路线怎么走等所有的问题。

父母开始还担心谷玉大姐带着我们三个小孩子到处跑找不回来，后来看到我们每天都平安无事地回到宾馆，父母也就不管我们了，随我们自由了。其实由谷玉大姐带队，我的父母为我们担心实属多余的，因为我和谷玉大姐已经不是小孩子了。

最后一天，我和谷玉大姐又带着两个小朋友，坐上北京旅游大客车跑到八达岭长城去了。我们登上八达岭长城，这是我一辈子最难忘的记忆，我和谷玉大姐，还有谷香妹妹，还进行了登长城的友谊比赛，看谁跑得快，看谁先登上八达岭长城的最高峰，结果还是我赢了，我到底是个男孩子，体力要比女孩子们强多了。我第一个登上八达岭长城的最高处，其次是谷玉大姐，最后是我妹妹小静和谷香妹妹。

　　我们在北京玩了七天，可是北京城的名胜古迹实在太多了，我们还没有玩到一半呢。北京实在是太好玩了，我们觉得玩的时间太短了，我们还没有玩够呢。我父亲原来计划是在北京待五天的，结果谷家姐妹二人请求我父亲在北京多玩两天，我父亲就同意了，这样我们就在北京多玩了两天，说起来七天的时间也不算短了。

　　第八天，父母就带着我们走了，告别了北京。离开北京的时候，我们的心情还是很难过的。北京的名胜古迹实在太美了。

　　"再见了，北京，"坐上火车的时候，谷玉大姐说，"以后不知道什么时间能再来玩了。"

　　谷香妹妹和我妹妹难过得哭起来。我是个男孩子，虽然没有掉眼泪，心里也不舒服。

　　我们坐着火车，离开了难忘的北京，一路上又倒汽车，又坐轮船，在路上折腾了好几天，最后终于到达了目的地。

　　到了地方之后，我们傻眼了。我不明白父亲为什么要把我们全家人从沈阳这个繁华的大都市，接到这样一个鬼地方来。汉水流域荒山脚下的一个小地方，当时还是一块不毛之地，还是一个不为人知的穷山沟，一片荒凉，还有野兽经常出没，当地人穷得连饭都吃不上。

　　我真的是理解不了父亲当时为什么要急着接我们全家人到这样荒凉的地方来受罪。我们七个人下了船，又坐汽车，颠得人晕头转向。下了汽车，我们又拿着东西步行，到了荒山野岭的基地。

　　老天爷好像并不欢迎我们这些从远方来的客人，天上下着大雨，把我们的衣服都淋湿了。大黑天，路上黑得伸手不见五指，连一点灯光也没有。谷玉大姐有点心里不安地问我父亲："胡大叔，我们什么时候能到家呀？"

　　"快了，马上就到，前面有灯光的地方就到家啦。"

我们步行了大约有一刻钟的时间,终于到了当地老百姓的一所住宅,一个小院里面,我父亲进门就喊上了:"谷世荣,我们回来啦,我们到家啦!"

过了一会儿,谷玉大姐和谷香妹妹的父母从屋子里跑出来迎接我们了。

"哎呀,这大雨下得天昏地暗呀,我还以为你们今天晚上又回不来啦。"谷大叔说着,就引领我们走进了一间屋子。

屋子里面灯光灰暗,灯泡发出来的亮光好像鬼火一样,什么也看不清。谷玉大姐和谷香妹妹看见了自己的父母,看到了自己的亲人,激动地叫起来:

"爸爸!""妈妈!"

"孩子,你们可来啦!"

"我的宝贝女儿,想妈了吧?"

"想啦,想死我啦!"

"爸爸,这就是我们的家呀?"

谷玉大姐看到父母居住的地方,真是不敢相信自己的眼睛。

"是的,小玉,这就是我们的家。"

"这是什么家呀?"谷香妹妹非常失望地说。

"孩子,山里的条件就是这样,过几年就好了,这个家是临时的。"谷妈妈摸着小女儿的头发安慰她。

我看着谷家居住的条件也觉得确实太寒酸了:两间屋子,还是在当地老乡屋里用芦席分隔开的,面积可能还不到十五平方米吧,屋子里点了一盏小灯,光线黑暗。我看见谷家外屋有两张小床,这显然是谷家父母安排两个女儿睡觉的地方。里面屋有一张大床,还有两只帆布箱子,显然是谷大叔两口子睡觉的地方。除此之外就没有什么东西了。

"快坐吧,大哥,大嫂,谢谢你们把孩子给我们从东北带过来呀。"

谷大叔亲切地招呼我父母就座。可是我们进屋的人身上全是湿的,水淋淋的,叫雨水淋得湿透了,不好坐谷家的床。

"不坐了,世荣,"我父亲对谷大叔说,"我把孩子给你们带过来了,我也算交差了。"

"谢谢大哥,实在太感谢啦!"

"谢什么呀?这是应该的事儿。"

"胡大哥,孩子叫你们费心了吧?"谷大妈说。

"没有什么可费心的,"我父亲说,"孩子们都很明白事理的,一路上也没有叫我们大人操什么心。"

"大哥,你们还没有吃饭吧?"谷大妈又说,"你们坐,我来给你们做饭吃,下面条!"

"不要忙活了,大妹子,我们在船上吃过了。"我母亲说。

"吃过了?嫂子,我知道你们是下午吃的,现在肚子又该饿了。你们坐着喝水,我来给你们下鸡蛋面条。"

"我们不喝水了。"我母亲说,"你们也不用客气。"

"爸爸,"我奇怪地问我父亲,"我们的家在哪儿呀?"

"我们的家就在对面,"父亲指着门外告诉我说,"穿过小院,对面的门就是我们的家。"

"噢,原来我们两家是住门对门呀。"我母亲望着对面的房屋门说。

"是的,"我父亲说,"这是我和世荣一起找的房子,是一个老乡家的房屋,条件虽说不好,居家过日子住一段时间还是可以的。山里的条件目前就是这样,以后会好起来的。"

"是的,嫂子,"谷大叔对我母亲说,"我们厂里正在盖房子呢,估计老乡家我们住个一年半载的,就会搬走的。"

"既然来了,就住下来,克服困难吧。"我父亲对我母亲说,"估计我们在老乡家里不会住得太久的。"

"有地方住就行啦,"我母亲说,"我们身上的衣服都是湿的,还是赶快回家换衣服吧,不要把孩子们冻病了。"

"对对对,这是一个大事儿,马上回去换衣服。"我父亲说。

"大哥,嫂子,你们不坐一会啦?"谷大叔说。

"不坐了,不坐了,"我父亲说,"改天再坐。时间也不早了,回去洗一洗,涮一涮,孩子们也差不多该睡觉了。"

我父亲跑出谷家门,穿过有五六米宽的小院子,就用钥匙打开了我家的房门,开了屋子里的电灯。我母亲就抱着我的弟弟,牵着我妹妹的手,走出了谷家。我马上拎起两个旅行包,跟谷家姐妹说:

"再见,谷玉大姐。再见,谷香妹妹。"

"再见,胡南哥。"谷香妹妹说。

"再见，小朋友。"谷玉大姐说。

我拎着包，走出了谷家，穿过小院，跑进了我家小屋。我家还有两个包，路上一直是由我父亲拎着的，这时由谷大叔帮忙拎过来，送到了我们家。

"谢谢啦，大叔。"我对前辈说。

"不谢。傻小子，我还应该感谢你父母呢。"谷大叔放下我家的两个包，用手摸了摸我的头，表示喜爱之意，大概是由于谷家没有男孩的缘故吧。

"坐一会儿吧，世荣。"我父亲拿出香烟来请他抽。

"不坐了，大哥，我也不抽烟了。"谷大叔说，"你们好好收拾收拾，洗一洗，涮一涮，我叫老婆给你们做鸡蛋面条端过来！"

"不用了，兄弟，我们不吃东西了。"

"不吃东西怎么行呢？你们等着吧。"

"世荣，不用麻烦了。"我父亲说，"时间太晚了，不要折腾了。"

"你们等着吧。"谷大叔说完，又对我和我父亲笑了笑，走了。

谷大叔离开我们家，穿过小院子，跑回自己的家，又回过身来向我和父亲招手示意。外面还下着雨，小院里的雨水还哗啦哗啦地响呢。

我随手关上了门，回身看着我家居住的房屋，好像跟谷家没有什么两样，也是黑漆漆的房屋，也是里外两间屋，同样是用芦席分隔的。看来房间有人收拾过，里屋有一张大床，有一张小床，这显然是我父母和我弟弟睡觉的地方。外屋有两张小床，分东西两边摆放，这显然是父母安排我和我妹妹睡觉的地方。我们家同样也是没有什么东西，空空如也。家里的东西还在火车上，没有运过来呢。

我们大概洗了洗，涮了涮，用水擦了一下身上，换上了干净衣服。刚坐下来，外面就有人敲门：

"胡大叔，胡大妈，我们送面条过来了！"这是谷玉大姐的声音。

我马上打开了门，谷玉大姐双手端着一大碗面条从外面走进来，后面还跟着谷香妹妹，她也像姐姐一样，双手端着一大碗面条走进来了。她们姐妹俩已经梳洗过了，换上了干净衣服。谷玉大姐进门又说：

"大叔，大妈，你们吃面条吧，我妈妈下的鸡蛋面条！"

谷家姐妹二人把两碗鸡蛋面条首先敬给了我的父母一人一碗。

"哎呀呀，谢谢，谢谢！"我父亲对两个姑娘说。

"姑娘，快回去告诉你爸妈不要做了，"我母亲对谷玉大姐说，"这两大碗鸡蛋面条够我们全家人吃的了。"

"大叔，大妈，还有呢，人人有份。"谷玉大姐说，"我们再去端来。"

谷家姐妹俩又跑回去，端了两碗面条返回来，端给了我和我妹妹。

"小朋友，吃吧，"谷玉大姐对我说，"这一碗面条够不够你吃的？"

"够吃，够吃了，"我不客气地接过面条碗说，"谢谢谷玉大姐！"

"谢什么呀。你快吃吧，胡南。"谷玉大姐又对我父母说，"大叔，大妈，您们慢吃，时间不早了，我们走了。"

"谷玉，回去代我们谢谢你父母。"我父亲说。

"太麻烦了，太感谢了。"我母亲也对谷家人表示感谢。

"不客气。大妈，大叔，我们走了。"谷玉大姐转身出门了。

"胡静，你快吃吧。"谷香把她端来的面条给了我妹妹。

"谷香，这一大碗面条我吃不了，太多啦。"

"你慢慢吃吧，吃不了，给胡南哥。我走了。"谷香妹妹也转身出门了。

"谢谢啦！"我对谷家姐妹二人说。

谷家姐妹两人跑回自己家，站在房屋的门口，向我们家人招了招手，随后就把房门关上了。外面还继续下着雨，而且雨下得越来越大了。我们全家人到山里来的第一天，吃过了谷家姐妹送来的鸡蛋面条，又休息了一会儿，上床睡觉已经是后半夜了。

# 第 5 章 初到湖北

我们家租住的老乡房条件真是太糟糕了，又阴暗又潮湿，再加上外面下着大雨，里面下着小雨。我的心情就像天气一样地阴暗到了极点。

三天过后，雨过天晴，我和妹妹小静，加上谷玉大姐还有谷香妹妹，我们四个人就一起跑出了家门，到外面去看风景。结果看到的景象让我们更傻眼了。

这是什么地方啊？出门见山，抬头看天，看不到一座像样的房子，当地老百姓住的全是阴暗潮湿的小泥土房。

山沟里的基本生活条件实在太差了，晴天一身灰，雨天一身泥。穷山沟，下雨天就变成了穷山恶水，连一条像样的公路也没有。

我的心情真的是冰凉冰凉了。谷家姐妹的心情也同样如此。我们到山沟里转呀，看呀，心情越发不好。

我唉声叹息地说："父母把我们接到这样的穷山沟里来，怕是要把我们的一生毁掉了。"

谷玉大姐看到我唉声叹气的样子，忍不住地笑了起来：

"小胡南，你看起来人不大，心事还挺重的。"

"是的，谷玉大姐，你说这是什么鬼地方吧，什么东西也没有，连一座楼房也看不到，这不就是荒山野岭吗？"

"看起来就是荒山野岭，好像连人也特别少。"谷香妹妹说。

"父母为什么要接我们到这样的地方来呢？"我妹妹小静问道。

"谁知道哇？"谷玉大姐说，"父母说是叫我来参加工作的。"

"谷玉大姐，你来参加工作，"我对她说，"可我们还未成年，我们来干什么？我们还要读书呢。"

"可是学校在哪儿呀？"谷香妹妹问道。

"谁知道啦？"我悲观地说，"这样的穷地方，可能连学校也没有吧？"

"不会的,"谷玉大姐说,"学校肯定是有的,但是不会是什么好学校。当地老乡的孩子也是要上学读书的。"

我们看到的景物,除了山,就是哗哗流水的小河沟,还有低矮破败的老乡房,这就是呈现在我们眼前的景象。我们无精打采地在山上转悠了半天,我妹妹发现了好东西。

"谷玉大姐,你来看这是什么东西呀,还挺好看的。"

"呀,野草莓,"谷玉大姐说,"这是野草莓!"

"能吃吗?"我妹妹问道。

"能吃,野草莓可好吃了,我吃过的。"谷玉大姐说着就从野草莓树枝上摘红的吃。

我们三个小朋友看见谷玉大姐摘树枝上的野草莓吃得津津有味,我们也跟着在树枝上摘野草莓吃起来。这是我们在山上转悠了半天所得到的唯一快乐与享受。我们吃了不少野草莓,也摘了不少野草莓,用衣服兜着,拿回家要给父母们品尝品尝。

快到午饭时间了,我们四个人转回了家。

这时间,谷玉大姐的妈妈、爸爸,已经为我们两家人把午饭都准备好了,就等着我们四个孩子回家来吃饭了。我们转回到我们居住的老乡家庭小院的时候,看到父母在小院里摆起了一张小桌子,还有几个小木椅子,把做好的饭菜摆上了桌子。我们觉得很奇怪,这是什么好日子呀?原来是星期天。谷大叔和谷大妈在家里休息。为了感谢我的父母把谷玉大姐和谷香妹妹从遥远的东北带到南方来,他们特别有心地请客,做了几样好菜,请我们一家五口人吃饭。因为两家人居住的房屋太小了,两家又都没有桌椅,所以父母们从房东老乡家里借来了小木桌、小木椅,就拿小院当饭馆,把吃饭的桌椅摆到了两家中间过道的小院中间。我母亲已经把小院子打扫得干干净净了。

春暖花开了,南方的气候比北方热,两家人在院子里吃饭也是挺美的事情。

"来来来,孩子们,准备吃饭吧。"谷大叔端菜上来说,"你们跑到哪儿去啦?就等你们回来吃饭啦!"

"爸爸,今天是什么好日子呀?"谷玉大姐问,"做了这么多好吃的。"

"今天我们家要感谢你胡大叔、你胡大妈,把你们姐妹俩从东北带过来,"

谷大叔说,"我们一家人团圆了!"

"应该说,我们两家人团圆了。"我父亲说。

"对啦,这是我们两家人的大团圆,"谷大叔兴致勃勃地说,"我们两家人在一起吃个饭,以示庆贺家庭团圆!"

"对了,世荣,我还有从东北带过来的好酒呢,"我父亲说,"今天咱们两家喝了它!"

"好的,老哥,你快去把好酒拿来吧!"

我父亲进屋拿了一瓶好酒,酒还是我从东北一路背过来的呢。我父亲平时不喝酒,也不会喝酒。我们家里也没有人喝酒。我父亲把酒拿出来摆到了桌子上。

"哟,好酒,还是茅台呢?"谷大叔见了好酒就高兴。

"这是沈阳的老邻居送给我的。"

"来来来,大家坐下来,我们两家人到山里来安家落户也不容易,碰到一起也是缘分。孩子们,坐下来吃饭吧。"

谷大妈最后又端上来两个菜。我们两个家庭,九名成员,就围着桌子坐下来。桌子不够大,我母亲就把我弟弟抱在怀里,八个人就坐下了。我们两家人从东北来到湖北,能坐在一起吃饭,也算是十分难得的。吃饭的时候,我父亲问谷玉大姐:

"谷玉,你参加工作具体想干什么呀?"

"我不知道,胡大叔,您说我干什么工作好呢?"

"对了,孩子,你这话问到点子上了。"谷大叔对我父亲说,"老哥,我这两天也在琢磨,你说我们家谷玉参加工作干什么好呢?"

"像你们家谷玉这样的姑娘,以后应该干技术工作。"我父亲指点江山地说。

"我也有这样的想法,"谷大叔说,"我也想叫谷玉以后从事技术工作,可是她高中毕业,没有上过大学呀,怎么可能进厂就到技术工作岗位上去呢?"

"我有一个办法,先叫她到技术科去当描图员,先学会看图、画图,学习基本原理,以后有机会就可以学技术工作了。"

"你说的有道理,老哥,那我明天就去找厂长,请求分配我姑娘到技术科去当描图员,先跟着你学习看图、画图,以后也争取从事技术工作。"

"对了，到科室从事技术工作，还是要比在车间当一名工人好。"

"是呀，吃技术饭，还是比吃工人饭好，至少不会像工人一样干又脏又累的活儿。"

"对了，吃技术饭是脑力劳动者，吃工人饭是体力劳动者。"我父亲问谷玉大姐，"谷玉，你以后想干什么工作？"

"我不懂，大叔，我就听您和我爸爸的建议吧。"

"那就吃技术饭，吃技术饭轻松一辈子，吃工人饭辛苦一辈子。"

"那我以后就吃技术饭。"谷玉大姐说。

"小玉，"谷大叔语重心长地对女儿说，"你以后要吃技术饭，就要继续好好学习，吃技术饭可是要用脑子的。"

"好的，爸爸，我会努力学习的，我还梦想以后有机会上大学呢。"

"好孩子，那你就努力争取吃技术饭吧，我会为你努力创造条件的。"

为了谷玉大姐的工作问题，大人们谈论了好长时间。谷香妹妹可有一点沉不住气了。

"爸爸，你就关心姐姐的工作问题，我的上学问题怎么办呢？"

"哎呀，我的宝贝女儿也会对老爸表示不满了？"

"本来就是嘛，你就偏心眼儿，光想着姐姐的工作问题，就不想着我的上学问题。"

大人们听到谷香不满的话，不约而同地笑了起来。

"谁说我不关心你上学的问题啦？"谷大叔慈爱地用手刮了一下小女儿的鼻子说，"事情总得一样一样来，问题总得一样一样解决，孩子，你不要着急。"

"我还不急呀？我已经落下有一个月的课程了。学校马上就要到期末考试了。"

我也像谷香妹妹一样关心我们自身的问题。

我问父亲："爸爸，我们上学的问题怎么办？"

"你们上学的问题，我和你谷大叔已经为你们联系好了，"我父亲对我和谷香说，"过两天，我们大人就带你们几个孩子到学校去报到。"

我们两家人在一起吃午饭吃得很开心，有说有笑，好像一家人一样，不知道的人还以为我们两家人可能是亲戚呢。

晚上，我父母又买了肉，买了菜，请谷家人帮忙一起包饺子，我们两家人又在一起吃了饺子。

大人们在吃饭的时候就商量好了，先要办理谷玉大姐的工作问题，然后再办理我们上学的问题。在大人的眼里，谷玉大姐的工作问题是大事，我们学生上学的问题是小事。所以，我们只有等着大人们办理了谷玉大姐的工作问题，后面才能解决我们的上学问题。

谷玉大姐的工作问题如愿以偿地解决了，她后来被安排到工厂技术部门工作。

可是父母们为我们三个孩子的上学问题，安排得则不尽如人意。我父亲和谷香的父亲，带着我和谷香、还有我的妹妹小静，一起到当地的一所学校去报到。有关我们上学的问题，两家大人根本就没放在心上，对我们上学的学校，我和谷香还有我妹妹小静，都非常不满意。因为当地老乡的学校，条件看起来太差了。大人们为我们安排的是什么学校呀？是一所当地老乡的贫困乡村学校。学校的教室破败不堪，是一排黄土坯箍的，看起来就不像学校。

父亲把我们接到大山沟里来，真是等于把我的一生给毁了。如果我不到湖北来，我不钻进大山沟里，我的一辈子不应该是平平淡淡的。在大城市，我至少可以找到命运转机的机会，可以找到发展的前景。但是在山沟里面，什么也不要想了。父亲把我们全家人接到这样的鬼地方来，我非常无奈。

开始进山上学的时候，我应该是小学六年级快毕业的学生了，因为我在沈阳上的是小学六年制，还差两个月就要小学毕业了。结果到湖北来，父亲为我找的一所当地农民的老乡学校，只有小学，没有中学，而且小学最高年级是五年级。我小学六年级都快要毕业了，结果到了湖北来又转过头去上小学五年级。这样一来我就前后错过了两年的时间，等于我在沈阳上过了五年级、六年级，现在到湖北来又回过头去上五年级。家长的失误，等于让我多上了两个五年级。我原来跟我妹妹相差五年级，我上六年级，她上一年级，结果这样阴差阳错，我妹妹和谷香开学上二年级，我却依然上小学五年级。父亲为我安排的转学之事简直是开玩笑，耽误了我两年的宝贵时间。

而且当地农村的学校，也不像大城市的学校最起码有比较好的老师，能受到比较好的知识教育。我们上学的学校，连像样的教师也没有。那些为我们讲课的老师也不知道是从哪里找来的，他们说的是当地的方言，我们开始还听不懂，而且他们原来也没有当过教师，他们自己的文化水平可能也就是初中毕业，或者是高中毕业，结果他们就敢为我们小学五年级的学生讲课，而且老师们讲课的能力和水平也非常差。

为我们上数学课的老师，为学生讲算盘课，她自己都讲得稀里糊涂。她讲的课，我在沈阳都学过。老师讲的课，还不如我这个学生明白，我打算盘比老师打得还要好。我为同学们讲解，比老师讲得还要明白。在这样的学校里学习，学生们能学到什么知识也就可想而知了。

我在当地的学校等于复读了一年，最后总算小学毕业了。后来父亲为我和妹妹小静，转学到了教学条件相对比较好的职工子弟学校上中学。同时谷大叔也让谷香跟着我们一道转学了。

我们转学是由于父亲分到了工厂分给职工的新住房。我们两家人就这样搬了家，离开居住了一年多的老乡家，搬到工厂职工家属区的住宅新家。我们两家人也是有缘分，两家分的房子为同一栋楼，谷家住楼上，我家住楼下。搬了新家，住上了新房子，虽然面积不大，只有一室一厅，加上一个小厨房，外面有一个两家人共用的厕所。但是能住上这样的新居，当时的人们已经感到心满意足。因为人们住上了四层楼的砖房，要比住在老乡家的土坯房、芦席棚，好多了。

可是新家看起来空空荡荡的，没有什么像样的家具。于是，我父亲又开始与谷大叔商量，琢磨着两家人要做几样新家具，因为新房子要配上新家具才显得漂亮。

我在前面早就说过，我们家与谷家进山里来的时候，生活条件还是比较艰苦的，什么像样的家当也没有，一家人就是几只装衣服的破箱子。山沟里面有木材，可以打家具，而且山里的木材比较便宜。所以从大城市来的人，到山里来特别高兴的就是买木材、打家具，特别是搬了新家、住上了楼房之后，家家如此。我们家与谷家也是入乡随俗，想做几件漂亮的新家具。这样，我父亲便与谷大叔热心地张罗起来，两家人就联合行动，进山去买木材。我父亲与谷大叔利用星期天，工厂休息的时间，跑到山里老乡家去买木材，扛木头回来打家具。

我已经长大了，也经常跟着我父亲和谷大叔一起到山里去买木头，扛木材。我虽然还是青少年，但是我的力气已经不算小了。我父亲与谷大叔能从山里扛回来的圆木,我也同样能扛回来。打家具的木材够用了,父亲就与谷大叔一起动手,为两家打家具。这样的活儿虽然辛苦,但干起来也挺快乐的。我有时间也跟着大人们一起学着打家具。

一般来说,晚上下了班,吃过晚饭,我父亲与谷大叔就在我家的窗台下面干起木工活来,他们虽然不是专业的木工,手艺不精,不过干起活来用心。时间长了,我也动手帮忙,帮助父亲和谷大叔锯木头、刨木头,精心制作家具。晚上干到10点钟左右,我父亲和谷大叔停下来,收拾了工具,我母亲就给父亲和谷大叔一人做一碗鸡蛋面条,让他们垫一垫肚子。有时候我帮忙干活了,也能吃到一碗鸡蛋面条。那时候的人生活条件还是比较差,也没有什么好吃的东西,能吃上一碗鸡蛋面条,大家也就很高兴了。然后大家回家睡觉,第二天下了班,吃过晚饭,再接着做家具。这样辛苦了有三个多月,我父亲与谷大叔为我们两家人制作的家具就做好了。

在我父亲的朋友们当中,谷大叔还是一个比较能干的人。我比较敬佩的谷大叔虽然个子不高,身体也不胖,但是干起木工活来还算心灵手巧,是比较聪明的。到底是工人出身,干活比较入行。我父亲干木工活儿就不行了,知识分子出身,干活就有一点笨手笨脚了。

两家的家具都做好了,也摆进了家里,摆到了家里人的眼前。

谷大叔不无得意地问我:"小子,这家具做得怎么样?"

"挺好的。"我自然要说好听的。

"小子,最后刷油漆的活儿就交给你好不好?"

"好的,只要有东西,我来刷油漆。"

我父亲买来了油漆,谷大叔借来了刷油漆的工具,我就干开了。其实表面是我在刷油漆,谷大叔当技术顾问、当指导,实际上主要的工作还是谷大叔做的,我和父亲两个人加起来只是干粗活而已。最后家具的油漆刷好了,家具制作也就大功告成了。

看到辛辛苦苦做出来的家具摆在家里,我们两家人实在是太高兴了。每个家庭计做了五件家具,有大立柜、五斗柜、梳妆台、床头柜、吃饭的桌椅等。新房子配上新家具,家里看起来漂亮多了,焕然一新。虽然自己动手做的新家具看起来不如专业木工做出来的家具那样美观,那样漂亮,那样精细,但总的说起来,家具做得还是不错的,至少要比家里没有家具用强多了。

谷大叔本来是喜欢玩乐的人,而且比较喜欢孩子,特别是男孩子。由于谷家只有两个姑娘,没有男孩子,所以谷家人还是比较喜欢我的。我与谷大叔还有一个共同的爱好,就是爱玩,爱游泳,所以我跟谷大叔成了十分要好的朋友。

　　夏天到了,南方的天气热浪袭人。如果没有事情干了,譬如说,星期天工厂的人们休息了,学生们放假了,或者是夏天吃过晚饭没事了,谷大叔就会叫上我跟他一起到水库游泳去。那时候的人们,家庭娱乐生活很少,也没有电视看,山里人夏天的娱乐活动就是吹牛、喝茶、下棋、聊天、游泳。而游泳是我和谷大叔的最爱。到山里来,我们两家人成为邻居好友之后,我就经常跟着谷大叔到水库去游泳。有时候我父亲也跟着一起去,有时候我们也带着谷家姐妹二人一起去。谷家姐妹的性格多少有一点像父亲,夏天到水库去游泳是最好的防暑、降温的方式,到水库去游泳不用花钱,可以随心所欲地玩,消磨时间。所以我跟谷大叔既可以说是好朋友,也可以说是"铁哥们",我游泳的水平比谷大叔略胜一筹,所以谷大叔非常喜欢我。当然了,他是前辈,我是晚辈,我们游泳经常比赛,他不是我的对手,不过他也不生我的气。我想可能就是从那个时候起,谷家人开始特别喜欢我的吧。

　　山里人的生活十分简单,十分单调,最快乐的娱乐活动就是看电影。那时候,山里也没有电影院,也没有剧场,放映电影就是由工厂工会组织的,一个月放两场电影,或者一个星期放映一场电影。大家看电影也不用花钱,电影就在露天广场上放映,随便看。晚上如果有电影,工厂就会用广播喇叭通知人们去看。不过下雨天就看不成了。露天电影场丰富了山里人艰苦寂寞的生活岁月。

# 第 6 章 中学岁月

我上中学的时候已经年满15周岁了。我从农村学校转学到职工子弟学校读中学，由于年龄偏大，学校的老师怀疑我可能智力差，学习不好，或者是留级转学过来的。中学组的老师不想要我，让我再回五年级去复读。这一下我接受不了，我跟中学组的老师理论，我说我已经小学毕业了，该读中学了。我拿出了小学毕业证，中学组的老师还是不能接受我，因为我的小学毕业证明是农村学校的，在新学校老师的眼里不值得一看。

当时，跟我同时转入学校想读中学的还有两个学生。中学组的老师也想得出来，决定让我们三个新转来的学生考试，过关的可以升中学，过不了关的只能回头复读小学。我们三个要上中学的学生，只有通过老师特意为我们安排的考试关，接受老师为我们设置的难关，考试成绩合格才能上中学。考试我同意，我不怕。考试的结果出来了，我顺利过关，另外两个学生因考试成绩不及格，没有过关，我就这样上了中学。而且我的算术、语文的测试成绩非常优秀，基本是满分，主考我们的语文老师和数学老师起初对我存有偏见，后来经过考试，她们发现我还是个成绩不错的学生，就对我另眼相看了。

真没有想到，主考我的老师居然是我们的班主任，老师居然安排我当上了班长。这可真是意外之喜，于是我又开始春风得意起来了。我觉得上中学对我来说又是一个人生的新起点，我又在同学们中间当上了排头兵。但是，我也就春风得意了一个学期，打人的老毛病又犯了，我又对同学拳打脚踢，不听我的话，我就打人，结果我又被老师撤职了。学生打架是非常严重的违纪行为，这是每个学生都知道的。但是我的脾气上来了，就控制不住自己。

其实我父母都是非常老实的人。那么我像谁呢？我母亲说，我的脾气性格有一点像我的姑姑。我母亲有一次对我讲：我的姑姑就是脾气大，死厉害，她跟我姑父结婚不到一年就打架，居然用牙齿把我姑父的手指头咬断了。我想母亲说的可能有道理吧。我没有见过我爷爷，也没有见过我奶奶，但是我是见过我姑姑的，人挺精明，嘴巴也会说，跟我的父亲是大不一样的人，性格反差极大。

被老师撤了班长之后，我又恢复了原来的我，不求上进。但是我比少年时代懂事多了，表现好多了。我在前面已经坦率地说过，我在东北沈阳的时候有偷鸡摸狗的习惯，但是到了湖北之后，我就与过去的坏习气绝缘了，再没有干过下三滥的事情。为什么呢？一是因为当地老乡太穷了，没有什么东西可以偷；二是因为我们家自己也可以养鸡了，所以用不着偷了；三是因为我没有一些不三不四的朋友了，所以我也就不干坏事了。但是我与人打架的坏习惯还是没改掉，后来我也因为打架的恶习失去了初恋最美好的感情，还差一点毁了自己的人生。

我在湖北感到有兴趣的就是山，除此之外就是水，因为我在沈阳没有见过山连山、水连水、山水相连、水天一色、山水交融的美丽景色，好像画家笔下的山水画一样，美不胜收。可是看得时间长了，也就审美疲劳了，对大自然的山水也就失去兴趣了。当然，到湖北来的生活，也有比我在沈阳生活感到快乐及高兴的事情，那就是爬山不要钱、游泳也不用花钱。

湖北过去有千湖省之说，后来实际上也没有千湖省之实了，有许多湖泊已经消失。不过我们生活居住的山里面，还是抬头看山，出门见水的。所以我到了湖北之后，最大的兴趣也就是爬山、玩水，这是真正的游山玩水。

春暖花开的时候，我就爬山，到山上去寻找许多好吃的野果，这也是一件非常快乐的事情。除此之外，就没有什么叫我感到开心快乐的事情了。

我上中学的时候，开始对中国的古典文学感兴趣，只要没有事儿我就自己看书。因为我上中学的时候，我国还处于"文化大革命"的影响之中，学校的教育还不太安定，我们所在的山沟的学校条件也不好，比东北的正规学校相差太远了，一切软件、硬件设施和条件都不如我在东北的学校，只能说比当地农村的学校条件强一点。

就是我后来转学就读中学的职工子弟学校，教室开始也是在一条山沟里的当地农民平房泥土屋里。教室里连一张像样的学生桌椅也没有，几根圆木腿支撑一块长木板就是桌子，这样的桌子有七八米长，可能有三十厘米宽，桌子下面就是学生坐的木条板，也是由小圆木腿支撑的，长度也有七八米长，宽度只有十厘米宽，一排桌椅可以坐六七个人；一个教室也就是有二三十名学生吧。

教室又黑又暗，教学条件差得一点也不像学生们上课的教室，下雨天漏雨，下雪天冻死人，好像当地老乡居住的房屋一样破旧。

学校老师也是从全国各地调来的，老师们的文化知识和教学水平，以及自身修养，也实在谈不上有多高。但是比当地老乡学校教师的教学水平胜一筹了，因为他们至少是从全国各地的大城市来的，是在山外见过世面的，虽然大多数人并不是专业教师，但是他们是受过大中专教育的。中专毕业到山沟里来当一个中学教师，高中毕业到山沟里来当一个小学老师，这样的情况比较多。但是教学环境太差了，教学氛围太差了，学生还是没有学到东西。

我们中学生学习的课本只有两本书：语文一本书，数学一本书，书厚不过百页，而且要学习半年，学生们怎么可能学到知识呢？而且我们学校还经常组织学生上半年下乡学农一个月，向贫下中农学习；下半年进工厂学工一个月，向工人阶级学习。学生们宝贵的学习时间就这样稀里糊涂地浪费了，不知不觉地混过去了。

由于在学校里学不到知识，我才热衷于自己看书。当然，我看的书籍主要是小说、诗歌等文学方面的。也就是在中学阶段，我看了中国古典名著，也阅读过一些鲁迅、郭沫若这些中国新文化运动开路先锋的文学作品。中学时期是我人生读书的第一个阶段。我好像突然从前辈文学大师们的文学作品中找到了乐趣，发现了知识的力量。我变得更加喜欢读书了，我后来想当文学家的梦想，也就是从中学时代萌生的。当然了，那个时候只能说我是想入非非，十分可笑，但是不管怎么样，我热爱文学，热爱艺术，就是从青少年时代开始的。我读中学的时候，我们的学习课程不算紧张，至少对我来说，学起来还是比较轻松的。因为当时的中学课本，对一个中学生来说，学习的内容实在太少了，因此我有很多时间可以看课外读物。我就利用这段时间，看了《西游记》《水浒传》《三国演义》《红楼梦》，翻来覆去看了许多遍。说实话，开始我只是看着好玩，看得也是稀里糊涂，似懂非懂。

看书看多了，我就放不下了，上课时间我也不愿意听老师讲课了，自己偷着在书桌下面看书。老师、同学们也发现我迷上了书，但是老师睁只眼闭只眼，也不管我。因为我自己看书，又不影响别人，所以老师也不需要管我。

那时候我能看到的书也很少，我看的书多数还是父亲过去保存下来的。我父亲也是看了一辈子的书，我爱看书的习惯还是受了父亲的影响。家里的书看完了，我就到外面找同学去借书看。在"文化大革命"教育最混乱的大背景下，我一辈子读了八年书，等于没有受过什么教育。我在小学混了六年，中学混了两年。1974年，我以"优秀"的成绩中学毕业，我的学生生活也就此结束，我拿到了一张初中毕业的文凭。从此以后我就再也没有进学校学习的机会了。

我中学毕业的时候已经17岁了，我的未来何去何从，我看不到光明的前景和希望。因为我不是一个听话的好学生，我想继续读高中，学校不让我读了。

我问老师："为什么不让我读高中？"

"你超龄了。"老师对我说。

"我超龄了？"我感到莫名其妙，听不懂老师说的话是什么意思。"这是谁规定的？我超龄了就不让我读高中啦？"

"这是学校规定的，"老师说，"是校长说的。"

我去问校长：

"校长，为什么不让我读高中啦，为什么不让我读书啦？"

"胡南同学，你的年龄偏大了，已经超龄了。"校长同样对我如此说。

"这是谁家的规定？"我又问校长，"年龄偏大了就不让读书啦？就不让我上高中啦？

"这是上面规定的。"校长对我说。

"上面规定的，那我就到上面去问一问。"

"那你就去问吧。"

校长以为我不敢去问，只不过是随便说一说而已。她太小看我了。校长说的上面是指学校的上层领导机关——教育处。于是我便跑到教育处去询问。教育处的人答复说：上面根本就没有出台过这样的规定及政策。于是我便明白了，这是学校的校长和老师不喜欢我，不欢迎我在学校继续读书，他们专门为我一个人制定的。我之所以这样说，是因为在学校初中毕业学生中，有两个班的学生，加起来有七十多名，只有我和另一名学生超龄了，其他同学都比我们小。我回到学校又去找校长，说上面没有这样的规定。校长万万没有想到，我真的会跑到教育处去询问这件事情。

校长尴尬地说："是呀，上面是没有这样的规定，这是我们学校根据自己的实际情况规定的。"

"学校是根据我一个人的情况规定的吧?"我问校长,"是不是这样?学校特意为我一个人制定了这样的制度?"

"也不是的。"校长马上转变了话题,笑容满面地向我解释说:"胡南同学,我们学校的情况是这样的,学生多,师资力量少,你要理解我们学校的难处。再说了,此项规定也不是我一个人定出来的,是由下面的老师集体讨论开会决定的。"

校长把皮球踢到了下面的老师头上,老师又把皮球踢到了学校领导的头上,他们就这样踢来踢去,校长与老师之间相互踢球,我上高中的事情也就没戏了。

学校的老师和校长为什么反对我继续上高中读书呢?主要是因为我在初中两年里表现不太好,不是由于我学习成绩不好,而是因为德育方面不大好,这可能是他们对我的评价吧。特别是由于一件我与社会流氓打架的事情,在学校造成的影响太坏,而且震动也比较大,所以学校的老师和校长就借我中学毕业的机会,毫不客气地把我踢出了学校。

我与社会流氓打架的事情发生在我上初中一年级的时候,我不会忘记的。

有一天,我到猪肉店去买猪头、猪肚、猪下水之类的东西。那时的人们生活条件还不是太好,当时人们吃猪肉每月还是要计划的,一个人一个月就是一斤猪肉,多了没有。而猪肝、猪肚、猪头、猪下水之类的东西,是不要计划的,所以人们为了改善生活,平时就想买一点不要计划的猪肝、猪肚、猪头、猪下水之类的东西,因此计划外的东西就成了抢手货,买的人特别多。为了买到计划外的东西,当时的人们需要前一天晚上到肉店去排队,经常是排到第二天早上,等到肉店开门才能买到东西。有时候,痛苦地在肉店门前排了一个晚上也是白辛苦,什么东西也买不到。

我跟社会流氓打架的事情就发生在冬春之际的一天晚上,或者说是深更半夜。为了给家里人买到计划外的猪肝、猪肚、猪头、猪下水之类的东西,我头天晚上吃过晚饭就到肉店门前去排队,等着第二天上午肉店开门,能为家里人买到一点想吃的东西。

排到半夜的时候来了一个小流氓,也是来买计划外东西的。这个小流氓姓孙,我到现在还记着他的样子。他长得比我高,比我瘦,像个瘦猴子一样。他来了,就跑到我的前面插队,插到了我前面。当时排队的人只有五个人,我是排在最后一个。大概他看我是个小孩子吧,可能好欺负,他就蛮不讲理地插到了我前面,连个招呼也不打。

"喂,"我不高兴地问他,"你是从哪儿冒出来的,排队应该排到我后面去,你怎么能排在我前面来呢?"

"我早来了,"他对我横着眼睛说,"我刚才是回家吃饭去了。"

"谁看见你早来了?"我马上反驳他,"有谁能证明你早来啦?你早来了应该排到最前面去,你为什么插到我前面呢?我没有看见你早来啦。"

"嘿,你小子他妈的想找打吧?"

"我是想找打,你来吧。"我也不服气。

他见我个子小,就想以大欺小,就想用拳头与我对话,最后我们两个人就动手打起来了。当时在场的还有四个人,有认识他的,也有认识我的,但是没有人帮助我们,也没有人出面劝阻我们,那些人就站在旁边看着我们打架,当观众,看热闹。虽然对手要比我高出一头,但打架却不是我的对手。他胆小如狗,就会瞎喊瞎叫;我则沉默寡言,猛打猛攻。结果我把他打得落花流水、鼻青脸肿、抱头鼠窜,最后狼狈地逃跑了。

第二天上午,肉店开门,我买到了猪肝、猪肚、猪头,高高兴兴地回家了。肉店打架的事儿,我也没有多想,以为这件事情就这样过去了。

但是我没有想到,过了几天的时间,这个姓孙的小流氓就找了一帮社会大流氓,到我所在的学校来找我算账,要打我,要报复我。姓孙的小流氓,当时属于社会无业青年,已经在社会上打临工了,因此他结交了一帮不三不四的社会流氓,那可是当时山沟里真正的横行霸道的社会流氓,那些人在当时小城的社会上,多多少少都是有点小名气的人,就像过去上海滩黑社会的流氓大亨一样。他们都是年轻力壮的大汉,而我还是一个未成年的中学生。姓孙的小流氓,带着一帮社会大流氓到学校来找我算账,这可把我们学校的老师和学生们吓坏了。他们来了有二十多个人,站在学校中央的足球场上,张牙舞爪地大喊大叫,吓得学校的老师和学生们都莫名其妙地紧张起来了。当时我所在的学校并不大,学校还是从过去的老乡房搬到了新建起来的新学校,学校里面只有两栋三层楼的新教学楼、一个足球场。他们站在足球场上,指名道姓地叫我出来,姓孙的小流氓狗仗人势,更是叫得十分猖狂。我们学校的老师和学生们从来也没有见过这样的阵势,因为他们来的二十多人都是成年人,身强力壮不说,还有人带着刀子、拿着棍棒等凶器。学校老师和校长从来也没有见过这样的场面,也吓得紧张起来了,真怕出大事儿。姓孙的小流氓带着几个人,在学校的两栋教学楼与足球场之间,一间教室一间教室地寻找我。当时正值下课休息的时间,也是学生们自由活动的时间,学校的足球场上站满了人,整个学校都传开了社会流氓来找我的事情。

而我当时还在教室里看书,对外面的情况一无所知,什么也不知道。那是我平生第一次看《红楼梦》,当时还是属于禁书。此时多亏了有好心的老师及时安排学生跑到教室来通知我。有一位好心的同学气喘吁吁地跑进教室,对我说:"胡南,你快跑吧,来了好多社会流氓要打你,他们还拿着刀子、棍棒等凶器,在学校的教室到处找你,老师叫我们来通知你快向山上跑!"

"社会流氓来找我?"我当时还不相信来报信的同学说的话。

"是真的。胡南,你快跑吧!"同学对我说。

我走出教室(当时我的教室在三楼),看到学校的足球场上确实站满了人,有老师,有学生,还有那些乱七八糟的社会流氓。我的眼睛当时非常好用,扫了两眼,我就看见了那个姓孙的小流氓,正带着人在对面的教学楼上,一间教室一间教室地找我。我想不能让他们堵在教室里打我,我马上跑下了楼,跑到了我们学校右侧的山上。我们学校是建在一个小山沟里的,学校三面环山。我就跑到了山上坐下来休息。那些社会流氓,还有学校的老师和学生们,最后发现了山上的我。他们见我坐在山顶的石头上,无所谓地望着学校足球场上的人群。我想那些社会流氓追到山上来我也不怕了,我身边到处都是石头。那些社会流氓看到我坐在山顶上,手里还拿着石头,他们自己都觉得没有面子。二十多号人,个个都身强力壮、二三十岁的大汉,同时身上还带着刀子、棍棒等凶器,来找一个十五六岁的中学生,连他们自己都觉得丢人现眼,不好意思。后来在学校领导和老师们的劝说下,那些社会流氓自己也觉得这样的场面太尴尬,学校的几百双眼睛都在盯着他们,他们就撤退走人了。社会流氓来找我的事,后来成了轰动学校的新闻。这件事本身没有发生什么严重的后果,但是影响坏极了。

过后两天,校长叫我到她办公室去,询问我到底是怎么回事儿。我就把事情的经过原原本本地对校长讲了。

"你的胆子也太大了,"老校长严肃地教训我,"你居然把那么多的社会流氓招引到学校里来闹事,这是我当了二十多年校长也没有见过的事情!你为什么要在学校外面跟社会流氓打架呢?"

我对校长解释说:"是他先动手打我的。"

可是校长根本不听我的解释,只想严厉地批评我:"你这个学生真是太不像话了,太少有了,太不叫学校的老师们省心啦!"

这件事情并没有到此结束。随后过了一年,也就是第二年的春天,当我中学快要毕业的时候,我们学校和其他四所学校联合开会,好像是开一个五所学校的学生联合文艺汇演方面的交流会。

那个姓孙的小流氓又来找我算账了,他要报一年前的旧仇。因为他不是学生,所以学校开会他也满不在乎。他是有备而来,专程来找我复仇的,同时他还带了几个人当他的帮凶。我当时没有想到事情已经过去了一年,他还会到这样的场所来找我的事,来报复我,而且还带了几个帮凶来打我。当时我也是太大意了,没有注意到他们。结果姓孙的那个小流氓,与他的两个帮凶突然出现在我面前。我看是他,向后退了一步,他冲上来挥手就打了我两拳,把我的鼻子打流血了,他的两个帮凶倒没有动手。当时现场的人太多了,有五所学校的中小学的师生们都在现场看着,所以他们打一个中学生,脸面上也是有所顾忌的。我冷静下来,看到眼前姓孙的小流氓就准备还手,这时我们学校的老师和同学们都过来了,把我拉开了,把他们劝走了。我想追上他们跟他们"讨还血债",我的老师和同学们则把我拦住了,劝我不要冲动,免得后面还要吃亏。

但是我不甘心吃这样的亏,我要以牙还牙,交流会还没有结束我就提前走了。我回家拿了一把菜刀,拿了一把家里烧火用的铁炉钩子,就去找我的仇人算账。结果在一座铁路大桥下面迎面碰上了那个姓孙的小流氓,还有他的一个帮凶。这两个人正在一起胜利地吹牛呢。

我看见他们就怒火中烧,马上举着铁炉钩冲过去,那个姓孙的小流氓吓得抬腿就跑了。剩下他的那个帮凶,向后退,吓得浑身发抖。此人姓立,可能是姓孙的那个小流氓的朋友或者哥们吧?当我举起铁炉钩子向他进攻的时候,过来了两个大人阻挡了我的行动。我没有想到这两个大人居然是他们的同伙,他们是一起的,是一个单位的,又是住在一起的。事后我听说,姓立的小子的父亲是一个专业厂的副厂长,过来帮助他的两个大人是他父亲手下的两名工人。

// 生活见闻录 //

两名身材高大的工人帮助姓立的小子，解除了我手里的武装，夺下了我手里的武器。我当时到底还是孩子，年龄太小，身体不够强壮，个子也不高，两个大人把我的双臂向后一拧，就把我手里的铁炉钩子抢下去了。我不服气，又从身上抽出刀子来，向他们冲击，两个大人吓了一跳，不过随后他们又轻而易举地把我手里的刀子也夺走了。我就这样被两个大人解除了一切武装。姓立的小子吓傻眼了，也没有上来打我。我一看自己人单势孤，不是他们的对手，就用牙齿咬了两个大人抓我的手，挣脱了他们，我就走了。

事情过后，姓立的那小子就把我的刀子，还有我的铁炉钩子，通过他的哥哥送到了我们学校的校长办公室，送到了老校长的手里。姓立的哥哥，当时是我们职工工厂的保卫科干事，而我们学校又是职工子弟学校，保卫科正好管着我们学校。

学校的校长呢，跟那个姓孙的小流氓，还有姓立的小坏蛋又是一起的，他们家住在同一个地方，相互之间早就相识，而且他们都是从长春一汽一起调进山沟里来的。我们校长的丈夫又是姓立的父亲手下的一名小科长。事情的经过就是这样的，通过线连线串通起来，他们之间的关系网就此连成一片，把一张水泄不通的关系网罩到了我头上，所以我的所作所为学校很快也就知道了。

没过几天，校长就在全校的师生大会上公开点名，批评我在学校外面又与人打架，而她不说我与社会流氓打架的原因。她特别说我居然还动刀子，还明目张胆地动用凶器，还用铁炉钩子，违法乱纪。校长义正词严地对全校的师生们说："一个中学生，在外面与人打架还不算，居然还动用杀人的武器！"

校长把我用过的刀子和铁炉钩子，展示给大家看，展示给全校师生看。

这样我又在学校出名了。学校的老师和学生都不知道具体内情，经过学校校长的宣传，在别人眼里我就成了一个不折不扣的坏学生。

我正好中学毕业了，学校当时不好随便开除一个中学生，校长也怕我报复，但是她又不想让我继续读高中，就想出了一个反对我的理由和规定：说我超龄了。

学校的校长，一个五十多岁的老女人，长得又矮又胖，就以此为由把我踢出了校门，不让我读高中，不让我继续读书了。我在这所学校读了两年中学，也确实没有给老师和学校留下什么好印象。我一辈子接受的教育也就到此为止了。我一辈子读了八年书，此后就永远跟学校告别了。当时我年仅17岁，按照国家的法律法规来讲，还属于未成年的孩子。

　　如果我要是不受到学校的处罚，可以继续读高中的话，我的命运可能不会这样，因为我中学毕业的时候，如果我能继续读上两年高中，正好赶上十年"文化大革命"结束。再过一年，国家恢复高考制度。我想，如果我有高中学历，以我的头脑，以我的学习成绩，即使考不上名牌大学，我考一所普通大学还是不成问题的，因为我的头脑和智商并不比别人差，可惜我没有读高中的机会了。

　　我被学校踢出校门的事传得满城风雨，我不想叫家里人知道这件事情，可是我妹妹与谷香妹妹跟我在同一所学校里读书，想瞒住家里人也是不可能的事情，根本是瞒不住的。不久，我父母就知道了我的事情。而且更不好的是谷大叔和谷大妈也知道了我的事情。这件事对我一辈子的影响太大了，真的是影响了我一生的命运。可是有什么办法呢？事情已经发生了，根本无法挽回了。我后面的人生之路只有一条路，那就是上山下乡，接受贫下中农的再教育，再没有其他的路好走了。就这样，我告别了学校，走向农村，踏上了社会。我一辈子所受的教育，决定了我一生的命运。我一个初中毕业生，不知道以后自己能干什么，我只有面对现实，服从命运的安排了。

# 第 7 章 上山下乡

中学毕业以后，我在家里待了两个多月，就以知识青年的美名，上山下乡，接受贫下中农的再教育去了。我，一个初中毕业生，也算一个知识青年？但是我一生的命运老天就是这样安排的。

我们响应国家的号召，到农村去接受贫下中农的再教育，这是大势所趋，是时代的潮流。我们是属于国家上山下乡运动的最后几批知识青年吧。

说起上山下乡，我当时也是接受不了，也理解不了。我们从东北的大城市来到了一个大山沟里面，来到一个荒山野岭，而且当时我们的生活环境也确实是又穷又苦，可是我们初中毕业了，没有工作，还要响应国家和政府的号召，像大城市的知识青年一样，也要参加上山下乡运动。

我们上山下乡的时候，是属于山沟里面第一批所谓从城市到农村的知识青年，走向农村的时候，还挺热闹的。因为我们是属于军工企业的职工子女，所以工厂还专门组织了欢送仪式，又是敲锣，又是打鼓的，组织人员热烈欢送。我们坐着大汽车，稀里糊涂、兴高采烈地就到农村去了。

我下乡的地方叫天龙公社松林大队。当时老百姓的生活条件是很苦的，当地的农民一年四季也吃不饱肚子，大人孩子都是如此。当地老百姓住的房子都是土坯房、木板房，穷的还有住茅草棚的，没有一户人家是住砖房的。而且他们住的房子也不知道住了多少年、住了几代人了。

我们到农村去的时候，当地农民一个最好的劳动力，一天也就挣十个工分。当时的农村还是集体所有制，农民们每天干活出工还是实行工分制。一天挣十个工分合算起来有多少钱呢？只有两毛多钱，还不到三毛钱。一个好劳力，一个月干满勤、出满工，也挣不到九元钱。当地农民的生活条件也就可想而知了，他们过得是何其艰难。我当时下乡的地方松林镇，据说还是公社一个比较富裕的生产大队，也不过如此，可想而知当地的农民生活有多苦，有多难了。不过当地的农民生活虽然苦，虽然穷，但是他们对于我们所谓的知识青年还是表示欢迎的，因为当地的农民还没有接收过大批的知识青年到那里去安家落户，所以农民们对于我们的到来还是表示出了极大的热情。

我们住进农民家里，与农民们同吃、同住、同劳动，开始了艰苦的接受贫下中农再教育的生活。这种生活真是锻炼人的，既能培养青年人吃苦耐劳的精神，也能培养青年人不怕苦、不怕累的勇气，还能培养青年人克服困难的毅力！

下乡的知识青年生活，也不算是太苦、太累、太难过的生活。因为，我们下乡的第一年，是有国家财政补贴的，还有家庭的支持与补助，所以也没有觉得生活方面有多苦，有多难，就是觉得累。我们要跟农民们一样，每天一起出工，一起干活，一起劳动，一起挣工分，早出晚归的。好在那时候我们年轻，苦一点也不算什么，累一点也无所谓，好好睡一觉，休息两天，也就过去了，身体还锻炼得强壮了。

我曾经在一部长篇小说中，详细地描写过我们上山下乡的生活情形，虽然经过了艺术加工，不过有些生活的情景还是非常真实的。

下乡的一年时间，我学会了农民们生产与劳动的所有农活：种麦子呀，插秧啦，收稻子呀，种地瓜啦，施肥啦，等等。反正农民们一年四季干的农活我都干过了，而且最苦最累的农活我也体验过了。

那时候，当一个农民真的很不容易，什么苦都要吃，什么累都要承受，我真正体验到了当农民的辛苦与不易。

我下乡了一年，最大的收获就是学会了观察生活，学会了观察民情。我所在的松林大队的农民生活，还不算是最穷的、最苦的、最难的，因为我们大队在公路边上，交通比较方便，路边上的农民生活还算比较好过的。如果到大山里面去，深山老林里农民的生活就过得更艰苦、更困难，也更可怜了。

我印象特别深的是有一次，我们知识青年集体进到大山里去砍柴，烧火做饭用。单位派了一辆大汽车帮助我们一起到深山老林里去拉木柴。我们在老乡家里过了一夜，那些老乡家里穷得可以用一无所有来形容。

有一户农民，家里有六口人，两个大人，四个孩子，住着三间茅草木板房。我们是夏天去的，老乡家里只有两个大人穿衣服，四个孩子没有一个穿衣服的。全家六口人，两张大木板床，床上就看到两床破被褥，家里什么家具也没有。我们就在这样的老乡家里住了一个晚上。我的心里真是感慨万千。

不过深山里的农民们虽然生活上过得苦，但是他们对待客人还是极其大方、极其热情的。我们在山里老乡家里住了一个晚上，朴实的老乡又是给我们烧开水喝，又是给我们拿出自己家做的老黄酒喝。吃饭的时候，主人家给我们吃的是白米稀饭，他们一家人吃的却是地瓜叶煮面糊。他们家的四个孩子，眼巴巴地望着我们，看得我们端着饭碗实在吃不下去。这就是生活在大山里的农民，他们家里人一年到头可能也吃不上几顿白米稀饭，他们却把家里最好的东西拿出来，招待素不相识的客人。

我们打柴的知青都非常感动。我们走的时候，我们带队的领队为了答谢主人家的热情支持与帮助，给了主人家两块钱，我们知青也马上跟着带队的领导一样学，每个人给主人家扔了两元钱，算是表示感谢吧。主人家非常感动，女主人感激得连眼泪都流出来了。

我在农村生活了一年，最重要的收获就是培养了我吃苦耐劳的精神。参加双抢的季节，既要收麦子，又要插稻苗，一天到晚累得腰酸腿疼，一晚上只能睡四五个小时。知青们叫苦连天，农民们却高兴得忙着收获粮食。夏天是农忙季节，也是农民们一年中最辛苦的季节。我们知识青年也和农民们一样辛辛苦苦，累得喘不过气来，不过大家还是坚持下来了，挺过来了。看到我们亲手种的粮食有了收获，我们为农民们高兴，同时我们也为自己高兴。

农村生活条件差，没有地方洗澡。夏天，我们知青就天天到汉江流域的小河沟里洗澡。有一天晚上，天色很黑，黑得伸手不见五指。我们几个男知青为了双抢收粮忙了一天直到半夜，浑身不知出了多少汗水，人人身上都有一股臭味。为了夜里能好好地休息，睡一个好觉，已经是后半夜了，我们几个男知青还跑到小河沟里去洗澡，河水有三十多米宽，水深的地方只有一米左右。我们洗澡的时候来了几只狼，就站在距离我们还不到二十米远的河对岸山坡上。我们站在河中间洗澡，那些狼就站在河岸上盯着我们嗷嗷地叫。我们听到狼的叫声，还以为是谁家的孩子在哭呢，因为我们还不知道这是狼的叫声。后来我们看到河对岸有奇怪的东西闪闪发光，而且闪光的东西还会移动。因为天色实在太黑，距离又比较远，我们也看不清是什么东西。大家也没有在意，继续在河里洗澡。

这时过来了一个挑粪桶的老乡，挑着扁担和粪桶来到我们身边，他是到河边来洗大粪桶的。我们就向老乡请教，问他：

"大哥，河对面叫的是什么东西？还会叫，还会移动，身上好像还有东西发光？"

老乡仔细地看了一会儿，又听到狼的叫声，吓得立刻大叫起来：

"我的妈呀，是狼巴子！"

他吓得扔下东西就跑。我们听他说到狼，距离我们还不到二十米，我们几个知青也吓坏了，马上跑上了岸，立刻拿起了老乡扔下的扁担和大粪桶，同时找石头抓起来，准备与狼大战一场。那几只狼也没有勇气冲过来，光在河对岸冲着我们嗷嗷地怪叫。我们仔细看了一下，河对岸大概有五六匹狼。我们穿起短裤，拿着衣服，立刻撤退。说心里话，我们当时也怕狼冲过河来向我们进攻。

想起在农村的生活，我觉得既苦又累又难过，不过我们也有快乐的时候。我们在农村最高兴的事情，就是留在知青点上做饭，我们知青集体户是以小集体为单位的，实行轮流做饭制，每天安排一个人为大家烧火做饭吃。

我们的知青集体户也算是一个大家庭，知青共有九个人：四男五女。五个女知青都是我的同班同学，她们对我也很好，我对她们也很好。她们做饭的时候，我只要有时间，就会主动帮助她们做一点事情。轮到我做饭的时候，她们只要有时间，也会同样热心地帮助我做一点力所能及的事情。

我下乡的时候，也有时间静下心来看书，这对我的心灵来说也是一种安慰。我那时候对中国的古典文学作品已经越来越痴迷了。我从家里带了一些我父亲收藏的唐诗、宋词，还有古典小说，等等。没事的时候，我就拿出来看一看，有时间我就要翻一翻。同时我也开始了学着慢慢写日记，可惜好习惯不容易坚持下来，我写了一段时间的日记就不写了。我在农村时期，也是我热心文学、梦想痴迷阶段。中国的古典文学作品点燃了我心中的梦想！有时候静下心来，我就梦想将来一定要当作家，当诗人，这种可笑的梦想后来主宰了我的生活！

在我们集体户家庭成员的九个人当中，只有我跟几个女生是同班同学，因此她们对我也就特别地友好。因为她们有困难，我能主动、真诚、热心地帮助她们。她们也相信我，需要我的真诚相助。她们从家里带来好吃的东西，也会无私地拿出来请我吃。我从家里带来好吃的东西，也会同样地送给她们品尝。这些可爱的姑娘们，是我在农村生活中快乐的天使。因为有了她们，我的生活才不觉得闷，才不觉得寂寞，她们给我的生活注入了青春的活力和快乐的元素。这种青春的活力不是爱情,而是友谊。因为我觉得她们不如我心目中喜爱的姑娘谷香好,也不如谷香漂亮、有魅力。现在想起来,几十年过去了,但是我们之间的感情依然很好,时有来往。这种青年时代纯真美好的感情,是人生中最难以忘怀的事情,像诗、像画、像歌、像酒,永远值得回味,永远值得留恋。流失的岁月,留下了我们青春美好的记忆。我们在农村的生活虽然苦,虽然累,但是我觉得苦中也有甜,累中也有乐。

我和同班的姑娘们一起下乡时都还不满十八岁,还属于未成年的少男少女,属于花季青年。在跟我同期下乡的女同学中间,有的姑娘还是长得比较漂亮、比较可爱的。譬如说季春燕同学,她就是个活泼可爱的姑娘,爱说爱笑,健康美丽。还有李丽苹同学,她也是一位爱说爱笑的姑娘,虽然个子长得不高,但是她长得小巧玲珑,看起来也十分可爱。我虽然欣赏她们活泼可爱的天性、单纯善良的性格,但是从来也没有梦想过追求她们,也没有大胆地向她们表白过爱情。

我年轻的时候,在女孩子面前还是非常腼腆的,不善于向女孩子表达思想和感情,也不善于向姑娘们表达深情厚意。可能是因为我在感情方面成熟得比较晚的缘故吧,我当时没有想过赢得她们的芳心和爱情。而且我也缺乏表达爱的勇气和精神,所以我只是喜欢她们,欣赏她们,就像一个喜欢艺术的人,喜欢静静地欣赏一首诗,喜欢默默地欣赏一幅画,但是自身缺少创作的激情与才华一样。

我的同学们对我也是同样的喜爱,因为我在姑娘面前还算是一个不错的男孩子吧,虽然不敢说我长得出类拔萃、十分英俊,至少我的长相对得起观众。加上我的才气、我的热情,她们有困难的时候,我主动给予力所能及的帮助,这样自然使她们对我产生了好感。虽然我在学校留下的名声不太好,她们也知道,但是她们并不反感我,也不讨厌我,依然喜欢跟我接近,喜欢跟我在一起聊天、说话、干活、劳动,这就说明我在她们的心目中还是有可爱之处,有闪光的地方的。

不过我这些可爱的女同学们也能折腾我。我们下乡不到三天,她们就被老鼠闹得不敢睡觉,她们要求我在她们房间的门口守夜。我没有办法,只能听她们的,在她们的房间门口睡了两个晚上,保证她们夜里能平安睡觉。后来她们胆子变得大一点儿了,才不叫我守夜了。而且我也不可能为她们长时间的守夜，因为我睡觉的地方，是我们知青点烧饭的伙房，根本不是人睡觉的地方。

女知青们的住房条件还算好一点儿，一间大房子，有二十多平，可以进一点风，也可以见一点阳光，五个姑娘五张床，睡觉还比较宽敞。我们男知青睡觉的地方可就惨了，四个人一个小房间，还不足十二平方米，终年不见阳光，也吹不到风，房间里阴暗阴冷，潮气很重。我住了一年，被褥都是潮湿的。好在那时候我们年轻，时间也不长，凭着年轻健康的身体，不知不觉也就扛过去了。

姑娘们有困难了，碰到脏活、累活干不动了，她们也愿意找我帮忙，不愿求别人帮忙，原因是我们知青点的其他三位男知青比我们年龄大，不是同班同学，就是下乡碰到一起了。而且年龄大于我们的人，比我们精明，也比我们狡猾，碰到事了就躲，躲不掉了也不愿意帮忙。所以我们知青户的姑娘们有难事，就愿意向我求助，我是能帮忙的就帮忙，不能帮忙的也要想办法为她们解决问题。

这些姑娘们头脑简单，什么也不想，一天到晚就是嘻嘻哈哈的，讲笑话，穷开心，所以我跟她们在一起倒是挺开心的，也挺快活的，并不觉得在农村生活有多苦，接受贫下中农的再教育有多累，是她们排解了我在农村生活的苦与累，是这些快乐的天使排除了我心中的苦和闷，时间一晃就过去了。

其实我真正的上山下乡的知青生活，前后算起来还不足一年，我就回城进厂当工人了。

一年的时间不算漫长，也不算太短，我却把小时候学过的唐诗、宋词，又过了两遍。过去我在上学之前，父亲教我读唐诗、宋词的时候，我只是死记硬背，但是不懂得其中的意义。后来上山下乡之后，我又过了两遍，就能看懂了，我也明白诗词的含义和内容了，在农村插队的时间也算没有白过，还是很有意义的。一年的时间，我好像活明白了，懂得了许多事情，至少我明白了一个道理：人要能吃苦，人要能受累，才能做成事。

要回城当工人了，要与农村广阔的天地告别了，我们集体户知青点的小家庭举行了最后的告别宴会。大家要分手了，我们九个人要走四个人，还有五个人要继续留在农村接受贫下中农再教育。走的人当然高兴，走不了的人伤心万分。

那一天，我特别兴奋，喝了很多酒。大家开始有说有笑，异常快活、高兴，后来酒喝多了，要走的人兴奋，走不了的人又哭又闹，最后大家都喝醉了。那天我却一点也没有喝醉，虽然我确实喝了不少酒，但是我的头脑还是非常清醒的，什么事儿也没有。我这才知道我能喝酒，酒精在我的身体里能够产生兴奋剂的作用。那天晚上我们知青小家庭的其他八名成员基本上都喝醉了，唯我独醒。

下乡一年幸运地回城，这是我一生中命运最好的一次了，因为我是第一批回家的知青。我回城当了工人以后，回去过几次看望过留在那个知青点的朋友们，后来还去看望过那些善良的老乡，回忆我当知青的生活片断。我每一次回去，每次都看到我当知青的公社、大队的农民们，生活都有了新的变化。特别是改革开放以后，那里农民的生活是一年一个样，实在令人感慨万千。

# 第 8 章　命运转折

我回城进厂当了工人以后，生活也发生了明显的变化。因为上班了，挣钱了，我有经济收入了，可以买书看了。书看多了，知识丰富了。随着年龄增长，头脑变得聪明起来，大脑也学会思考问题了。

书店成了我经常光顾的地方，但是在我们的大山沟里面，当时的书店也很少，书店里的书就更少，花钱也买不到什么好书看，只能买一些报纸、文学杂志，或者"文革"时期的小说看一看。我当时看的主要书籍还是古典及文学方面的书、文学杂志，以及"文化大革命"中比较流行的一些小说。

至于中外文学名著，我还没有读到过多少。一方面是因为其他作家的书还没有出来，譬如巴金先生的小说、曹禺先生的戏剧、老舍先生的作品等还没有重见天日。也就是说，在"文化大革命"期间遭到封杀的前辈文学大师们的优秀作品，我想看也看不到，想买也买不到。至于外国文学作品，我连听也没有听说过，更谈不上见过读过了。

"文化大革命"时期比较流行的作品，比如作家浩然先生写的作品。我能找到的书，能借到的书，也就是这一类书籍。

1977 年，邓小平第三次复出工作，全国恢复高考制度。随后，我所在的工厂里有实力、有志向的青年，都积极参加了高考，想通过上大学改变自己的命运。

我的心也动了一下，我也想考大学。我抽时间翻看了一下高中数、理、化方面的书，可这是我没有学习过的东西，什么也看不懂，看起来也头疼。我看了一段时间，就看不下去了。因为自学是需要顽强的精神和毅力的，我做不到，我看高中数、理、化方面的书就想睡觉，最后也就只好放弃了。

但是以后我能干点什么有意义的事情呢？以我初中毕业的文化水平去参加高考，我知道自己的实力不行，一辈子学的那点知识，也就是个小学生的水平，要想考大学，根本是不可能的事情。那么我能不能够独辟蹊径走出另外一条路？于是我踏上了当作家的梦想之路，开始了我的创作之旅。我野心勃勃地想，我应该向鲁迅先生学习，向郭沫若先生学习，一辈子也许能写出几本书来吧？当时我的想法就是这样简单、可笑，至于一辈子的努力能不能成功，也不知道，但我还是按照自己的梦想和野心开始奋斗了，并且付诸行动。年轻人的梦想，有时候就是这样可笑，但是精神可嘉呀！人如果没有梦想，活着还有什么意义？不过梦想总归是梦想，要实现梦想，不努力，不付出，肯定是不行的，只能算是胡思乱想。我，一个初中毕业生，连汉字也认不了多少，汉字也写不好，汉语拼音也不会，还要学习创作文学作品，还要学习写小说，这可能吗？我是不是太可笑了，我是不是梦想太高了，我是不是有点儿太自不量力了？不过我这个人一旦下定了决心，就会一条路走到黑，坚持到底，决不回头。这种精神是我母亲遗传给我的，我相信有志者事竟成。不过梦想与创作是需要时间加努力和需要勇气加毅力的，我能成功吗？我的梦想与野心鼓舞着我开始了人生的奋斗之旅。

创作、写小说，说起来是一件容易的事情，创作起来就感到艰难困苦了。当我提笔写作的时候，我糊涂了，我不知道该写什么，也不知道该如何写文学作品，而且特别奇怪的是提笔就忘字，连平时很熟悉的字也想不起来，写不好，这真是怪事了。创作真是一件痛苦的事情，尤其是对一个文化基础太差的人来说，汉字认识我，我不认识它。虽然通过一段时间的看书、学习，我认识了不少汉字，但是真到要用的时候，就不知道字词该如何运用了，甚至连怎样使用标点符号我也不十分清楚，什么逗号、句号、感叹号，具体该什么时候用，怎么用，我也是迷迷糊糊的。我就是在这样的文化基础上，开始了我一生的学习与创作的艰辛历程。

我开始学习写诗、写小说，完全是模仿中国古典文学作品的模式，或者说是照葫芦画瓢，一边学习，一边摸索。这样的学习过程是艰难的，同时也十分痛苦。这是一个人的孤独旅行，既没有人帮助你，也没有人支持你，也没有人指导你。而且从我立志学习写小说，学习创作文学作品的那天起，我就遭到身边一些熟人及朋友暗地里的冷嘲热讽。人是很奇怪的动物，你与其他人不一样，别人就要嘲笑你。但是我觉得，人活在世界上就应该有梦想，虽然人的梦想有所不同，梦想的东西不一样。

我学习创作写了好长时间，什么东西也没有写出来，写出来的东西也不值一谈。我痛苦极了，甚至想放弃我的梦想，跟其他普通众生一样，吃喝玩乐，生老病死，稀里糊涂地活一辈子，迷迷糊糊地过一生算了。但是我又不甘心，我觉得人活一辈子没有梦想，活得是轻松、自在，但是等于白活了一辈子，等于白到人间走一趟。有了梦想，一辈子可能活得辛苦、活得累，但是通过努力取得成功，将会其乐无穷，至少可以向世人证明，我曾在人间存在过。我的梦想，我的野心，害得我一辈子辛辛苦苦、忙忙碌碌，这样活法值得吗？我不知道。我就是感觉太辛苦了。我什么东西也写不出来，我很苦恼，我便继续花钱大量地买书，疯狂地读书。当然，这样的生活是苦闷的，也是难过的。看书学习本身就是一件枯燥无味的事情。东西写不出来，看着不成篇幅，我又恨自己无能。我这才知道当作家是很不容易的苦差事，需要知识，需要文化，需要才华，需要时间，需要精力，需要勇气，需要坚持，需要孤独，需要寂寞，需要接受别人的冷嘲热讽……

我在文学创作方面既没有天赋，也没有导师，没有朋友，更没有知音，所以我是完全凭着自己的梦想在奋斗。自己看书，自己学习，书就是我的老师，书就是我最好的朋友，书就是我的知己。我清醒地认识到，我过去所学的文化知识太少了，写出来的东西不好也算正常，慢慢来吧。我相信古人的说法：功夫不负有心人；只要功夫深，铁杵磨成针。

在我学习创作的起步阶段，我特别要感谢美丽漂亮的小姑娘谷香。她一天天地长大了。我参加工作的时候，她上高中了。

她每天都在我家的窗前经过，叫我妹妹一起上学。我妹妹和她来去形影不离，情如姐妹。两个人从到山里的那天起就一起上小学，一起上中学，一起读高中，没有分开过，所以她们两个人之间的关系特别地好。小香变得越来越漂亮了，变得越来越迷人了，变得越来越可爱了。由于她经常到我家来找我妹妹一起玩，一起上学，一起读书，因此她也就发现了我经常在家里看书、学习写作。

有一天，她突然问我："胡南哥，你一天到晚在家里写什么东西呀？"

"写日记。"

"骗我，你一天到晚写什么日记呀？"

"写自己的日记。"

"胡南哥，说老实话，你是一天到晚在家里学习写小说吧？"

"小妹妹，你怎么知道的?"

"我想你可能是学习写小说、写文学作品吧？我猜的对吗?"

"你说对了，我是在学习写小说，写文学作品，不过我是随便写着玩的，消磨时间。"

"胡南哥，你真了不起！"

"什么？了不起？这有什么了不起的?"

"有梦想的人就很了不起，我佩服你。"

"你是嘲笑我的吧?"

"不，我说的是真的。我怎么会嘲笑你呢？我将来也想当作家！"

对于小谷香的梦想，我表示赞赏。对于她的赞美，我不知该如何回答才好。因为我不想让太多的人知道我学习写小说，学习文学创作，因为我身边的所谓朋友们都在暗地里嘲笑我，伤害我的自尊心，没有一个人能相信我，相信一个初中毕业生以后能成为作家。他们背后嘲笑我的话题实在有伤我的心灵。可是小谷香依然天真地说：

"胡南哥，你学习写小说，确实是一件了不起的事呀！"

"就算是吧，"我对她说，"我是没有事情干，打发时间。"

"胡南大哥，你有志气！我有时间也喜欢看小说。"

"你也看小说，你不好好学习，看小说?"

"谁说我不好好学习啦？我现在学习是第一位的，看小说是第二位的。"

"对喽，学生就应该以学习为主。"

"我知道。"

"你家里有小说看吗?"

"有，我姐找人家借的。"

"什么小说?"

"《第二次握手》，手抄本。"

"手抄本，《第二次握手》？拿来叫我看一看可以吗?"

"可以，等我看完了，我就拿给你看。"

"谢谢。"

小说《第二次握手》，在"文化大革命"期间以手抄本的形式流行全国，我还没有看到过。后来小谷香把手抄本的《第二次握手》拿给我看了。

这个可爱的小朋友15岁就给我留下了刻骨铭心的印象。她爱学习，爱读书，她有时间也还喜欢看文学方面的作品，实在太难得了。这样可爱的小姑娘，是我一生中很少碰到的，难得遇到的知音呢！

两年之后，她和我妹妹一起高中毕业了，她们也赶上了知识青年上山下乡运动，并且"荣幸"地成为最后一批上山下乡的知青。我妹妹和谷香妹妹，两个一起多年的好朋友，下乡也分到了一个地方，分到了一个知青点上，也就是说分到了一个集体户。她们也要经过知识青年上山下乡这一关，我当哥哥的自然要送她们了。

我上班工作，也没有多少事情要做，工作也比较自由，送她们上山下乡也有时间。于是我就代表我的父母及家里人送她们去上山下乡。

不过话说回来，当时我对谷香已经有了情窦初开的感觉了。我们两家人从进山时就住在一起，有七八年的时间了。所以我对小谷香有青春来电的感觉了。她高中毕业，上山下乡，已经有18岁了，成为大姑娘了。所以我要送她，当然也是送我妹妹。谷玉大姐代表父母也同我一起送她妹妹。

说实话，她们下乡的地方太远了，还是个比较偏远的小山村，非常荒凉的大山沟，比我下乡的地方还要远，还要偏僻。当地的老百姓都住在小河边上，汉水的支流从老乡家门前流过，满山遍野都是树木、丛林，看起来好像没有多少人家居住一样。不过这样的地方倒是两岸青山环抱，青山绿水相映，山上野果飘香，河里鱼儿跳跃。这美景简直让我忘记了我是干什么来了。

我帮着我妹妹和谷香妹一起挑着东西，谷玉大姐帮她们拿着一些小东西，我们一起坐汽车，又步行进山。我已经有三年多肩膀上没有挑过东西了，不过到底是在农村经历过锻炼的青年，我挑着东西还不算吃力。我和谷玉大姐把两个小妹妹的东西送到了她们的知青点，送到了她们落脚的知青户，帮助她们安顿下来，也到中午了。我们坐在老乡家里热得满头大汗。因为九月的天气，还是南方秋老虎的季节。我热得汗流浃背，因为坐了两个多小时的汽车，又挑着一百多斤重的东西走了两个多小时的山路，所以我大汗淋漓，身上的衣服都湿透了。

"胡南，你快去河里洗一洗吧，"谷玉大姐对我说，"看你热的，辛苦你了，快到河里去洗一洗脸吧。"

"我是要到河里去洗一洗。"

"胡南大哥,你要不要毛巾和香皂?"小谷香问我。

"不要。我要下河里去洗澡、游泳。"

"那好,我们大家一起到河边去洗一洗。"我妹妹说。

老乡家的门前就是汉水的上游,河水有一百多米宽,这是汉江的支流,通向滚滚的万里长江。

我到河边洗脸,一阵微风袭来,吹得人太舒服了。我高兴起来,脱了外衣,就跳进河里游起泳来。河水缓缓地流动着,水温比较低,我在河里游泳,身上的汗水顿时全部消失了,人也马上精神起来了。

谷玉大姐和我妹妹还有谷香妹妹,她们也拿着毛巾到河边来了。

"胡南大哥,水凉不凉?"谷香妹妹问我。

"不凉。洗澡、游泳舒服、清爽。"

"哥,水流得太急了,我担心水流把你冲走。"

"不会的,我的游泳水平,顶水也能游回来。"

"胡南哥,你就吹吧。冲到下面游不回来你就傻眼了。"

"胡南,河里有鱼!"谷玉大姐兴奋地叫起来,"快去抓鱼!"

"在哪儿呀?"

顺着谷玉大姐手指着方向,我立刻游过去把一条鱼抓到了。这是上游有人用炸药炸鱼,把鱼炸昏了,顺水漂流下来的,不过鱼还没有死。我把抓到手里的鱼扔到了岸上去,扔给了谷玉大姐她们,扔给了两个可爱的小妹妹。

"胡南,最好你还能再抓几条鱼上来,"谷玉大姐说,"我到老乡家里给你们做鱼汤喝!"

"哥,又漂过来一条大鱼!"我妹妹又兴奋地叫起来,指给我看。

我又游过去抓鱼,可惜这条鱼没有抓到。鱼还挺大的,当我用手抓它的时候,鱼有感觉了,马上反抗打挺,挣扎着从我手里逃跑了,真可惜,好大的一条鱼呀。

"笨蛋,"谷香妹妹感到遗憾地对我说,"那么大一条鱼,没有抓住真可惜!"

"你说我是笨蛋,你下来呀,你也下来抓鱼呀,你以为鱼那么好抓的?说我笨蛋,你下来试一试。"我用话刺激她。

"我来就我来,"谷香妹妹说,"你以为我不会抓鱼呀?"

谷香妹游泳的水平也是相当不错的。她到山里来，是她父亲亲自教她学会游泳的，我们两个人原来夏天的时候，经常跟着谷大叔一起跑到水库去游泳。我和谷香妹还曾经在水库里多次进行过游泳比赛呢。

　　"你别光说大话，有本事你也下来抓鱼呀！"我继续叫她。

　　"抓鱼就抓鱼，我也热得浑身难受，正想下水游泳呢。"

　　谷香妹妹连衣服也不脱，就高兴地"扑通"下水了。

　　谷玉大姐对我们说："你们游泳要注意安全，水温有一点低，小心腿抽筋！"

　　"不要紧的，姐，我和胡南哥不会有事儿的，你就等着接鱼给我们做鱼汤喝吧！"

　　我和谷香两个人在水里一边兴致勃勃地游泳，一边捉鱼。这时候我妹妹和谷香妹妹的一个集体户里的三个男知青也从老乡家里跑来了，他们跑到河边来也是要洗澡、要游泳的。他们坐在老乡家里看到我们在河里捉鱼，他们也来情绪了，他们脱了外衣，穿着泳裤一起下水了。我们五个人在河里一起抓鱼，谷玉大姐和我妹妹在岸上接鱼，我们五个人可能捉了有一个多小时的鱼吧，只捉了十来条小鱼，份量有三斤多重吧。

　　"好啦，做鱼汤够喝了！"谷玉大姐对我们说，"你们上来吧，肚子饿了吧？我们该到老乡家去做饭吃啦！"

　　谷玉大姐和我妹妹已经在河边把脸洗好了，拎着抓到的鱼先走了。我们在河里抓鱼游泳的人，也相继起水上岸，回到老乡家里。

　　谷玉大姐真是个勤快人，她为大家做好了鱼汤，做好了饭，就招呼大家一起坐下来吃饭。我们游泳捉鱼的人，换好衣服，就坐上了饭桌。

　　坐上餐桌的人总计有十个人，有五个知青，加上我和谷玉大姐，还加上三个送孩子来的男知青的父亲。当地老乡也是够穷的，知识青年下乡到农村来安家落户，吃头一顿饭也没有人管。还是谷玉大姐看不过去，在知青点主动把饭做了。饭也没有什么好吃的，就是谷玉大姐为大家做了一大锅鱼汤。菜呢，也就是知青们从家里带来的各式各样的小菜、咸菜、泡菜之类的东西。不过谷玉大姐做的鱼汤还是味道鲜美的，鱼是新鲜的，做出来的汤口味就是美。在大家吃饭的时候，谷玉大姐对三个男知青说：

　　"各位小兄弟，你们下乡来，以后请多关照我的两个小妹妹，你们是男子汉，以后请多多照顾两个女孩子。"

"那是一定的，谷玉大姐，您就放心吧。"一个男孩说。

"谷大姐，请放心，我们一定会照顾好谷香和胡静的。"又一个男孩子说。

"没有问题，我们一定会尽心尽力照顾她们的。"另一个男知青也表了态。

"那就拜托各位兄弟了，"我对三个男知青说，"以后请多多照顾我的两个小妹妹。"

"一定，一定的。大哥，我们不会亏待她们的。"

"大哥，请你放一百二十个心吧。"

"照顾不好她们，你回头拿我们问罪。"

三个男知青向我拍着胸膛做出了保证。三位男知青的父亲也说，男孩子是应该多照顾女孩子的，这是理所当然的事。

大家吃过饭，又休息了一会儿，知青们的一切都安顿好了，我们送人的家长就该回去了。因为出山还要走两个多小时的山路，我们只好告别谷香妹妹和我妹妹，告别她们下乡的小山村。谷香妹妹和我妹妹见我和谷玉大姐要走了，两个小姑娘就不由自主地哭起来。

"谢谢你，胡南哥。"谷香难受地说，"以后有时间常来看我们。"

"我一定会常来的。"我向她和妹妹保证说，"不要哭了，谷香，不要流泪了，小静，我会常来看你们的。"

"胡南大哥，你说话算数?"

"当然算数，我向天起誓。"

"哥，"我妹妹小静说，"你回家不要告诉爸妈我们下乡的地方太苦了。"

"好，我回家就对父母说，你们下乡的地方山青水秀像花果山一样。"

"小香，不要哭了，不要流泪了，"谷玉大姐对妹妹说，"要勇敢地面对。"

"我知道。姐，你也会来看我们的吧?"

"会的，姐姐有时间就会常来看望你们的。"

"哥，你回家不要叫父母来看望我们。"我妹妹说，"他们看了会难受的。"

"好吧。我回家对父母保密。我会常来看望你们的。"

"你们快走吧，"谷香妹妹最后对我和谷玉大姐说，"太阳快要落山了。"

三个男知青也与自己的父亲话别，男孩子到底坚强一些，他们没有一个哭的。我们几个知青家长就这样与他们分手了。

唉，这样的穷地方，真是太荒芜了，以后他们怎么过呀？我们走进山、走出山的路上，看见当地的农民都很少，相隔好远的距离才能看到几户人家，才能看到几个当地的老百姓在荒山野岭上干活。下乡到这样人烟稀少的地方来，真是要经受艰难困苦的锻炼和考验啦。

我不知道她们下乡需要多久才能回城，因为这样的事情是无法预测的。我们前几批下乡的知青还算是比较幸运的，我们第一批知青下乡的时间是最短的。在我们之后下乡的几批知青后来就不走运了，有的下乡已经有两三年了，还有没回去的。我妹妹和谷香这一批下乡的知识青年命运又如何呢？谁也说不上。她们下乡到这样偏远荒凉的地方来，什么时间能回城、什么时候能回家？也就更不好说了。

家里人对她们放心不下，就经常叫我跑进山里看望她们，或者给她们送吃的，或者给她们送穿的，因为两家人只有我一个是年轻力壮的大小伙子，所以两家人有什么事也就委托我进山。当然，我也乐意担当这样的角色，虽然这是苦差事，但是山里好像有神奇的魔力一样吸引着我，除了我妹妹需要帮助，还有美丽可爱的谷香妹妹需要关照，所以我平均两个月就要进山跑一趟，到我妹妹和谷香妹妹下乡的地方，看一看她们的生活过得怎么样。

不过说心里话，家里人叫我一个人坐上两小时的公共汽车，再走上两小时的路程跑进山，我有时也不大想去，因为跑一趟路程太辛苦了，还要在她们的知青点与三个男知青住一晚上，给他们添麻烦不说，住的条件也不好，睡得也不舒服。

不过能见到谷香妹妹和我妹妹，我心里还是挺高兴的，特别是见到谷香妹妹，我心中感到特别兴奋、特别快乐、特别幸福，这是不是爱呢？确实是的，这就是朦胧的爱，因为她已经成为漂亮的大姑娘了！

谷香妹对我也有一点春心萌动的感觉了，她后来见到我，也是既高兴又脸红。我呢，见到她也感到腼腆，不用多说话，眼神就把我出卖了。朦胧的爱情使美丽的大姑娘和清纯的小伙子变得多么傻呀？我有时候甚至冒傻气地想，我要是能在小山村天天陪伴她就好了。为什么是我妹妹天天陪伴她而不是我呢？如果我要是能跟我妹妹换一个位置就好了，我能天天陪伴她，天天看到她，照顾她，那该有多么美呀，该有多么幸福啊！这就是爱，是激动人心的爱，是痴心梦想的爱！

有时候，谷玉大姐有时间了，也叫上我一起跑进山里面去看望亲爱的小妹妹，因为谷家就是姐妹俩，所以她们姐妹之间的感情也就不用细说了，亲得不得了。谷玉大姐与谷香妹妹相差八岁，所以她既是大姐，也如同母亲，对小妹妹更是照顾得细致入微。她每次进山，都要给谷香妹妹和我妹妹买上不少好吃的，通常两个人是一人一份。我也是经常为两个小妹妹买好吃的，送给她们。因为我和谷玉大姐有工作，挣钱了嘛，所以两个小妹妹亏不着。她们说起来是上山下乡，接受贫下中农的再教育，又是下到又穷又苦的偏僻遥远的小山村，但实际上她们并没有吃到很多苦，也没有受过很多累，她们生活上并没有受到什么委屈。因为她们下乡的时间短，满打满算也不到两年的时间。

两个姑娘的命好，她们自己也争气，她们下乡到农村去了还不到一年半的时间，就赶上全国恢复高考，两个人一起报考了大学。虽说她们没有如愿考上大学，却被本地的中专录取了。那时候考大学，全国还是一条龙服务，大学考不上，还有中专接着，按照分数线录取。两个人就这样幸运地被中专学校同时吸收了。她们一起离开了偏僻的小山村，高高兴兴地回家了。

她们离开农村的时候，还是我和谷玉大姐一起到她们下乡的小山村去接她们两个人回家的。因为她们两个人的录取通知书是寄到家里的，所以我们家里人最先得知消息，她们还在农村干活，什么也不知道呢。

我和谷玉大姐跑到了她们的知青点，告诉她们可以收拾东西回家了。两个小妹妹还感到有点儿意外，好像不相信是真的。

"走吧，小香，"大姐对小妹妹说，"收拾东西，准备回家。"

"姐，你说什么？收拾东西准备回家？"小谷香惊奇地瞪大眼睛。

"是的，小妹妹，"我对她说，"收拾东西准备回家吧，你考上中专了。"

"真的？大姐？这是真的？胡南哥？"

"是真的，学校的通知书家里已经收到了。"谷玉大姐说。

"那么我呢？哥？"我妹妹急切地问我，"我考上中专了吗？"

"你没有考上，很遗憾，"我对妹妹说，"你还要继续在农村接受贫下中农的再教育。"

我本来是故意逗妹妹玩的，可是小静听说谷香考上中专了，马上可以回家了，她没有考上，还要继续在农村接受贫下中农的再教育，她马上就哭鼻子了。谷玉大姐看见我把自己的妹妹逗哭了，不由自主地笑起来。

"小胡南，你这个当哥哥的可是够坏的。"谷玉大姐对我妹妹说，"小静，你不要听他的，你哥哥学坏了。你也收拾东西准备回家。"

"我回家干什么呀？我又没有考上中专，回家去还不是要回来吗？"

"你不用回来了，小静，你哥哥是故意逗你玩的，你也考上中专了。"

"真的？谷玉大姐？"

"当然是真的，当大姐的还能骗你吗？"

"坏蛋！"我妹妹小静气得打了我一巴掌，接着高兴地破涕为笑了。

"太好啦，谢天谢地，我们考上中专啦，"谷香妹激动地说，"我们终于可以回家啦！"

"这不是做梦吧？"我妹妹被我骗得有点不敢相信了。

"是真的，准备走吧，我和胡南就是特地跑来接你们回家的。"

两个小姑娘激动万分，这确实是让她们感到非常惊喜而又非常高兴的特大喜事，这是决定她们命运的大好事。她们得知可以离开农村回家读中专了，两个人高兴得泪水直流，并且自言自语地说："太好啦，太好啦！"

我和谷玉大姐帮助两个小姑娘收拾东西。三个男知青跑回来了。他们得知谷香妹和我妹妹考上了中专，马上可以回家读书了，他们一个个就变得垂头丧气。他们一个知青点的五名知青，同为高中毕业生，同为一个学校出来的同学，可是三个男知青一个也没有考上，所以他们感到非常失望，因为他们还要继续留在农村，继续接受贫下中农再教育。

不过三个男知青还算是表现得非常大度，他们到底是心大量宽的男孩子，他们为了欢送我妹妹小静和谷香回家读中专，他们中午特设了送别宴，送别两个小姐妹。五个知青在一个知青点，一起同甘苦、共患难，在同一个屋檐下，共同生活了一年半的时间，所以三个男知青还是挺讲情面的，他们又是做鱼汤，又是炒鸡蛋，又是炖萝卜，又是煮地瓜，做了不少吃的东西，请我们吃饭，也算是为两个老同学、老朋友送行。

我和谷玉大姐带着我妹妹和谷香妹离开他们的时候，他们还热心主动地帮忙，挑着我妹妹和谷香妹的东西送我们出山，这是我们应该表示感谢的。人与人之间的感情就是这样，在一起的时候不觉得什么，但是分开了还是挺留恋的。

## 第 9 章 写作初探

国家恢复高考制度,谷家姐妹可谓是双喜临门:谷玉大姐考上了北京的一所大学,谷香妹妹考上了本地的中专,这是谷家可喜可贺的两件大事!为此,谷家人欢天喜地,别提有多高兴啦,全家人脸上笑得那个灿烂!

要过元旦了,为了庆祝大女儿考上大学、小女儿考上中专,谷大叔和谷大妈又张罗着请客,在谷玉大姐上大学快要走的时候,谷家请我们全家人吃饭。那是年底的一个晚上,谷大叔和谷大妈做了好多美味佳肴,请我们全家人共进晚餐,那是一个多么欢快的夜晚呀!

我们两家人坐在谷家小客厅的圆桌前,好像过节一样热闹,欢声笑语,喜气洋洋。谷大叔端起酒杯来说:

"今年是我们谷家最好的一年,最高兴的一年!我的两个宝贝女儿都有人生的大好事儿降临,这是我们谷家老祖先显灵了,帮助我大女儿考上了大学,帮助我小女儿考上了中专,这是我们谷家的光荣啊!"

"是呀,恭喜你啦,兄弟,"我父亲说,"你们家好事成双啦!"

"是的,老哥。来,喝酒!"

"你们家两个孩子真是为你们谷家争气了、争光啦!"

"是的,她们争气了,争光了。两个孩子也不容易,她们能考上大学、考上中专,也是我们谷家前世修来的福份!"谷大叔高兴得忘乎所以了。

谷大妈笑着劝丈夫:"世荣,看你高兴的,你少喝一点酒吧,不要喝醉了。"

"不会的,"谷大叔笑逐颜开地说,"喜酒是喝不醉的!"

谷大叔高兴地与我父亲碰杯喝酒。

随后,谷玉大姐举起酒杯来对我父亲说:

"胡大叔,我敬您一杯,我考大学,请您当辅导老师,我太感谢啦!"

"孩子,你不用感谢我",我父亲说,"这是你们自己努力奋斗的结果,我们大人为你们孩子感到高兴啊!"

"是高兴,胡大哥",谷大叔情不自禁地说,"我们家谷玉能考上大学,你当辅导老师功不可没。我姑娘敬你一杯酒,你一定要喝!"

"好,我喝,今天就是喝醉了我也要喝。"

我父亲不能喝酒,可是谷家人一杯又一杯地向我父亲敬酒,表示感激之情。谷大妈高兴、得意地笑起来了,说:

"我们家谷玉就是运气好,你们家把她从东北带过来,没有下乡,立马就赶上了参加工作。国家高考制度恢复了,她又考上了大学,好事都轮到我们家姑娘头上了。"

我母亲对谷大妈说:"是呀,大妹子,你们家的女儿聪明啊!"

"大姐,你们家也有聪明的,"谷大妈对我母亲说,"你们家小静也考上中专了,不是一样聪明吗?"

"是呀,孩子考上了中专,也算我们家姑娘自己争气吧。"

"是的,老嫂子,"谷大叔滔滔不绝地对我父母说,"你们家小静也是很优秀的,人家不吱声、不言语的,凭着自己的实力考上了中专,立马从农村回来读书了,以后的工作不用发愁了。对不对,胡大哥?中专毕业出来,以后也算小知识分子啦!"

"对,孩子们有出息了,我们大人就不用为她们的工作操心了。"我父亲说。

我举起酒杯,满怀敬意地对谷玉大姐说:

"大姐,我敬你一个,祝贺你考上了大学,以后成为大知识分子!"

"谢谢你,胡南。"

谷玉大姐也高兴地与我碰杯喝了酒。谷玉大姐确实是令我敬佩的人物,她比我大四岁,她有二十七八岁了,男朋友也没有找一个,婚也没有结,她又跑出去上大学,这样的大姑娘我见得太少了。她知道自己要什么、追求什么、想得到什么。

我喝了酒,兴奋起来了,我又向谷香敬酒:

"谷香妹,我也敬你一个,祝贺你考上了中专,以后也成为小知识分子。"

"谢谢你,胡南哥,我还没有敬你酒呢。"

"你向我敬什么酒呀?我既没有考上中专,也没有考上大学……"

"那我也应该向你敬酒，"她说，"我至少应该向你表示感谢吧？我和小静下乡期间，你左一趟右一趟地向山里跑，看望我们，十分热心地帮助我们、接送我们，这就是你的功劳。我们在农村呆了一年半的时间里，你跑了八趟，平均下来一个多月跑一趟，够累的，也够辛苦你的。"

"你记得这么清楚？"

"这能忘记吗？你为我们做的好事儿，我是一辈子也不会忘记的。"

"我不光是为了你，小静也需要帮助，这是应该的，我是当哥哥的嘛，理所当然的。"

"反正不管怎么说，我要感谢你帮助了我们，辛苦你了，胡南哥，谢谢！"

"这是应该的，你用不着感谢我。"我与谷香妹碰杯。"我进山去帮助了你，同时也帮助了我妹妹，这是两全其美的事儿呀。"

"你说得也对，不过我还是应该感谢你。喝一个！"

我与谷香喝了碰杯酒。

我妹妹也站起来，学会举杯敬酒了。

"哥，那我也敬你一个。"我妹妹说。

"咱们兄妹之间就不用了吧？"

"不，这酒一定要喝。"

"好，喝！"

我又倒了酒，与妹妹小静碰杯喝了酒。我觉得与谷香妹碰杯、喝酒特别地香，特别地美。与我妹妹碰杯、喝酒，感觉不一样。

谷香妹妹又为我倒满了酒杯，同时也为自己倒了一点酒，满脸红光地又对我说：

"胡南哥，我再敬你一个。我希望你也像我大姐一样，以后争取考大学！"

"我考大学？这怎么可能呢？"我自卑地说，"我也想过考大学，可是我觉得不可能。"

"胡南哥，你怎么就没有信心呢？没上战场就交枪了？哪有你这样的士兵啊？"

"我有自知知明，"我坦诚地对她说，"我是初中毕业生，肯定是考不上大学的。现在中国考大学是万人争过独木桥，我怎么可能考上大学呢？我差得太远了，基础不行，我对数理化实在是一点儿兴趣也没有，根本学不进去。"

我父亲挖苦我说："你呀，是没有出息，没有志气，没有雄心壮志。"

谷玉大姐对我父亲说："胡大叔，您可不要这样说，其实我发现胡南还是一个很聪明的孩子，特别地与众不同。只不过是人各有志，他不想考大学，不见得以后就没有出息。"

"对啦，"谷香妹妹也开口为我说话，"其实胡南哥挺有志向的，还想当作家呢。"

"作家那么容易当呀？"我父亲说，"当作家，写文章，要努力一辈子，还不见得最后能成功，也许辛辛苦苦一辈子，最后白忙碌。我倒希望他能脚踏实地，先想办法考上大学，当作家那是以后的事情。"

我父亲的意思是让我先找一块知识的园地，考上大学，后面的路才好走。可是我不想听从父亲的劝告，我有我的想法，这也许就是青年人的叛逆心理吧。

我接受了谷香妹妹回敬的酒，与谷香又喝了一杯，算是好事成双吧。

谷大叔酒喝多了，喝得兴奋了，话也多了。谷大叔又举起酒杯来，对我说：

"来，小爷们，我也敬你一个！好小子，好好学习是根本，以后也争取考个什么中专、大学之类的学校读一读，你小子还是挺聪明的。"

"谢谢谷大叔！"我受宠若惊地倒了一杯酒，端起来与老前辈喝酒。

"胡南，多吃菜，少喝酒，"谷大妈对我说，"你不要听你大叔的，他是喜欢喝酒，喝多了酒，就喜欢教训人。"

"大妈，我觉得大叔说得挺有道理的呀。"

"有什么道理呀？他一喝了酒就废话多，说起来没完没了，嘴上就没有把门的啦，什么话都想说。"

"喝了酒话多是正常的，"我母亲说，"你就让他说好啦，话多就是想说话啦。"

"大姐，你说得太对啦，你说我们家小玉考上大学啦，小香考上中专啦，我的话能不多吗？说出来心里才痛快呢，是不是呀？"

谷大叔真是过度高兴、过度兴奋了，不用人敬酒，最后自己就喝上了，一杯接一杯地喝。

谷大妈真怕他喝醉了，马上又劝他：

"老头子，你少喝点酒吧，不要喝过了量，真喝醉啦。"

"不会的，老婆子，没有事儿的。"谷大叔兴奋地摇着酒杯说，"我今天特别高兴，我肯定是喝不醉的。"

"世荣，你高兴就自己多喝一点吧，"我父亲对谷大叔说，"我是不陪你了。我不能喝酒，这你是知道的。"

"好，我也少喝一点，不能高兴就喝醉了。"

其实谷大叔喝酒神志还是非常清醒的，虽然话多，但也不是乱说，也不是胡说八道。我们全家人与谷家人在一起欢聚一堂，欢声笑语，庆祝谷家好事成双，真的是非常高兴。我们两家人之间的友好感情真的相处得好像亲戚一样。

我们两家人从进山在一起友好往来，不知不觉已经走过了十个年头，十年的时间，多么可贵呀！这十年的时间，也是我们胡家人与谷家人最快乐、最高兴、最幸福、最美好、最难忘、最值得怀念的日子。那时候我们的生活虽然不富有，但是精神上是满足的，按照老百姓的话说是苦中有乐，知足者常乐。

此后，谷玉大姐到北京去上大学。她走了之后，谷香妹和我妹妹在家里读了中专。

我呢，还是继续看书，继续学习，继续创作我的文学作品。我没有听从亲友们的劝告考大学，这可能是我一辈子最失策的地方吧。

虽然我十分努力，学得也辛苦，写得也很累，但是我在文学创作方面依然没有取得什么成绩。我的文学作品写了不少，有小说，有诗歌，有散文，自我感觉不错，可是寄出去就石沉大海，无声无息，没有一篇发表的。这对我的进取心以及对我的精神和毅力是个残酷的打击。我为什么写不出好东西来呢？难道我没有搞艺术创作的天分吗？

时间不知不觉滑过了三个年头，我妹妹和谷香妹中专毕业了。她们要参加工作了。

有一天，谷香妹到我家来，突然问我：

"胡南哥，我问一下，我们马上就要毕业分配工作了，你说我们是到处室工作好呢，还是到工厂去工作好呢？"

我坦率地回答说："当然是到处室去工作好啦。"

"到处室去工作有什么好呢？"我妹妹问我。

"傻瓜，到处室工作是上层领域，是主管下面的工作单位，当然还是到处室去工作好，有发展前景，明白吗？"

"明白了。"我妹妹大有所悟。

"我也是这样想的。"谷香妹听了我的话,也表示赞同。

我发现她要参加工作了,穿的衣服也漂亮了,头发也烫了,人显得成熟了,越看越美丽,越看越动人了。

我问她:"谷香,你们马上就要参加工作啦?"

"是呀,胡南哥,我们马上就要分配工作啦。"

"那我应该恭喜你们呀。"

"谢谢。胡南哥,你最近还写小说吗?"

"当然写啦,没有事干什么呢,看书、写东西,不是可以消磨时间吗?"

"胡南哥,你真行,我真佩服你有这种坚持不懈的精神!"

"算了吧,你们都中专毕业要参加工作了,我还一事无成,你就不要嘲笑我了。"

"胡南哥,我可不是嘲笑你,我说的可是真心话。"

"我的感觉是挺悲观的,学习创作几年了,到现在一篇东西也没有发表,我开始怀疑我没有这方面的创作才能了。"

"胡南哥,不要恢心,当作家的创作才能不是一天两天就能学成的,是要靠生活的积累和岁月的沉淀,坚持下去,坚持到底,才有可能取得成功的。"

"谢谢你的鼓励。谷香,你现在还看书吗?"

"看书,而且我是越看越想看,现在我也一天到晚离不开书了,天天在家看小说。"

"你家里有什么好书?"

"你还问对了,胡南哥,我家里还真有好书看。"

"说一说。"

"实不相瞒,我家里的好书,是我姐从北京给我买回来的外国书。"

"外国书?外国书你能看得懂吗?"

"当然看得懂,是外国的小说、戏剧,还有诗歌,是翻译过来的外国文学作品。"

"是外国的文学作品?你能借我看一看,饱一饱眼福吗?"

"当然可以,你要看,我能不借吗?不过要等我看完了之后才能轮到你。"

"那好吧,等你看完了之后借给我看一看。"

"好说,过几天我就把书拿来借给你看。"

"那太感谢啦。"

她走了之后,母亲温声细语地对我说:

"儿子,你该找对象了,不要一天到晚地就知道看书、学习、写作,耽误了找对象的大事儿,知道吗?"

母亲的话是明显地提示我,要抓紧时间找对象。是呀,我是该找对象了,是该找女朋友了。母亲的话太明显了,母亲也看中了谷香。

过了几天,谷香妹又到我家来了。她和我妹妹告诉我,她们的工作问题已经落实好了,她们两个人都分配到处室工作了。

她们两个人应该算是命运好吧,读了中专,就分配到好工作了。

她们是属于 80 年代初期,国家恢复正规教育制度后的第一批中专毕业生,所以是属于非常抢手的小知识分子。那个时候国家恢复高考的第一届大学毕业生还没有毕业,中国的知识分子太少了,全国各地都非常缺乏,中专毕业生也算小知识分子了,所以他们也成为企事业单位的抢手货,中专毕业生也特别吃香。当时的国情是有知识、有文化的人太缺乏了,所以中专毕业生能找到好工作也不足为奇,他们分配到哪儿去工作,都受到企事业单位的热情欢迎。他们参加工作,就成为吃皇粮的国家干部,比我的命运好多了。

谷香妹告诉我她分配工作单位的同时,还给我带来了三本书:一本是莎士比亚的诗集,一本是莎士比亚的戏剧集,一本是巴尔扎克的小说集。坦率地说,我过去从来没有接触过外国文学作品,在此之前,我连一本外国文学作品也没有看过。她拿来的书还是新的。

我问她:"这几本书你看过啦?"

"我都看过了。"

"写得怎么样?"

"好看。都是世界著名作家的作品,你好好看看吧,对你学习创作肯定是有帮助、有好处的。"

"谢谢,太感谢啦!"

好书,对我来说确实是最好的精神财富!谷香妹借给我的书,我看了七天七夜,爱不释手。我十分惊讶地发现,外国还有这样好的文学作品,还有这样精美的文学佳作!她借给我看的书,是我一生中第一次接触外国文学作品,真的是让我大开眼界，影响了我一辈子的走向。

为此我特别感激谷香妹，特别感激当年美丽可爱的小姑娘。我一辈子也忘不了她对我的帮助！她当年就像一名给我指路的警察，告诉我通向文学之路应该怎样走。她借给我看三本书的重要意义在于：引导我从中国古典文学，从"文化大革命"的流行文学，走出来，转向了解外国文学作品；学习世界文学作品的广阔天地。

此后二十多年，我读了大量的外国文学作品，看了大量的外国文学名著。可以说，是她点拨我看到了世界文学史上最优秀的文学作品：莎士比亚的戏剧，厄尔多尼的戏剧，席勒的戏剧，易卜生的戏剧，布莱希特的戏剧，萧伯纳的戏剧；雨果的小说，巴尔扎克的小说，斯汤达的小说，大仲马的小说，托尔斯泰的小说，高尔基的小说；歌德的诗剧，普希金的诗歌，荷马的史诗，等等。如果没有她的指点，我可能还在中国古典文学、"文化大革命"的阶级斗争文学里面转圈子呢。正是由于她的点拨及指路，我才走向了戏剧文学创作之路。因为我最先看到的外国文学作品就是莎士比亚的诗集、莎士比亚的戏剧集，所以，我的学习及创作也由小说、诗歌，转向了戏剧创作。我要特别感激谷香妹，我后来转向戏剧创作，完全是她指点了我的迷津。

我深深地爱上了这个美丽、聪明、可爱、喜欢看书的小姑娘，可是她会爱我吗？这是个大问题了。她能看上我吗？我心里感到忐忑不安。我看到她，既爱又喜欢。可是我们两个人的自身条件又不能相提并论：她22岁，我26岁，她中专毕业，我初中学毕业，她是国家干部，我是普通工人，她参加工作就挣钱比我多。我心里有一点自卑感。可是不管怎么样，我爱上了她，对她动心了，这是我的青春之心十分热烈地为一个姑娘而跳动！

她借给我看的书打开了我的思路，开阔了我的眼界，让我看到了世界文学精彩的名篇佳作。我坦率地说，我在人间爱上的第一个姑娘就是她。她也是我一生中第一个心醉神迷的姑娘，是我一生所遇到的最美丽、最可爱的女神，她也是唯一支持过我、鼓励过我、点播过我从事文学创作的外人。

我说外人，是因为在前面已经对读者说过了，我从立志从事文学创作那天起，除了家里人支持过我，外人在背后没有说过我好听的。

我说的读者朋友们可能不大相信，难道我年轻的时候就没有交上过知心的好朋友吗？我实事求是地说，没有，真的没有。因为在我生活的环境和接触的

// 生活见闻录 //

人群中，就是社会的普通众生，按照过去文人的话说，就是凡夫俗子、小市民、没知识、没文化、没什么理想、也没有什么志向的人。我青年时代结交的朋友，可以说没有我欣赏的人，就是吃喝玩乐的朋友；吹牛、喝酒、打麻将、斗地主，说白了，也就是一群乌合之众。

他们也不相信我一个中学毕业生能写出小说来，能写出戏剧来。只有我喜爱的姑娘谷香，对我另眼相看，她觉得我与众不同，她觉得我跟其他人不一样。她以独特的眼光看到了我身上的可爱之处，虽然我生活在吃喝玩乐的小市民中间，但是我的思想，我的感情，我的灵魂，我对社会事务的看法，我对社会事务的见解，明显地与众不同，所以她也喜欢跟我在一起交流思想、交流感情，畅谈文学、畅谈社会、畅谈人生。而且我们俩人在一起，谈话的内容也十分丰富，两个人交流起来也是话如流水，流畅、动听。这是我与任何人在一起相处从没有过的感受，我们彼此之间心里都有同样的感觉。

谷香成了我文学艺术创作道路上的良师益友！她让我认识了法国的大作家巴尔扎克、雨果、司汤达、大仲马、罗曼罗兰；英国大戏剧家莎士比亚、萧伯纳，诗人拜伦，小说家狄更斯、哈代；德国大诗人歌德、海涅，杰出的戏剧家席勒、布莱希特；俄国大诗人普希金，杰出的作家屠格涅夫、果戈里、托尔斯泰、高尔基。我用心通读了她姐姐给她买的，她借给我阅读的世界艺术珍品中的文学名著，世界文化史上的经典之作。我的知识与创作，也有了大幅的提升，我的思想及我的灵魂也得到了净化与升华。可爱的小谷香，也让我明白了一个最简单的问题，中国的新文化运动、"五四"白话文学的历史起源于西方，源于欧洲。

我的青年时期的生活乐趣全部用来通读谷香借给我的外国文学作品上面了。后来，我又回过头来阅读我国的文学大师鲁迅、郭沫若、茅盾、巴金、老舍、田汉、曹禺等名家大师的作品。那是我一生中读书最多的时期，也是我一生中读书最有收获的时期。

谷香妹叫我漫游在世界文学艺术的宝库中，漫游在艺术世界的海洋里，吸取知识，吸收营养，吸取精华。我明显地进步了，我能写出东西来了。虽然我写的文学作品，寄出去还是石沉大海，但我还是在她的点拨之下，从世界各国的文学艺术作品中吸收了丰富的营养，为后来的艺术创作打下了良好的基础。

## 第 10 章 女神降临

随着岁月的流失,随着年龄的增长,谷香已经变成了一个美丽迷人的大姑娘。她惊人的美丽,她甜美的笑容,经常敲打着我心,拨动着我青春感情的情弦,触动了我青春美妙的神经及灵魂。我真的爱上了她!

我不知道中国古代的四大美人西施、貂蝉、王昭君、杨贵妃长得什么样儿,但是我敬爱的小姑娘谷香,就是我心目中的西施、貂蝉、王昭君、杨贵妃!我没有见过中国古代的四大美人,但是谷香实实在在地生活在我的面前,让我爱得神魂颠倒,爱得如痴如醉!

这是我一生中痴迷地为了一个姑娘而动真感情,如果能得到她的爱该有多美呀!我跟她来往最密切的时期,关系最友好的时期,就是她进入青春最靓丽的时期!参加工作以后,她经常到我家来找我妹妹一起去上班,因为她们上班的地方是在同一地点,她们每天上下班都要坐公共汽车。

她经常到我家来找我妹妹一起出去玩儿,一起逛街,一起出去买东西,还像过去学生时代形影不离的小姐妹一样。

我爱她,可是我又怕她瞧不起我,因此,心里有一种渴望,又有一点自卑感,这种心情是复杂的。自从心中产生了爱意以来,我每一次见到她,就会在她面前莫名其妙地不自然,身子发抖,说话发飘,心跳过速,脸上发烧,浑身发热。这真是奇怪的生理反应。尽管我激情澎湃,热血沸腾,但是我也没有胆量和勇气对心爱的姑娘说"我爱你!"

这就是我年轻的时候对一个美丽姑娘的爱与迷恋之情。尊敬的读者呀,你们会说,这可能吗?既然如此热爱一个姑娘,为什么不敢向她表白呢?为什么不敢开诚布公地对她说爱她呢?我诚实地对大家讲,因为时代不一样。

我们那个时代,"文化大革命"刚结束不久,改革开放也起步不久,人们的思想还非常地保守,即使爱上了一个姑娘,也是在心里默默地喜爱,不敢胆大妄为;而且只有年轻,心地纯洁,心灵干净,才会如此尊重一个美丽可爱的姑娘!

　　虽然我们家后来搬了家,分了新房子,不跟谷香家住在一起了,但我还是可以经常见到她,因为她还是经常跑到我们家里来找我的妹妹玩。

　　而且这个美丽的姑娘,每一次到我家来,总是穿得漂漂亮亮的,打扮得流光溢彩的,看起来光芒闪烁,特别好看,特别漂亮,特别迷人。她是为博得我的眼光和感情穿漂亮衣服吗?我每一次见到她,心里总觉得痒痒的。她到我家里来,总是欢天喜地跟我聊天,找我说话,跟我交流文学、畅谈影视剧、交流艺术感想,等等。因此我们之间总能找到共同的语言、共同的话题,总能找到最喜欢交流的题目。她的美丽,她的清纯,她的热情,她的一举一动,她明亮的眼睛,她迷人的嘴唇……反正她的一切的一切,都是十分的可爱。也就是古人说的"情人眼里出西施吧。"总之,一句话,她是我心目中最喜爱的姑娘!

　　可是她能看得上我吗?我们之间的爱情能开花吗?爱可真是说不清、道不明的事情,或者说是莫名其妙的灵魂之花难以开放吧。

　　我和小谷香之间有半年的时间就是在这样朦胧的暗恋中度过的。我爱上了她,又不敢大胆地向她表白。她看中了我,也羞于启齿。我们双方心里都明白爱上了对方,但是我们两个人又一样羞羞答答,怕唱出心中的情歌来,怕对方捂上耳朵,遭到拒绝,怕面子上过不去,这就是青年人之间的初恋。爱是多么纯洁,多么甜美,多么美好呀!如果是玩弄青春感情的骗子、流氓,就不会有这样纯洁迷人的感情和爱的甜蜜感悟了。

　　自从我们心中产生爱情以来,她到我家来的频率更多了,跑得更勤了。过去她是一个星期来一次,后来她是三天两头来一回。表面上她是来找我妹妹的,但是我心里能感觉到她是来找我的。因为她跟我妹妹之间的交流并不多,我妹妹是属于话少、语言不多,而又比较文静的姑娘。可是我和谷香妹两个人在一起交流起来,话就多了,什么政治、经济、文化、历史、新闻等,无所不谈。谈着谈着我们之间的谈话就不正常了,交流也不正常了,说话也变得结结巴巴的,这是什么反应?我们两个人偷视对方,就会莫名其妙地脸红了。但是我们两个人还是喜欢在一起交谈,天南海北地什么都喜欢谈。我和美丽的小朋友心里默默地相爱,嘴上都没有勇气说明白,其实还是我不中用,没有男子汉的勇气和精神。她是个女孩子,缺乏勇气表白,应该说情有可原。可我是一个顶天立地的男子汉,也如此胆怯,就实在可笑,太没有用了,可悲可怜!

我年轻的时候，在姑娘面前实在太腼腆了。看谷香一眼，或者说对她微笑一下，随后也会感到心情紧张，面红耳赤。我们在一起畅谈文学，畅谈艺术，畅谈理想，畅谈人生，却总是滔滔不绝，兴致勃勃，有时一谈就是两三个小时。可是沉静下来，我就不知道该说什么了，她也不知道该聊什么了。赶上吃饭的时候，她就在我家里吃饭，一点也不会客气。因为大家已经有太多年的感情了，有一家人的亲切情感了，所以也用不着客气。但是我爱上了她，为什么就没有勇气说出来呢？这是因为我觉得自身的条件太差了，各方面的条件都比不上她。她不光人长得阳光、靓丽、迷人，追求她的人要排队呢。我觉得我好像没有追求她的资本，所以从心里产生的自卑感使我胆小如鼠，迟迟不敢向她表白我的态度。

连我的妹妹也看出来我们之间产生了感情，产生了爱情的火花，就是温度升不起来。

有一次，我到她家里去还书，正好看到她家里没有人，家庭成员一个也不在，只有她一个人在家里看书。

"来坐吧，胡南哥，最近在写什么东西呢？"

"在写戏剧。"

"看来你已经养成好习惯了。"她说，"我发现搞文学创作也挺不容易的。"

"你怎么知道？你体验过？"

"是呀，我也想学习写小说，向你学习，将来当作家。可是我实在写不出来，照你的精神和毅力差远了。我想写，可又坚持不下来。"

"习惯成自然，写习惯了就好了。"

"可我每天晚上想写东西，坐到写字台前就没有灵感了，你说这是为什么？"

"开始写作是这样的，不知道写什么，慢慢坚持下来就会有进步的。"

"可是我每天晚上写不到十点钟就困了，睁不开眼睛了，老想睡觉。"

"我开始学习创作也是这样的。"

"看来梦想当作家容易呀，要写出作品来实在太难了。"

她又一次向我表白了她也想当作家的梦想，让我感到大为高兴，心里也特别地激动。我鼓足勇气对她说：

"谷香妹，你真想学习文学创作，让我们一起奋斗吧？"

"好哇，我愿意给你当学生。"

我正想对她说：你真可爱！可是话到嘴边还没有说出来呢，她母亲谷大妈就从外面回来了，老人家买菜到家进门了，吓得我把话又咽回肚子里了。

我们东拉西扯，说了一些没有什么用的话，我的满怀激情后来就流失了。

亲爱的读者呀，你们也许会说，我讲的故事也太没有什么意思啦，太不精彩了，既没有拥抱，也没有接吻；既没有浪漫的情怀，也没有激情的表演，这不是浪费时间、浪费感情吗？是的，我承认，在我心爱的姑娘面前，我太懦弱了。但是我要告诉你们，这种爱可是人间少有的，就像俄罗斯著名的作曲家柴可夫斯基与梅克夫人一样，是纯精神的，是刻骨铭心的。今天年轻的读者想不明白，也理解不了，难道我爱了她那么长的时间，就没有想到过要摸一摸她洁白如玉的手吗？就没有想到过要吻一吻她美丽可爱的嘴唇吗？我老实承认，想到过。可是我不敢，我怕她生气，我怕不小心碰坏了一件精美的艺术品。有人会问，你得到过谷香姑娘美丽幸福的礼物吗？我要诚实地对大家说，得到过，但是精神上的，不是肉体上的。我遗憾的是我连她雪白如玉的小手指碰都没有碰过，更不要说亲密接触之类的事了。

我们那时候不像现在经历过改革开放的年轻人，思想开放，想亲就亲，想抱就抱，想干什么就干什么。那时候我们的青年男女之间谈恋爱好像木偶一样。当然了，那是时代教育的结果，使我们只懂得精神上的爱情，不懂得肉体上的爱情。

至于性，在结婚之前连想都不敢想。这也许是我们那个时代愚昧的地方。所以我们之间的爱情就像柴可夫斯基的《天鹅湖》舞曲一样，欢快、舒情，但是缺少激情飞扬的色彩，这也是真的。我和谷香之间的故事，今天回想起来还是令人难以忘怀，令人心醉，如同昨天发生的故事一样。

时间过了一年，我和谷香之间的感情已经发展到了激情燃烧的地步了。可是我想出来向她表示爱情的方法，居然是向她写情书，向她表达我的感情，表达我的爱意。我想鼓足勇气把事情挑明了。我相信我的舌头在她面前说话发抖，我手中的笔比我的舌头要灵活，要善于表达，不会发抖，而且也能够打动她的心。于是我就开始动笔给她写情书。我给她写第一封情书写了三个晚上，可见我对她的感情有多深，心情有多重视了。

最后一天晚上，我在灯下修改情书的时候，母亲给我送苹果来了，我也正好想吃一点东西，母亲送来的正是时候。我吃苹果的时候，母亲问我写什么东西还不睡觉？母亲过去从来是不关心我写什么东西的，因为母亲知道我每天写东西已经成了习惯。母亲总是默默地支持我，鼓励我，看我写得太晚了，就送过来一点吃的东西给我，劝我早一点休息，因为我写东西经常是过了子夜时间的。我当母亲只是随便问一问。

母亲又接着对我说："孩子，你找对象的事情怎么样啦？不能光写东西，不找对象啊，人过了三十岁可就不好找了，知道吗？儿子，干什么事情需要果断，不要犹犹豫豫的，等天鹅飞了，你再想抓它就来不及了。"

"妈妈，您不要着急"，我对母亲说，"我一定会找到好对象，抓到一只美丽天鹅的。"

"你不着急，妈妈急了。"母亲对我说，"你已经二十七岁了，我的儿，你再不找对象，你的黄金时期就要过去了。"

是呀，妈妈说的有道理，再不找对象，我的黄金时期就要过去了。可是我怎样向我心爱的姑娘表白呢？这可是难为情的大问题呀。

"妈妈，您不要为我的事操心了"，我对母亲说，"我心目中早就有可爱的姑娘啦。"

"妈妈知道你心中有可爱的姑娘了，你说的就是谷香吧？"

"是的，妈妈。"

"可是你想找她就要赶快下手，明白吗？"

"妈妈，你觉得谷香好吗？"

"谷香当然是个好姑娘"，我的母亲说，"她人长得漂亮，也够聪明的，她要是同意跟你，妈妈也会为你高兴的。"

"妈妈，我就喜欢她。"

"你喜欢她就应该让她知道，我的儿子，你懂吗？"

"妈妈，我正在想办法让她知道。"

"你对她说了吗？"

"没有，我还没有对她说过。"

"你没有对她说过，她怎么会知道呢？"

"可是妈妈，我不好意思对她张口。"

"哎呀，我的傻儿子，亏你还是一个大小伙子，你不好意思开口对她表达，她怎么会知道你喜欢她呢？你要喜欢她，就要开口对她说实话。"

"妈妈,我正想写情书告诉她呢。"

"写情书告诉她?我的儿子,用得着这么麻烦吗?你要想抓住她,就要趁早告诉她,办事不要拖拉,什么好事儿拖得时间长了,就要出问题的。"

妈妈鼓励我尽早向她表白,我也勇气倍增了。我对她的爱真是激情似火,青春的热火燃烧了。我继续写我的情书。我已经是六尺高的男汉子了,我还这样胆小怕事,心里忐忑不安,我还算什么男人呢?我想了有两天的时间,我觉得妈妈提示我的话还是对的。所以我必须要抓紧时间,向我心爱的姑娘表白一次,如果失败我也就死心了。我写好了献给谷香的情书,像散文诗一样的美,可是怎样献给她呢?我聪明地想到了我妹妹,我想委托我妹妹把情书转给她,我就用一个信封,把情书装在信封里,交给我妹妹,对她说:

"小静,你有时间请把我写的东西转给谷香。"

"哥哥,这是什么东西呀?"妹妹笑着问我。

"这是我写给谷香的信,请你转交给她吧。"

"哥哥,是情书吧?"

"你就不要问了,你把东西转给谷香就是了。"

"哥哥,她经常到我们家来,你为什么不亲自交给她呢?"

"我实在不好意思当面交给她。"

"你可真是的,哥哥,还写书呢,连这样一点勇气也没有,以后还能成大事吗?"

我妹妹虽然挖苦了我的胆怯,不过她还是按照我的要求把我的情书转给了谷香。她有一个星期没有到我家来。我有一点儿坐立不安了。她是什么意思呢?她接到了我的东西为什么没有反应呢?她为什么不到我家来啦?我真的是想不明白,心里面盼望着她到我家来能给我答复。可是她不露面了,我觉得我追求她的梦想可能要没有戏了,我胡思乱想她是不是看不上我呀?有一天,我问妹妹小静:

"谷香最近怎么不到我们家里来玩啦?"

"你想她了?"我妹妹故意逗我。

"奇怪,她接到我写的东西怎么会没有动静啊?"

"没有动静,说明人家有想法呗。你可以到她家里去问问她呀。"

"可是我不敢到她家里去当面问她,我怕她当面拒绝我,叫我下不了台。"

"你呀，我的哥哥，"我妹妹笑了，"你真是语言的巨人，行动的矮子。心里爱她，你为什么就不敢自己对她说呢？你这样胆小怕事，不成事儿的。"

"我知道。我想问的是，她为什么不到我家里来啦？是不是我写给她的信，使她心里对我有了不好的想法？或者是她看不上我，还没有想好怎样答复我？"

"不是的，她出差了，去北京了，过两天就回来了。"

原来她到北京出差了，也是到北京去看望她姐姐去了。谷玉大姐还在北京读书。

谷香出差回家来之后，就委托我妹妹转给了我一封回信。我激动地打开信件看。她在信中说：你的情书写得很好，文笔很美，看来你在文学创作方面有了非常明显的进步，请继续努力。其余什么也没有写了。她是什么意思呢？她在回信中并没有给我明确的答复。于是我又给她写了一封情深意切的情书，请我妹妹转交给她。我妹妹坦率地说：

"哥哥，你和谷香之间累不累呀？你们有什么话不能当面说呀？"

"我是想当面对她说，可是她不到我们家来呀，怎么说呀？"

过了两天，我妹妹下班回家来，给我拿出了一张电影票，并且对我说：

"哥哥，晚上你到电影院去看电影吧。"

我们山沟里的小城，经过十多年的建设和发展，电影院还是才建筑起来的，我还从来没有到电影院去看过电影呢。我问妹妹小静：

"看什么电影？"

"新电影，这是我们单位发的电影票，你去看了就知道了。"

"晚上我还有东西要写呢，不好看的电影，我就不想看了。"

"你就去吧，哥哥，我保证你看到的是一部精彩的好电影，你看了之后会高兴的。"

"真的吗？那你为什么不告诉我是什么电影呢？"

"这是秘密。听我的，你就去吧。"

我拿着妹妹小静给我的电影票，吃了晚饭就跑到电影院去了。我拿着电影票，找到了属于我的座位，坐下来，等着电影开场。看电影的人慢慢进来了。电影快开演的时候，我意外惊喜地看见谷香来了。我看见她走到我座位的旁边位置来，我真是兴奋不已呀。

我惊讶地发现她又改变自己的形象了，她又变样儿了。她居然烫起了大波浪长发，这是她过去从来没有过的形象，她原来的头发总是在后面扎起来的，看起来是那么地青纯、质朴、自然。不过她留起了大波浪长发，还有大花卷，看起来更是显得光彩照人，别有一番气质，而且还有一点洋姑娘味儿了，看起来好像一位外国姑娘了。难道她是为我改变的形象吗？这就是她从北京回来最大的变化。出了一趟远门，到大城市走了一圈，回来变得洋气了。

"你来啦。"我马上把她的座位放下来，请她就座。

"胡南哥。"她对我甜美地笑了一下。

"你今天变样儿了，我好像认不出你来啦。"

"是吗？我变什么样儿啦？"

"变得更美啦，更漂亮啦。"

"是吗？"她俏皮地看了我一眼。

"看起来像一位外国姑娘啦。"

"你是夸我呢，还是骂我呢？"

"当然是夸你啦。"

"谢谢。你怎么来啦？"

"是我妹妹叫我来的。"

"是小静叫你来的？"

"是的，是她给我的电影票。"

"这个鬼东西。"

"你的电影票是从哪儿来的？"

"也是你妹妹给我的。"

"听说你出差了？"

"是的。"

"什么时间回来的？"

"前两天回来的。"

"出差辛苦吧？"

"出门在外是辛苦，不过玩起来也挺开心的。"

"听说你到北京去了，到你姐姐那里去了吗？"

"去了，到北京出差，我能不去看望我姐姐吗？"

"大姐她还好吧？"

"她还好。她考研了。"

"她还要继续读书?"

"是的,我姐想要高学历。"

"你姐结婚了吗?"

"还没有,不过已经有对象了。"

"你的头发是在外面烫的?"

"是的,是在北京烫的。好看吗?"

"好看。"

"新潮吧?"

"新潮。"

"惊喜吧?"

"是呀,太惊喜啦!"

这时电影院的铃声响了,电影院的灯光灭了,电影开演了。我偷偷摸摸地用眼睛瞟着谷香,根本就无心看电影。她呢,也时而用眼睛窥视我,我相信我们两个人的心情是一样的。电影银幕上演到男女主人公相爱接吻的时候,我激动得浑身发抖。我发现她的心情也不平静。我想握着她的手寻求心灵的感应,她马上把手抽出去了。我看电影看得迷迷糊糊的,至于电影演的什么内容我也不知道,影片的主人公叫什么名字我也不知道,我什么都不知道,我的脑子一片空白了。我的脑子里光想着她,光想着影片主人公相爱接吻的镜头,看了一场电影,连影片名也没有记住,光看热闹了。电影散场了,我们才从激动的情感中回过味来,头脑清醒了,该退场了。我十分感谢我的妹妹小静,聪明地为我和谷香两个人巧妙地安排了这次约会。电影散场以后,我还不想跟她分手。我又热心地邀请她:

"我们一起到夜市去买一点吃的东西吧?"

"好吧,我同意,今天听你的,我跟你走。"

她高兴地接受了我的邀请,我们的约会成功了。我太激动了,她欣然接受了我的邀请,说明她接受我渴望的梦想与爱情了。我带着她到夜市商店,买了一些点心和水果。我一边请她吃点心和水果,一边跟她一起散步,这就说明我们之间甜蜜的爱情小曲儿由此开始了,不过这只是我们彼此相爱开场的序幕,后面接下来的节目就更精彩了。

# 第 11 章  苦涩初恋

　　当然了，年轻人都经历过谈情说爱的甜蜜阶段，这个阶段是两个人感情交流的过程，同时也是两个人相互了解灵魂与爱情的过程。不过每一个人的经历还是不一样的，感受也是大不相同的。我妹妹聪明地为我和谷香牵了红线，搭了鹊桥，后面我就变得主动了，胆子也慢慢变得大一点儿了。

　　过了一段时间，星期天休息，我邀请她一起到水上乐园去玩儿，同时也邀请我妹妹和她的男朋友一起去玩儿。她们都十分高兴地答应了。

　　天啦，那是多么美妙的星期天哪！我拿了我新买的照相机，带着她，带上我的妹妹，和我的准妹夫，到水上乐园去游玩儿，去消夏。我们四个人租了一条小船，在水上乐园的月亮湖里，一边划船，一边用照相机留下快乐的影像，留下青春靓丽的身影，留下兴致勃勃的形象。

　　水上乐园是一个风光秀丽的地方，月亮湖是水上乐园最美、最灿烂的明珠。水上乐园实际上是一座中型水库，它坐落在崇山峻岭之中，也是一座中型水力发电厂。大坝有五十多米高，拦截了从上游下来的几支山脉的水源，人工造成了一个很大的月亮形的湖水宝库，水深处可能有四十多米吧。水库的周围是青山环绕，丛林密布。这里是本地唯一的一座人工建造的水上乐园，既是水力发电厂，又是最好玩的娱乐场所。

　　夏天骄阳似火的时候，来这里划船、游玩、游泳的人特别多，尤其是晚上，老天发威，气候最热的时候，月亮湖就成了青年人谈情说爱的风水宝地，成了青年情侣们相亲相爱的地方。人们在这里可以划船，可以游泳，可以钓鱼，可以租船在湖上轻舟。如果胆子大一点儿，还可以到水源上游的深山峡谷之间，在水源激流汹涌的地方，坐着橡皮艇漂流，这可是需要勇气的。因为在深山峡谷的激流中漂流，坐着橡皮船，身穿救生衣，在数十米落差的激流中冒险娱乐，这是一项既刺激又好玩，而且还有一点危险性的活动。

　　光在月亮湖划船、照相，我觉得太平淡了。我对同伴们说：

"我们到上游神头峡去漂流吧?"

"好,我们去漂流。"我妹妹的男朋友说。

"我也想去,听说漂流很好玩的。"谷香表示赞同。

"我可不想去,听说漂流死过人的。"我妹妹胆子小,所以她不想参加冒险活动。

"走吧,小静,没有事儿的,我们能保护你。"我妹妹的对象主动做我妹妹的工作。

"漂流不会有事儿的,"我对妹妹说,"如果你不想漂流,可以在下游等着我们,为我们看守船只好了。"

"那不行,你们漂流,落下我一个人给你们当看守,你们也太不仁义了吧?"

"走吧,我们就一起漂流,玩个刺激,不会有什么事儿的。"我对妹妹说。"有我们大家的保护,你怕什么呢?"

"不怕的,小静,"谷香对好朋友说,"漂流没有什么好怕的,不会有事儿的。"

"走吧,小静,"我准妹夫说,"漂流并不像人们所说的那样可怕,我去年玩过的。"

"好吧,"我妹妹不想扫大家的兴,"到时候你们可要保护好我。"

我们划着小船到了漂流的地点。大家下了船,上山,步行到了深山峡谷漂流的始发点——神头峡。我们四个人包了两条漂流船,我和谷香一条,我妹妹和男朋友一条。我们穿好了救生衣上了船,我坐下来撑控船舵,叫谷香躺在小船上,叫她的头枕在我的大腿上。我妹妹和她的男朋友也跟着我们两人学;穿上救生衣,男的撑控船舵,女的躺在小船里。我们两条船就一前一后出发了。

在神头峡漂流真的是又好玩又刺激的活动,小船顺流而下,冲起浪花飞溅,两岸的青山密林在眼前一晃而过,那场面真的是感觉惊险刺激。其实只要不翻船,漂流还是没有什么危险的,关键的问题是要控制好小船的方向,把稳舵,一般是不会出危险事故的。在五公里长的漂流地段上,不是一路都在激流险涡中漂泊的,还有回水的地方可以躲避风险。我们从深山峡谷中,从激流险滩中漂流下来,感觉好像飞一样,真的是太开心了。我们上山到漂流点走了将近一个小时,而漂下来还不到二十分钟。我妹妹小静和谷香两个人还不时地发出尖叫声：我妹妹是吓的，谷香妹则是兴奋快乐地呐喊。

漂流结束了，大家感觉肚子饿了，我向大家建议：

"咱们找地方去吃饭吧？"

"水库里面没有饭店"，谷香说，"我们到哪儿去吃饭啦？"

"到老乡家里去吃饭怎么样？"我发表个人意见。

"老乡家里有饭吃吗？"我妹妹看着附近的老乡家，"好像没有餐馆呀。"

"我们花点钱，叫老乡给我们做饭吃，他们肯定会高兴的。"

"那我们去问一问看吧。"我妹妹的男朋友说。

我们四个人划船到了老乡的家门前，下了船，上岸找到老乡家里。我拿出了三十块钱来请老乡给我们做饭吃，老乡看见钱，很高兴，马上收下了钱，立刻就答应为我们做饭吃。那时候，山里的农民还没有开农家乐，我们花钱在老乡家里吃了一顿便饭。老乡高兴，我们也高兴。虽然我们在老乡家里吃的是粗茶淡饭，不过吃起来还是感觉挺有味道的，挺美的，因为肚子饿了，吃什么饭都是香的，这是我们亲身感受到的。我们在老乡家里找了一间房子，四个人打了一会儿扑克牌，午休了有两个小时，喝了几杯清茶，有了精神，我们就离开了老乡家。吃饱了，喝足了，大家又有雅兴了，我们就继续划船玩儿。

我和谷香还兴致勃勃地离船，下水，玩起游泳比赛来。因为天气热的原因，我和谷香自然喜欢游泳避暑。我妹妹由于不会游泳，她就在小船上打着遮阳伞，由她的男朋友陪着玩儿，为她照相留影。我和谷香就在水里自由自在地游泳、比赛，向山沟里进发。

大水库里的水，游泳是真美呀，水深、浮力大，水面又平静又干净。我和谷香游到一座小山的后面，我妹妹和我妹夫划船没有跟上来。我见四处没有人，就大胆地游到谷香面前，抓住她，控制不住心中的情感，满怀深情地吻了她一口。

"坏蛋，不得无礼！"她满脸通红地对我说。

"我爱你！"我勇敢大胆地说。

我妹妹和我妹夫划船过来了，我就不敢再吻她了。

"看，小山上面有两棵柿子树，"我妹妹对大家说，"树上的柿子有红的！"

"我们爬到树上去摘柿子吧。"我准妹夫提出了好建议。

"好，树上的红柿子一定好吃！"我首先游到小山面前上了岸。

"好红的柿子呀,"谷香说,"你们上树去摘几个下来,咱们吃!"

我和谷香出水上了岸。我妹妹和准妹夫也划着小船过来了。我们四个人一起上了小山包,在柿子树下面停下来。

"你们还站着看什么?"谷香说,"还不爬上树去为我们摘柿子吃?"

"好吧,遵命。"

我和准妹夫爬上了两棵柿子树。谷香和我妹妹就站在树下面等着吃柿子。

红柿子吃起来又软又甜,挺好吃的。一般来说,柿子没有到时间就红了,是虫子咬过的,提前成熟了。

我和准妹夫在树上摘了大红柿子就先吃起来。谷香看见我们自私表现,她就不满地在下面叫了起来:

"喂,喂,树上的先生,你们怎么回事儿呀?你们在树上先吃起来啦,不管我们啦?"

"自私!"我妹妹也对我和她对象的表现不满。

我和准妹夫站在柿子树上面,相互看了一眼,也不理她们,继续吃我们的,装聋作哑,如同没有听见一样。谷香在树下面又叫了起来:

"嘿,我说哥哥们,你们也太不够朋友了吧?你们不能光在树上自己吃呀,下面还有两个朋友呢,给我们扔下来两个尝一尝啊!"

我们故意气她们,不理她们。谷香和我妹妹又在树下面叫了两遍,我们也不给她们扔柿子,谷香和我妹妹知道我和准妹夫是故意气她们、馋她们的。她们来气了,就在树下面摇晃起柿子树来。并且嘴里还说着:

"坏蛋,两个坏蛋!"

柿子树本身不大,长得也不是很壮实,我们人站在上面都感觉树身晃悠悠的,怕掉下来。结果她们两人摇晃柿子树,我们上面的两个人马上就投降了。

"别摇啦,别摇啦,我的小姑奶奶。"我对她说,"我们给你们扔柿子,你们别摇啦!"

"亲爱的小姐们,求你们别摇了,我们马上满足你们的要求!"我的准妹夫也吓得叫起来。

"那快把柿子给我们扔下来!"谷香说。

"挑好的,挑红的!"我妹妹发布命令。

我和准妹夫马上给她们摘下又大又红的软柿子扔下去。两个姑娘接到了柿子吃起来，也就不找我们的事儿了。我们四个人吃过了柿子，解了馋，就与柿子树告别了。

我们在月亮湖又玩了下半天时间，玩到天黑了才想起了回家。大家玩得太开心了。我特别激动的是第一次吻了我心爱的姑娘谷香，相吻的感觉是真美，初恋的感觉好像是吃了又红又软的柿子一样甜蜜、黏口。

我不知道读者们的初恋是不是像我和谷香一样的甜美、一样的幸福、一样的回味无穷，反正我是一生一世也忘不了我的初恋，忘不了那甜美的一吻，忘不了我亲爱的情侣，忘不了我的谷香妹妹。这是刻骨铭心的爱！

人们常说，初恋是一辈子最难以忘怀的事情，这话是千真万确的。人生的初恋不管是甜的，还是苦的，是酸的，还是辣的，都会长久地留在人们的心中和大脑的记忆里。我和谷香的初恋本来是很美好的，很甜蜜的，很幸福的，可是后来的结局却是个苦果。

我本来得到了谷香真心实意的爱情，我应该特别珍惜才对。可是我这个人，年轻的时候可能还是脑子有问题，被兄弟们的哥们义气冲昏了头脑，结果刺伤了谷香的心。这是我的糊涂和愚蠢的行为造成的结果。要想了解我和谷香之间的爱情故事从甜变苦的过程，还需要从我结交的朋友们说起。这是我一辈子也忘不了的教训。

我在前面多次说过，我年轻的时候结交过一些不三不四的朋友，谷香对此很反感。我结交的所谓的朋友，都是从东北一起到湖北来的发小，有的是老乡，有的是同学，我们从小上学的时候就在一起玩儿，所以长大以后大家也就十分自然地成了好朋友。但是这些朋友除了吹牛、喝酒、打麻将、斗地主、玩女人，什么人事儿也干不了，什么本事也没有，活一辈子也就是吃喝玩乐、吃喝嫖赌。谷香劝告我要远离这样的狐朋狗友，离得越远越好，不要跟他们来往。但是我这个人年轻的时候还讲究哥们义气，还讲究兄弟之间的感情，拉不下脸来与狐朋狗友们断绝来往。

有一次，谷香约我晚上到工人俱乐部一起去看从北京来的几个中国著名演员的商业演出。她为我专门买了门票，并且跟我说好了在俱乐部门口等我。结果我的朋友小崔、小牛、小皮，那天晚上非要叫上我一起喝酒，我就把谷香请我去看演出的事儿忘到脑后去了。因为跟朋友们在一起喝酒，喝兴奋了，什么事情也想不起来了，结果害得谷香在俱乐部里苦苦地等我，俱乐部的演出结束

了,我也没有到场,谷香气坏了。事后她对我特别地生气。她不满地对我说:

"看起来你的那些狐朋狗友比我重要,我在你眼里算什么呀?"

我事后向她赔礼道歉,连赔不是,可她还是对我非常生气,心里还是不舒服。她理解不了,我为什么要跟小崔、小牛、小皮那样的狐朋狗友在一起玩儿?有些事情,男人与女人之间的想法是不一样的。男人需要朋友,女人需要爱情。

事过不久,有一件事情,更加使谷香接受不了,而且对我产生了强烈的不满。

那是一天晚上,我的朋友小崔、小牛、小皮到我家里来找我。当时谷香正好在我家里玩,我和谷香还有我妹妹三个人,正在我家里兴致勃勃地玩跳棋呢。小崔、小牛、小皮他们进来了,他们明显找我有话说。谷香和我妹妹马上就主动让位,端走跳棋进我妹妹屋里玩去了。她们有意躲开了。对于我的朋友,谷香与我妹妹向来是不感兴趣的。那天小崔、小牛、小皮他们进来,我觉得非常奇怪,他们的脸色一个个看起来很难看。

我问他们:"怎么啦?有什么事儿?脸色如此难看?"

小崔哭丧着脸对我说:

"有事,胡南,出去说话吧。"

我马上和他们出去,在我家门口的走廊里停下来。

"怎么啦,你们一个个脸色像紫茄子似的?"

"刚才打架了。"小崔说。

"什么时候?"我问。

"半小时之前。"小牛对我说。

"在哪儿?"

"在电影院门口。"小皮说。

"跟谁?"

"跟老容。"小崔对我说,"他把我打了。"

我听明白了,我的三个朋友在电影院门口与老容发生了口角,结果小崔叫老容打了两巴掌,扇了两耳光。我看见小崔的脸好像有一点肿了,老容居然敢打我的朋友,我心里的怒火马上就升起来了。

我问小崔:"他人在哪儿?"

"可能还在电影院里吧。"小崔对我说。

"他们有几个人?"我问。

"就他一个人。"

"走,找他去!"

我从过道的木柴堆里拿了一根木棍,就要带着他们一起出去找老容算账。谷香和妹妹好像在屋里偷听了我们的谈话,她们马上就从屋里跑出来了。

"哥哥!"我妹妹追出来叫我。

"胡南!"谷香也追出来叫着我的名字。"你要干什么去?"

我看到谷香和我妹妹两个人一起追出来了,脸色也不好看,说话的声音也不好听,特别是谷香,非常严肃地叫我的尊姓大名,后面没有加"哥",这是过去从来也没有过的事情。

我对她们说:"我们出去有一点事儿。"

"哥哥,你有什么事儿?"小静问我。

"你回来!"谷香对我说,"你们有什么事儿?是好事儿,还是坏事儿?"

谷香走到我面前来,毫不客气地把我手里的木棍没收了。

"你们有什么事儿?还要拿着棍子出去?是不是要打架呀?"

"不是的……"我回答说。

"什么不是的?"谷香对我说,"今天晚上你哪儿也不能去!"

我看到谷香冷若冰霜的态度,肯定是出不去了,我只能对朋友们说:

"算了,事情以后再说吧。"

我的朋友也很知趣,什么话也不说了,马上就走了。他们消失在夜色中之后,谷香不客气地对我说:

"胡南,和你玩的都是一些什么朋友呀?没有一个好东西!我劝你还是少跟他们在一起吃喝玩乐,打麻将、斗地主、与人打架,这不是一个正常人的生活,这也不是一个正人君子应该干的事情。你看一看和你玩的朋友吧,有几个好人?你不觉得跟他们在一起玩得可悲吗?"

"你的看法太偏激了吧?"我接受不了她的说法,"他们是我的同学,又是我的同乡,从小在一起长大,已有多年的感情了。我跟他们在一起玩,我不干坏事儿就是了。"

"我看你跟他们在一起,时间长了也不会干什么好事儿的。物以类聚,人以群分。结交这样的狐朋狗友，还不如不交。"

"我也需要有几个朋友吧？"

"你交朋友我不反对，可是你怎么会结交这样的朋友呢？除了吹牛、喝酒、打麻将、斗地主、出去打架、流氓斗殴，没有一个像人样的！"

"你说话太跑调了吧？"

"我说的不对吗？"谷香警告我说，"胡南，我希望你不要忘记了，你中学毕业的时候，是怎么叫学校的老师和校长踢出了校门的？"

她突然提起了我过去上中学时代的不光彩事情，让我感到脸红、害臊。是呀，她对我的过去太了解了。我们从东北一起到山里来已有十多年的时间了，两家人住在一起，朝夕相处。我是看着她长大的，她是看着我成人的，所以我们之间是知根知底的，彼此太了解了。

可是我到山里来，我就生活在这样的朋友圈子里，所以我有这样的朋友也不奇怪。但是她接受不了我的朋友，她不喜欢我的朋友。

可是她为什么会喜欢我、能接受我，而不喜欢我的朋友们呢？因为，她觉得我是与众不同的人，她认为我跟小崔、小牛、小皮他们是不一样的人。谷香看中我的地方是我身上光彩的一面，积极向上的一面，有梦想、有志向的一面，奋发进取的一面。当她看到我学习创作的时候，当她听我讲古今中外历史故事的时候，她会觉得我很可爱，很有才华，很有吸引力。可是当她看到我结交一些不三不四的下三滥朋友的时候，并且与他们在一起吃喝玩乐的时候，她又觉得我跟他们一样地下三滥。其实人身上都有两面性的，既有好的一面，也有不好的一面。但是谷香接受不了我与狐朋狗友之间的来往。她说的话还是对的，她对我的劝告，也是为了我好。

现在回想起来，谷香当年劝告我的那些话，真是推心置腹，精辟准确。她的眼光真是独到，她把我结交的那些朋友的真实面目看得一清二楚，后来我的这些铁哥们，活了一辈子，没有几个干人事儿的，除了吃喝玩乐，就是吃喝嫖赌。谷香劝我少跟乱七八糟的朋友来往，是希望我能自尊、自重、自强、自爱。

她十分坦诚地对我说："我希望你不要跟这样臭鱼烂虾朋友们在一起玩儿，一天到晚无所事事，就知道在外面吃饭、喝酒、赌博、打架，以谈恋爱为名玩弄女孩子的感情，这不是一个正常人的生活！一个正常的人不能靠打架、喝酒、赌博过日子。你热爱文学,看了那么多的好书,应该具有文化修养。你有可爱的一面,也有可恶的一面。我欣赏你可爱的一面,讨厌你可恶的一面。我可以原谅你的缺点,但是不能原谅你跟愚蠢的朋友们在一起鬼混。你明白吗?"

她要求我听她的话,听从她的劝告,可是我把她的话当耳边风,听不进去。她对我的朋友们太了解了。大家都在一起上过学,读过书,又在一个工厂家属区居住过多年,不是一天两天了,所以她劝我与我的朋友们少来往,主要是怕我跟着他们在一起学坏了。当然,谷香对我的担心并不是多余的。可是我没有听从她的忠言,也没有听从她的劝告。古人说,忠言逆耳,真是言之有理呀。

我知道她瞧不起我的朋友。也难怪呀,我的朋友小崔,长得人模狗样、流光水滑的,看起来好像奶油小生一样,天生一副流氓德性,什么本事也没有,就是凭着一张破嘴,冒充姜昆的徒子徒孙,到处骗傻姑娘。他的特长就像西班牙的花花公子唐璜一样,一天到晚在外面玩缺心眼的良家姑娘,一辈子不知道玩了多少良家女性。所以谷香骂他是没有人性的流氓,也是不过分的。还有我的朋友小牛,也是流氓成性,一天到晚干不了人事儿,也就是玩弄女性,三天两头换女友,所以谷香特别反对我跟他们在一起玩儿。

可是一个人生存在世界上又不能没有朋友,我又不是天外之人,我也不能没有朋友吧?不过说实话,年轻的时候我还是太重义气、太重感情了。其实哥们义气,在地痞流氓和臭鱼烂虾的朋友们中间是不存在的,全是假的。什么哥们够朋友啦,讲义气啦,为朋友两肋插刀、拔刀相助啦,都是骗人的鬼话,没有真的,到了关键的时候,狐朋狗友什么也不是,连猪狗都不如。

可是我年轻的时候,还是把狐朋狗友之间的哥们义气看得太重了,以为朋友之间的感情应该是真的,像刘备、关羽、张飞一样桃园三结义,有这样的朋友,将来能干一番大事业,能成就一些大事业。其实这是罗惯中在《三国演义》作品中塑造的成功人物。历史上的刘、关、张具有伟大的梦想,有宏图大志,在人间是十分少有的人物,与现实生活中的地痞、流氓、臭鱼、烂虾,是大相径庭的。我还是古书看多了,中毒太深了,不愿意听从谷香的劝告中断与朋友们之间的来往,结果毁掉了我与谷香之间美好的感情。年轻人之间的哥们义气,朋友之间的感情冲动,有的时候是非常愚蠢的。

正当我和谷香热烈相爱的时候，我为朋友做了一件蠢事，其结果导致我与谷香之间的感情破裂。原因嘛，是由于我太傻了，为了朋友，为了哥们义气，伤了她的心，她不理解我的个性，从此以后她就跟我恩断义绝了。这不能怪她，只能怪我，怪我的个性，怪我的愚蠢，或者说怪我身上的缺点和坏毛病，导致了最后的苦果。

也就是某一天的早晨，也正好是人们正常要出门坐车去上班的时间，我从家里走出来，在公共汽车站等着坐车去上班。这时，我看见我的朋友小崔、小牛、小皮从马路对面走过来了。我们四个人都是要坐车去上班的。那天也是活该老容倒霉，运气不好。我们正在等车呢，他就从马路对面走过来了。

我看见了他，就想起了几天前他打小崔的事情。我就立刻招手叫他过来，老容看见我招手叫他，就知道事情不妙。那天我也是大早上没有吃饭，心里的火来得快。我要是不多管事儿，可能什么事儿也没有了。因为我的朋友们都是嘴巴上的英雄，实际上的狗熊。我不动手，他们也不会动手。我看到小崔、小牛、小皮，他们看到老容，一个个都没有什么反应。但是我这个人性格太仗义，我就想为小崔出头打抱不平。

这时候在车站上等着坐车去上班的有好多人，因为正是早晨上班的高峰时间，而且也来了两台大公交客车，大家争着挤车去上班。老容从马路对面跑过来，就立刻挤上了公交客车，要走。我马上冲上去把他从公交客车上拉下来。

"你过来，我找你有话说。"

他知道要挨打了，又转身想上车，我就挥手照他的脸上打了两拳。由于我带了头，动手打人，紧随其后的小崔、小牛、小皮也都跟着随后动了手。我们四个人把老容围起来暴打了一顿，把人打得鼻青脸肿，嘴巴和鼻子都流血了。

当时现场有好多人都看到了这一幕，我们动手打人的时候，公交车也不开了，车上车下所有的人都不走了，围着我们看热闹，没有人出面拉架，也没有人出面劝阻。因为现场围观的人太多了，所以影响很坏。

事后，大家说我如何如何凶残，如何如何暴力。大家都看到了，我是最先带头动手打人的，而且是打人最凶的一个，所以大家都认识我了。当时我还是太年轻了，感情确实太冲动了，打架不考虑影响和后果。当时现场围观的少说也有一百多号人，所以后来这件事情就传得满城风雨，影响坏极了。

流言蜚语是极其可怕的，我后来真正知道了流言蜚语的厉害，有些人就是为了传播流言蜚语活着。年轻人打架的行为本身是一件可耻的事情，打架也没有常胜将军。为了打架，我也吃过不少的苦头，把人打了我也没有占到什么便宜。

这件臭名远扬的事情自然而然也就传到了谷香的耳朵里，也传到了她父母的耳朵里。从此以后谷香就不理我了，也很少到我家来了。有半个月的时间，我打电话找她，约她见面，约她出去玩儿，她也不理我，我实在忍受不了了。

有一天下午下班的时候，我就跑到她上班的办公楼前等她，等着她下班出来。我在大门口看见她出来了，就迎上前去，请她跟我走。她装做没有看见我，或者说装做不认识我，从我身边走过去了。我只有转身跟着她同步而行。

"谷香，我想请你吃个饭。"我对她说。

"谢谢，我没有时间。"

"我想找你谈一谈。"

"不用谈了吧，我们之间还有什么好谈的啦？"

"关于打架的事，实在抱歉……"

"你不用跟我说你的光荣事迹，我都知道了。"

"你能不能听我的忏悔，听我的解释？"

"我不需要听你的解释，你喜欢打架那是你的事，我无权干涉你的行动，你有你的自由，你想干什么就干什么，我也不想听你的忏悔。"

她上了公共汽车要走，我把她从车上拉下来。

"你要干什么？"她跟我拉下脸来。

"你要不给我面子，不接受我的邀请到饭馆去吃饭，我就不会让你走的。"

"你要把我怎样？"

"我请求你听我真心实意的忏悔。"

"我不需要听，我什么也不想听！"

"那你走哪儿，我就跟你到哪儿。"

"你是个流氓无赖呀？"

她坐上公共汽车回家，我也跟着她上公共汽车回家；她下车步行，我也跟着她一起下车步行。我寸步不离地跟着她走，谷香气得实在没有办法，最后只有向我让步了，同意跟着我到一家饭店去坐一坐。

我们走进姐妹花饭店，找了一个情人桌相对坐下来，我请她点菜。她十分严肃对我说：

"我什么东西也不想吃。"

"那我想吃，我想跟你边吃边聊。"

"我不想吃，你自己吃吧。你想跟我谈什么，你快说，我还回家有事儿呢。"

"那天打架的事儿，我实在是不好意思不帮忙……"

"打住，胡南，你不要说了，我不想听你的光荣经历。你愿意帮你的朋友们打架，我不反对，那是你的事儿，也是你的自由，与我无关，但是你不要跟我提起你的英雄事迹，我已经听太多的人对我说了，我不想再听你说了。"

"对不起，打架的事儿，是我一时糊涂。"

"一时糊涂？胡南，这是一时糊涂的事儿吗？"她气愤地对我说，"这是你的本性决定的。我早就跟你说过，少跟你的那些狐朋狗友们来往，你就是不听。你上学的时候就是因为打架的事情被学校踢出了校门，你还不吸取教训！那时候你还小，说你不懂事儿，我还可以原谅你。可是现在你已经是二十多岁的人了，还干这样的蠢事情，你不觉得自己缺心眼吗？我真是受不了你，我怕你了，你怎么会是这样野蛮的人呢？真是江山易改，本性难移呀！"

她气得浑身发抖，眼里出现了泪水。

"为了朋友，我是太糊涂了……"

"为了朋友？那些人也叫朋友？你玩的都是一些什么朋友呀？什么小崔，小牛，小皮，乱七八糟的社会无赖，你跟他们混在一起，早晚有一天要出大事儿的。我觉得你不应该是这样的人，你一天到晚地看书、学习，那些书都白看了，知识都学到狗肚子里去了？我真的是想不明白，你怎么能跟那样的狐朋狗友混在一起？有一天，你为你那些狐朋狗友打出人命来，你的一辈子就毁了，你知道吗？"

"我知道。请原谅我一次吧，给我一个改过自新的机会，我保证以后不会再打架了。"

"对不起，你叫我不相信你了，你从小到大都是如此，我还能相信你吗？我们之间的关系到此结束吧。你太可怕了，我实在怕你了。"

"我向你保证，谷香，我发誓，保证以后不会再打架了，保证以后再也不干蠢事啦！"

"鬼才会相信你呢。我们之间的一切到此结束吧。你跟你的朋友们玩去吧！"

小饭馆里有不少人。我不想跟她争吵。我点了一桌子的菜，争取她的谅解，请她吃饭，可她一口也没有吃，扔下五十元钱就要走。我把她拉过来，她还是起身走了。我的菜算是白点了，钱也白花了，我们两个人一口也没有吃，就离开饭馆了。

我们走在回家的路上，天已经黑了。我费尽了口舌，向她说了不少好话，可她就是不能原谅我的过错。最后，我激动起来，拉住她，希望她能停下来，我们两个人好好地谈一谈，请她原谅我的错误。我是真心实意地向她忏悔，真心实意地想用我的爱向她赔礼道歉，可是她气愤地推开了我，什么也不想跟我谈了。我不明白她为什么对我如此生气？

"我叫你记住了，胡南，我们之间的一切联系结束了，以后你永远不要找我啦！"

她气得马上转身就走了。我垂头丧气地望着她的背影，我傻了，我知道可能永远要失去她了，不可能挽回了。

从此以后她就再也不理我了，我们之间的感情就这样中断了。我真是后悔莫及。我愚蠢的行为使我永远失去了谷香，永远失去了一位美丽、可敬可爱的好姑娘，天下少有的好妻子！

从此以后，我再以没有碰到过像谷香一样聪明、美丽、漂亮、可爱、知书达理、善解人意、一身正气而又喜爱看书、喜爱文学的姑娘。我痛心万分，可是有什么用呢？失去了就永远地失去了，我只能感到天大的遗憾，痛心的悔恨。我哭、我流泪、我痛心，但无论如何后悔也没有救了。这是我一生中做的最蠢的一件傻事！为了朋友，为了哥们义气，断送了我一生中最美好的感情，失去了天下最难得的好姑娘，我万分敬爱的女朋友！我后来一切的努力，都没有使她回心转意，她铁了心不要我了。

失去了谷香，我发誓从此以后再也不打架了，再也不瞎胡闹了，再也不做蠢事了。可是我永远得不到谷香对我的谅解，得不到她对我的爱了，我们之间的感情就此中断了。

虽然后来我通过我妹妹从中进行周旋，请求她原谅我的过错，可是没有用，我得不到她的宽容与谅解。她的理由是：我犯这样的错误不是头一回了。

她就是能原谅我,她的父母也不会原谅我。我的妹妹后来对我说:

"算了吧,哥,你和谷香之间的事情没有救了。忘记她吧,这不能怨她,只能怪你自己不珍惜。好好检讨自己的行为吧。你说你干的那叫什么事儿吧?二十多岁的人了,为了你那帮臭味相投的哥们、朋友,你做事也不动脑子。你把那些臭哥们、烂弟兄,看得比谷香还重要。你不把她放在眼里,不听从她的劝告,结果只能是这样的后果了。谷香早就警告过你,少跟那样的狐朋狗友来往,你就是不听她的,最后的结果,我也没有办法帮助你挽回了。"

"可是为什么没有办法挽救了,为什么没有办法挽回啦?"

"因为自从我们家搬了家,与谷家分开了以后,我们两家的来往也就少了,两家人之间的关系也就不像原来一样密切。谷香的父母听说了你和谷香之间谈情说爱的事儿,本来心里就有想法,不愿意接受,他们觉得谷香找你太委屈了,他们觉得女儿长得漂亮,又是中专毕业生,工作又好,挣钱又多,不论从哪方面的条件看,谷香都应该找一个比你更好的对象。"

"我比谁差吗?"

"哥哥,原谅我说实话吧,知己知彼。谷大叔、谷大妈本来心里就反对,只是碍于两家人过去的情面,他们才没有对谷香煽风点火。你打架的事情传到谷香父母的耳朵里之后,谷大叔和谷大妈马上就找到了反对的理由,他们在谷香面前明确地发表了反对的意见,谷香也觉得你太不争气了,所以事情也就没有回旋的余地了。我为你找谷香谈过,可是没有用,她对你太失望了。所以你们之间的事情也就算了吧。"

"这么说这里面的问题还挺复杂的?"

"是的,哥哥,好好反省一下自己的错误吧。其实谷香心里还是挺喜欢你的,可是她又非常怕你。"

"她怕我,她怕我什么呀?"

"她怕有一天,你发疯会打到她头上。"

"怎么会呢?"

"谁知道呢?哥哥,你的暴力性格应该改一改了。认真吸取教训吧。为了你那帮臭鱼烂虾的朋友,为了哥们义气,你断送了与谷香之间的感情,这是你自己所得到的报应,不要怪责谷香对你无情无义,这是你自己的过失,铸成了你和谷香之间感情的破裂,我也没有办法为你弥补了。"

"难道就没有一点挽救的希望了吗?"

"没有了,哥哥,该说的话,我对谷香已经说过了。她很伤心,也很难过,可是她听不进我的话,我也实在无能为力了。"

失去了谷香的爱,我好像要疯了一样,我感到内心非常地痛苦。这是我一生中为朋友干的一件最愚蠢的傻事。

现在回想起来,当年谷香劝我不要结交那些乱七八糟的狐朋狗友还是对的。回顾我的一生,我一辈子也没有交上过什么伟大真诚的朋友、一起干大事儿的好友、成就一番伟大梦想的知心良友。交往愚蠢无聊的下三滥朋友,是我一生中最犯傻的事情。为了狐朋狗友,我失去了谷香,这也是我一辈子感到最痛心、最后悔的事情。可是后悔有什么用呢?

也许有人会说,谷香有如此可爱吗?值得你如此伤心难过吗?我可以坦率地说,至少在我的心目中,她是世界上最可爱的姑娘!谷香离我而去之后,我的心里感到特别难受、特别地痛苦。虽然我对她的感情依旧热情似火,可是她对我的感情已经慢慢变得冷若冰霜,我们之间的关系也就这样中止了,没有办法继续进行了。

我在两个多月的时间里,想了各种各样的办法,梦想着与谷香恢复从前的感情,可是我的努力、我的忏悔,对她都不起作用,什么方法也不灵了。她已经打定主意要与我彻底中断恋爱关系,我找了不少人从中撮合我们之间的事情也没有用,她对我的心凉了。

我对谷香刻骨铭心的爱情难道就这样结束了吗?我不死心,我还想做最后的努力,我想到了她的姐姐,我想到了谷玉大姐。她还在北京读书,我想找她劝一劝她的妹妹,原谅我的过错,我保证以后一辈子悔过自新,保证一辈子听她的,保证以后不再打架了,保证以后不再干违法乱纪的事情了。我想谷玉大姐会帮助我的,因为谷玉大姐一直是把我当弟弟看的,而且她也是非常地喜欢我、欣赏我的。

为了到北京去,我找妈妈要了钱,说到北京去旅行,想到外面去散散心。妈妈知道我失恋了,妈妈已从我妹妹嘴里得知我与谷香之间的事情了,妈妈也是很同情我的。母亲最理解自己的儿子,母亲最担心的是怕我想不通,所以就给我拿了钱,叫我出门去旅行,把心中的苦恼排解出去。

母亲对我说:"儿子,你是个男子汉,什么事情都不要想不开,到外面去玩一玩是可以的，但是千万不能做傻事。你明白吗？因为你是个男人，不能因为找对象的事，就丧失了男人坚强刚毅的本色。"

"妈，您老人家放心吧，我不会有事儿的，儿子还不会傻到为了失恋就牺牲自己的生命，也不会为了失恋神经失常的。"

"这才是我的儿子。你要这样说，妈妈就放心了。你出去好好地玩一玩儿，回来再找对象就是了。两条腿的动物不好找，两条腿的人满地跑，天下好姑娘多得是，凭儿子的长相和自身条件，以后还怕找不到对象吗？一个谷香算什么？给妈争口气，以后找一个比她更好的。"

妈妈因为我和谷香之间的事情黄了，心里对谷家人也有气，心里也老大不舒服。我不想对妈妈多说什么了，我不想对老人家多做解释，我不想叫老人家为我这个不争气的儿子伤心难过。

我跑到北京去，找到了谷玉大姐。她已经读研究生了，并且已经结婚成家了。谷玉大姐见我突然跑到北京去找她，非常意外。不过她还是热情地接待了我，请我到她的小家去做客。她的小家在大学的单身公寓里。据谷玉大姐对我说，她的丈夫读博士，是跟谷玉大姐学一个专业的，两个人在同一位博士生导师的门下学习，所以两个人之间就产生了感情。两个人结了婚，暂时没有房子住，就住在学校的一间单身公寓里，北京人叫筒子楼，这还是学校特殊照顾分给他们的住房，因为她的丈夫已经留校当老师了。

谷玉大姐见到我很高兴，请我到她家里去吃饭。也不客气，我就买了一些礼物到她家里去做客了。谷玉大姐住房的条件当时可不怎么好，一间斗室还不到十五平米，房间里只有一张小双人床，一个写字台，一个大衣柜，一个吃饭的桌子，两把椅子，其他就没有什么东西了，小房间差不多也堆满了。他们做饭在外面的走廊里，厕所也在外面，一切都是几家公用的。

谷玉大姐问我到北京来干什么？我就对谷玉大姐坦白地说了我和谷香之间发生的一切事情。谷玉大姐听了我的讲述之后，也没有说什么。吃饭的时候，谷玉大姐向我表了态，要给谷香写信、打电话，以姐姐的身份劝她原谅我。

谷玉大姐对我说："胡南，你们之间的事情，大姐愿意成全你们，尽力而为，撮合你们。至于成不成、有没有作用，我就不敢说了。但是，我愿意帮助你，争取说服我妹妹。不过我妹妹现在也不一定听我的了，因为她已经不是小孩子了，她已经长大成人了，不会像小时候一样什么事情都听我这当姐姐的。

她有独立思考的能力,也有独立自主的权力了。"

"大姐,只要您愿意帮助我,我就感激不尽了。"

谷玉大姐请我吃了饭,还把我介绍给了她丈夫,我应该叫大姐夫的。他们夫妻两个人真是地地道道的知识分子,他们都戴着金边的近视眼镜,而且长得也是知识分子形象。谷玉大姐看起来漂亮,她丈夫看起来就有一点土气了。我看大姐夫的样子,好像是从农村来的。吃过饭,我向谷玉大姐表示感谢,就与谷玉大姐和她的丈夫告别了。

我一个人在北京玩了有五六天的时间。我想起了少年时代,我们家带着谷玉大姐和谷香一起到北京来,谷玉大姐带着我和谷香还有我妹妹在北京一起游玩的情景,那是多么难忘的岁月呀,一晃十多年的时间过去了。

我为什么到北京来?除了想找谷玉大姐帮忙劝说谷香原谅我。我还对北京情有独钟,就是想着寻找当年我和谷香跟着谷玉大姐一起在北京畅游的梦境。

我在北京又玩了故宫、北海公园、颐和园、香山、八达岭长城,等等,景色依旧,美丽迷人,我却孤苦伶仃。回想过去我和谷玉大姐、我妹妹还有谷香一起游过的地方。我是越想越伤心,越想越难过。我一个人在北京玩得也没有了雅兴,还是回家吧。出门在外是要花钱的,我不可能长期在北京游玩,家里的经济条件还是有限的,所以我不得不回家继续我的工作,继续我的生活。

我和谷香之间的故事,是我一辈子最痛苦的记忆。我从北京回家之后,我又找过谷香交谈,可她还是不能原谅我,对我还是冷冰冰的,不愿意理睬我。

我问她有没有接到谷玉大姐的信?或者是打来的电话?

她说:"我姐的信和电话我都接到了,你到北京去找我姐当说客也没有用,我们之间的事情还是算了吧。"

"难道我们之间的感情,一辈子就这样结束啦?"

"对不起,胡南,既然你的那些朋友对你比什么都重要,你就忘了我吧。原谅我伤害了你,我是要叫你记住,交朋友要交好人,不要交乱七八糟的人,你跟他们不是一路的人。我是恨铁不成钢,我希望你以后能找到比我更好的女朋友。"

我与谷香之间的感情之路就这样了结了,我们之间的爱情就这样画上了句号。不过我们最后分手告别的时候,我发现她哭了,她暗自流泪了。我虽然没有哭,没有流泪,但是我的心里在流血,我的心情比哭还难受,比流泪更痛苦。

一切都结束了。谷香是我的初恋,也是我一辈子的最爱,可是她永远不会成为我的爱人和妻子了。

我与谷香之间的感情结束之后,我就把全部精力投入到文学创作上面,投入到写作上面,努力使自己走出痛苦的阴影,忘记她,忘记过去美好的一切。可是要我忘记心中喜爱的姑娘谈何容易呀?人生难得遇知音呢,她是我人生的初恋哪!与谷香分手之后,我们之间的交往自然减少了。但我还是经常想到她,经常想到这个可爱迷人的姑娘。人的感情真的是灵魂的真实写照!

感情的失落、打击,对我的心情影响还是很大的,也是对我的心灵极大的伤害与刺激,使我痛下决心,以后坚决要改掉过去身上的一切恶习。我要特别感激谷香对我冷酷无情的恩断义绝,使我懂得了人生活在世界上还是要做一个好人。

事情过后,母亲对我说:"孩子,你要振作起来,既然你跟谷香之间的事情黄了、吹了,也就算了。天下的好姑娘又不是她一个,妈妈帮你找。"

可是妈妈说得容易,像谷香一样漂亮、可爱、聪明而又跟我一样喜爱文学的姑娘,到哪里去找呀?

母亲通过热心人帮忙为我介绍了几个姑娘,可是我接触了一下,都觉得不满意。我觉得她们既不如谷香漂亮,也不如谷香聪明,更谈不上什么爱看书、爱学习、热爱艺术、热爱文学了。我接触过的姑娘,我不知道她们热爱什么,既不看书,也不学习,一天到晚就知道家庭妇女那点破事儿。什么钩花啦,织毛衣啦,买个菜啦,做个饭啦,洗个衣服啦,这就是品质不错的良家女子了。我看着心里就不舒服,更不要说处对象了。

时光一晃几年的时间就过去了。我没有找到满意的对象,我的心事也越来越重了。我找不到对象的原因是,我心里总是以谷香为镜子,以谷香为样本,不论是姑娘的长相,还是姑娘的文化修养、艺术内涵、兴趣爱好,我都以谷香为模式,拿谷香做比照,结果越比越麻烦,越比越不好找。

后来我发现,像谷香一样的好姑娘,在我生活的世界里,在我接触的社会群体中,实在不好找,爱看书、爱学习,又有文化艺术修养的好姑娘,太难找了,也就是古人所说的"人生难得一知音吧"。我命里注定了,一辈子再也找不到像谷香一样的好姑娘了。她是我一辈子最敬爱的姑娘,可惜我们一辈子无缘在一起生活、结婚、生子。这样的结果是我年轻时的冲动、愚蠢、讲哥们义气造成的。那时候的我真是太蠢了，为了所谓的朋友，为了所谓的哥们义气，失去了一位好姑娘，失去了一位可爱的好朋友，失去了一位难得的美丽爱人，让我感到终生的遗憾而又后悔莫及呀！

  可是人生没有后悔药吃，时光就这样慢慢地流逝了。人生如梦，转眼就是百年，真的是这样。不知不觉几十年的时间过去了，我到现在还时常想起我青年时代的好友，我敬爱的女神：谷香！

第二部分
# 人间记事

## 第 1 章 走进围城

就要告别青春，告别青年时代了。时间和年龄已经不允许我找对象再挑三拣四了，正如母亲对我说的，过了黄金年龄，后面就不好找对象了。父母都为我找对象的事情有点儿着急了。

后来，我的父母通过一个老朋友，或者说是通过一个老邻居，为我在职工大学介绍了一个姑娘。母亲希望我能去看一看，见上一面。去就去吧，反正年龄也不小了。我听从了父母的劝告，抱着观察了解的心情，同意去见那位姑娘。我想职工大学的老师应该比一般的姑娘强吧？至少应该有知识、有文化吧？于是在介绍人的热心安排下，我就与姑娘见了面。

我第一次见到职工大学的女教师，是在介绍人的家里。她刚参加工作不久，还是一位实习教师。之前听母亲说，介绍人为我介绍的大学老师是与介绍人在大学试验室里一起工作的同事。并说姑娘人挺善良的，长相也不错，父亲看过她的人，觉得她挺好的。介绍人老冯大叔也说，她人很好的，家庭条件也是不错的。

我第一次见到姑娘，觉得她长得谈不上漂亮，也算不错，看样子挺善良的。她的身材较好，肤色较白，眼睛不大，可是见人总是笑眯眯的，给人一种十分亲切的感觉。她长得并不像介绍人所说的美貌出众，不过也算对得起大众，谈不上漂亮，可也有迷人之处。按照大众评论人的标准，她属于中上档人吧。

我们在介绍人家里相见了大约半小时左右，她当时说了不到三句话，我也可能说了不到十句话，基本上都是介绍人老冯大叔在我们中间讲话，介绍她的优点，介绍她的优秀品德，介绍我的特点，等等。当然啦，介绍人介绍我们双方身上的特点都是说好听的，介绍的都是我和她身上的一些亮点、闪光点，没有不好的地方，就像两个十全十美的人一样，好像我们两个人天生就是完美无缺的人，天下绝配的一对。

## 生活见闻录

半小时之后，我向老冯大叔表示了感谢，然后就大汗淋漓地从老冯大叔家里逃出来了。老年人给年轻人介绍对象，我还真是不习惯那种沉闷的氛围。再加上是夏天，天气炎热，当时的人们生活条件也有限，一般的普通家庭还没有空调之类的家用电器，再加上我心情也比较紧张，所以出了一身的大汗。可见我在一个陌生的姑娘面前还是一个无能的笨蛋。

尊敬的读者们也许会觉得奇怪，一个小时候调皮捣蛋、又强势又打架的人，成年以后，身高一米八零，身手敏捷，还算比较英俊的大小伙子，在一个姑娘面前至于如此紧张吗？确实，人有的时候是个很奇怪的动物。我在可爱的姑娘们面前就是这样的表现。虽然我在一个姑娘面前并不缺乏才智，也不缺乏热情，但是初次见面的时候还是感到精神挺紧张的，这充分说明了我还是一个品质不错的小伙子，不是一个胆大妄为的公子哥，谈情说爱的老油条，所以才会紧张得全身冒汗。我的聪明才智也化为乌有，我的热情也全部消失，人也变得呆头呆脑了，说话舌头也打卷不利索了。

与年轻的大学女教师见过面之后，我有了进一步了解她的愿望与想法。我想她吸引我的地方，可能就是她善良的外表和她的职业吧，一位受人尊敬的大学教师。当时我的思想意识里已经预感到，中国的社会改革开放了，尊重知识、尊重人才的时代也就随之而来了。虽然我只是一个初中毕业生，但我还是希望能找到一个有知识、有文化的人。我想，一个大学的女教师应该算有知识、有文化的人吧？因此，我希望约她第二次见面，她也同意了。我知道男女双方约会，应该是男士邀请为先，我还是主动邀请女士吧。于是我问她下一次在哪里见面？

"去图书馆吧，"她说，"我每天晚上都在图书馆里看书，图书馆离我家不远，比较方便。我听说你也愿意看书，我们就在图书馆里面见面好啦。"

我们第二次见面就选定了图书馆。不过说实话，她选择的图书馆也不是谈情说爱的地方，但是她却因此博得了我的好感，因为她说的地方我也经常去看书，去查阅资料，所以我对图书馆也很熟悉，也有好感。说起我们的小城市来，图书馆还是一个比较漂亮的地方，是一座新建起来还不到两年的图书馆，虽然面积不大，图书也不丰富，但在当时来说已经算是小城最漂亮的建筑物。坦率地说，图书馆是我经常光顾的地方。她选择的地点让我对她刮目相看，到底是青年女教师，有知识、有文化的人。她提出在图书馆见面，我还是很高兴的。一方面可以与她谈情说爱，一方面可以看书、查阅资料，我觉得两全其美。

她选择在图书馆见面有两个原因：一个原因是她家距离图书馆比较近，相距不过两、三百米，从她家到图书馆，走路也不过五分钟的路程。第二个原因是，她是国家恢复高考后的首届大专毕业生，读了三年大专，毕业之后又到天津大学去进修了一年，回来之后我们认识的。她当时的学习热情非常高，有时间就跑到图书馆去看书、学英语，因为图书馆的学习环境还是非常好的。我呢，有时间也喜欢到图书馆去查阅资料。图书馆为我们的相见提供了方便条件。

此后我们两人就经常在图书馆里见面。她看书、学习，我看书、查阅资料。我们两个人根本不像谈情说爱的恋人。不过接触的机会多了，我们两个人之间的感情也就自然而然地升温了。每天晚上，我们在图书馆里看书、查阅资料，直到图书馆下班关门，我们离开，我送她回家。我们谈情说爱的时间里，我最大的收获是在图书馆里查阅了大量的历史资料，查看了大量的历史书籍。

为了鼓励她学习，我花钱买了一件小礼物送给她。当时的青年谈情说爱时兴送一点小礼物，我就花了几块钱，买了一支钢笔送给她，她很高兴。

"这是送给我的？"她接过钢笔，看起来也挺喜欢的。

"对。一点小意思，不成敬意。"

可是过了一段时间，她又不想要我的钢笔了。

有一天晚上，我们从图书馆看完了书出来，大概有十点多钟了，我送她回家。走在路上，她把钢笔从她的书包里拿出来，对我说：

"我把钢笔还给你吧。"

"为什么？"我问她。

"我们之间的事……还是算了吧？"

我当时听了她的话，心里就明白她的意思了：算了，也就是说，我们之间的事情拉倒吧。看来我们之间的事情要黄了，要没戏了。我想她一定是听到有关我的一些流言蜚语了，要与我分手。

我十分坦然地对她说："算了，一支钢笔也不值得还，还是你留着用吧。朋友一场，结交了一段时间，感情不在情义在，你留着当个纪念品吧。"

她听了我的话，觉得我还像一个心大量宽的男人，最后又把我送给她的钢笔收起来了。我呢，依然像往常一样送她回家，话也不多说。我送她到家门口，我就走了。

我不在乎一支钢笔，几块钱的事儿，无所谓。但是我知道，这里面一定是出问题了，她要把钢笔退还给我，一定是事出有因的。那么到底是什么原因导致她提出分手呢？我开始以为，一个大学的青年女教师嫌我文凭低，又是工厂的一个普通工人，我也没有深思细想，也没有用心去琢磨这件事儿。我觉得无所谓，要黄就黄吧，我没有理会这样的事儿，我觉得只能顺其自然，听天由命，这不是低三下四强求的事儿，不行就散吧，反正两三个月的时间，彼此之间也没有什么太深的感情，分手也无所谓。但我还是照常去图书馆看书、查阅资料，我要把我需要查看的资料查完。她呢，也一样到图书馆里看书、学习。我们两个人之间的关系冷落了几天的时间，当然见面还是点头说话的，但是不像以前那样随意、那样亲切了。看书、学习、查阅资料也不在一起坐了，她在科技图书阅览室看书学习，我在文学历史图书室查阅资料。

后来有一天，图书馆的铃声响了，工作人员要下班了，图书馆看书的人该走了，她又主动到文学历史阅览室来找我。她的意思很明显，要我送她回家。她想找我谈一谈。我们两个人从图书馆里出来，她就邀请我找一个地方坐一坐，于是我们两人就找了图书馆后面一个比较安静的地方，一个有石桌石椅的地方坐下来。我知道她要审问我了，我耐心地等待着她的审问。她沉默了几分钟之后，终于开口了：

"这几天你心里感觉怎么样，舒服吗？"

"你指的是什么？"我问她。

"我指的是你的心，心里的感受。"

"我没有感觉不舒服呀。"

"你说的是心里话吗？"

"我有必要说假话吗？"

"你心里难道就没有什么想法？"

"好像没有什么想法。你以为呢？"

"我这几天一个人在图书室看书、学习，心里感觉有一点不舒服。"

"为什么？"

"我说不清楚。"

"我没有什么想法，吃得香，睡得着。"

"你是木头人呢？"

"我这个人大脑反应可能迟钝，有什么话你就说吧，不要拐弯抹角。"

她鼓起勇气，终于开口问我了：

"我听人说，你又抽烟、又喝酒、又赌博，还与人打架，这是真的吗？"

我不知道该如何回答她的问话，我也不知道哪一个嚼舌头的坏家伙，在背后对她说我的坏话。

我问她："你是听谁说的，我又抽烟、又赌博、又喝酒、又打架？"

"自然有人跟我说，好事不出门，坏事传千里，跟我说的人多了，而且还不止一个。"

"那你怎么想呢？怎么看呢？你看我像坏人吗？"

"我看不明白，所以我才问你。"

她的审问告诉我，有人在她面前吹冷风了，要离间我们之间的关系，所以她前几天才会想到退还我的钢笔，同时提出分手。

当然，一个女孩子听了别人的流言蜚语，心里有这样那样的想法也是正常的。一个心地善良、文明正派、长相也不差的大姑娘，有谁愿意找一个名声不好的，又抽烟、又赌博、又喝酒、又打架的坏小子呢？正像古人说的，好事儿不出门，坏事儿传千里。恶语伤人是最可怕的武器。我没有正面回答她的问题。

她又接着说："你以后为了我，可以不抽烟，不赌博，不喝酒，不与人打架吗？"

听了她的话，我笑了。我知道她心里对我还是有好感的，说白了还是比较喜欢我的。因为接触了两三个月，她也摸不透我到底是一个什么样的人了。

是的，我身上有些东西和特点确实是令人费解的。她从别人嘴里听到的流言蜚语，自然是我身上不好的东西，同时她也从我身上看到了一种特别好的东西，是一般青年所没有的东西，那就是我对文学和历史知识的痴迷，所以她看不清我到底是什么人了，她有一点六神无主，看不清我的真实面目了。

说实话，我身上确实有可爱的一面，也有可恶的一面。当我在图书馆，跟她一起看书、学习、查阅资料的时候，我是一个求知欲望非常强烈的人，我可以在图书馆里坐上几个小时，或者从早上坐到晚上不动地方。同时我也承认，我在社会上结交了一些不三不四的朋友，而且我跟那些臭鱼烂虾的朋友们在一起吃喝玩乐，也确有其事，为了朋友与人打架也确有其事。但是我生活的圈子就是如此两类人的群体，一类是吃喝玩乐的群体，一类是吃喝嫖赌的群体，我不可能不接触人吧。

自从我跟谷香断了关系之后，我就决定改变自己身上的一切恶习，我是下了决心的。

我在前面已经说过，古书看多了，我就有一种可笑的想法，想结交一些志同道合的朋友，将来干一番大事业，今天看来我年轻时候的想法实在太可笑了，结果结交了一辈子的朋友，最后结交的多是一些无聊的狐朋狗友，活一辈子就是两脚动物，什么用也没有，除了吃喝玩乐，就是吃喝嫖赌，活一辈子就是浪费资源。有关朋友的话题，我们就不多谈了。

我要谈的问题是，我和大学青年女教师的感情危机如何化解、如何回旋，这是我要想办法解决的问题。她确实是个心地善良、思想传统的好姑娘，当然她也接受不了一个既抽烟、又喝酒、又赌博、又打架、跟朋友在一起瞎胡闹、有点不务正业的青年。但是，她也发现我是个与众不同的人、生活中少见的人。她想了解我的本质，她想了解我的思想与道德品质。我就坦率诚实地告诉她，我抽烟是真的，喝酒也是真的，赌博不爱好，为朋友与人打架也是真的。

她听了我回答，惊得目瞪口呆："一切都是真的?"

"我承认是真的，过去有这样的事，背后有人说我的坏话，不过把事实放大了。其实抽烟我不否认，我下乡的时候就学会了抽烟。喝酒，我没有酒瘾，就是跟朋友们在一起吃饭喝酒的时候我能喝酒。说到赌博，我没有兴趣，只能说会玩而已。至于打架的事，年龄大了，违法的事儿也就不会再干了。"

她听了我说的话，可能觉得我说得也有一定的道理，她听了心里觉得舒服一点儿。那天晚上我们两个人谈到将近半夜，我送她回家，我们之间的友好感情又修复了。我对她主动的坦白打动了她的心。她希望我能改掉身上的不良习气。我也向她保证以后不会再干坏事儿了，以后绝对不会再干违法乱纪的事儿了。

她原谅了我的过错，后来我们之间经过沟通、了解，感情进一步加深了。此后我在社会上再也没有干过违法乱纪的事情。

因为我与谷香之间发生的事，对我触动太大，对我的精神刺激也很大。谷香为此还教训了我一通，我是一辈子也不会忘记的。

年轻的大学女教师希望我以后能改掉身上的坏习气，说明她还是比较喜欢我的。

此后，她成为我人生中最重要的朋友，她也自然成为我人生中最重要的伴侣。不过要得到她的爱也不容易，我还要过她的考察关。

经过半年时间的马拉松谈情说爱之后，我热情洋溢的真情感动了她的心，我们就正式地相爱成为情人了。

她爱看书，也爱学习，这是我非常欣赏的。不过她只看英语方面的书，看专业方面的书，其他方面的书她不看，她既不看小说，也不看文学、历史方面的书籍，这是我感到比较遗憾的地方。一个人活在世界上，应该具备多方面的知识，才能称之为有知识的人。但是，我与大学青年女教师爱好各不相同，兴趣也就截然不同，所以我们之间的心灵也不好通融。但是我又找不到漂亮、聪明、美丽，像谷香一样有艺术修养的姑娘，所以能找到她，我也就心满意足了。因为，在人间要找到聪明、美丽、可爱、心灵相通、爱好又相同的好姑娘，实在是太难了，命里注定我找不到这样万里挑一的好姑娘，我也就认命了。而且她还是令人尊敬的大学女教师，我就是一个普通工人，人家能看中我，也算我的命运不错了。尤其是一些背后嚼舌头的那些人，在她面前说我的坏话，挑拨离间我们关系的时候，她还能接受我，还能坚定不移地爱我，我也就非常感动了，所以我爱上她也就顺理成章了。

一年以后，她同意嫁给我，我们就结婚了。结了婚之后，我问她：

"你知道我是一个坏蛋，为什么还要嫁给我呢？"

"经过我的观察与了解，我觉得你还不是一个品行太坏的人。"她笑着回答说，"我相信你是一个有头脑的人，你为了我，为了以后的家庭会醒悟的。一个爱看书、爱学习的人，不会是一个傻瓜，至少不是一个坏蛋。我没有见过一个青年比你更爱看书，更爱学习，所以我觉得你是一个特别聪明的人。我决定嫁给你，也是经过深思熟虑的。我相信你以后会对家庭、对我负责任的。"

她对我说的是实话，我对她说的也是实话。

除了抽烟，我一辈子戒不了之外，后来什么喝酒啦、赌博呀、打架啦，我都不沾边。其实我这个人的自控能力还是很强的，除了写作，我需要抽烟、思考问题，戒不了之外，其他什么事我都有极强的克制力和控制能力。戒酒对我来说不是什么难事儿，因为我本来不喜欢喝酒，我不喜欢酒味，外人传说我喜欢喝酒，实际上是胡说八道。我这个人平时在家里一年四季不沾酒，再好的酒我也不喝，我家里也很少买酒，除非有客人来。我就是跟朋友们在一起瞎胡闹的时候能喝一点酒，所以外人就夸大其词，送了我一个绰号，称我为酒神、酒仙。因为我在酒桌上能喝酒，也很少喝醉过。外人只是从表面上看我能喝酒，其实他们并不了解，叫我喝酒比叫我吃药还难受，所以我对喝酒向来没有兴趣。我跟我爱人结婚之后，她发现我说的是实话，我确实在家里不喝酒，什么酒我也不喝。但是出去到外面喝酒，我又挺能喝的，一般人还不是我的对手。所以有些人就乱嚼舌头，说我一天到晚喝酒，一年四季嘴不离酒，这样一传十，十传百，大家都说我是酒神、酒仙了，什么喝起酒来千杯不醉啦，我成了一个地地道道的酒鬼了。这就是一些无聊的小市民，没有事干，就乱造舆论。其实我平时从来不喝酒，滴酒不沾，因为喝酒影响我看书，影响我学习，影响我写作，影响我休息，影响我的睡眠，所以我不爱喝酒，对酒也没有兴趣，结果却得了个酒鬼的名号。至于打麻将、赌博，我也同样没有兴趣，只是会玩而已，但是我从来不会沉迷于打麻将与赌博的游戏里面，因为我本身不喜欢参加这样的娱乐活动，离开那些朋友圈，我是不会从事无聊的娱乐活动的。

我个人的爱好就是唱歌、游泳、听音乐、看书、学习以及创作我的文学作品。但是好事儿没有人为你宣传，坏事儿却会传得满城风雨，这就是舆论的可怕之处，这就是流言蜚语，对人的伤害，可以说是杀人不见血。

大学女教师从此成为了我的妻子。我们结婚的时候，在家里请了几桌客人。

婚后，我们两个人就跑到全国各地去旅游，度蜜月。蜜月之旅对新婚燕尔来讲，可以说是非常甜蜜的，这就是后来社会流行的旅行结婚。

我们跑到广州、深圳观光旅游。改革开放的深圳给我留下了特别深刻的印象。从1978年中国进行改革开放，到1986年我去深圳观光旅游，也就是八年的光景，深圳的城市建设已经搞得热火朝天啦。作为国家经济特区，八年的时间，深圳由过去的一个小渔村变成了一座大城市，这是世界经济发展史上的奇迹，可以说是特别罕见的。

在深圳期间，我特别注意到了满大街张贴的都是招工小广告。我这个从山沟里出来的小工人，确实没有见过大世面，我不知道广告上面说的信息是真的还是假的？我看到广告上面写的招工启示，工人的月工资都是五百至八百元之间。这令我感到非常惊讶。我一个在山沟里面，在一家国有特大型企业里面参加工作十多年的工人，一个月的工资还不到一百五十元钱。招工广告上说的难道是真的吗？我决定亲身探一探虚实。我按照招工广告上面的电话号码拨打了几个电话，寻问相关事宜，得到对方的答复都是真的：月工资最低五百，最高八百。我听了他们的答复，好像觉得听神话故事一样。这件事给我留下了太深的印象。我和新婚妻子到深圳观光旅游的时候，正好是1986年的一月份，也正是深圳市大规模建设、大量需要用工的时候。深圳的招工广告拨动了我的心弦，我的心开始活动了。我想，以后如果有机会，应该到深圳来工作。

离开深圳之后，我们又从广州乘船去了厦门，去了上海，到江南转了一圈。最后临近春节的时候，我们返回了山里，正好赶上回家过年。新婚旅游是快乐的，也是幸福的。

## 第 2 章  平静生活

婚后的生活平平淡淡。我和妻子有了自己的小家庭，每天生活得规律像钟表一样机械，准时上班，工作，下班，回家，吃饭，看电视，睡觉。日复一日，年复一年，天天如此，没有什么变化，也没有什么刺激。这就是山里人的生活。

后来妻子怀孕了，为了能生出一个健康可爱的宝宝来，我每天要让妻子听胎教音乐，这成了我们生活中最快乐的大事。

但我是不喜欢生活平淡的人，我觉得这样的生活索然乏味，太没有意思了。我还想着深圳的所见所闻，我想到深圳去工作。我觉得山沟里的生活太苦闷了。特别是工作上的不如意，更使我想辞职、出山，到外面去闯世界。但是，我的想法总是遭到家里人的反对。因为山里人没有见过大世面，人们只知道在山沟里面安安稳稳地过日子。家里没有人能够理解我的心情。妻子虽然知道我有梦想，有追求，但是她也不支持我离家出去到外面闯世界。我要辞职的事儿遭到了父母的反对，同时也遭到了妻子的反对。这时我的妻子已经怀孕有五六个月了。父母和妻子都不同意我辞职，我就走不成。因为那个时候山沟里的人听都没有听说过辞职这样的事儿。他们以为我辞职是疯了，是有什么事情想不开了。而我辞职到外面去找工作，是需要有钱的，是需要有一定的经济支持的，没有钱，没有经济实力为基础是跑不出去的。由于家里人不支持我到外面去，所以我感到生气、苦闷。找父母要钱是没有道理的，因为我已经成家立业了。找妻子要钱，她又不同意，我就感到无计可施了。这时我有点后悔，不该结婚，不该要孩子，因为结了婚，就要对家庭、对妻子有一种责任感，不能随心所欲。妻子已经大肚子了，再有几个月就要生孩子了，她反对我出去自然也是有道理的。我打算辞职的事情行不通，我也只能在企业里继续干下去，当一辈子小工人，没有什么希望了。因为家里人的反对，所有的人不同意我出去，我的梦想也就落空了。

我一辈子最后悔的事情，就是二十多岁，心怀大志、野心勃勃的时候，没有坚定信心果断地辞职，走出山沟到深圳去闯天下，因为那时候中国的改革开放刚开始起步，绝对是大好的时机，可惜由于我思前想后，犹豫不决，错失了良机。还有一点就是没有实行经济独立，所以我后来所有的梦想都受到了无情的打击。

命里注定我只能在山沟里的国有企业混下去，一辈子混口饭吃，什么野心和梦想要屈从于命运。但是我心中还是有梦想的。我不愿意过一个无所事事的小市民生活，一天到晚混日子，没事儿抽烟、喝酒、打麻将、斗地主、赌博，但是我又生活在这样的环境里，生活在这样的圈子里，所以我无力改变现实与环境，我也就无力改变自己的命运。

我还是喜欢看书，喜欢学习，喜欢写作，但是我的文学创作还是没有取得什么成绩，没有什么进展，而且成了众人背后嘲笑的话题。但是我不在乎别人在我背后的冷嘲热讽，指指点点，因为我比那些无聊的小市民活得充实。

我的工作没有成绩，我的事业没有希望，我的生活平平淡淡，就这样过了很多年。但是我的梦想一直在心中盘旋，我的梦想引导我去观察生活，去体验生活，静心创作。我终于看到了自己的一点点进步，我可以写出东西来了。虽然我写出来的戏剧、小说，寄出去依然石沉大海，但是我的梦想一直鼓励着我，照着我前行的路。

我和妻子结婚一年之后，我们的女儿来到了人间，这给我苦闷的生活带来了欢乐，同时也给我们的家庭生活带来了幸福与美满。

我妻子到医院生产的时候，我还在工厂里上班工作，我的同事告诉我，说："你老婆在医院打来电话，说是要生孩子了，叫你马上赶到医院去！"

我听到同事向我报告的好消息，马上就坐着公共汽车跑到了医院。结果妻子已经进了产房，上产床了。我在产房外面，听到产房里面传出来一阵又一阵产妇们痛苦的叫喊声，我的心也随之抽紧了，我真怕妻子出现意外。不过有医生保佑，我老婆很快就把孩子生出来了。谢天谢地，母女二人平安无事。

孩子的出生使我对生活又充满了热情，充满了希望，充满了信心。我觉得我的精神又焕然一新了。

我每天为孩子、为妻子洗呀、涮呀、忙呀，忘记了所有的苦闷和不愉快。因为我的天性是热情的，因为我的才能没有地方发挥，所以我就把我的热情、我的才能、我的爱,全部用在了孩子和妻子的身上。我每天给孩子唱歌、洗衣服、洗尿布、逗孩子玩,结果第一个得到了孩子的回报:我的女儿来到人间后,我是第一个获得她微笑的人,就是我这个快三十岁了才得到了一个宝贝女儿的父亲。

女儿成了全家人的最爱。因为我是家庭的长子,我的女儿又是我父母的第一个孙女,所以我的父母见到了又一代人,全家人当然很高兴了。

我妻子的家庭,她上面有两个哥哥,在前面已经生过了两个男孩,所以轮到我们家生了女儿,大家都喜爱。

我没事就喜欢抱着女儿到处跑,到处玩,到公园看动物啦,到商场看五光十色的商品啦,我希望女儿从小就能认识社会,了解社会,增长见识。

为了培养女儿长大后成才,她小的时候,我就给她讲中国的历史故事、英雄人物故事、中华民族五千年流传下来的成语故事。我教女儿三岁就学会了骑自行车,三岁半就学会了游泳。为了培育女儿,我可谓费尽心机,指望女儿长大以后能成才,能成凤吧。培养孩子是父母的责任,也成了我日常生活中最快乐、最高兴、最幸福的事情。

随着女儿慢慢地成长,我度过了一生中最幸福的时光。后来她上学了,我就不太管她了,由她妈妈接手教育了。

老实说,在教育孩子的问题上,我承认我不是个好父亲,按照老婆的说法,我不会教育孩子,我在孩子面前没有样儿,喜爱起来拿她当玩具,瞎逗,穷开心,特别溺爱。但是要教育孩子学习东西,我又没有耐心,看她学得慢,不专心,我就急得上火,要动手打她。所以孩子小时候怕我,长大了之后也不大喜欢我。虽然我为孩子儿童时期的早期教育,可谓是呕心沥血,结果白费功夫,没有得到女儿的厚爱。不过孩子的童年还是快乐的,孩子的少年时期还是快乐的,应该说,她还是无比幸福的。至少在精神上,在物质上,在生活上,我们满足了她的基本需求。所以,孩子从小到大,一直是健康的、活泼的、可爱的。孩子长大以后自己也明白,我们全家人对她的爱,是人间最温暖的爱,最幸福的爱,像阳光一样哺育她健康成长。比起同龄的小朋友来,我的女儿也算是吉星高照比较幸运的吧。

健康的家庭对于孩子的成长是非常重要的,不健康的家庭对于孩子的成长是不利的,是没有好处的。我在这里对大家讲两个非常真实的小故事,这是我女儿亲眼所见，也是我耳闻目睹的事情。

我女儿童年的时代有两个小伙伴，一个叫白洁，一个叫杨妍。我女儿对她们印象特别深，一辈子也不会忘记的。

叫白洁的小姑娘，是跟我们家的孩子一起出生，一起长大的，我们两家人住楼上楼下，是邻居。白洁小朋友的父母从小就对孩子的教育特别重视，这没有错儿，但是家长望子成龙太心切了，太过分了。小白洁从童年时代起，她的父母就把孩子关在家里学习，不让她上幼儿园，也不让她出门跟其他小朋友一起玩，每天规定她要在家里写多少字，做多少道数学题，等等。小白洁的父亲是个文化人，也是一名大学的老师，本人可能也是在学习方面比较强势。小白洁的母亲虽然不是大学的老师，没有丈夫的文化水平高，但是对孩子的教育更加重视、更加严厉。夫妻两个人，夫唱妇随，配合密切，整天把孩子关在家里，逼着小孩子天天学习，使孩子过早地接受了学龄前的教育。孩子是学到了不少知识，但是她失去了欢乐的童年，失去了欢乐的少年时代。爱玩，本来是孩子们的天性，小白洁有时候趁着父母上班工作不在家的时间，偷着跑出家门与同龄的孩子们一起玩。她父亲在外面发现了，马上就把女儿叫回家，逼着孩子继续学习。她母亲就更过分了，发现了孩子在外面玩，不仅把孩子拉回家去，而且还连打带骂的，轻者打耳光，重者回家用针扎孩子的手脚板，惩罚她乱跑出去玩儿。孩子从小在父母这样严厉的教育下生活。

小白洁的父亲后来出国到日本留学，与妻子离了婚，在外面又找了一个小老婆，生了孩子，不要原配的妻子和女儿了。小白洁只能与可怜的母亲在家相依为命。这样的孩子，在学习上是非常优秀的学生，从小到大一直学习成绩非常好。小白洁后来虽然以优异的成绩考上了国家名牌大学，但是回忆起童年和少年时代的往事，她还是感到心酸、掉眼泪。她跟我的女儿上学是同班同学，从小学到高中一直是最要好的朋友，她后来伤心地对我女儿说：

"我没有欢乐的童年和少年时代。"

"她的父母变态。"我的女儿说。

小白洁想起自己的童年和少年时代的生活，她一辈子都感到非常地伤心难过，一辈子都有挥之不去的眼泪和苦水。

还有一个叫杨妍的小朋友，她也是跟我女儿同年出生的孩子。她跟我的女儿也是一起上幼儿园，一起上小学，从小学到高中一直是同窗好友。

// 生活见闻录 //

　　她本来是一个聪明可爱的女孩子，后来因为家庭的变故，父母离了婚，她的命运从此改变了。她的父亲以后娶了小老婆，她的母亲以后又嫁了人，她就成了父母的拖累，成了父母都嫌弃的孩子。

　　她本来是很要强、很聪明的女孩子。她只想有一个温馨的家庭，可以让她感到幸福温暖的家庭，可是她偏偏就是没有幸福的家庭。

　　父亲娶了小老婆，后妈自然不喜欢她。母亲又嫁了人，后爹也同样不喜欢她。她成了父母中间的皮球。为了孩子的抚养问题、生活费问题，杨妍的父母经常扯皮，发生争吵，双方都不想要孩子，都不想出孩子的生活费、抚养费。怎么办呢？小杨妍的亲生父母经过谈判，最后商定的结果是，轮流养育孩子，一家一个月，单月孩子在母亲家，双月就到父亲家，一个月轮换一回。可怜的孩子成了被父母踢来踢去的皮球，最后精神出了问题。

　　小杨妍是个很要强的孩子，从小学到高中，学习成绩一直是非常好、非常优秀的，后来考上了上海一所名牌大学。可是她的精神失常了，上大学一年就休学了。她休学回家之后，如果能得到亲生父母的爱护和关怀，她也不会离开世界。可是她休学回家之后，她的生身父亲母亲，还像过去一样把她当球踢，一家养一个月，这样踢来踢去，最后把可怜的孩子"踢"死了。

　　前两年的春节，大年三十的晚上，家里没有人，小杨妍的父母都回老人家里过年去了，家中就剩下了她一个人。没有地方过年，可怜的姑娘就在母亲家中的卫生间里上吊自杀了。她死的时候只有22岁。

　　我女儿感到奇怪的是，面对孩子的死亡，亲生的父母没有一个哭的，没有一个掉眼泪的。可怜的小杨妍就这样走完了自己的一生。她的父母还认为孩子离开了人间，离开了世界，对各方面来说都是一件好事儿，孩子解脱了，大人也解脱了，大人、孩子都自由了，以后无牵无挂了。天下这样的父母也是少有吧？孩子养了二十多年，最后上吊自杀了，身为父母不仅不感到伤心难过，反而觉得孩子死了是一件大好事儿。

　　据参加孩子安葬仪式的女儿回来对我说，小杨妍的亲生父母既没有给孩子买墓地，也没有为孩子买骨灰盒，就是把孩子的遗体送到火葬场去火化了，然后用一个白布袋把骨灰装起来，送到汉水河边，把孩子的骨灰扔进河里了。

　　听到小杨妍这样的命运，这样的结局，我觉得她的父母连猪狗都不如。

　　我的女儿说："小杨妍生在这样的家庭里也是倒霉，也许她就不该到这个世界上来。"

我的孩子所得到的家庭生活是温馨的，是幸福的。她所受的家庭教育也是良好的，所以她理解不了，她的小同学，她的小伙伴，小白洁的命运为什么会如此不幸，小杨妍的命运为什么如此的悲惨？对于未成年的孩子们来说，她们确实理解不了。

当然，在教育孩子的问题上，我也不能说自己是个好父亲，我也有失去理智动手打孩子的时候。

我记得孩子小的时候，我带着女儿到游泳池去学游泳的时候，我就打过她。

我想从小培养孩子学游泳，这是人生应该具备的本领。人的一生不可能不跟水打交道，不可能一辈子不碰水、不近水、不玩水，所以教会孩子学游泳是必需的，必要的，是必修课。具备这样的本领，不说对她一生的成长有好处，就是孩子长大成年之后，她跟朋友们一起出去玩，划船、游泳，家长也可以放心的。

我就亲眼见过，一个男孩背着父母跟同学一起到水库去玩儿，由于不会游泳结果溺水身亡的事情。一个14岁的孩子，已经上中学了，本来是父母的心头肉，也是爷爷奶奶的命根子，就这样没了，一家人为了可怜的孩子都快要疯了。

我的女儿小时候是个傻大胆，见了水就欢天喜地地自己往水里跳，我看都看不住，为此我打过她。可是孩子也正是在这样大胆的行动中，很快学会了游泳。这也是她自己童年时代创造的奇迹吧。

我把孩子打哭了，女儿回家马上就向母亲告状。妻子看到我把孩子打得如此伤心，气得跟我吵了一架，以后我带着孩子去游泳，她也跟着，母亲为孩子保驾护航。我的女儿在游泳方面真是遗传了我的基因，她学了不到十天时间，就学会游泳了，而且胆子还大，居然敢自己跳水，不用我保护就知道游向何方。

孩子长大以后游泳的本领也非常不错，她的游泳水平已经达到了国家业余教练、救生员的水准了，我这个启蒙教练，已经远远不是她的竞赛对手了。孩子学会了游泳是我的一大功劳，虽然我打过她，也算把她培养出来了。

其实我的女儿还是很听话的，像她的母亲一样善良、温柔，小时候就很懂事，什么事情也没对父母过分强求。倒是我喜欢惯着她、宠着她，一方面满足她的物质要求，一方面满足她的精神需求。我为孩子可以乱花钱，只要孩子要的，喜欢的，我就给她买。另外，我又希望她学习能像我一样刻苦，能像她妈妈一样细心。可是孩子总是粗心大意，马马虎虎，既不像我一样能吃苦，也不像她妈一样用心，学习成绩总是叫我不满意。虽然她的学习成绩在同学们中间不算差的，可也不是好的。为此，我也骂过她，也打过她，所以孩子怕我。我一方面喜爱孩子，一方面又把她的心伤透了，所以孩子慢慢长大以后也就不大喜欢我了。这就是我的强势个性，以及争强好胜的性格造成的结果。

结了婚，有了孩子，生活就变得不一样了，一天到晚忙忙碌碌：洗衣服、做饭、买菜、干家务，什么事情都要干，一天到晚没有清闲的时候。我的妻子也像我一样一天到晚地为家庭服务，为家庭忙碌，为孩子操心，为孩子付出。而且家里有了一个可爱的孩子，全家人也跟着一起忙碌，一起付出，因为一个家庭一个宝贝，孩子太娇贵了。所以，爷爷也好，奶奶也好，外公也好，外婆也好，都宠着孩子，全家人老老少少都围着孩子转。所以我的孩子是幸福的。

我的家庭生活也是幸福美满的，平平安安的，没有什么大事儿，也没有什么风波。

我个人的生活也是平平淡淡的，没有什么收获。我的工作、事业、创作，都不值得一谈。这是我一生中最平静的时期，也是最苦闷的时期。虽然我已经写出了不少的作品，但是我写成的小说和戏剧从来没有发表过、出版过，寄出去的作品也是泥牛入海，没有回音。为此，我感到生活上太不如意，精神上很苦恼。因为我所写的东西发表不了、出版不了，我就看书、学习，查阅资料。同时，我更注意到社会中去观察人，用心去了解社会。我相信，总有一天我会写出东西来的，我会写出优秀的文学作品来的。

# 第 3 章 我的表弟

改革开放之后，人们的生活水平确实提高了，生活物资也越来越多、越来越丰富了，有钱的人也慢慢多了起来。我确实看到有人发财了，同时我也看到有些人瞎折腾、白忙碌。富起来的人，靠的是机遇、胆大，还有聪明才智，或者投机取巧，偷税漏税。但是真正发财的人也只是少数，改革开放的社会确实为少数聪明的人提供了发财致富的机会。

我有一个表亲，应该算是表兄弟吧，是湖南老家的一个农村青年，父母在他很小的时候就不幸去世了，他沦为孤儿。他上面有一个同父异母的哥哥，两兄弟在湖南老家日子过得非常艰难。他中学毕业以后，乡政府为了解决他的家庭困难，送他到部队当了兵。他到北京的部队里度过了三年的军旅生涯。到了复员的时间，他只有回乡。可是他又不想回到湖南老家去，因为他的老家实在太穷了，所以他想到湖北来，投奔我们家。他是我姨家的孩子，他在部队当兵的时候，利用探亲假来过我们家一次，因为他听说我们家在湖北，而且家庭条件还算不错，全家人都在城市工作、生活，所以他复员的时候就想到湖北来找一份工作，投靠我们家。他先给我母亲和我来了一封信，姨呀哥地叫着，十分亲热，希望我和我的母亲能帮助他到湖北来落脚。他非常聪明，他知道只要能说动我和我的母亲，就能实现他自己的想法。怎么办呢？一个孤儿，回湖南老家，只有一个同母异父的哥哥，也是穷苦的农村人，穷得连媳妇也娶不上。

母亲问我："怎么办？叫不叫他来？"

因为我的家庭不论有大事儿小事儿，母亲都要首先征求我的意见，因为我是家庭的长子，已经三十多岁了，碰到事儿了有主见，所以母亲还是比较尊重我的意见。说实话，他第一次到我家来，给我留下的印象还是不错的。他长得可以说高大、英俊，脑子也够用，嘴巴挺会说的，人也挺聪明的，也挺会来事儿的。

他当兵的时候18岁，复员的时候21岁。他想到我们这儿来找一份工作，同时也想找个靠山。我想，一个孤儿嘛，回农村老家也是怪可怜的，能帮就帮他一下吧，不管怎么说也是沾亲带故的，既然表弟开口了，也不能不管，那就叫他来吧。

我对母亲说："叫他来吧，他又是一个孤儿，回农村老家生活也是够难的，叫他到我们家来了无非就是多了一口人，说不定将来妈妈又多了一个儿子呢。"

"我可不想要儿子"，我母亲回答说，"我有两个儿子已经足够了。他来之后只要自己能混到一口饭吃就行了。"

他到我们家来的时候，全部的家当只有一千二百块钱的复员费。除此之外，就是军队发给他的一些军用品，还有几身军服，他个人的全部家当算起来也不到两千块钱。我十分热情地跑到火车站去接他，我想既然让他来了嘛，就要表明主人热情欢迎他的态度。他穿着复员军人的服装，同时还带来了一位姑娘。

他向我介绍说："大哥，这是我对象。"

我对他带来的对象也表示了欢迎。他的对象看起来长得也不错，白白净净的，脸上有一点红晕，身材看着也算挺好的，不过着装看起来有点像农村姑娘，穿得不伦不类的。从他们之间的亲密程度看起来，两个人之间的关系已经不一般了。他能把他的对象从北京带到我家里来，足以说明他们已经是非常密切的情人关系了。她说一口京味的普通话，说明她是北京地区附近农村的，我表弟当兵在北京一带，这个姑娘也就是那一带的人。

我把表弟和他的女朋友安排到我父母家里去居住。当时我父亲还不在家，退休以后被请到河南工作去了，所以家里只有我母亲一个人生活，居住着三室一厅的大房子。老太太平时也需要有人陪伴，我们儿女平时一个星期回家一次，陪着母亲过星期天。表弟到来后，也可以照顾一下我的母亲的生活，这样安排我认为挺好的，合情合理。

表弟的女朋友在我母亲家住了三天，她跟我母亲说，她已经跟我表弟相处两年了，她希望以后能委托我的母亲把我的表弟看紧一点儿，她说自己已经怀孕了。她本打算跟我表弟结婚的，可是她是家里的独生女儿，父母对他们的婚姻表示反对。她的父母觉得，我的表弟离开北京到了湖北，这门婚姻就是靠不住的事儿。老人家还是吃的盐多，看问题有独到的眼光。她走了之后，我表弟和她的关系也就断了。表弟虽然是从农村出来的,但是他在外面当了三年兵,在大城市也算增长了见识。他人长得又挺体面的,要身高有身高,要长相有长相,而且嘴巴又能说会道,过后也就不理睬她了。

表弟到我们家来找饭吃,总要想办法给他找一份工作吧。他在北京当兵会开汽车,又会修理汽车,他在部队是开机械工程车的,而且还有驾驶证,这就好办了。

我托朋友为他找了一份修理汽车的工作,我的朋友还算帮忙,为他找了一家私人承包的汽车修理厂,一个月的工资是两百多块钱,不算多,他一个人吃饭生活是够用了。他住在我父母家里,吃饭、住宿又不用花钱,他还有节余。

我的朋友为他找的汽车修理厂,离我家很近便,距离还不到五百米。老板是个国有企业的汽车队司机,也算是一个小领导吧,有四十多岁的样子,在经济改革的大潮中,在金钱的刺激下,激发了野心,结果与本单位签定了承包汽车修理厂的合同。这个小汽车修理厂只有八九个人,一个老板,还有一个女会计,有六个汽车修理工,加上我表弟可能有八九个人吧。老板是不干活的,女会计也是一个承包人,她属于跟老板一起承包汽车修理厂的二老板。老板负责管理业务,她负责管理财务。她是个三十多岁的女人,是个离了婚的女人,一个人带着孩子,也挺不容易的。

我表弟在汽车修理厂干了一段时间,我去看过他两次,工作非常辛苦,一天工作要干十多个小时,而且中午不休息。几个汽车修理工都是临时工,都是老板请来干活的。这样的工作,只能算是农民工干的苦力活。我跟表弟私下聊天的时候,我对他说:

"你要想办法学会做生意,不能安于现状,不能老是干这种又脏又累、又不挣钱的苦力活,干一辈子苦力活儿,是不会有出息的,也不会发财的。"

"我知道,大哥",我表弟说,"我先赚一点本钱,以后有了本钱再说,做生意没有本钱是不行的。"

他是个聪明人,也不用我多提示。他在汽车修理厂干了也就半年多一点的时间,过春节的时候,他居然把汽车修理厂的女会计带到我父母家过年了。我真是佩服他勾搭女人的手段,还不到半年的时间,他就把掌管汽车修理厂财政大权的女会计搞到了手,把北京的农村姑娘完全抛弃了。我看出这个公子哥在女人面前真是有魅力的人物。我有点后悔当初不该答应他到湖北来。但是请神容易送神难，他已经在我父母家里定居下来了，我也不好意思把他赶走。那个汽车修理厂的女会计比他大得多，至少比我表弟大十岁吧。他们两个人以后能成双结对吗？这显然是不可能的事情。我的表弟显然是在利用她。不过一个三十多岁的老女人也不是吃素的，虽然她人长得看起来瘦小，不过人还算是比较精明的，而且离过婚、生过孩子，什么世面没有见过？我的表弟想利用她，也是一件比较麻烦的事情。我果然没有看走眼。他们两个人相处了还不到一年的时间，就在我父母家里闹起来了。女的找上门来，指责我的表弟忘恩负义。

有一天晚上，我散步回家看望老母亲，正好赶上他们两个人在我母亲家里吵架，两个人吵得天翻地覆，连左右邻居的人都听见了。我的母亲很生气，劝他们不要吵了。我回家也很生气，叫他们出去吵去，到外面找个没有人的地方吵去。

女的对我说："大哥，你的表弟是个骗子，他骗我！"

"我怎么骗你啦？"我的表弟说。

"你还不承认你骗我？你把我的钱骗了，连带我的人也骗了，骗到手啦，你又不想要我了，你还不承认你骗我？"

"这不是骗，这是你心甘情愿的，我怎么骗你啦？"

"你这还不是骗？你花言巧语，把我的钱也骗了，把我的人也骗到手了，你把我玩够了，就不想要我啦，你是个地地道道的流氓、骗子！"

"这怎么叫我骗你呢？这是你我两厢情愿的事儿，我还说你骗了我呢！"

两个人吵得火气冲天。我对他们也发火了：

"都闭嘴！要吵你们两个出去吵去！"

我叫他们两个滚蛋，两个人见我发怒了，火气十足的，他们就不敢在我母亲家里吵了，两个人出门一起走了。

我母亲对我说："这个孩子有一点花呀。"

后来过年，那个女会计再也没有在我母亲家里出现过，两个人明显闹翻了。

改革开放的社会，人到底是一种什么心态？好像有点疯了。人为了发财、为了挣钱，什么想法都有，什么事情都敢干。而且生意场上的人不讲情义，也不讲情面，什么钱都敢赚，什么钱都想赚，既不讲道德，也不讲法律，闭着眼睛什么钱都要赚。

一年以后，我从报纸上看到我表弟的老情人，那个聪明的女会计出事儿了，她被公安机关抓起来了。这件事儿成为轰动小城的一大新闻。报纸上有关她的消息是她搞非法集资，骗了有上千号人，非法集资高达两千多万元。

她被判了几年徒刑我不知道，反正过了几年我看见她出来了。我在路上碰见她，她还能认识我，我也能认出她。她带着孩子，可能已经上学了，但是她的样子已经变得面目全非了，不像过去那样神气活现的样子了。据说她是有家庭背景的，又带着一个可怜的女孩子，所以公安机关就把她放出来了。

我问她："你怎么变成这个样子啦？"

她有气无力地对我说：

"大哥，我快不行了，我得了癌症，活不了多久了。"

我后来听我的表弟说，她被司法机关抓起来之后，她的小孩就没有人管了。她得了癌症之后，司法机关可怜她，出于人道主义，放她出来保外就医了。可是后来她还是没有活过多久就死了，留下了一个可怜的女孩子成了孤儿。我以为我的表弟去看过她，可是表弟说的话让我感到惊讶：

"我去看她干什么？我们之间早就没有关系了。"

"有关她的消息你是从哪儿得来的？"

"我也是从别人那里听来的。"

"难道她出事儿、有难的时候，就没有找过你？"

"她是来找过我，求我帮忙，以后能照管她的孩子，可是我跟她还有什么关系呀？"

我表弟的话充分说明了人的本质。聪明人大概都是如此吧？他比他原来的老情人、一个见过世面的女人聪明多了，可以说是生财有道。

他从汽车修理厂赚了一点钱，以后就开始学着做生意。他最早起步踏进生意场，是与一帮当地的老乡农民学杀猪。就是几个人合伙，花钱租车，到农村去，到穷乡僻壤的山村去，到老乡家里去收猪，然后拉回来，找个杀猪场把猪杀了，再拿到自由市场上去卖。说实话，他干杀猪的生意，比起干汽车修理工的工作还要辛苦，还要劳累，起早贪黑的，没日没夜的。不过杀猪卖肉，比干汽车修理工作挣钱多来钱快倒也是真的。我表弟身上最突出的特点就是能吃苦，到底是农村长大的孩子，什么苦都能吃，什么累都能承受，而且人也勤奋，为了挣钱，可以白天晚上不睡觉，这是一般人受不了的。他后来在生意场

// 生活见闻录 //

上的成功,主要得益于他有吃苦耐的精神,加上聪明灵活的头脑。他杀猪,倒卖猪肉,小赚了一笔钱,然后就开始转行,学做小生意。这其间,我也通过我的朋友帮过他一些忙,帮助他做成了几笔小生意。他发财了,他就动员我辞掉工作,跟他一起做生意,两个人合伙。可是我老婆不同意我辞掉工作跟表弟一起做生意。

我老婆对我说:"你表弟是个人精,你跟他合伙做生意,你算计不过他的。"

老婆反对我辞职下海经商,我也就算了。因为,我这个人对做生意本身也确实不是太感兴趣,对钱看得也不是太重。

我觉得人活着的意义不在于挣多少钱,而在于你生存的价值,你的一辈子为社会能留下什么东西,这是最重要的。社会上有钱的人多了,没有钱的人也多了。我追求的梦想还是喜欢创作我的文学作品,结果我错过了辞职下海发财的机会。当然,我到今天也不后悔,商海沉浮,我下海能不能发财也是一个问题。因为,我的本性是属于讲面子、讲感情、重情义的人,而生意场上的人是什么都不讲的,既不讲面子,也不讲感情,又不讲情义的,他们讲的就是钱。后来我亲身感受到了生意场上的人无情无义的一面,他们什么钱都要赚,什么人的钱都不知廉耻地赚,这是我觉得不可思议的。

有一年春节前,为了在工作上以后能有升迁的机会,我想给当官的送礼,因为社会流行请客送礼,我也是没有办法,破不了这样的规矩,这是社会文化的特点,也是中国文化的特色,我也只能随波逐流。但是从我内心来讲,我是不想给任何人请客、送礼的,因为这不是我喜欢干的事情。但是我只能入乡随俗,只能附合这样低级的社会文化和企业文化的大潮流。我想从表弟那儿买两条便宜的好烟,应该是没有问题的,他是做烟酒批发生意的嘛,应该是非常简单的事情。

他问我:"哥,你要不要假烟?"

"我要假烟干什么?"

"你不是请客送礼嘛,又不是你自己抽,假烟怕什么?现在社会流行送假烟,一般人给领导送礼都是送假烟。"

"送假烟不好吧?"

"有什么不好的?送假烟便宜呀!你管假烟好不好,你是送给别人抽,又不是你自己抽，送假烟也是一样的。"

当时的社会流行最好的香烟就是"红塔山"，市面上卖是十元钱一盒，九十块钱一条。我问表弟："假红塔山多少钱一条？"

"便宜，五十块钱一条。"

"那你就给我买两条红塔山吧。"

我当时身上没有带钱，我说过几天拿烟的时候，我再给他钱。这件事儿我就委托表弟办理了。结果过了半个月左右，我到他的批发店里去拿烟，我又问他多少钱一条烟？我要给他拿钱。

他又对我说："八十块钱一条。"

我一听价钱变了，不是原来他说的五十块钱一条了，五十块钱一条烟变成八十块钱一条烟了。多亏当时我身上还带了两百块钱，我就给了他一百六十块钱，拿着两条假烟走了。这就是生意场上的人，连我的钱也要赚，而且当时他还住在我母亲家里，还是投靠我们家来的。买卖人真是六亲不认，连爹娘老子都要骗，这就是生意场上的规则吧。一切为了钱，当时市场上正品的红塔山香烟，到一般的门市部去买，也就是九十块钱一条。我花了一百六十块钱，买了两条红塔山香烟，还是假货。生意人不讲情面，讲的就是钱。我认清他的本质，以后也就多加小心了。不过我觉得，这样的亲戚，真的还不如一条狗有情有意。当初欢迎他到湖北来，是我大错特错了。此后我就很少再与他打交道了。可是我这个人又没有记性，当他在生意场上有事儿的时候，有麻烦的时候，他还是来找我帮忙，我这个人又碍于情面，拉不下脸来，又不好意思不帮忙。

有一次他开车在路上出了事儿，是他撞了人，还是人撞了他，我忘记了。他需要找警察帮忙摆平事情，我就帮他找了我的一位当警察的好兄弟，这位警察是我家父子两代人的世交，我请他帮忙摆平了事件。他对帮忙的警察感激不尽，又请人家吃饭表示感谢，又给人家送礼，就没有我什么事儿了。

他后来有钱了，当老板了，我想他可以到外面去租房子住了。他在我母亲家居住生活了两年多的时间，我母亲没有找他要过一分钱的房租和生活费，他就是逢年过节给我父母买一些礼物，算是表示感激吧。但是他当老板以后，他每天早出晚归的，经常在外面与人谈生意、喝酒，到深更半夜才回家，我母亲有一点受不了他的生活习惯。因为我母亲患有高血压，晚上睡觉睡得早，他深更半夜回家,打扰我老母亲的睡眠,老人家半夜醒来就睡不着了。所以,为了我的母亲,我就找他谈,希望他能搬出去住,不要打扰我的母亲了。因为他是我答应请来的,所以恶人还是由我来做,我不能叫母亲当恶人。他听明白了我的意思,没有多久也就搬走了,自己到外面去租房子住了。我们之间的兄弟情份也就没有原来那么亲密了。因为他做的事叫我心里不舒服,他也明白我叫他走的原因,不过我们表面上还是兄弟。他在外面有事儿了,我还是能帮就帮助他。因为他毕竟来的时间还不长,人生地不熟,有些事情还需要我关照。虽然我帮不上他什么大的忙,但是我能为他办的事,我还是尽力而为的。

他做生意也不是一帆风顺的。开始的时候练摊,租了自由市场的一块地方做小生意,做副食品之类的产品,也被人家骗过。他初次与外地一家私人老板做干肉皮生意,从外地老板那里进货,他是亲自跑去跟人家订货的,以为这样就保险了。老板给他看的样品是非常好的,他就交了钱,与老板签定了合同,他人跑回来了等着接货。可是等他收到货物时,傻眼了,货物与他看过的样品完全不一样,全是劣等货,明显上当受骗了。货物差还不说,份量也不足,他吃亏上当了。他想到外地去找那个私人老板去算账。

我劝他:"算了,吃一赘,长一智。生意场上不要轻信任何人,你一个人去找那个私人老板,是自找没趣,你单枪匹马,别去了损失找不回来,再叫人家敲打一顿,不划算,以后记住吸取教训就是了。"

他听了我当大哥的话,觉得也对头,就只有自认倒霉了。可是东西怎么办呢?上万块钱的货物,总要想办法卖出去减少损失呀。于是,我就帮他想办法找了我的一个好朋友。这位好友也可以说是我的铁哥们,他是为一所大学的教职工食堂跑采购的司机,他每天负责与食堂的采购员一起,为学生食堂和教职工食堂采购货物。这位朋友帮了我表弟很大的忙,把他的货物吃了一大部分,减少了一些经济损失。另外一部分,他就通过自由市场卖出去了。

我表弟在自由市场做生意最大的收获就是找到了一个聪明漂亮的姑娘,这位姑娘是本地人,也是在自由市场内做副食生意的,两个人的摊位紧挨着。

这个姑娘可不是一般人,她虽然是从大山里走出来的农村姑娘,但是做起生意来非常精明。她很小就从家里出来到城市来打工了,先是在一家百货商场站柜台,当临时工,为百货商场卖货物,摸清了做生意的行道。后来她有了一点小本钱,就离开了国有的百货商场,到自由市场租赁了一个自己的柜台,自己开张做生意。

她是家里的长女,她从农村出来的时候大概只有十五六岁,也就是中学毕业吧。她认识了我表弟,两个人一起在自由市场做生意的时候,她也就是二十一二岁,可她已经是生意场上的老手了,她长得也挺漂亮,或者说挺迷人的,她有双漂亮灵活的大眼睛,见什么人说什么话,外人都能感觉到她是个聪明的姑娘。她虽然个子不高,但是看起来还算是苗条的,皮肤也比较白皙。

我表弟的外表对姑娘们来说还是很有吸引力的,再加上两个人又是同行,做生意的时候相互关照,所以两个人很快就越走越近。后来他们自然而然地成了朋友、情人、夫妻。

两个人后来结了婚,我向他们表示祝福,送上了礼品。他们两个人结婚的时候,连自己的房子也没有,还是租当地老乡家的房子。我去向他们表示祝贺的时候,看见两间房是又黑又暗。他们见我来送礼、祝福,当然很高兴。

"谢谢大哥,"我表弟说,"我结婚还没有准备喜酒呢。"

"我来送礼是表示我的一份心意。"我说,"没有喜酒也无所谓。"

"谢谢大哥啦",我表弟的新媳妇说,"大哥来了,我来做好吃的。"

他们结婚没有什么外来的亲朋好友,因为他们的生意做得还不够大,所以也没有什么体面的好朋友给他们送礼,我上门给他们送礼可能是独一份。他们请我在家里吃了一顿便饭,新娘子做了几个好菜。我与表弟在酒桌上吃饭喝酒的时候,我的表弟说了实话:

"大哥,我能到湖北来,找到这样好的媳妇,成家立业,还是多亏了你和我姨的帮忙,才会有今天。"

表弟对她的新媳妇讲了我们家我和母亲接收他到湖北来的故事,新娘子非常感谢我这位大哥的热心帮忙和我母亲的热心帮助。我希望他们以后的生活会越过越好,以后的生意能越做越大。

我表弟说:"我是想把生意做大,可是我们两个人的钱有限,资金不足,想做大也做不起来。我想找人借一点钱,尽快把生意做大起来。"

"你想借多少钱?"我问他。

"借多少都可以,多少不限。"我表弟说,"一千、两千、一万、两万,当然是越多越好,我可以付利息。"

"我来帮你想一想办法吧。"

当时我们山里人的生活水平并不富裕,我一个月的工资才三百多块钱,我家里有一点存款,可能也就是一万来块钱。我回家跟我媳妇商量,把钱借给表弟。可是我媳妇不同意,怕钱借给做生意的人,出去回不来,怕我表弟做生意亏了本,把我们家的血汗钱一起赔进去。但是我相信,他们两个人做生意不会亏本的,因为他们的烟酒批发生意已经做起来了,两个人忙不过来,还请了两个帮工的,我想借给他们一万块钱,他们一定还得起。我太太舍不得借出家里的钱,我又在表弟和表弟媳妇面前夸下了海口,于是我就到厂里找了我的几个好朋友,为表弟他们借了钱,为他们做生意提供帮助。这笔钱他们用了两年,如数归还,当然利息也付了,我连本带利如数还给了我的朋友。我为他们做的事可以说力所能及,他们后来发财了,也就把我这个大哥忘记了。他们自认为有钱了,就可以高人一等了。

他们住在老乡家里,生了孩子,我也同样去看望过他们,也同样为孩子买了礼物。他们住在老乡家里洗澡不方便,没有洗澡的地方,我又让他们到我家里来洗澡,因为他们居住的地方离我家并不远,走路不要二十分钟就到了。他们的家用电器坏了,我也帮忙修理。他们生活有困难的时候,我可以说帮忙帮到家了,结果也没有落什么,他们发达起来了,我们之间的关系也就越走越远了。

就是逢年过节的时候,他们到我父母家里礼节性地看望我的父母亲,给我的父母买一些礼品,如此而已。他还没有忘记在我母亲家里住过两年,而这两年的时间奠定了他在湖北安身立命和事业发展的基础。如果没有我和母亲的帮忙,他还不如个要饭的。可是人一旦有了钱,马上就变了,这种变化是社会影响的还是人的本性决定的,我就说不清了。我原本以为,一个孤儿到我家来,在湖北又没有亲人,在湖南老家也没有什么亲人,我们在他一生最困难的时候帮他一把,他会记我们一辈子的,他会成为我们家庭中的一员,或者是一个亲人。后来看不是那么回事了。改革开放的社会,人好像变成了冷血动物,金钱腐蚀了灵魂,没有人讲滴水之恩当涌泉相报了。

我的表弟后来是发达了,有钱了。他从一个身上只有一千二百块钱的退伍军人,从一个汽车修理工干起,从杀猪卖肉开始起步,到后来做副食生意,做烟酒批发生意,也不过只有短短几年的时间,他就从一个一文不名的小游民,变为了一个精明的商人,房子也买了,车子也买了,他的公司后来也成为本地最大的烟酒副食批发公司，他的主要供货对象是全市各大酒店，一年的成交额上亿。最火的时候，公司旗下有一百多名员工，同时还开了两家大酒店。两家大酒店的员工加上服务员，也有一百多号人。

我发现那些在改革开放初期发达起来的人，有这样几类：一是无业游民，二是没有职业者，三是待业青年，四是地痞流氓、社会无赖，五是坐过牢的人。其中很少见有知识、有文化的社会精英，这可能是小城市与大都市的不同吧。这些人文化素质不高，却胆大过人，他们在改革开放之初，成为先期下海经商的人，也是最先发财的人。他们发了财、有了钱之后干什么呢？就是吃喝玩乐，吃喝嫖赌。我过去没有见过有钱人，我表弟富裕起来之后，我算是开了眼界，见识了小城市先期发达起来的土豪、小老板。

有一次，表弟给我打电话，说是请我去参加一个宴会，叫我去帮他陪同几个重要的客人，陪他们一起吃饭、喝酒。这些客人都是有钱的老板，他一个人陪不起他们。表弟知道我能喝酒，所以叫我去当陪酒的英雄。我当时也没有多想，就答应了他的邀请。

他请我去的是市内一家最豪华的大酒店，也是刚落成开张不久的大酒店。我按照表弟告诉我的地方找到了那家漂亮的大酒店，走进五楼的一个华丽的包厢。我进去看见四个人在打麻将，其中有一个是我表弟，其他三个人我不认识。他们的面前放着一沓一沓的百元钞票，那时百元的新大钞还刚刚出来不久。他们的手边一人放着一部"大哥大"砖头手机，我看到这样的场面感到惊讶。因为当时普通的人刚用上 BP 机，而我连 BP 机也没有，他们已经用上了"大哥大"，而且是一人手边一部。他们玩打麻将、赌博，看得我两眼发呆。他们玩的太吓人了，我在普通人中间没有见过像他们这样打麻将、赌博的场面，输赢都在万元之间，而且他们都不数钱，付账就是一沓、两沓的，好像那钞票不是钱，就像纸一样。我当时一个月的工资才挣三百多块钱，他们玩麻将输赢的钱，够我辛苦十年八年的。我的表弟起身，向客人们介绍我："这是我表哥。"

客人们非常客气地向我点头打招呼。我表弟转身让位，叫我代替他打一会儿麻将。

"我不敢玩。"我老实说。

"没有事儿，输赢算我的。"

他叫我上场代他玩一会儿。他走到门口,叫外面的服务员马上来点菜,接着他就出去了,可能是上卫生间去了。我只有坐下来,接替表弟与他们打麻将。当时在座的客人们抽的都是好烟。手上戴的都是大金戒指,还有两个老板戴着大金项链。他们穿的衣服看起来不伦不类的,但是凭我的眼睛可以看出来,他们口袋里虽然有钱,但他们脑袋里没有知识、没有文化,却又自以为是,个个说话都是牛气冲天。他们问我是干什么的?

"我是工厂的上班族。"我回答说。

"是干部?"

"一般员工。"我在这些老板们面前说话太实在,他们随后就不理我了。

改革开放的社会,有钱的人真是狗眼看人低,在这些土老板面前,工厂的上班族好像就不算人了。我跟他们打了一圈麻将,我的表弟就回来了。我马上让位,请主人继续来。我上场打了一圈,没有输钱也没有赢钱。我实在不敢陪他们玩了,他们在麻将桌上把钱不当钱,我陪他们实在玩不起。

后来包厢又来了几位客人,都是年轻的女性,一个个穿得花里胡哨的,看起来穿得挺时髦、妖里妖气的,有抱狗的,有拿包的。她们与打麻将的老板到底是什么关系?我搞不清楚,但是看起来明显不是两口子,不是太太与丈夫的关系。只有我和我的表弟还算规矩,没有女伴坐陪。进来的女嘉宾,与几个有钱的土老板明显是情人的关系,他们说着本地的方言、土话,嘻嘻哈哈,打情骂俏,动手动脚地调情,目中无人。

服务员把菜端上来了,打麻将的人就自动散伙了,大家马上坐上了酒桌吃饭,宴会也就开始了。我的表弟向我介绍这个老板、那个老板,我竖着耳朵听着,应付场面。我想不到后面进来的三个年轻姑娘也是老板。至于这些老板是干什么的,做什么生意的,我一个也没有记住,我根本就没有往脑子里去,反正他们都是有钱的老板,只有我一个是工厂的工人。我在这样的嘉宾客人们面前实在不好意思,他们的眼光也有一点明显瞧不起我的意思,我能看得出来,我后悔来参加这样没有名堂的宴会。但是既然来了,那就要帮助我的表弟陪好这些客人。大家喝的是茅台酒。酒桌上的菜大部分是过去我没有吃过的美味佳肴,什么娃娃鱼、鸽舌汤、龙虾,等等。这些美味佳肴过去不要说吃,我连见都没有见过。我听他们吹牛说生意场上的事情,我真是没有兴趣。他们二两酒下肚,一个个都胡吹八吹的,好像人人都是李嘉诚,个个都是有钱的大老板,钱多得不得了。这就是小城市改革开放前十年发了财的有钱人，愚蠢无知，而且目中无人。我一气之下，发挥我的特长，不断向他们敬酒，干杯，挑衅，最后把那几个都喝醉了，一个个喝得东倒西歪，喝得不像人样了。

酒足饭饱之后，头脑清醒的人还要打麻将，就是那三个女人加上我表弟还算清醒。另外三个喝醉酒的男老板，都叫我灌得倒在沙发上不醒人事了。我表弟陪着三个女老板打麻将，我就告退了。

从此以后我再也不想参加这样的宴会了。这样的人有几个钱就自以为了不起了，除了知道打麻将、赌博、吹牛、喝酒、玩女人，其他什么也不知道。这就是没有知识、没有文化的小老板，小城市发达起来的土豪。我奇怪的是，像这样的人，在社会上怎么会发财的？这是因为在改革开放之初的时间段里，商场上的生意好做，所以他们走运了，国家改革开放的政策，也给了他们发财的机遇，因此他们赚了一点钱。在一个普通工人的眼里，他们确实属于有钱人，抽烟、喝酒，都是高档货，打麻将、赌博，钱流得哗哗的，这是我亲眼看到的事实。但是他们到底有多少钱？我就说不明白了。我看到这些参加宴会的小老板，一个个吹得神乎其神的。他们到底是百万富翁还是千万富翁，我也说不清楚，但是听到他们说话吹牛的口气，好像个个都是亿万富翁。

其实他们吹得过头了。因为在改革开放并没有多大活力的小城市里，特别是在一个不足三十万人口的小城市里，发财过亿的大老板还是找不出几个人来的。

他们算是成功的商人吗？不是。在小城本地，我还没有看到改革开放以后做生意十分成功的大老板，有才华、有能量的商业精英。因为，在这样的小地方，做小生意的老板既没有自己的经济实体，也没有自己的产业和产品，他们充其量也就是倒买倒卖流通领域的小商品，捞了一点油水儿而已，他们不可能成为中国商业社会的大老板，也不可能成为中国社会的商业精英。因为他们本身的素质不够，知识能量不够。他们不同于北京、上海、深圳、天津、重庆、广东、浙江、珠江三角洲、长江三角洲那些下海经商的大老板们，很难成为中国社会商业的精英。

在我生活的小城市里，社会文化和生活文化决定了这样的小城市不可能产生大老板，也不可能产生商业王国的社会精英。因为这样的小城市，社会环境和生活文化就是吃喝玩乐。所以像我表弟这等人物，在小城市也算得上是成功人士了。但是他们还称不上是成功的大老板，也不是有智慧的大商人。他们只能称之为有钱人、土豪。但是他们说话、办事牛气十足，比巴菲特和比尔·盖茨口气还要大，好像一个个都是世界富豪了。

有了钱当然是好事儿，有了钱不光可以吃喝玩乐、吃喝嫖赌。在金钱万能、物欲横流的社会里，有钱什么都可以办得到：买房、买车、买别墅，可以买女人，可以包养情妇，可以买到一切所需要的东西。而且有了钱，身份地位好像也摇身变了、马上提升了，在社会上结交的人也不一样了，什么事情也好办了，人也变得财大气粗，说话趾高气扬，缺少人味了。而且他们也不把一般普通人放在眼里，因为他们生活的圈子都是有钱人，或者是有权有势的人，所以他们说话、办事儿也就不一样了，见人说人话，见鬼说鬼话，见到普通的老百姓，他们连理也不想理，看也不想看一眼。我见到的表弟和他的那些有钱的土老板们，就是属于这样的人。

我的表弟发财之后，就很少与我有来往了，因为我还是一个普通人，普普通通，既没有权，也没有钱，他也求不到我什么了，也用不到我什么了，有什么事情人家自己就能办了，所以他也不需要我帮忙了，因为我的能力太有限了，所以我也就没有用武之地了，失去利用的价值了。

我真正认识表弟其人的本质，还是在他发了财之后。他已经算有钱了，好像是千万富翁吧。我想找他投资文化产业，请他当老板，我当编剧人，争取排演我写出来的话剧剧本。把剧本搬上舞台是我多年的梦想，我认为值得投资排演，我想戏剧也可以赚到钱的，我也想通过排演我的戏剧，能赚到一点钱，改变一下我的家庭生活状况。我的要求并不高，我只是希望他投资五十万，或者是借我二十万，保证两年之后如数归还。当时投资一部话剧的成本最高也就五十万元，我可以找其他剧团合作，我出一部分资金，我想排演我的剧本，到北京市场上去闯一闯，碰碰运气，看能否成功？如果成功，我可以借此机会转行，改变自己的命运，后面的人生从事我喜爱的戏剧工作。我并不是心血来潮，也不是头脑发热，因为我已经写出了不少好剧本。在中国，有人写出了几个小品，在春节的联欢晚会上演出，就能名扬全国，我为什么不能呢？我找他投资的时候，我已经写出了二十多部大作品，而且都是大戏，在剧本数量上，已经不算少了。至于我的剧本写得好与坏，我不好说。我的梦想就是想把我的作品搬上舞台，不管是成功还是失败，我想检验一下我的作品和我的才能。我想,找一个千万富翁投资五十万,或者说借用二十万块钱,应该不算什么大事儿吧?

可是我打电话给他,说明了我的想法和规划,他理都没有理我。我这才头脑清醒了,在他眼里,我这个曾经热心帮助过他的大哥什么也不是了。我承认他有发财的命,他有发财的头脑,但是如果当年在他一贫如洗的时候,我和我的母亲不伸出热情援助的手帮助他,他什么也不是,他也不可能到湖北来立足,他也不可能到湖北来发财。但是发了财之后,他就六亲不认了。我认清了他的真实面目,我也就不想与他打交道了。

后来为了事业的发展,他转移到了省会城市,在那里与几个老板合伙,从银行贷款了一个多亿,转投房地产生意,听说也取得了成功,不到十年的时间赚了有几个亿。他在省城买了高级轿车,买了豪华别墅,更显得春风得意了。有了钱表弟就自以为是上帝了。

# 第 4 章  难得好友

实事求是地说，在改革开放的社会里，在经济发展的大潮中，每个人都想当老板，每个人都想发财，但是在小城市，成功者并不多见。真正的创业成功者，取得亿万财富的大老板，在一般的小城镇里还是凤毛麟角的。由于我表弟的发财、成功，我也动过心，可是由于遭到了老婆的反对，我也就放弃了。

我老婆坦率地对我说："你就老老实实上你的班吧，不要想着下海经商的事了。"

"我为什么就不能下海经商呢？"我问老婆。

"因为你的心事不在那上面。你一天到晚地想着写东西，写小说、写剧本，创作你的文学作品，你能下海经好商吗？"

"我想辞了工作，可以下海试一试，我表弟能行，我也不会差到哪里去吧？我的脑子也不傻也不笨，为什么不可以学着试一试呢？"

"算了吧，老公，我说一句实实在在的话，你可能不爱听，你跟你表弟是不一样的人。他到山里来是没有正式工作的人，他下海一搏，是万不得已的事情。你有正式工作，就没有必要去下海经商。再说生意场上也不是什么人都能玩得转的，发财的人能有几个？你还是老老实实地在工厂安心工作吧，我们家需要安安稳稳地过日子，不需要你发大财。男人有钱就变坏。我不希望家庭出问题，我只想平平安安地过日子。"

我老婆是个安分守己的知识女性，同时也是一个温柔贤慧的小家碧玉。她怕我下海经商发了财，学坏了，这是女人最不放心的事情。我为辞职下海经商的事，与老婆争论过两次，她就是不同意。

她说："你不是下海经商的材料。"

"我怎么就不是下海经商的材料？"我问她，"什么事情都是可以学会的嘛。"

"但是下海经商你不行，你学不会，你还是老老实实在家里搞你的文学吧，因为下海经商不是人人都能学会的，你的才能不在经商方面。你比不了你表弟和他的媳妇，他们是什么人，他们属于人精。他们首先能吃苦，为了挣钱可以几天几夜不休息不睡觉，你能吃得了这样的苦吗？再说，你也没有他们身上所具有的特点，为了挣钱六亲不认，什么人都敢骗，你做得来吗？你还记得你求你表弟买假烟，送礼的事情吧？他连你都要骗，而且还是投奔你们家来的，吃在你们家，住在你们家，有两年之久，他居然能骗到你头上，这样的事情你做得出来吗？我相信你做不出来。因为你的本性不是这样的人，所以你做不了生意人，当不了老板，也发不了财。做生意的人，当老板的人，要会坑、蒙、拐、骗，你做不来的。你的那些朋友，下海经商又有几个发财的？"

是呀，当老板，想发财，也不容易。老婆说的话，打消了我辞职下海经商的念头。她说的话也是实话，也是有几分道理的。我亲眼所见做生意的人，不光要有聪明灵活的头脑，还要有吃苦耐劳的精神，而且还要有低三下四、委曲求全的本能，同时还要有坑、蒙、拐、骗的本领和无情无义的特点。只有具备了以上的条件，你才能下海经商，在商业社会的大潮中立足、发财。我表弟就对我说过，他做生意就被骗过好几次，最多的一次被人家骗了有近百万。当然他后来也骗过人，他是后来在商品社会的经济大潮实践经验中，人才学得精明了。

我老婆知道与我关系不错的朋友小牛，下海经商也扑腾了好多年，也没有成功，也没有发财，只是混一碗饭吃，为了生意，连朋友也骗。我的朋友小牛，我在年轻的时候为朋友小崔打架时提到过他。到山里来之后，我们不幸成为同学。他的父母也是从东北把他带过来的，我们之间的关系原来上学的时候比较好。他是家里的独生子，原来的家庭生活条件也比我们的家庭条件好，养成了好吃懒做、不务正业的习气。少年时代养尊处优的生活，他自然没有吃过什么苦，也没有受过什么罪。参加工作之后，在工厂里也是一天到晚混日子，不好好工作。成家立业之后他也不干正事儿，有了老婆，有了孩子，还不安分守己地过日子，与外面的女人鬼混，瞎搞，结果闹出事儿来了。

有一天，他的老婆与他相好的野女人碰到了一起，两个女人大白天打了起来，两个女人谁也不是善茬。她们在同一个工厂工作，每天上下班经常可以碰到一起，两个女人在厂区的大马路上就打起来了。当时他也在场，不知如何应付才好。两个女人开始争吵、对骂，最后发展到动手，引来了好多上下班的职

// 生活见闻录 //

工围观、看热闹。他因与女人之间的风流事件，闹得满城风雨、臭名远扬。他觉得在工厂里实在干不下去了。

改革开放之后，他马上追赶社会潮流，辞掉了工厂的工作，下海经商。结果到处混，今天给朋友打工，明天卖汽车配件，后天自己开公司，忙活了多年，也是一事无成。最后老婆也离婚了，跟相好的女人没多长时间也分手了。最后还骗了朋友的钱，叫他的朋友告上了法庭，赔了钱，自己一文不名。他离开工厂在社会上做生意，也扑腾了好多年，最后也没有混出一个人样来，也就是一个到处混饭吃的打工仔。原来他觉得自己很聪明，其结果在商品社会的大潮中，到处碰壁，混得什么也不是。所以想发财，想当老板，也不是一件很容易的事情。

还有我的朋友小崔，下海经商也是同样如此。他下海经商也玩了不少年，不过他的聪明之处不是辞职下海，而是与本单位签定合同承包经营一些物资。他原来也是在工作中不好好干活的二混子，工作方面就会开个车，瞎吹牛，大事干不了，小事又不干，一天到晚光卖嘴皮子，就会玩女人，不干正事儿。本单位的领导拿这样的臭无赖也没有办法。改革开放以后，他也想到了下海经商，单位的领导就给了他自由，让他承包经营一些东西。结果他今天卖零配件，明天开游戏房，后天开赌博室，乱七八糟的什么生意都做过，最后也没有成什么气候。不过他比小牛做生意混得好一点儿，多少还是混了几个钱，结果赚了钱，就玩女人，最后把钱都花到女人头上去了。

我老婆怕我下海经商以后，也像我的朋友们一样学坏了，所以坚决反对我辞职下海做生意。我最后还是听从了老婆的劝阻，安分守己地在家里过日子，老老实实地在工厂上班工作，稳稳当当地挣自己的工资，安安静静地在家里看我的书，写我的小说，创作我的文学作品，努力实现我的人生之梦，做生意当老板的发财梦也就不想了。

尊敬的读者看到这里可能会奇怪地问，你结交的朋友都是什么人呢？难道都是乱七八糟的社会渣滓、臭鱼烂虾，难道就没有好人吗？我实事求是地说，在人间生活了半个多世纪，我就生活在两种人中间，一种是吃喝玩乐的人，一种是吃喝嫖赌的人。所以，当今社会，有钱的人是越来越多了，酒店也越来越多了，娱乐场所也越来越多了，三陪小姐也越来越多了。我看到的大众群体，我接触到的大众群体，我生活其中的大众群体，就是实实在在的这样两种人。

所以请原谅我把人间社会所看到的真情实况写出来。因为我不是生活在高度文明的社会里，我也不是生活在情操伟大、人格高尚的社会大众群体里。我看到的在改革开放的社会大潮中下海经商的人，发了一点小财的人，就是吃喝玩乐、吃喝嫖赌。如今的城市里，酒店、娱乐场所，比商店还要多；麻将馆、泡脚城、夜总会，比超市还要多；离婚的家庭、离婚的人群，也是越来越多。我用坦率真实的笔，来描写我看到的人间百态，芸芸众生，这就是普通大众的日常生活，我生活的小城市里的所见所闻，确实令人眼花缭乱，不过这却是非常真实的人间社会。

当然啦，在我看到的人间社会里，也有天下少有的好人，或者说是情操伟大、人格高尚的人。我的朋友圈，既有活得猪狗不如的两脚动物，也有人格伟大、品德高尚的人。我愿意向大家如实地介绍一位在众人眼里傻得出奇的人物，他就是我特别尊敬的好友小季。

我和小季年轻的时候在大众眼里可能都不属于好人之列，我们身上有一些令人讨厌的缺点和坏毛病，也有一些不良的习气。我能喝酒，他也能喝酒。我原来打过架，他也打过架。我们之间原来的关系也不是特别地好，就是认识，每天见面打个招呼，也没有什么深交，更谈不上有什么朋友之间的亲密感情。后来参加工作在一起，是一个单位的同事，我们之间的关系才慢慢走近，成为好朋友了。

有一天，我乘坐公交汽车下班回家，在公交车上看到了一个人，此人就是我上中学时期跟他在肉店打过架，他叫社会流氓到学校去堵我、打我，后来因为此事我在学校闹得声名狼藉，被学校踢出了校门，校长不叫我读高中的那件事情的肇事者。对的，就是他，就是那个姓孙的小流氓。事过五年，我们又相遇了，我们都长大了，都参加了工作。我也从当年身高不足一米六零的中学生，长到一米八零的大小伙子了。当年我们在肉店打架的时候，他比我高出一头，五年之后我比他高了一点，也比他身体强壮多了。聪明的读者想一想我能不能放过他吧？我肯定是不会放过他的。因为肉店打架一事，我高中没有读成，影响了我后来考大学，等于影响了我一辈子的人生。所以我是绝对不会放过他的。他看到了我的眼光，马上就怕了，想躲着我。因为在公交车上人太多了，车里拥挤，我就没有过去找他，但是我的眼睛一直盯着他。公共汽车在汽车站停车的时候，我看到他偷着从前门下车了，我马上也从后门下了车。他走在前面，我走在后面，我们两个人一前一后走了大约有十米左右，他回头看见了我，抬腿就想跑，我就冲到了他面前，叫他站住，他想跑已经来不及了。我冲上前去挥起我的铁拳，照着他的脸上就打了一拳。他虽然个子也比较高，跟我差不了多少，可是他人长得还是又干又瘦，我一拳就把他打到路边的水沟里去了。他狼狈地从水沟里爬起来，可是他却随手从水沟里抓起了一块石头，站起来想反打我，想用石头砸我。这时我的朋友小季从后面过来了，他挡在了我前面，对扬起石头的姓孙的家伙说："你想干什么？把石头放下！"

姓孙的楞了一下，小季飞起一脚就把他手中的石头踢掉了。我立马又冲上前去，用拳头再一次把姓孙的打进水沟里，打得他倒在水沟里半天没有爬起来。我从地面上拣起了姓孙的手中掉下来的石头想砸他，这时小季上来把我的胳膊拉住了：

"算了，兄弟，不要用石头把人砸坏了，不要把事情闹大了。"

我看姓孙的倒在水沟里不动了，也就停手了，没有把石头砸到他头上去。这时从我们身后走过来一位姑娘，身材苗条，个子很高，应该有一米七五左右，她长得也算比较漂亮的，她在小季身边停下来，问他："小季，你在干什么？"

"我没有干什么呀。"小季回答说。

"你又跟人打架……"

"我没有……"

"我都看见了。"

姓孙的从水沟里爬起来，鼻青脸肿，脸上还有血。他知道不是我们两人的对手，吓得马上逃跑了。

姑娘不满地对小季说："你看你们把人家打成什么样子了？"

"我没有打他……"小季说。

"我在后面什么都看见了，看得一清二楚，你们太过分了。"

"对不起，"我对姑娘说，"这是我的事儿，跟小季没有关系。"

"你也不是什么好东西！"姑娘不客气地损了我一句，之后就走了。

"她是谁呀？"我问小季。

"我的女朋友。"他回答。

"你快去跟她说清楚吧。"我叫小季快去向姑娘解释清楚。

小季马上就去追他的女朋友向她解释，可是他的女朋友听也不要听，理也不理他，继续走自己的路。我看见两个人走远了。我身边这时已经围过来了不少人，我也马上走开了，躲开了看热闹的人群视线，马上回家了。

过了两天，我在厂里碰到了小季，我问他跟女朋友解释得怎么样？

"哎，别提啦。"他对我挥了挥手，一脸不想说的表情。

中午，在食堂吃饭的时候，我又碰到了小季。我买了几个小菜，买了一瓶好酒，主动坐到了他面前，请他吃饭、喝酒。工作时间，我只能请他吃这样的便饭，同时向他表示感谢。我说句老实话，如果没有他当时及时出脚，把姓孙的手里的石头踢掉，姓孙的手里的石头可能就要飞到我头上或者身上，因为我与对手之间的距离太近了，两个人相距不过两米左右，所以我应该感谢小季帮了我的忙。我一边请他喝酒，一边又问他：

"你跟你女朋友的事情怎么样啦？"

"黄啦。"他回答。

"黄啦？"他的回答让我万没有想到，我又接着问他，"怎么黄啦？"

"就是因为打架的事儿，黄了。也算我倒霉，怎么偏偏叫她看见了。"

"当时正好是人多下班坐车的高峰时间，她也是坐车回家，我们也是坐车回家。你没有发现她在你后面？"

"没有，她是从后面一辆车上下来的。"

"你们相处有多久了？"

"相处有两年了。"

"相处两年了，说黄就黄啦？"

"那怎么办？"

"你再找她好好谈一谈。"

"没有用，我找她谈过了，她已经不理我了。"

我觉得真是对不起朋友，小季出于仗义帮了我的忙，结果把女朋友打黄了。那时候的姑娘们，看人是既纯净，又正直，她们衡量人的标准，只要是打架的男人就不是什么好东西，就是地痞流氓、社会无赖、社会渣子。

小季对我说，他跟女朋友黄玉珍是在农村下乡的时候开始谈恋爱的。他们两家大人是一个工厂的，两家的父母都在一个厂里工作。小季和她的女朋友从外面到山里来，也在一个学校读过书，上过学，后来两个人又一起下乡，分配在一个知青点，一个集体户，两个人相处了两年多的时间，他们之间的感情火花就是在农村产生的。小季的家庭条件比姑娘的家庭条件优越，小季的父亲是从东北过来的处级干部、厂长，女方的父亲是从武汉过来的工人。两家人到山里来住楼上楼下，也就是一栋楼，一个门洞的邻居。姑娘长得是挺好看的，尤其是身材特别好。小季形象也不差，身高一米八五，体重有一百六十多斤，人也长得够帅气的。但是两个人就因为小季帮我打架的事情黄了，我觉得心里挺不舒服的。小季过后找她谈过两次，女方说什么也不干了。小季在农村的时候就打过架，名声也不大好，在姑娘的眼里，打架斗殴的人都不是什么好人，因此他的女朋友选择了分手。小季也感到挺难过的。

其实姑娘的眼光太短浅了，根本不了解一个人的道德品质不是依据年轻人的打架行为来判断的，如果根据一个人年轻时的不理性行为就下结论，认定打架的人就不是好人，那就太武断了。

跟小季谈过恋爱的黄玉珍姑娘，与小季分手之后嫁给了另外一个人，她的丈夫倒是一个不打架的人，是个软壳蛋，但也不是什么好鸟，一天到晚吃喝玩乐、赌博、打麻将、喝花酒，什么事情都干过。

我不知道有谁见过像小季一样的人，反正我在人间活了几十年，我是没有见过第二个像他一样的人。

他后来因为失恋而伤心，家里人又通过别人的介绍给他找了一个女朋友，找了一个姓金的姑娘，这位姑娘与我们是同龄人。但是介绍人与姑娘的家里人，介绍小季与姑娘处对象的时候，向小季隐瞒了一个重大的隐私情况：姑娘有严重的风湿病。后来他们相处了一段时间，小季也知道了姑娘的病情。这位姑娘年轻的时候，风湿病就已经非常严重了。小季与她谈情说爱的时候就发现了，大夏天，不论天气有多热，姑娘从来不穿裙子，身上总是穿着长衣长裤。湖北的夏天，三伏天白天的气温能高达三十八九度，但是一位年轻姑娘，总是全身上下捂得严严实实的，小季问她是怎么回事儿？姑娘老实承认了自己有风湿病。

当时有多少好心的朋友私下里劝过小季，跟姓金的姑娘黄了算了，再找一个，不能要这样有风湿病的姑娘。但是小季没有听从朋友们好心好意的劝告。

我只是善意地问他："小季，你到底是怎么想的？"

小季对我说："她人挺好的。开始不知道她有病，现在相处已经有两年了，彼此之间已经有感情了，再不要她，对她打击太大，也是极大的伤害，我觉得良心上过意不去，而且她也会伤心难过的。大家都知道了她有风湿病，以后她找对象也就不好找了。人家姑娘既然瞧得上我这个打架名声不好听的人，我也愿意以后照顾她一辈子。我想她还年轻，有病以后慢慢治吧。"

我以为小季当时说的话可能就是年轻人头脑发昏的话，可是没有想到他后来真的是对姑娘照顾了一辈子。

后来小季跟她结了婚，但是结婚之后姑娘的病情发展得越来越严重。刚结婚的时候，小季请我们朋友到家里吃饭、喝酒，也还能做饭，还能洗衣服，还能正常上下班。可是他们结婚还不到两年的时间，姑娘的病情就发展到失去自理能力，孩子也生育不成了，连一个人最基本的正常走路、正常上下班都有困难了。可是小季没有抛弃她，生活上尽心尽力地照顾她，带着她全国各地的大医院到处去求医看病。全身性内风湿病是属于慢性病，根本就是治不好的，姑娘的病情随着年龄的增长越来越严重。小季每年带着她到全国各地最好的医院去看病，花光了家里所有的钱，但是她的病情也不见好转，最后整个人就变成了残疾人，路也走不了，班也上不成了，连家门也出不去了，什么事情也做不了。小季不离不弃地照顾着她的生活，支撑着一个不正常的家庭，三十多年如一日，坚持着以自己的精力，以自己的爱心，照顾着一个病重的妻子，照顾着一年四季出不了门、走不了路、做不了事的病人。

小季一辈子的心血和生命都奉献给了病重的爱人。天底下到底有多少人能够像我的朋友小季一样，如此善待一个没有生过孩子、一辈子不能正常生活、一辈子需要人照顾的妻子？几十年来，背后有多少人都骂小季是二百五、傻子、脑子有问题。也有好心的朋友背后劝他离开她，抛弃她，但是小季对妻子还是不离不弃。女方的父母也非常地感动，他们对外人说：

"我的女儿一辈子的命运虽然不好，病魔缠身，但是找了一个天底下最好的男人，所以她能活下去！"

女方的父母活了一辈子，没有给小字辈们下过跪，磕过头，而且中国两千多年的社会传统，也没有老辈人给孩子下跪磕头的。但是两位老人，在他们生命的弥留之际，却给女婿小季下跪了，磕头了，感谢女婿照顾了他们病重的女儿一辈子。

我到小季家里去过很多次，看到他的家庭什么值钱的东西也没有；一台彩色电视机用了许多年，如今已经是文物了，还在继续使用。一套家具用了一辈子没有换过，家里也没有装修过，房子还是过去工厂照顾他的，（小季后来为工厂的工作做出了突出的贡献，他领导的班组是全国首届企业劳动模范班组，他得过工厂的劳动模范、公司的劳动模范、省劳动模范，等等。）已经住了三十多年，看来要住一辈子了。他的家里，既没有钱，也没有轿车，也没有什么像样的东西。

这样的家庭，在中国改革开放三十多年后，在城市人们的生活越来越富裕的今天，也是非常少见的。

当我看到朋友这样寒酸的家庭，心里有一种说不出的感慨。我最后一次到他家里去，是他请我到他家里吃饭、喝酒，由于他长期生活在辛苦、劳累中，所以非常需要朋友陪他一起说说话、聊聊天、喝喝酒、下下象棋，以调解生活上的心酸之苦。他最大的爱好就是下象棋，而且下象棋的水平也不错。

那天，就是我和小季两个人一起坐在他家的饭桌上吃饭、喝酒。我本来已经不喝酒了，但是为了给朋友开心、解闷，我只能陪他一起喝酒。他的老婆既不能陪我们两人吃饭，也不能陪我们两人喝酒，只能坐在旁边的冷板凳上，看着我和她丈夫吃饭、喝酒。可怜的女人看起来真的叫人心里难受，她才不过五十来岁，看起来已经像八十多岁的老太婆了。我问小季她的身体状况怎么样？"一辈子也没有好过，"小季对我说，"现在一年要住半年的医院，夏天还马马虎虎，到了冬天在家里就没有办法过了，只能到医院去边治疗、边过冬，因为医院比我们家里的暖气条件好。最要命的是，现在我的身体也不行了，一年也要住上两次医院。"

"你有什么病？身高体胖的。"

"不行了，我的身体也是刀切豆腐表面光，到了冬天肺气肿，人喘不过气来，春暖花开了，我还要穿棉袄，夏天我也不敢穿短衣短裤。我的身体也完了。"

真是一对患难的夫妻呀，他们相守了一辈子，既无后代，也无金银财宝，但是他跟妻子一辈子也没有分开过，就是日子过得苦。他老婆既不能动，也不能做事，但是他老婆的神智还是很清醒的，她还能听，还能说话。小季在厨房为我做饭炒菜的时候，她小声对我说：

"季春，天底下难找的好人！"

是呀，这样的人在世界上太难找了，我在人间活了一辈子也就见到了季春这样一个男人。那天晚上，我和季春开怀畅饮，两个人喝了有三瓶酒。他喝醉了，我也是喝得稀里糊涂的。

我不知道小季和他的老婆之间是否有过伟大的爱情，但是至少我相信，他们夫妻之间还是有过感情的。我一辈子长期生活在社会下层的普通人中间，我见过太多的人吃喝玩乐，也见过不少的人吃喝嫖赌，但是像小季一样的人，在人间社会确实少见，他是我见过的唯一一个人。我这不是对大众讲故事，我写的可是我亲眼所见的实事。过去人说：久病床前无孝子，更何况夫妻呢。像小季这样的夫妻可能世界上也不多见吧？能找出几对来？我不知道，我没有机会到世界各地去调查了解情况。我只能实事求是地说，像小季这样的人，世界上太少了。

# 第 5 章　美好愿望

说过了社会上的所见所闻，我们还是言归正传，继续来说我本人的生活故事及我家庭的生活故事吧。

托尔斯泰先生在长篇小说《安娜·卡列尼娜》的开卷中写道：幸福的家庭是相似的，不幸的家庭各有各的不幸。俄罗斯的文学大师写出了人间社会的经典台词。

我觉得人活在世界上，就应该真实坦率地记录人间社会的所见所闻，真实坦率地记录人间社会的真实故事，才能科学地研究人类到底是什么动物。

虽然我的妻子很温柔，也很善良，我的女儿十分活泼，也非常可爱，但是我的家庭生活也不是平静的、安稳的、幸福美满的。我的家庭也有矛盾，也有冲突，也有不尽如人意的地方。我承认，我与妻子之间有时候也吵架，也闹矛盾，因为矛盾是每一个家庭都不可避免的，不可能一平如水、一平如镜的，夫妻之间吵架是正常的，哪儿有舌头不碰牙的？

但是，过去，我和妻子吵架的原因多数是因为我不好，因为我这个人很随意，喜欢自由，不听老婆的，想干什么就干什么。有时候为了跟朋友们一起喝酒、打牌、逍遥，兴奋了，酒喝多了，就在外面玩一夜，也不回家睡觉，也不跟老婆提前打招呼，所以老婆为这事没少与我吵架。因为，我在朋友家里喝酒、唱歌、吹牛、玩扑克，兴高采烈的，她在家里提心吊胆地睡不着觉。所以我回到家里，妻子就气得泪流满面，跟我吵闹也是在情理之中。不过当时人们的生活条件还是太差了，普通人家庭没有电话，所以我也没有办法打电话告诉妻子，通报她一声。还有在一般情况下，我们都是在好朋友的家里玩，因为那个时候我们的城市太小，饭店也不多，大家挣得钱也不多，生活水平不高，所有只能在家里喝酒、娱乐，或者说是叫花子喝酒——穷欢乐。如果我要提前告诉老婆与朋友喝酒、打牌、玩儿，她又不叫我去了。她非常反对我跟朋友小崔、小牛、小皮他们在一起喝酒，瞎胡闹。可是年轻的时候，我又喜欢热闹，喜欢跟朋友们在一起娱乐，因为我要了解人到底是什么动物。我妻子为此经常不满地对我说：

"你跟你的那些狐朋狗友在一起玩儿觉得有意思吗？你那些酒肉朋友除了吃喝玩乐，就是胡吹瞎侃，你觉得有意义吗？你要跟他们在一起瞎胡闹，你也应该提前跟我说一声吧？你在外面玩得倒是痛快呀，可是我在家里能睡得着觉吗？你也不为我想一想，害得我在家里一晚上合不上眼。"

妻子说的话还是有道理的，我自觉理亏，也就不敢理直气壮地跟她吵闹。可是下一次，跟朋友们在一起喝酒、吃饭、娱乐，我还是不愿意提前告诉她，因为我要坦白地告诉她，她马上就提出反对意见，并且阻止我与朋友们聚会，我就去不成了，在朋友们面前实在太没有面子。所以，为了与朋友们在外面吃饭、喝酒的事儿，我们夫妻之间吵闹过几回。后来她也习惯了，也就不愿意理睬我了。她反对我与多年的朋友小崔、小牛、小皮他们来往。妻子跟我结婚以后，她接触过他们几次，她认为从小跟我一起长大的这些朋友，不是什么好东西，没有一个有知识、有文化、有志向、有才华、积极向上的，都是一些无聊的小市民。她说，在我的朋友们当中，只有小季一个人是个大好人。我承认她说得对。但是人活在世上总要有几个朋友吧？由于我的妻子大学教师本身的工作、生活环境，与我的工作、生活环境完全不同，所以她理解不了我的生活圈子，因为她是长期生活在知识分子的圈子里的，所以她对我的朋友圈十分反感。

我的妻子也觉得非常奇怪，像我这样一个有梦想、有热情、有志向、十分渴望当作家的人，为什么会跟这样一些胸无大志的乌合之众玩到一起去？确实，人间有些事情是说不清楚的。我虽然喜欢跟我的朋友们在一起吃喝玩乐，但是我对文学创作依然充满了热情，充满了希望，或者可以说是狂妄地幻想，我一定能写出惊天动地的文学作品来，成为中国少有的文学家，成为世界一流的作家。这种可笑的梦想，伴随着我度过了青年时代和大部分中年时光。

在这样无聊的生活中，我依然坚持看书、写作，只要有时间，我就静下心来，坚定不移地写小说、写剧本，创作我心爱的文学作品。

结了婚，有了家庭，有了孩子，我也就很少在外面与人打架了。因为，我不可能像青年时代一样瞎胡闹了，我对家庭、对老婆、对孩子，负有责任感了。所以我不能在社会上再干违法乱纪的事情了，我如果再干违法乱纪的事情,叫公安机关抓起来,一辈子可能就毁了,对不起老婆,对不起孩子,同样也对不起社会,所以违法乱纪的事情我也就不干了。

婚后的时间,是我看书最多的时间,也是我写东西最多的时间。我看遍了中外文学所有的名家名著,不管是小说、诗歌还是剧本,我都如饥似渴地阅读。久而久之,也就成了自然,养成了习惯。我每天看书、写作的时间很长,一般来说坐到写字台前,我能看书、学习、写作七八个小时,经常是写到深夜一两点钟。只要没有朋友约我出去玩儿,我在家里的时间,一般情况下都是在写字台前度过的。

我在工厂干的是维修工作,平时的工作时间也不是很累,闲下来的时候,我就是看书、学习、写东西、喝茶,耳朵听着工友们胡吹八扯,手里拿着笔,眼睛看着我的书。但是,我从来不会因为上班时间看书学习影响本职工作。

我这个人工作起来还是非常认真的,而且技术也不差,也算比较能干,在厂里的维修工人当中也算是出类拔萃的。但是我在工作中的技术和才能能够得到上面领导的承认和下面群众的认可,就是得不到重用,为什么?因为在国有企业里,不是以才华和技术水平论英雄的,论的是资历,论的是家庭背景,论的是关系,甚至是溜须拍马。所以我工作十余年,最终就混上了工段长、值班主任,这就是我一辈子混的最高"官阶"了。我是初中毕业生,又没有文凭,又不想给领导送大礼,连小科长也混不上,还要看着领导的眼色行事,我也就对工作没有兴趣了。身在这样的工作环境中,我不入乡随俗,所以好事儿也就轮不到我头上,我也就混不上去。

我觉得不能再浪费时间了,我已经步入中年,应该干自己喜欢做的事情了。

但是在我疯狂读书、疯狂创作的岁月里,我依然是白辛苦,一事无成,我依然没有取得什么成绩。也许是我学的知识太少了,也许是我的底子太薄了,也许是我的命不好,所以我写出来的文学作品,寄给出版社或杂志社,总是遭到退稿、退稿、退稿。这对我的自尊心是个强烈的打击。

前后很多年的时间,我接到的全国各地杂志社的信件都是退稿,这到底是为什么?到底是怎么回事儿?是我写作的水平还没有提高吗?是我创作的文学作品不够好吗?是我创作的水平达不到水准吗?我认真总结经验。我想找个学习班去学习学习、进修进修,最好能认识一些作家、学者,这样也许将来能有成功的机会。

有一天，我从一份青年文学杂志上看到一个启事，说要在北京举行一次全国性的青年文学爱好者与作家、学者交流联谊的活动。活动期间，由青年文学杂志社出面，邀请中国著名的作家、学者，与文学爱好者面对面进行交流，当面进行有意义的指导及创作。我想这是一个难得的好机会，我就马上报了名，并且给主办单位寄去了学习交流期间的费用。

我记得当时好像是20世纪90年代初期的春夏之际吧。学习交流活动费用是多少钱我忘记了。我向单位请了假，就按照他们说定的时间，跑到北京那家青年文学杂志社去了。

我按照他们所说的报到时间，准时赶到了杂志社的办公地点。

可是，令人大失所望的是，我早上八点钟准时赶到了，等到九点多钟还没有看到杂志社的人。我就看到了有两个和我一样从外地赶到北京，像我一样想参加学习交流活动的文学青年爱好者。除此之外就再也没有看到其他人了。就是我们三个外地热爱文学的傻蛋，心情激动地跑到北京的杂志社来，等着参加有意义的交流活动。我们等着杂志社的人到来，快到十点钟了，来了一个杂志社的编辑，他是一个不到三十岁的青年人。至于什么作家呀，学者呀，简直是瞎扯淡，根本就没有一个人到场的。我有一种上当受骗的感觉。我就问杂志社的青年编辑：

"同志，你们什么时间安排我们参加学习交流联谊活动啊？什么时间安排我们文学爱好者与著名作家、学者当面进行交流活动啊？"

杂志社的青年编辑非常狼狈地看着我们三个从外地来的青年文学爱好者，回答说：

"对不起，实在对不起，学习班的事情黄了，因为作家、学者们实在太忙了，没有时间，安排不过来，所以学习班的活动已经取消了。"

"什么？学习班的活动黄了，取消了？你们为什么不早说呀，为什么不早通知我们呢，为什么不主动退我们钱，叫我们跑到北京来呢？"我不客气地质问他。

聪明的杂志社编辑赔着笑脸对我们说：

"对不起，对不起，实在对不起各位，我马上叫人来，把你们学习班的费用退还给你们，真是不好意思。"

"这不是退钱的事儿,"我十分不满地说,"学习班的费用可以退给我们,那我们到北京来回的路费又怎么办呢?谁给报销呢?你们杂志社在杂志上刊登启事,把我们骗到北京来,我们来回的路费又怎么说呢?"

两个外地来的文学青年爱好者,看见我对杂志社的人表示不满,他们也跟着我一起质问杂志社的青年编辑,对他表示不满情绪,搞得杂志社的青年编辑非常狼狈,对于我们三人的质问也回答不上来。他冷静地想了一下,对我们说:

"对不起各位,这件事儿是我们杂志社的工作失误和过错。你们看这样好不好,我把你们安排到我们杂志社下属的旅馆住下来,你们在北京玩几天,住宿费用我们不要钱,你们想玩几天就玩几天好不好?我们不要你们一分钱。"

我们三个外地来的人说:

"我们到北京来是想与作家学习、与专家交流,参加联谊活动的,不是来玩的。"

杂志社的青年编辑,十分聪明地向我们说好话,满脸笑容,又是赔礼,又是道歉,同时还叫来了一位管财务的姑娘,把我们的钱退还给了我们。我们三个外地来的人,跟杂志社的青年编辑一起讲道理。我们双方是一比三,他讲道理自然讲不过我们,但是他也不答应给我们报销路费。路费只有我们自己报销了。最后杂志社的青年编辑把我们三个外地人,领到了杂志社的一个地下室旅馆住下来,那位青年编辑就溜了,以后再也不露面了。

我们三个人在杂志社的地下室旅馆里住了有四五天时间,反正是不要钱嘛,我们就当到北京来旅游了。我在北京期间,又把我随身带的几个短篇小说的稿件,分头送给了北京几家杂志社,最后又玩了两天,我才返回家了。

北京之行,我本来梦想能结识一些著名的作家、学者,争取跟他们交上朋友,结果上当受骗了,白花了冤枉钱,不过上当受骗的还不算太惨,就是白花了来回的路费钱。我到北京一无所获,想拜师学艺的想法也没有实现,送到杂志社的稿件也无影无踪。我的文学创作之路是处处碰壁,我也不吸取教训。

之后不久,我又从一张报纸上看到了一条消息,说某文学报要在北京举行文稿拍卖会,希望作家和文学爱好者积极参与文稿拍卖会,只要交钱,提交作品,就有机会拍卖出稿件,小说剧本等题材都可以。结果,我按照他们在报纸刊登出来的电话号码打电话过去询问，对方回答已有部分作家参与文稿拍卖会了。我想报纸上刊登的消息不会有假的吧，也就以积极的心态参与，找出了几篇小说稿件来参加。我觉得主办方是在报纸上刊登出来的消息，要的钱也不算多。结果我就给主办方寄去了我认为写得最好的小说和剧本稿件，同时也按照他们的要求寄去了参加拍卖会的费用。东西寄出去了，钱也寄出去了，我就急切地盼望着我的稿件拍卖的消息，结果等啊，盼啊，最后还是一场骗局。按照他们主办方拍卖的日期结束以后，我打电话过去询问我的稿件拍卖出去了没有，结果对方的电话已经打不通了。我就感到奇怪了，理解不了，这个社会到底怎么啦？为什么到处都是骗子，为什么到处都有骗局呀？堂堂的北京，国家的首都，居然也有人敢利用国家公开发行的报纸杂志行骗！我真是糊涂了，对这种现象看不明白了。

我内心感到十分难过，同时也感到十分痛苦，更多的是感到不可思议，不能理解，为什么中国的文化界会出现这样不正常的怪现象？

老婆对我说："算了，胡南，你也不要想成名成家了，还是面对现实吧，你把写作当成一种娱乐，消磨时间，不要当成理想和目标奋斗了，顺其自然吧。"

老婆的话并不能扑灭我心中的创作热情，也不可能扑灭我心中创作的热火，我已经学习创作好多年了，我还要继续写，我还要继续创作我的文学作品，我的梦想不会就此熄灭。

# 第 6 章　父亲走后

人到了中年，上有老，下有小，家庭的事情也就多了，麻烦事儿也就多了，我创作的时间也就相对减少了。尤其是创作了二十多年，没有一分收获，我的心情也受到强烈的冲击。我只能暂时放下来，抽出时间和精力忙碌家里的事情了。

我的老父亲病了，我忙得不可开交。老父亲得的是癌症。开始只是右侧大腿上长了米粒大小的小肉包，我父亲也没有在意，以为腿上长的不过是一个小肉瘤之类的东西。小肉包有一点硬，半年时间也不消，虽然不疼不痒，但父亲觉得走路的时候也不舒服。到医院找医生去看，医生也说不出个所以然来。一开始叫我父亲试着打针吃药。可是打针、吃药也不管用。我父亲为了大腿上这个奇怪的小肉包到医院去看了几次，医生说，不要紧，你不要管它，不要想它，慢慢它就会消失的。可是医生的话也不灵，小肉包不仅没有消失，而且还慢慢长大。这是个什么东西呢？医生建议我父亲动一个小手术，干脆把小肉包切掉。可是我父亲又怕疼，不愿意做手术。他要求医生给他开几个汗热垫，拿回家试一试，看能不能把肉包里的东西清出来，击穿它，或者压回去。医生就给我父亲开了几张汗热垫。我父亲回家就把汗热垫贴在了大腿上长肉包的地方，结果贴了两天就坏事儿了，小肉包两天的时间就突然肿大起来，变得好像肉包子一样大了，而且又红、又肿，父亲疼得路也走不了。我们赶紧把父亲送到医院去，住医院检查，三天以后医生的结论是疑似恶性肿瘤。

父亲当时只有 65 岁，就得了这样不幸的病。父亲被安排住进医院的外科病房，他的病情不做手术看来是不行了，他不光是一条腿走不了路，而且还天天叫疼，疼得晚上睡不着觉，不能动，也不能碰，看到家父遭受病痛折磨的样子，只有尽快做手术，才能解决问题。医生也建议应该做手术，不做手术肯定是解除不了病人的痛苦。

我问医生："做这样的手术有危险吗？"

"大腿上的手术一般来说是没有什么危险的。不过呢，你父亲腿上的肿瘤是从骨头里发出来的，所以我们医生要对病人负责，也对你们家属负责，建议手术的时候切除一部分骨头，怕以后病情再复发，又从骨头里发出肿瘤来。"

"医生，我父亲的原发病灶在何处呢？"我问医生。

"这个问题我也不好说，从表面上看，肿瘤是从腿骨里发出来的，这就可能是原发处，其他地方目前还查不出来。"

我又问医生："做手术多切一部分骨头，以后对我父亲走路有没有影响呢？"

"可能有影响，但是影响不是太大，因为大腿骨不是完全切除，还要保留一部分骨头，也就是一根骨头切一半，保留一半，你明白了吧？"

医生说的话非常有水平，他们说话总是模棱两可的，既不肯定，也不否定。作为病人家属要会听，要会分析。为了尽早解除病人的痛苦，我请求医生马上为我父亲做肿瘤切除手术。医生说，也只有这样了，先切除了再说。医院为我父亲安排了做手术的时间和主刀医生，事情就照计划定来了。

我听很多住医院的老病人说，做手术要提前给主刀医生送红包，这是医院的潜规则，病人家属要会暗箱操作。

为此，父亲做手术的前两天，我就买了礼品，到主刀医生家里去了。我是晚上去的，因为病人家属给医生送礼一般来说都是晚上送，没有大白天送礼的，大白天送礼是送给亲朋好友的。我为两位参与做手术的主刀医生买了好烟、好酒，送到他们家里去，主刀医生当然很高兴了。我与两位主要的做手术的医生分别闲聊了一会儿，当然主要是聊的我父亲的病情，同时我也通过医生详细了解了一下恶性肿瘤治疗的全过程和当前的医学水平。

有一位医生对我说得很实在："我们为你父亲做手术，也就是缓解一下他的痛苦。说实话，人只要得了恶性肿瘤，得了癌症，就等于宣判了死刑，没有治好的希望，也没有治好的可能，只不过是拖得时间长短而已了。我们当了一辈子的医生，什么病人没有见过。"

我试探地问医生："像我父亲这种情况，做完手术之后，到外地去治疗，譬如说到北京或者到上海等地去治疗，找大医院的名医进行后期治疗是不是要好一些呢？"

医生笑了笑，对我说："没有必要。"

我的父亲是属于 1949 年之前参加革命的老同志，享受处级待遇，可以到外地去治疗，我弟弟和妹妹主张手术之后送我父亲到外地去治疗。所以，我想问清楚，到外地治疗有什么好处。医生想了一下，又非常坦率地对我说：

"小伙子，如果你愿意听我的话，我就劝你不要到外面去折腾了。我是医生，对你说一句实实在在的话吧，得了癌症的病人，到哪儿去都是治不好的，能治好的病人，就不是癌症。你想一想看，北京是我们国家的首都，我们国家有多少大干部、大领导，得了癌症都不幸去世了，如果能治好，那些大干部、大领导，什么医院住不了，什么好医生找不到？所以想开一点吧，小伙子，就叫你父亲在山里慢慢地治吧，我们山里的医疗条件现在也算不错了，什么医疗设备都有，什么医疗条件都能满足。跑到外面去，是要花钱的，最后结果可能是人财两空。"

我觉得给医生送礼也有所收获，不算白送，至少医生对我说了实话：癌症病人到哪儿去都治不好，能治好的病人，就不是癌症病人。至少在目前的医学界，还不能解决人类的癌症问题。将来人类可能会攻克癌症，但是我父亲赶不上了。

医生为我父亲做了肿瘤切除手术，我看了一下切下来的肿瘤，如同二两馒头一样大小，肿瘤切开，里面看起来就像乱麻团一样。医生拿着我父亲的肿瘤进行了火检化验，最后确诊是恶性的肿瘤。

当时我们儿女也没有把实际的病情告诉我父亲，大家向他隐瞒了病情，只是回家把父亲的病情告诉了母亲。其实病人的心里还是有数的，父亲只是嘴上不说而已，做完手术后，转移到了肿瘤科病房，肿瘤的病房条件要好一些，是两个病人一间病房，而外科病房至少是八个人一间病房，还有十个人一间病房的。父亲转移到肿瘤科病房之后，我们全家人都忙着照顾他，我和我弟弟两个人轮流值夜班，我母亲和我妹妹白天照顾我父亲，给他送饭吃。

父亲已经意识到自己活不了多久了，所以在病房里，在我照顾他的时候，父亲就对我讲起了自己家族的故事。

父亲对我说："我们家是江西祖，湖南人，你太祖，也就是我的爷爷那一辈人才从江西转到了湖南，在洞庭湖边安家落户。所以你爷爷是洞庭湖人，我也是洞庭湖人。你妈妈家里祖祖辈辈都是洞庭湖人……"

父亲对我讲家族的故事，显然是告诉我不要忘祖，慢慢向我交代后事。我明白他老人家的意思。我的父亲还不到70岁，除了腿上突发出来的肿瘤，身体上其他部位看不出来有其他毛病。医生说，如果他的癌细胞不扩散，也许还能活几年。

我父亲住医院治疗期间，我认识了一位好心人，她令我们全家人特别感动。这位好心人就是我父亲单位退休办的主任方大姐。她当时有五十多岁的样子吧，身材高大，身体健康，红光满面。方大姐是北方人，也是从东北过来的，说话办事精明干练。我活了四十多年，第一次见到方大姐这样心地慈善、热心敬业的好心人。她当时就是我父亲单位的一个退休办的主任，负责照顾退了休的老年人生活，我的父母，还有我们全家人，原来跟她素不相识，过去很少跟她打交道。但是，我父亲在得病住院治疗的一年多时间里，她跑前跑后，真是令我万分感动。我前面说过，父亲是1949年之前参加革命工作的老党员，属于离休干部，其实也不算什么，就是平民百姓，享受处级待遇。方大姐是退休办的负责人，如此而已。但是方大姐对待工作的敬业精神，对待老年人的奉献精神，还有她那种助人为乐的热心精神，真是非常少见。我父亲在住院治疗的一年多时间里，无论大事小事，只要求到她，方大姐总是有求必应，十分热心地帮忙，跑前跑后。负责老年人的工作，这本来就是一件很麻烦的工作，婆婆妈妈的事儿多。特别是得了重病的老年人，三天两头地跑医院，左一趟，右一趟，一会儿送医院，一会儿出医院。那时候，我们中国人的生活条件还不是很好，私人家庭根本没有轿车，办事都是依靠公家的车跑来跑去的。我父亲每次住医院、出医院，都是方大姐负责安排车辆接送，服务态度特别地好，服务非常到位，这让我们病人及家属心里特别地感动，一辈子都忘不了。方大姐是我见过的世界上最好的女人之一！

我们全家人虽然非常希望父亲的病情能好起来，可是无济于事，一年以后，病魔还是无情地夺去了老父亲的生命。我父亲去世时只有66岁。

实际上我父亲最后是死于肺癌，他的病情到了最后才查出来，他的肺部最后拍出来的片子全是癌细胞。我父亲生前抽了一辈子的烟草，而且他抽烟抽得太多，抽得太凶，抽得又是劣质的烟草，所以他的肺部最后全是黑的。我父亲去世那天，天空下着小雨，我父亲是下午六点多钟去世的，当时我们全家人都在他身边。父亲最后对我母亲说了一句话：老太婆，以后多保重啊……随后他就咽气了。

## 生活见闻录

我父亲去世的时候，还有我父亲的一位老朋友也在现场。他是我父亲多年的一位好朋友，跟父亲一起从东北过来，原来在沈阳就在一起工作，后来到了湖北又在一起工作。在我父辈的那一批人从沈阳调到湖北来的二十多人中，只有他们两个人是知识分子，所以他们之间的关系也特别地好。我父亲是一名普通的高级工程师，他的老朋友是国家级的研高级工程师，主管公司设备的总机械师。两个人在一起工作了几十年，加之两个人又同为南方人，一个是湖南人，一个是湖北人，所以他们之间的感情特别深厚。

我和弟弟为老父亲擦了身子，换上了衣服，然后把老父亲送进了太平间。父亲就这样安详地走了，好像睡着了一样。我们儿女也算尽到孝心了。

父亲去世以后，一切后事都是由退休办的主任方大姐热心操办，加上父亲的老友也是热心地帮忙张罗，所以我父亲走得也算顺利吧，亲朋好友有两百多人参加了父亲的告别仪式。一辈子有这么多亲朋好友为他送终，有好心人送他上天堂，他一辈子走得也算平安了。

父亲的遗体火化之后，我为亲朋好友，为参加我父亲告别仪式的人，在饭店举行了答谢午餐。我向大家表示感谢。当然，我特别要感谢的是退体办主任方大姐。我向她敬酒的时候说：

"方大姐，非常感谢您，我父亲得病一年多来，您实在太辛苦了，跑前跑后的，我向您表示深切的敬意！"

"这是应该的，兄弟，"方大姐说，"谁家都有碰到事儿的时候，我是工作职责所在，跑前跑后也是应该的。"

方大姐为我父亲这个退了休的老年人服务，是工作职责使然，她可以主动，也可以不主动，她可以热心，也可以不管三七二十一。但是方大姐确实是我见过的人间最热情、最好心的女人之一。在改革开放以后的金钱万能的社会里，这样的好心人可以说十分少见了。我父亲过世之后，我父母家的事儿也没少麻烦方大姐。所以我母亲后来对我说："世界上还是有好人的！"

我已经有好多年没有见到方大姐了，但是她给我留下的印象是一辈子也不会忘记的。在我们今天的社会里，我前面讲过的好人，好像已经是过去年代的事了，好像很久远了。如今的人们好像就是为了钱工作，为了钱活着，为了钱服务，我发现在现实社会中，已经很难找到像方大姐一样的好人了。我活了大半辈子，碰到像方大姐一样的好人也并不多。

父亲走了,家里人心情都不好。特别是母亲,风风雨雨几十年,跟着父亲生活了一辈子。我要尽快处理了父亲的后事,使大家的心情安定下来,生活安定下来,这是我应该做的事情。大家以后还要继续生活。

父亲的骨灰安放了之后,我们全家人自然都要回到母亲家中。母亲虽然因失去了丈夫精神感到痛苦,但是头脑还是非常清醒的,身体也还行,就是血压高。吃过了晚饭,天已经黑下来了。老母亲见全家人都在场,就叫儿女都坐下来。

"你们已经把你们父亲的后事处理完了,"我老母亲说话了,"你们就把收人家的礼金算一算,你们各自把收人家的礼金拿回去。这样的人情礼金,你们以后还是要还给人家的。"

关于收人家礼金的事儿,我是委托我妹妹记账收钱的。我问妹妹礼金收了有多少钱,拿单子来我看一看。妹妹说,礼金收了有一万多块钱。她把记下来的礼金名单拿给我过目,我看了一下,礼单上面至少百分之九十的送礼人都是我的同事、朋友,我收的礼金是最多的。我的礼金为什么多?这是因为我的朋友多,我在单位又混上了一个小领导,大小也是一个主任,官虽不大,但是也有面子,所以来参加我父亲追悼会的人,除了父母的老朋友、老邻居,就是我的好朋友和同事。至于我妹妹还有我弟弟的同事、朋友,来得很少很少,因为他们当时还小,在单位上也没有混出样子来,也就没有什么同事朋友来,就是他们的单位送来了花圈表示悼念。我说的是事实。送我礼金的人最多,我得到的礼金也应该是最多的。但是这笔钱怎么算?怎么分?我还没有开口说话呢,我弟弟就先开口说话了:

"这礼金的问题没有办法处理,这钱怎么算?我单位的同事和朋友也送来了不少钱,大家的钱都混乱地放在了一起,算不清楚的。"

"礼单上可没有你的单位同事和朋友送的礼金呀。"我说,拿着账单叫他看。

"那是我姐忘记了。"我弟弟说。

"是这样吗?"我问我妹妹。

我妹妹好像哑巴一样一句话也不说了。她是既不想得罪我,也不想得罪我弟弟。我的妹夫接着开口说话了:

"这钱是不好算,钱放到一起了,分不清楚了。"

我的母亲看着我们兄妹三人，老太太什么都明白了。我的表弟说话了：
"有账不怕算，这有什么不好算的，有账还怕算吗？照单子算就是了。"
"照单子上算，那我们的钱，我姐没有记账怎么算？"我弟弟马上就表示反对。

我叫我妹妹把钱拿出来，照单算账，我弟弟和弟媳妇见照单算账百分之九十的礼金要归我了，他们就不同意照单结算。我的妹夫也见钱眼开了，提出礼金应该大家平分的建议。我马上就明白了，他们在背后早就对礼金的事动上心思了，想占我的便宜，联合起来对抗我。

在金钱面前人与人之间什么亲情也没有了。什么骨肉兄弟呀，亲生姐妹呀，什么情分也不讲了。父亲刚刚去世，尸骨未寒，我怎么办？全家人就要为礼金的事情闹得关系紧张了，事情闹得我母亲也不好受，也不好说话了。我想为了一万多块钱的事儿，跟兄弟妹妹两家人翻脸闹起来也没有什么意思，那样母亲会更伤心，更难受。我想还是息事宁人吧，我叫妹妹把全部礼金都拿出来，全部上交我的老母亲，不分了。以后我欠同事朋友们的人情我自己还。他们欠的人情他们还。我弟弟和弟媳妇听了我的决定不吱声了，我妹妹还有我的妹夫听了我的话，马上表示同意，也若无其事了。我冷静的处理方式，使一场家庭风波就这样平息了。我母亲虽然当时没有说什么，但是对我这样处理礼金的事也心里有数，特别感激。她不糊涂，在处理我父亲的后事过程中，大部分来我家的人都是我的朋友和我的同事。答谢宴上六桌客人有五桌客人是我的朋友和同事，有一桌是我父母过去的老朋友和老同事，我弟弟和我妹妹单位的同事和朋友很少很少，说得准确一点儿，一个也没有。

妈妈事后对我说："儿子，你像个当大哥的样子，你们兄妹三人，就是你弟弟家里穷一点，你不要记他，你让了他，妈妈心里有数。你是妈的好儿子，你当得起大哥，妈妈是不会亏待你的。"

# 第 7 章 人到中年

父亲的后事处理完后,大家的生活都平静下来了,我们全家又恢复了正常的生活秩序。

我还是继续看书,继续学习,继续写作。老太太一个人在自己家里生活。老太太没有忘记我在父亲过世的时候处理礼金的事,女儿上中学的时候,老太太帮了我的大忙。女儿的学校就在我母亲家附近,每天中午,女儿就在奶奶家吃饭、休息,三年的时间没有要过我们家一分钱,这就是老人家对大儿子的家庭给予的最有力的支持与帮助。

老太太一个人生活,我对老太太也放心不下。我一个星期少说也要回家两三趟。我的家与老母亲的家离得不远,走路散步不要半小时就到了。至于我弟弟和我妹妹,他们两家人平时一般不回家看望老太太,主要是他们两家住的离母亲家比较远。到了星期六、星期天休息,他们两家才同时回老母亲家去看望老太太,而且他们在老太太家里又吃、又喝、又玩,闹够了才回家。

一般情况下,我和我的老婆及我的孩子是很少周末回去的,因为我不愿意回去侍候他们两家人。只要我回老母亲家,都是我做饭,老太太打下手,侍候其他人吃喝。我们一家人不回去,一般情形下,都是由我妹妹做饭,老太太打下手。我妹夫,还有我弟弟和我弟媳妇,是从来不动手做饭的。他们吃饱了、喝足了,高兴了就玩麻将,打扑克,闹到晚上天黑了走人。剩下来的碗和筷子,全是老太太一个人收拾。我最讨厌和反感的就是他们两家人星期六、星期天,同时回去到老太太家去混饭吃。我是很少带着老婆孩子回老母亲家去混吃喝,因为我考虑到母亲年纪大了,做饭又做不动了,一大家人的饭菜,做起来确实很累的,我不想叫老母亲太受累了,母亲年事已高,一大家子十多口人都回去,做饭实在太辛苦了。逢年年节,全家人回去跟老母亲过节,都是我下厨房,我妹妹打下手、炒菜、做饭,给其他人吃,年年如此。做饭的辛苦,我是深有体会的。我的老母亲一辈子都很能干的,一辈子都很能吃苦,但是老人家就是一辈子没有学会做饭炒菜，老人家做的饭菜不好吃，只是能做熟而已。

晚年，我的老母亲一个人闲得没有事情干了，就和邻居的老姐妹们，一起上山去采蘑菇，挖野菜。老太太一个月有一千多块钱的退休金，自己又花不完，她还经常上山去干这样有危险的事情。我怕她出麻烦事儿，所以我非常反对老太太上山去干那些事儿。可是我说老太太她也不吱声，老人家也不听我的，她有自己的老主意。

终于有一天，老太太在山上采蘑菇摔了跤，肚皮伤了一大块，表面伤得青紫青紫的，疼了好几天，我借此机会劝诫她老人家以后不要上山采蘑菇、不要挖野菜了。

"这是伤到肚皮上了，如果要是胳膊腿摔断了，可能要命的，"我对老太太说，"以后不要上山了，这是我们儿女找麻烦。"

老太太从此以后算是听话了，不上山采蘑菇、挖野菜了。可是老太太一辈子是个闲不住的人，她又上山挖地种菜了。母亲家的后面就是山地，山上的荒地可以随便种菜，她老人家看到当地的农民在山上种菜，她也跟着人家一起上山挖地种菜。

有一天，邻居家的老太太告诉我：

"胡南呀，你妈妈不上山采蘑菇了，又上山种菜地去了，你可不要让你妈妈去种地了。你妈妈从后面的围墙翻过去是很危险的。"

说话的老太太是我母亲的好朋友，老姐妹们经常白天一起出去买菜，晚上一起出去散步、锻炼身体。老太太指给我看我老母亲上山种地要翻越的围墙，我吓了一跳，围墙有近三米高，老母亲非常聪明地拣了一个破木梯子，放在围墙下面，她每天就是爬上木梯子翻过三米高的围墙去种菜。我气得没有办法，把母亲从山上叫下来，说了老人家几句，母亲还跟我争辩，说没有事儿，不要紧的。

我说："有事儿就晚了，这么高的围墙，你也不怕掉下来？你没有菜钱我给你。种那一点菜地能省几个钱？你又花不了几个钱。"

"我在家没有事儿干，种菜地就是好玩。"我母亲狡辩说。

"这是好玩的事儿吗？"我对妈妈说，"这么高的围墙，万一从上面掉下来怎么办？"

"不会的"，母亲还不服气，"我慢慢爬，不会掉下来的。"

邻居家的老太太、她的好朋友、老姐妹也说话了：

"老大姐呀，你儿子说的话是对的，你不能爬围墙过去种菜了，万一从围墙上面掉下来，要出大事儿的！"

我从老母亲家走的时候，把她放在围墙下面的破木梯子拿走，偷偷扔掉了。母亲以后也就不种菜了。

老太太一个人生活身体本来挺好的，这对我们儿女来说是最大的福分。她每天的生活起居都很有规律：早晨起来出去跟几个老太太一起锻炼身体，吃过了早饭，又跟随老姐妹们一起出去买菜，中午吃过饭之后睡一觉，下午跟老姐妹一起出去走一走，玩一玩儿，晚上吃过晚饭，看一会儿电视，自己就睡了。母亲患有高血压，有高血压的病人都能睡觉。母亲的一生都平平安安，没有出过什么大事儿，可是到了晚年，却不小心出了一件大事儿。

有一天，老母亲家对门的邻居家老两口打架，造成了母亲的胳膊骨折。说起来这样的事情有一点可笑，老两口已经有七十多岁了，居然还像小孩子一样因为家庭矛盾吵起来，最后居然还动手打起来了。老头子打得老太太哇哇大哭，连喊带叫。我母亲听到对门又打又闹、又哭又叫的，就开门跑到对门邻居家去劝架。而且楼上楼下的也都跑来了，劝老两口子不要打了。老两口子也说不清楚为什么吵架、打架，见左右邻居们都来劝他们，老头子觉得丢人，要在卫生间上吊自杀，嘴里还叫着：

"我不活了，我不活了！"

老太太也觉得面子上过不去，也叫嚷说：

"我也不活啦！我也不活啦！"

好心劝架的老邻居以为他们说着玩的，可是老太太果真跑出去了，跑下楼了。老头子还真拿了一根绳子跑进卫生间要上吊自杀。这可把大家吓坏了，大家手忙脚乱地把要上吊自杀的老头子从卫生间里拉出来。

有人说："老太太跑到外面去啦，她可不要跑出去真的自杀啦！"

我母亲叫一个老头和一个老太太看着对门老头，然后带着另外两个老人跑出去找对门老太太。可是，被老头打哭了的老太太跑上山去了，手里还拿着准备上吊的绳子，这可把我的母亲和跟着一起追赶的两个老太太吓坏了。我母亲在上了年纪的老太太当中，身体素质还算是比较好的，就先跑上山去救要上吊自杀的老太太。老太太在山上找到了一棵树，刚把上吊绳拴好了，我母亲也赶到了。母亲把老太太从树上拉下来，结果脚下失控，从山上滚下来。另外两个跟在我母亲身后的老太太跑上山，把要自杀的老太太抓住了。我母亲从地上站起来，胳膊就疼得不能动弹了。其余三个老太太看到我母亲一只手托着另一只骨折的手臂，疼得满头大汗，她们吓坏了。要自杀的老太太也不闹了，老姐妹们赶紧扶着我母亲下山，拦了一辆过路的汽车，马上送我母亲去了医院。

那天吃过晚饭后，我像往常一样散步到我母亲家里去看望我的老母亲。有两个老太太告诉我：

"胡南呀，你妈妈到医院去啦，还没有回来呢。"

"嗯？"我听了两个老太太的话，以为母亲生病了，"我妈妈怎么了，到医院去啦？"

"你妈妈的胳膊摔断了。"老太太回答说。

"什么，胳膊摔断了？"

我问两位老太太是怎么回事儿？两个老太太就向我讲述了白天发生的事情的经过和原委。

我马上跑到医院去。（我母亲家离医院很近，距离不到一里地）我跑到医院的大门口，看到我的老母亲从医院里出来了，身边由两个人陪着，一个是对门邻居家的小儿子，还有一个是小儿媳妇。两个年轻人扶着我的老母亲，看到我感到不好意思。由于两家人是对门的邻居，住了十多年，我经常回家看望老母亲，他们小两口也经常回家看望父母亲，所以我们经常见面，彼此早就认识。男的是一个专业厂的厂长，女的原来跟我在一个学校上过学。男的对我说：

"大哥，真是不好意思，叫你母亲受罪了。"

"对不起，胡南，你母亲的胳膊我们找医生对接好了。"女的对我说。

我问老母亲胳膊还疼不疼？我母亲说：

"现在不疼了，就是刚才医生给我接骨的时候疼。"

"阿姨，回家好好养着吧，有什么问题，您再给我打电话，我会送您到医院来的。"

"不用了，接上了，就不会有事儿。"我母亲说。

我看了一下老母亲的断臂情况，看起来还不要紧，不是在活动轴上，是在小臂的直骨上断裂的。厂长开车，我们就一起坐着他的轿车回到家门前。对门老头、老太太的儿子和儿媳妇，再三向我母亲表示感谢，向我表示歉意，我也不好说什么了。

关上门之后，我给母亲做饭吃，我才说她：

"妈，你也真是的，你怎么这样热心管人家的事儿呀？"

"都是老邻居了，在一起住了十几年了，你说不管怎么办？老头、老太太打架，好像精神出问题了，都要自杀，我总不能看着他们去死不管吧？"

"你管也要自己小心一点吧？上山追老太太，你不会让年轻人去追呀？"

"儿子，我们这儿大白天哪儿有年轻人呢？我们这里住的都是老头、老太太，年轻的白天都上班去了，一个也不在家。"

"妈妈，以后管这种事儿，自己一定要小心一点儿，首先要保护好自己。"

"知道了，我以后注意就是了。我也没有想到，我把她从树上拉下来，用力过猛了，结果把她人拉下来了，我也摔倒了。"

"你们年龄大了，手脚不灵活了，以后一定要注意安全。"

"知道了，知道了。我一辈子没有断过胳膊、断过腿，这是头一回。"

"妈，人老了，骨头变脆了。"

我给老母亲做了饭，叫她老人家吃了饭，同时我也劝她以后少管外人的闲事儿。母亲活了一辈子，就断了那一次手臂。

我母亲一个人生活本来清清静静的。可是我的老母亲是属于精力旺盛、特别勤奋的女人，她总是不肯闲着。

我老婆看到我老母亲一天到晚总是像老小孩一样，一会儿上山采蘑菇，一会儿又上山种地的，有一天就对我说：

"胡南，我给你母亲找一点事儿干吧。"

"找什么事儿干？"我问老婆，我以为她要为我母亲找一份挣钱的工作呢，我开玩笑地问她，"六十多岁的老太太了，你能给妈找一个什么样的事儿做？"

"叫妈给我二哥家带孩子吧。"

我一听老婆说出这样的话，我马上表态反对：

"不行！"

"什么不行？我二哥二嫂会给妈钱的。"

"这不是什么钱的事儿！"我不同意老婆为我母亲找这样的工作，我觉得这不是什么好事儿，所以我不答应："别扯，老太太没有事情干，我也不会叫她带孩子。"

"咱们商量商量嘛，我二哥二嫂保证给老太太钱的。"

"不行就是不行，"我对老婆说，"带孩子万一出了事儿怎么办？我老妈负不起责任。"

我老婆跟我说的这件事儿，我是坚决地回绝了。可是我老婆还是不死心，星期天跟我到母亲家里吃饭的时候，她背着我悄悄地跟我母亲说，求我的母亲帮帮忙。儿媳妇开口了嘛，我的老母亲也不好意思回绝，就答应下来了。事后我心里有一点不舒服，可是老母亲答应了儿媳妇的要求，我也就不好再说什么了。

我老婆的家庭跟我的家庭是一样的，三个孩子，兄妹三人，我老婆上面有两个哥哥，老婆是家里最小的女儿。她二哥的孩子应该送幼儿园了，一岁多，快两岁了，可是她二哥二嫂舍不得送，想找一个可靠的人帮忙带两年。现在人的家庭，家家都是一个独生子女，都是一个孩子，小孩子都是父母的命根子，心肝宝贝，捧在手里怕摔了，含在嘴里怕化了。她二哥的孩子又是个男孩子，生下来就是个淘气的坏小子，不好看的。

有一次，我和老婆回老丈母娘家。我老婆帮她母亲做饭吃，同时跟她老母亲在厨房连通做饭的阳台上说话、聊天。我老婆发现了孩子在地下捡东西吃。我老婆就问还不懂事的小侄儿：

"嘿，傻孩子，你在地下捡什么东西吃呢？"

"饭粒。"小孩子回答说。

"你拣什么饭粒吃呢？"我老婆过去把孩子拉起来，看他在地上捡什么东西吃。我老丈母娘看见孩子吃的东西，吓得一屁股就坐在地下了。

"我的妈呀，那是老鼠药啊！"老丈母娘吓得马上就哭起来了，"这可怎么办呢？"

老婆马上叫我："胡南，你快来，胡南，你快过来！"

我在客厅里看电视呢，听到老婆的怪叫声，我马上就跑进了厨房的阳台上，问：

"怎么啦，发生什么事情啦？"

"孩子吃了老鼠药，你说怎么办呢？"我老婆也吓得哭起来。

"吃了老鼠药？"我问。"吃了多少？"

"不知道，地上的老鼠药都吃完了呀！"老丈母娘吓得坐在地上哭得泪流满面。

我马上把孩子抱起来，用手摸了摸孩子的小肚子，孩子好像吃了不少老鼠药麦粒，小肚子都吃起来了。我马上把孩子抱起来，跑出了家门，直奔医院。

我老丈母娘家离职工医院不远，大概有两里路吧。那时候小城市的交通工具又不方便，没有出租车，也没有公交汽车通到医院，我只能背着孩子跑到医院去。我爱人跟着我一起跑路送孩子去医院，惊恐不安地观察着孩子的反应。我累得满身大汗，一路小跑，把孩子送到了医院的急救室，请求医生马上想办法抢救。当时医院正是上下班的交接时间，白天工作的医生下班走了，晚上接班的医生还没有接班到位，还在更衣室里换衣服，急救室里只有一名小护士，没有医生。我爱人向女护士说明了情况，请求小护士帮忙看一看孩子的情况怎么样？小护士叫我们把孩子放到小床上，观察了一下孩子的脸色和精神状态，说：

"孩子好像没有什么老鼠药中毒后的反应，等医生看了之后再说吧。"

小护士马上跑去叫医生。等医生来了，查看了一下孩子的情况之后，也认为孩子没有出现中毒的反应。医生叫我们在椅子上坐下来，观察一个小时。一个小时之后，医生说了一句话：

"老鼠药可能是假的。如果是真的，孩子应该有中毒反应了。"

医生的话给我和老婆吃了一颗定心丸。多亏老鼠药是假的，如果是真的，孩子就麻烦了。我和老婆又陪着孩子在医院多待了一个多小时，生怕万一出现不妙的情况。可是孩子依然平安无事，没有什么反应，我和老婆才放心了。

我问糊涂孩子："你吃的东西是什么味儿呀？"

"甜，"孩子诚实地回答说，"可甜可甜了，像糖一样。"

我老婆气得哭笑不得。我把孩子抱回家，告诉老丈母娘没事儿了，什么事情也没有，老鼠药是假的。老丈母娘这才不哭了，安下心来。老丈母娘第二天就叫儿子来把孙子抱走，说什么也不带了。

我老婆她二哥和二嫂，于是便聪明地想到了我母亲头上，而且我母亲家与她二哥家，相距也不是太远。她二嫂在职工大学教书，跟我老婆在同一个单位工作，也是一位职工大学的教师。她上班去工作，正好路过我母亲家，既顺路，接送孩子也方便。他们已经想好了，所以由我老婆出面做我和老母亲的工作。我虽然不想叫我母亲带这样淘气的孩子，可是母亲答应我老婆了，我也没有办法。婆婆总要给儿媳妇的面子吧？我当丈夫的也就不好多说什么了，事情在我老婆的周旋下就这样促成了。

从此以后我老婆的二嫂，每天就把孩子送到我母亲家，早上送，晚上接。我的老母亲为我老婆的二哥、二嫂带了两年的孩子，我老母亲没有要过他们一分钱，他们是有给钱的想法，但是大家都是沾亲带故的，我母亲也不好意思要他们的钱。只是逢年过节了，我老婆的二哥二嫂一起去看望我的老母亲，买一点过年的东西，算是答谢我母亲为他们带孩子吧。孩子长大送幼儿园了，我老婆的二哥二嫂也就不到我母亲家里去看望老太太了，因为他们用不着我母亲帮忙带孩子了，所以关系也就自然而然中断了，从此也就不再联系了。

后来，只是我与老婆的二哥二嫂之间还有联系，因为我是他们的妹夫嘛，所以他们有事儿还要找我，求我帮忙。

他们家的儿子上小学四年级的时候，出了一次车祸：一辆大汽车撞到了他们家的孩子。一辆送货的大汽车因为车速太快，小孩子放学过马路的时候，司机刹车不急，撞倒了孩子，汽车停下来了，车轮子也从孩子的右脚指头轧过去了。孩子当场就倒在地上了，当时有好多人看到了那样惊险的场面，都吓得叫起来了。等我老婆的二哥赶到现场，司机已将孩子送到医院去了。孩子的父母马上跑到了医院去看望孩子。我和老婆得到了消息也马上赶到医院去了。我们不了解情况的人，听到外人的描述，以为孩子即便不死，也撞成重伤了。我们赶到医院看到的结果，并不像外人说的那样严重。孩子只是右脚的三个脚趾被汽车轮子轧坏了，经过医生的救治，保住了两个轧伤的脚指头，后来大脚趾保不住了。经过医院的医生精心治疗，走路没有受到多大的影响。

孩子出事之后，麻烦事儿就来了。司机虽然把孩子送到了医院及时救治，尽心尽力了，但是在后期经过交通部门处理事故的时候，就不讲仁义了，把事故的责任都推到了孩子头上，说孩子突然横穿马路，才造成了交通事故。后来我老婆的二哥又找到我，求我帮忙，到交警支队找人处理事故，希望对方能多赔一点钱。我老婆她二哥知道我跟交通部门的警察有关系，因为我结婚的时候，来的朋友当中有警察，所以他求着我帮忙。

我本来是不想管老婆家侄儿这起交通事故的破事儿的，因为我母亲为他们带了两年的孩子，没有找他们要过一分钱。我父亲去世的时候，我老婆的二哥和二嫂没有一个到我家去看望我的老母亲。我父亲开追悼会及火化的时候，两口子也没有一个出头露面的。所以我对当工程师的二哥和当大学教师的二嫂，一点好感也没有了。他们用到我了，求到我了，把我当神仙了，不用我了，不求我了，就什么事儿也没有了。好像我该他们、欠他们的一样，我觉得他们太不通人情事故，所以我不想管他们家的破事儿。可是我的老婆又不干了，老婆天天逼着我出面去找当警察的朋友帮忙。

"你认识那么多当警察的朋友，你不帮忙不行，"老婆对我说，"这件事情就算我求你了好不好？胡南，你无论如何也要帮忙找人。"

"这不是我帮忙的事儿，"我想推脱，"交警部门又不是我家开的，又不是我当家，更不是我说了算，警察也不会听我的。"

"你可以找你那些当警察的好朋友帮忙啊！亲爱的老公，就算我求你了好不好？"

我对老婆真是没有办法，她非要逼着我帮她二哥二嫂家的忙，争取多得一点赔偿费，逼着我去找当警察的朋友。

我问她："你要求我帮什么忙呢？"

"当然是要求对方多赔一些钱。"

"这事国家交通法规有规定的。"

"国家交通法规是有规定的，但是赔偿损失有上限和下限之分。"

"事故责任不是已经认定了吗？什么上限下限之分？"我不懂得其中的奥妙。

"事故责任是已经认定了，四六开，对方责任是六，我方的责任是四。主要责任在对方，赔偿经济损失可以取上限，也可以取下限。这就看交警部门有没有人了。"

"上限和下限是什么意思？有多大差别？"

"上限和下限的差别大了，譬如说，赔偿经济损失如果取上限，有可能是赔四万，如果取下限，有可能是赔两万。"

"这是你二哥说的？"

"是的，我二哥已经把一切事情都了解清楚了。所以我才求你无论如何要帮忙。"

我在老婆面前实在没有办法，推不掉这样的烂事儿，我只有听她的。我厚着脸皮找了当警察的朋友帮忙，结果人家给了我面子，最后在不违反大的原则情况下，赔偿经济损失取了上限，我老婆的哥哥和嫂子都高兴了，满意了，结果等于多得了一部分对方赔偿的钱。可是我得到了什么呢？我什么也没有得到，我欠了朋友的人情，还要自己掏腰包请客，向人家表示感谢。我老婆她二哥和她二嫂什么反应也没有。

　　我真的很少见到这样的聪明人，求别人的时候低三下四，事情办完了，就没有什么事儿了。他们真是聪明到家了，精明到家了。他们就利用我是他们妹夫的身份，能利用我办的事情，就开口求我，好像我帮他们是天经地义的，我帮助他们完全是应该的。我不为他们帮忙吧，老婆又不答应我。他们一辈子求我办的事情，都是他们渴望而自己又办不到的事情，结果我为他们办到了。可是我一辈子也没有求他们办过事情，我还为他们欠了朋友一辈子的人情，所以我不愿意麻烦我的警察朋友为别人办事儿，因为我就是个普通人，我又没有能力为人家办事儿，所以总是厚着脸皮求人家办事儿，我自己也不好意思。

　　可是我老婆的二哥二嫂求人办事儿没完没了。过了不久，她二哥晋升高级工程师的时候，又来求我帮忙。因为，他就是个普通的中专毕业生，还是业余的中专毕业生，晋升高级工程师够格，可是学历太低了，由于参加晋升高级工程师的人员竞争激烈，别人基本上都是大学本科毕业，或者是研究生毕业的，他的学历是最低的，他明白自己竞争不过人家。为此他又来找到我，求我去找我父亲的老朋友，也就是我在前面提到过的高级工程师、总机械师，他正好是主管晋升高级工程师评审委员会的成员，主管公司申请晋升高级职称的工作。结果老婆又逼着我去求人，看在我老婆的情面上，我又不得不打电话求父亲的老朋友帮忙，求他老人家为我太太她二哥晋升高级工程师的事情帮帮忙，关键时刻说一句话，最后我老婆的二哥又如愿以偿了，他梦想的高级工程师弄到手了，连一句感激的话也没有。我求父亲的老朋友帮忙，人家之所以给我面子，主要是因为我跟父亲的老朋友也有几十年的感情了，人家是看着我从小长大的，从东北到湖北，说起来也有三四十年的情面了。人家如此帮忙，我应该答谢人家吧？可是我老婆的二哥又没有反应了，事情办完了，他就什么事儿也没有了，欠下的人情只有我以后想办法还了。

　　人到中年了，家庭乱七八糟的事情太多太多了。家里的事情，家外的事情，朋友的事情，亲友的事情，这事情，那事情，什么乱七八糟的事情都有，什么事情都需要处理。在处理这些杂乱事物的过程中，我看到人类的本性就是自私自利。

# 第 8 章 眺望山外

在山沟里待长了，待久了，我觉得人好像变傻了一样。我想出去转一转，走一走，看一看，我想出去看一看外面的世界到底变成了什么样儿。改革开放快二十年了，我在山沟里什么也看不出来。周边生活的人，都是以自我为中心，以知足者常乐为满足。这些芸芸众生的生活一天到晚就是吃喝玩乐（这是本地文化的一大特色），所以小城的小饭馆越开越多，娱乐场所越来越多，这些地方为人们提供了吃喝玩乐的好去处。改革开放二十多年，我生活的小城市没有什么大的变化。外面的世界到底变成了什么样儿？我想有机会出去了解一下。

于是，1997年的夏天，也就是香港要回归的那一年，我跟随着单位组织的高温休假旅游团，到江南、到苏州、杭州、上海等地去转了一圈。不出门不知道外面的世界有多精彩、变化有多大。出了门，出了山沟，我看到外面的世界发生的变化实在太大，太惊人了。我们山沟里的人，好像还生活在过去的时代一样。

我们旅游团的人住在钱塘江办事处的一个宾馆里。夏天天气比较热，人们睡得比较晚。晚上吃了饭之后，我们几个人结伴而行，一起出去散步，到附近的地方去看一看。

我看见杭州人的生活变化实在太大了。十年前我与妻子结婚的时候到过杭州，那个时候杭州人的生活水平跟我们山里人相差不多，住的房子也相差不多。十年后，我看到杭州人居住的房子太漂亮了，他们家家居住的都是四层的独家小楼，一层楼的面积有近百平方米，而且每个家庭的小楼都是瓷砖彩瓦的，看起来实在太漂亮了。我看到的可不是杭州市中心区的居民，而是杭州郊区的居民，二十年前，他们可能还是当地的农民。如今家家居住的房屋好像有钱人家的别墅一样。虽然他们住的房子室内没怎么装修，但是家家户户的生活，要比我们山里人的生活富裕多了。光看人家居住的房子，门前停的高档摩托车、轿车，就足够吸引我们的眼球了。

我问了一下几家房屋的主人，盖这样一幢小楼需要多少钱？

他们回答说："需要三四十万吧。"

"那你们一个月能挣多少钱呢？"我问主人。

"一个月一人挣个四五千块钱吧。"

我与房主人聊天感到惊讶。杭州郊区的一个农民一个月的收入已经挣到四五千块钱了。可是我们山里的一个工人，一个月的工资收入还不到一千块钱。人家居住的房子基本上家家都是漂亮的独家小楼，而我在山里还住着一间半二十八平方米的旧房子。我们山里人已经太落后了，与人家不能比，要落后一个时代了。

我们在浙江旅游观光看到的每一个地方都令人万分惊讶，浙江已经出现了中国改革开放之后的一大批私营企业家、真正有钱的大老板。娃哈哈、农夫山泉等，一大批民营企业已经发展起来了，他们的商品已经走向了全国市场。所以整个浙江省的每一处地方看起来变化都非常之大，不论大、中、小城市，还是小县城，看起来都是变化万千，要比我们山沟里的小城市看起来干净、漂亮多了。

我们到上海观光旅游，看到的情况也是一样令人惊讶。上海的发展变化也是非常之大的，我们站在黄埔江边的东方明珠电视塔上，看到大上海的经济特区陆家嘴已经开始大规模地开工建设了。上海黄埔江两岸的景色比过去更壮丽、更辉煌了。

看到江南改革开放二十多年的巨大变化，看到这些城市面貌发生的巨大变化，看到人家所取得的惊人成就，我们山里人真的是名副其实的山里老乡进城了。我们看人家是新奇，人家看我们好像第一次进城的农民老乡一样影响市容。

我们到上海的南京路逛商场，人家看到我们这些山里来的客人，听我们说话的口音，看我们穿的衣服，连商场的服务员都明显地瞧不起我们，不愿意接待我们。当我们在商场里转着看商品的时候，只问不买东西的时候，服务员用上海方言骂我们是穷鬼、小赤佬。他们以为我们这些外地人听不懂上海话呢。

我们住在上海的一家三星级宾馆里面，大家吃的是份饭。我看到有几个小姑娘，跟我坐在同一张桌子上吃饭，我就随意地跟她们聊天，想了解一下她们的生活情况。我问她们是干什么的？

"我们是宾馆的服务员，"她们说，"我们是刚毕业的学生。"

"你们是大学毕业生，还是中专毕业生？"

"我们是中专毕业生。"

"你们参加工作一个月能挣多少钱啦？"

"不多，一个月才挣两千块钱。"

"两千块钱？那么多？"

"多吗？两千块钱还算多呀？"

我望着她们，真的只能摇头叹息。一个刚毕业的中专生，参加工作不到一年，一个月就能挣到两千块钱。我一个参加工作二十多年的老工人，一个月的工资还挣不到一千块钱。改革开放的社会，大城市和小城乡的人是没有办法比呀。我真羡慕她们的好运气，身处在大上海，挣钱容易，她们还觉得不满足、不满意，还觉得两千块钱太少了。

有一天晚上吃过晚饭，洗过了澡，我一个人想出去走一走，看一看大上海的夜景。我看到有一家歌厅，里面传出卡拉 OK 的歌声。我听女歌手唱得也不好听，却听到了众人捧场的掌声。我这个人对唱歌、卡拉 OK 还是非常感兴趣的，我就大胆闯进了卡拉 OK 歌厅。歌厅里的人并不多，舞台也不大，旁边还有两个男吉他手为女歌手的演唱伴奏。我斗胆地问服务员，上去唱一首歌要多少钱？

"二十块钱。"服务员回答说。

我交给服务员二十块钱，就大胆地走上小舞台。吉他手问我唱什么歌？

"唱《长江之歌》，"我回答说。

"放音乐，"一个吉他手对后台说，"放《长江之歌》！"

《长江之歌》的音乐响起来，我就伴随着音乐唱起来。歌厅里的音响设备真不错，加上我的嗓音也比较好吧，所以我的歌声效果非常不错，马上赢得了歌厅里人们的热烈掌声，尤其是赢得了台下姑娘们和女士们的热烈掌声。

"再来一个！再来一个！再唱一首歌！"台下的姑娘们叫起来。

"再唱一首歌，要不要钱？"我问道。

"不要钱，你唱吧，先生！"服务台的姑娘也欢迎我再唱一首歌。

我接着又演唱了蒋大为的《西游记》主题歌、刘欢的《少年壮志不言愁》。我的歌声再一次赢得了全场听众的热烈掌声。随后我就下台了，想让给其他人唱歌。我在一个靠背椅上坐下来休息，这时歌厅的一位老板模样的人走到我面前，在旁边的椅子上坐了下来。

"先生，您是从哪儿来的歌手啦？"老板问我。

"我是从江城到上海来玩的，"我回答说，"我不是歌手。"

"你的歌唱得这样好，你不是歌手？"

"我不是歌手，我就是唱着玩的，我喜欢唱歌。"

"先生，你的歌声真不错，真好听。"

"嗓音是爹妈给的，这是天赋。"

"先生，你愿意在我的歌厅里唱歌当歌手吗？"

"当歌手？"

"是呀，我想聘请你在我的歌厅里当歌手。"

"当歌手，我一个月能挣多少钱呢？"

"五千，怎么样？"

"五千块钱？"

老板的话让我大吃一惊，一个月五千，一年就是六万呢。

"老板不是开玩笑吧？"我问他。

"当然不是。"老板说，"一个月五千不少吧？"

"也不多，"我故意卖关子地说，"我在其他歌厅唱歌，一个月可以挣八千。"

"八千有一点多了，要不一个月六千吧，怎么样，先生？"老板认真地问我。

"六千少了吧？"我跟老板开玩笑地说。

"先生，你说多少钱？你开一个价好啦。"

老板看来是真心想请我当歌手，而且还说如果我同意，可以先跟我签一年的合同。希望我能到歌厅来当歌手。我迷糊了，我觉得在外面挣钱也太容易了，一个晚上唱几首歌，一个月就能挣六千块钱，这是真的吗？可能吗？老板见我不动声色，没有答应他的条件，他又给我加码了，一个月给我开六千五百块钱。

"怎么样，先生，你愿意到我的歌厅来当歌手吗？"老板又问了我一遍。

我未置可否。实际上老板开的条件已经使我心花怒放、欣喜若狂了，但是我为什么没有答应老板的条件呢？这是因为我不是当歌手的材料，我就是有一副爹妈给的好嗓子，我自身的音乐知识太差了，我不会乐谱，我既不识简谱也不识五线谱。我一辈子没有学过音乐知识，我对音乐就是一种天生的感悟，加上爹妈给的一副好嗓子。我的嗓音有一点像台湾歌手费玉清，还有一点像蒋大为，我唱流行歌曲和民族歌曲一样好听，所以我在任何歌厅唱歌都能得到听众的欢呼声、尖叫声。但是，让我当歌厅的一名签约歌手，我就胜任不了了。老板不知道我心里是怎么想的，他也不知道我其实只能当一个水货歌手，所以我拒绝了他的聘请，他还感到挺遗憾的。不过老板人还是不错的，我虽然没有接受他的聘请到歌厅来当歌手，他还是很友好地欢迎我以后有时间来唱歌，同时他还叫服务台的小姐，把我二十块钱的点歌费退还给了我。我只能遗憾自己的无能，过去没有学一点音乐知识，所以不敢到大上海的歌厅当歌手。如果我要懂得一点音乐知识，我就会在上海与歌厅的老板签合同了。也许我一生的命运就此可以改变了，不会在山沟里当一辈子工人了。

所以一个人活在世上，还是要多学一点知识好。虽然我天生具备了歌手的条件，却没有歌手的才华和音乐知识，所以我一辈子也没有到真正的大舞台上去演唱过，只能在歌厅里为大众娱乐。所以像我这样的人，只会听着别人的歌曲学唱歌，只能跟在别人的屁股后面走，只能在一般的歌厅，唱几首流行歌曲和民族歌曲。再说我已经四十多岁了，后半生不可能以唱歌为生，靠当歌手混饭吃。所以我拒绝了老板的好意。不过我们旅游团在上海玩了三天，我到歌厅去唱了两个晚上的卡拉OK，歌厅老板没有要我一分钱，而且还奖励了我一瓶红葡萄酒作为报酬，我与老板两个人对饮畅谈，为上海之游画上了圆满的句号。

江南旅游使我看到了外面世界的精彩！同时也基本了解了改革开放二十多年中国社会发生的天翻地覆的变化。

# 第 9 章　话剧你好

　　随后，我又想到北京去看一看，想到北京去开开眼界，同时我也想了解一下中国文化界的发展动态。

　　两年之后，机会来了。当然机会是我自己争取来的。我到北京去的时间正好是 20 世纪即将结束，21 世纪快要到来的时候。我所在的工厂，有一家北京来的私人企业，在山沟里投资开办了一个生产铸模砂的分厂。他们开办分厂的地方，正好由我们单位维修公司负责。我当时是维修公司的值班主任，大小也算是个头儿吧。我跟北京来的私人企业就这样有了接触。因为设备检修方面的问题，我经常要跟他们打交道，时间长了双方也就混熟了。经过一段时间的接触及了解，我发现北京私人企业管理层人数不多，就来了三个人，雇用了本地的十几个农民工，两台设备生产铸模砂，一天到晚不停地转，两班生产还忙不过来。他们生产的铸模砂居然能供应我们两千多人的铸造工厂的生产，而且还能对外面的中小企业销售铸模砂。这种奇怪的现象让我觉得不可思议。我们两千多人的铸造大厂，在全国的铸造行业中也算是一流的，可是我们的经济效益照人家比可是相差得太远了。人家雇用的农民工，比我们大型国有企业的正式职工拿钱还要多一些。我参加工作二十多年了，一个月的工资还不如他们请来的一个临时工拿的多。他们的设备也不先进，人员素质也不高，但是为什么能赚到钱呢？而我们大型国有企业的职工工资为什么这样低呢？后来我才发现，国有企业的改革是停留在表面上，调子唱得高，口号喊得响，实际的工作跟不上。而私人企业的发展，则凭借着国家改革开放的东风，深入到骨子里，人家不声不响地埋头苦干，以市场为导向，以生产为主导，企业发展得像电力机车一样，速度快得惊人。

　　我想到私人企业的总公司去看一看，他们的公司总部在北京。据分厂的小老板讲，他们北京的公司总部，也缺少设备检修技术人才，希望请我们维修公司的设备技术人员过去帮助他们检修设备。我想这是个好事儿呀，可以有机会到北京去工作一段时间,这是个非常难得的好机会。于是,我就积极跟我的维修公司领导沟通,建议到北京去,帮助他们总公司加强设备检修力量,既可以为我们维修公司挣一点钱,又可以到外面去闯一闯、看一看,见识见识,亲身感受一下外面改革开放的世界。我的公司领导也算比较开明,同意了我的建议,就与铸模砂公司的小老板谈条件,最后双方达成协议,签了合同。这样我就辞掉了值班主任的职位,带着一个工友,到北京铸模砂私人公司工作了半年的时间。也就是20世纪末的秋天,至21世纪初的春天,正好是世纪之交的时间。

我到了北京的铸模砂公司,看到他们的公司也不算大,员工也不算多。他们的公司总部在上地。公司老总出面热情地欢迎我们的到来,并且请我们吃了饭,十分欢迎我们的帮助及技术上的支持。饭后,公司老总就派车把我们送到了生产基地。他们公司的生产基地在昌平,是北京的郊区。公司的生产基地只有一个车间,两条生产铸模砂的生产线,设备简单,看着也比较陈旧。公司的生产工人都是从老板家乡招来的农民工。两条生产线有三十多名工人,分两班倒。公司的管理人员大约有十来个人,都是老板的近亲。全公司上下加起来也不足五十人。就是这样的一个私人小企业,年生产铸模砂上千万吨,产值超过两个亿。我觉得真是不可思议。

我在私人小企业干了有半年,为他们解决了不少生产与设备上关键的难题。老板看出我是个人才,有意请我留下来长期工作,担任工厂设备方面的负责人。我开玩笑地问他:

"老板能给我多少钱呢?"

老板大方地说:"钱好说,你开价,只要不过分。"

当时他们生产基地的工厂厂长月工资是五千块钱。我在国有企业的工资一个月是一千五百块钱。我就向老板伸出了一个巴掌,要五千块钱。老板马上就点头答应了。

"可以,没有问题,只要你同意留下来。"

"这件事情我还不能决定,"我对老板说,"我还要打电话回家,向老婆请示。"

"好,我等你的答复。"老板毫不犹豫地说。

我晚上打电话向老婆请示,老婆不同意。

她说:"老板就是给你八千,你也不能留在北京工作。你给我回来!"

我问:"为什么不能留在北京工作?"

老婆答复说:"你要留在北京工作,我们的家也就要散伙了,长期两地分居,两地生活,最后的结果只有一个:离婚。你是要钱,还是要家,你看着办吧。"

老婆不答应,我就不敢留在北京工作。改革开放的社会,离婚的夫妻越来越多了。不要说两地分居,两地生活,就是在一个地方居住,在一个家庭生活,说散也就散了,离婚的事情太多太多了。当今社会,人们的生活观念和婚姻观念都发生了很大的变化,与老一辈的人观念大不一样了。老婆不同意我留在北京工作,我也只有听从了。老板听了我的回话,此后也就不提留用我的话了。

在北京工作期间,我最难忘记的一件事情,是1999年12月20日的夜晚,在北京天安门广场参加全国人民庆祝澳门回归的庆典!那天晚上,天安门广场人山人海,好像欢乐的海洋一样。天安门广场晚上不到八点钟就有警察戒严、维持现场了,广场上的人已经挤满了,人们等待着澳门回归的钟声敲响。人群挤得像排山倒海的波浪一样,站也站不稳,停也停不住,大家谁也不知道挤什么、往什么地方去。有人想看回归钟,有人想看舞台的演员表演节目。人们一会儿往左面挤,一会儿又往右面挤。拥挤的人群挤来挤去真的很危险。如果有人摔倒,就有被踩踏的危险。警察为了维持良好的持序,组成人墙,经常提醒大家,不要拥挤,小心摔倒。终于,澳门回归的钟敲响了,广场上欢声如雷,大家兴高采烈地叫啊,跳啊,笑啊,人们的心情那个激动啊!这是中国人民欢天喜地的夜晚,这是中国人民兴奋激动的夜晚,这是中国人民感到无比骄傲自豪的夜晚!继香港回归之后,澳门又回归祖国啦!天安门广场燃起了五彩缤纷的礼花。那一天晚上,据气象部门说,是北京天安门广场二十年以来最寒冷的冬夜,可是广场上的人们却热情洋溢,热血沸腾,欢乐的人群闹腾了一夜。北京人那种爱国热情真是少见,令人感动。我在山沟里是绝对看不到这样的场面,也绝对看不到中国人会有如此热血沸腾的爱国热情,只有在北京,在天安门广场,与北京人一起欢度澳门回归的夜晚,才能感受到中国人民的爱国之心和爱国热情!而且这样的景观也只有在大城市,在国家的首都北京才可以看到,在山沟里的小城市是绝对看不到的,因为山沟里的人,只关心个人身边的小事，没有人关心国家大事。

　　我在北京工作期间，工作不是很紧张，闲暇之余就经常与同去的工友一起坐公共汽车进城，到处玩，到处转。北京的城市建设变化也非常大，好像一年一个样儿，北京的发展速度实在太快了，新建起来的建筑物，看起来令人眼花缭乱。

　　而我最想了解的是首都文化界的情况。有时候，我一个人进城，到北京人艺去看戏。我记得在北京工作期间看了两场北京人艺的话剧，一场是老舍先生的《茶馆》，还看了一场什么话剧我想不起来了。人艺的话剧《茶馆》看起来是真精彩，特别是开场戏，把老北京的风土人情展示得活灵活现！另一场话剧不大好看，所以时间长了我也就忘记了。

　　正是由于观看了北京人艺的两场话剧，又触发了我创作话剧的神经，所以我在北京又动起笔来，满怀热情地创作话剧。说起来也怪，灵感来了，我好像突然激情勃发，仅用了两个月的时间，就创作完成了一部话剧剧本。

　　我当时兴奋不已，满怀信心地把我创作的剧本送给了青年艺术剧院。我记得青年艺术剧院当时还在北京东单白石桥附近的一条小胡同里，那时青年艺术剧院还没有解散。我把剧本送给了剧院艺术室，是一个三十多岁的女同志接收的。当时我向她介绍我是从湖北来的，剧本写的是有关中国青年偷渡海外的故事等。接待我的女同志接待时对我很客气，她请我把剧本留下来，抽时间一定好好看一看。我呢，就把电话号码留给了她，希望请她看过之后，能给我打一个电话，告诉我看过剧本之后的意见。她也非常有礼貌地表示，看过剧本之后一定给予答复。可是过后也就没有声息了。

　　我在昌平等啊、盼啊，等着中国青年艺术剧院的女编辑给我回音，可是我等了三个月，也没有接到我期待的电话。春暖花开了，我们工作合同的时间到期了，该离开北京回家了。我决定再次去中国青年艺术剧院去询问我的剧本的情况。

　　于是，一个星期二的上午，我又赶到了中国青年艺术剧院的艺术室。那位女同志还在，好像正在看一部别人的剧本。

　　我就问她："老师，您看了我的剧本之后觉得怎么样啊？有何见解？"

　　"噢，对不起，你的剧本我看过了，"她好像已经忘记我的事儿了，她想了一下才说，"非常抱歉，您的剧本不适合我们剧院排演使用，请你再送给其他剧团去看一看吧。"

"我的剧本你们既然不用，那就请把剧本退还给我吧。"

"噢，好的，好的。"她说话的口气还是很客气的。

她为我找剧本，东翻西翻，东找西找，最后我看见她从垃圾堆里找出来了。可是我的剧本还是老样子，我随意翻了一下，她连我的剧本看也没有看过，因为我交给她剧本之前，我做过记号。她把剧本还给了我，还是非常客气地说：

"感谢你对我们剧院的大力支持！"

我听着虚伪的语言，看着她虚伪的笑容，我真的是想不明白，北京人怎么会变得这样虚伪啦？我记得原来北京人可不是这样的。我们家从东北第一次进山到湖北，路过北京时，北京人对外地人可是满腔热情的、特别实在的。

我说："我的剧本你们看都不看，就这样骗我呀？"

"我看过了，"她睁着眼睛说瞎话，也不脸红，"我真的看过了。"

我把剧本做的记号指给她看，她才感到不好意思了。

"我们剧院收到的剧本比较多，"她有点儿难为情地说，"实在抱歉，你的剧本我们没有时间看，请你拿回去吧。"

"你们剧院收到的剧本多吗？"我不客气地说了她一句，"你看你的桌子上有什么东西，空空如也，什么也没有。你们剧院还在上演外国剧，俄国作家的《钦差大臣》。"

"是呀……"她支支吾吾地说，"你怎么知道？"

"我是干什么的？写剧本的人，能不关注首都剧场的文化动态吗？"

"你真聪明。"她说，"下一次来，请你给我们送更好的剧本来吧。"

她明显地下了逐客令，我也只能拿着我的剧本走了。我对中国文化界的奇怪现象真的是很不理解。我在北京待了有半年之久，北京的文化剧场根本就没有什么新剧目上演，北京人艺演《茶馆》，青年艺术剧院演《钦差大臣》，堂堂的国家首都，中国的政治、经济、文化中心，半年的时间，北京就上演了两部戏，不是演外国的戏，就是演老舍先生、曹禺先生过去创作的老剧本，已经演了几十年了。进入21世纪，北京就没有什么新剧目上演，这种奇怪的文化现象真是令人费解。

我后来拿着我的剧本到复印店，花钱复印了一份资料自己保存，把另一份资料又送给了北京其他剧院，结果命运跟送给青年艺术剧院一样的无声无息。

我从北京回家之后，又认真仔细地看了我写的剧本，我自信我的创作水平提高了，我的创作技法成熟了。经过二十多年的学习、创作，我终于看到了自己明显的进步和希望了，我觉得我创作的剧本与戏剧大师们的作品虽然有差距，但是说得过去了。我的创作热情又洋溢起来啦！

回到家里，继续上班之后，我的公司领导有意让我继续担任维修公司值班主任一职，我走了半年的时间，我的公司领导一直给我保留着这个职位，这是我要非常感谢的。我跟这位领导在一起工作了十多年，他是非常了解我的才华和工作能力的，所以我走了之后，值班主任的位置一直空缺着。因为，他知道像我这样的人在工厂里是少有的，什么工作都能干，什么活儿都拿得起来，什么技术问题也难不倒我；企业管理工作我同样也干得非常出色。

有一年春天，我们维修公司要安装一个厂房的八台设备，工厂的计划是两个月的时间必须安装完成、投入生产。我带着人，日夜苦战，白天晚上十六小时工作制，只干了半个月时间，设备安装工作就全部完成了，为此我获得了工厂表彰的一等功。

有一天，公司经理要我当他的助手，当值班主任，我说不干了。公司经理问我为什么不干了？

我回答说："我要干自己的正事儿啦。"

"你要干什么正事儿？值班主任再干两年，以后有可能提拔副科长，将来有机会混个科长，你在这样关键的时候为什么不想干啦？"

"你还是让给别人干吧，我不干了，我已经四十多岁，即便是混上科长也没有什么意思，我还是干我自己喜欢的事情吧。"

"你想干什么工作，你说话。"公司领导说。

"我想回家休息，工厂效益不好，不想干这个值班主任了。"

"你可要想好了，"公司经理对我说，"好多人都盯着值班主任的位置呢，我是特意给你保留的，你不干，可有的是人想干。"

"那就让别人干吧。我想回家休假一年，可以吗？"

"你想回家休息一年？这没有什么不可以的。我们维修公司是工厂独立承包单位，政策活，我可以批准你休假一年，两年也可以，问题是你回家干什么？"

"我回家自然有我想干的事情。"

"那好吧,你既然不想干值班主任,我也就不强求了。你不干,我可要安排别人干了,值班主任的位置不能总是为你保留,不能长时间空缺的。"

"我知道,谢谢你的一番好意。"我对公司经理说,"你就安排别人干吧,我要回家休息了。"

我推掉了值班主任的职位,与公司签订了离职一年的合约,我也没有告诉公司领导我回家干什么,领导就批准了我的请求。回家休假期间,我只拿基本生活费。

这件事情我也没有提前告诉我老婆。我回家休息之后,才对老婆说了这件事儿,老婆对我先斩后奏有点儿不满意。我回家休息的一年时间里,在家里专门从事文学创作。我老婆认为我是不务正业,我也不理睬她,我们夫妻之间为此闹了一点小矛盾,不过很快也就过去了。我老婆知道,我热爱文学创作已经到了不可救药的地步,她也拿我没有办法。她知道我要干的事情,我是谁的话也不听的,我只听我自己的。我在家休假一年,一个月少拿了八百多块钱,我的基本生活费只拿七百多块钱,我一年等于少拿了一万块钱,不过也算找平了,因为我上一年去北京工作的时候,我拿的是双份工资,在厂里拿一份工资,在私人企业里拿一份工资,这样算下来等于两年持平了。

我在家休假的一年时间里,白天晚上忙着创作剧本,一般来说早上吃过早饭出去走一圈,散步,思考应该写什么。八点三十分左右,我就回到家里坐在写字台前,写到十点三十分左右,起身做饭、炒菜,好像家庭妇女一样。我老婆已经提前在自由市场买好了菜,放在厨房里,我只管动手做就是了。中午我要休息一个半小时,午睡。起来之后出去走一圈,头脑清醒了之后,回家又坐在写字台前写剧本,创作两小时,起身做晚饭。吃过晚饭后,我又出去走一圈,散步一小时左右,回家坐到写字台前继续创作到深夜,有时候写到深夜一点或者两点钟,才上床睡觉。我觉得我的脑子好用了,思如泉涌。半年的时间,我一鼓作气又创作了不少剧本。我以为拿上这些剧本再到北京去找剧团,他们一定会接受的。

我又跑到北京去,找到属于国家部门的话剧院团,送给他们一批剧本。我把我的剧本送给了至少不下五家属于国家文化部门管理的话剧院团。除此之外,我还找了北京两家私人剧团,送给了剧团老板一批剧本。我想,我把我的剧本送遍了差不多北京所有的话剧院团，总有一两家会用我的剧本吧？东方不亮，西方也会亮一家吧？可是我回家等消息，还是石沉大海。我送出去的剧本，没有一家给我回消息的，连一封信一个电话也没有。

我真奇怪，他们为什么不用我的剧本呢？问题到底出在哪儿呢？我想不明白。

一年的休假时间到了，我想敲开中国话剧界的大门的愿望没有实现，我的野心和梦想又以失败告终了，我碰得头破血流。我不得不面对现实，重新回到工厂的工作岗位上继续上班，继续干我的本职工作。

老婆说我的野心和梦想是蛇吞象，鸡飞蛋打鸡毛飞。我对老婆也没有什么好说的，我只能说自己无能，对老婆、对家庭惭愧。

我调整了一下心态，找到公司的领导，请求换一个工作岗位，公司领导满足了我的要求，给我换了一个比较清闲的工作，就是挣钱少一点儿。但是这样的工作岗位对我以后的学习、创作是极为有利的，因为上班工作的时间，我既可以坚守工作岗位，同时又有很多时间可以看书、学习、写作。

我后来创作的剧本，有很大一部分是在工作之余写成的。新的工作可以说比较轻松，有活干活，没有活就看书。平时上班时间就是两个人，负责一个厂房的设备检修工作。我们有一个安静的工作值班环境，一般情况下也没有人来，既没有人管，也没有人过问，我们只要干好自己的本职工作就行了。我们的工作值班室，虽说房子破烂不堪，低、矮、黑暗、潮湿，夏天外面下大雨，室内下小雨，但我就是在这样的工作环境下，十年的时间，学习创作了大量的文学作品，其中包括话剧剧本三十多部，书十多本，合计写出五百多万字的手稿、草稿。

啊，那间小屋，那间破败不堪、低矮潮湿、夏天热、冬天冷的小屋，给了我足够的时间，给了我创作的灵感，帮助我创作完成了我一生中最好的作品。可惜，那间小屋如今已经不存在了。

# 第 10 章  遗产分割

我再次梦想敲开中国戏剧界的大门失败之后,我的心情十分的压抑。梦想的破碎,使我变得非常的沮丧。但是我知道人间没有万事如意的事情,我只能调整自己的心态面对生活中的一切,面对人间社会与生活的各种磨难。因为人活在世上,就要勇敢地面对现实,面对一切困难,你才能够抬起头来继续向前走。前面的路不管如何坎坷,不管如何困苦,都需要我们每一个人自己面对,艰难地跋涉,勇往直前。人生的路就是这样,不能停下来,不能停在半路上,只能挺起胸膛继续向前走,坚定信心,继续前进。

时间过得真快,我们家从东北大城市沈阳到湖北山沟里来,转眼快三十个年头了。过去的小城,是一块不毛之地,是一个穷山恶水的穷山沟,如今已经成了一座以生产汽车而闻名的小城市。老一辈的创业者们,吃苦、受罪,也没有享受到幸福的晚年,就已经进入暮年。

从北京回来以后,我老母亲的身体情况已经明显地大不如前了。原本身体健康的母亲,进入晚年之后由于高血压经常吃药,又转为心血管疾病。我母亲得病的原因可能是一辈子吃得太咸,所以老人家五十多岁就得上高血压病了,后来天天吃降压药,心血管就出了问题,这是心血管与药物的综合病症。但是,母亲后来病情加重还是累的、气的。因为每一个家庭都有不孝的儿女、自私自利的子孙。我的母亲家有三室一厅的房子,手上还有一点存款。我弟弟和他的老婆一天到晚就盘算着我母亲家里的房子,盘算着老太太手上攒了一辈子的血汗钱。

有一天,母亲对我说:"你弟弟要借我手上的钱炒股,你说,我能不能借给他?"

"他炒股票,找你借钱?"我对老母亲说,"妈,这个钱你不能借给他,你的钱要留着以后养老的,明白吗?"

"我也明白,孩子,"母亲对我说,"可是你弟弟已经跟我说过好几回了,要借钱炒股票，他说一年能赚好多好多钱，我也不懂，我就是想问你，这个钱能不能借给他？"

"妈，这个钱你不能借给他，你要养老的钱，怎么能借给他炒股票呢？股市有风险，不是只赚不赔的。"

"可是儿子找妈借钱，妈不借给儿子也不好意思呀。"

"妈，你可要想清楚了，"我真心诚意地对母亲说，"他这不是找你借钱炒股，他是想要你的钱，儿子借了母亲的钱，以后还还吗？"

"是呀，孩子，其实妈也不傻，"我母亲说，"我也明白你弟弟那点儿小心眼，他总是掂记着我手上的两个钱。"

"妈，你明白，你就把钱握紧了，"我对母亲说，"你现在把钱借出去，以后你老了，看病要花钱，你找他是要不回来的。"

"是呀，儿子，妈明白这个道理。可是在你们三个孩子当中，他家里最穷，他想多要一点钱也是真的。不行我把我手上这点存钱给你们三个兄妹分了吧？"

"不行，妈，你手上的钱不能分，你要留着，你将来养老、看病都是要花钱的。钱，大家分了容易，你以后若再想要回来可就难了，知道吗？钱还是你自己留着，看紧了，既不能借，也不能分。"

我告诉母亲，将来养老看病的钱自己坚决要留着，不要听我弟弟叫穷就大发慈悲、大发善心，他是动机不纯，完全是居心不良。

母亲后来又征求了我妹妹的意见，我妹妹也不同意母亲把钱借给弟弟炒股，而且也不同意母亲为大家分钱。这样，我弟弟和他老婆想出来的鬼主意就没有得逞，他就开始恨上我了。不久，他们又生出了一计，找母亲借钱炒股不成，他们两口子又想出了找母亲借钱买房子的鬼主意。他们真是想钱想疯了，没有本事到外面去赚钱，一天到晚就琢磨着老太太家里的房子和老太太手上的那点钱。养这样的儿子还不如养一头畜牲。

母亲又问我怎么办？兄弟要卖掉旧房子，买新房子，又要找母亲借钱，我当兄长的当然持反对意见，我妹妹不发表意见了，兄弟肯定又要恨我，恨就恨吧，为了母亲，我也不怕得罪兄弟。

我对母亲说："妈，你的钱不能借给他，那是你后半辈子养老的钱。如果他实在想借钱，让他找小静借钱，我妹妹有钱，弟弟找姐姐借钱也是天经地义的，小静也一定会借给他的。反正您的钱是不能借给他，您的钱要是借给他，以后养老看病就没有钱了，到时候会扯出许多麻烦事儿来的。"

"是，儿子，你说的有道理。"

母亲其实也明白我弟弟心里的小算盘，但是老母亲对这样无赖的儿子也没有办法。因为儿子毕竟是母亲的心头肉啊！至于母亲后来把钱借没借给我弟弟买房子，我就没有过问了。随后我弟弟卖掉了旧房子，买新房子，又借口没有地方住，要搬回老母亲家住一段时间，母亲又犯难了。

母亲本来是不想叫小儿子回家住的，因为他们结婚多年，孩子都上学了，两口子好吃懒做，我母亲根本接受不了他们。我弟弟的小儿子又淘气，母亲更是接受不了。但是我弟弟和弟媳妇两口子已经打定主意了，坚决要搬回老母亲家居住，这是他们早就盘算好了的，他们想借此机会占有我母亲的房产。母亲在小儿子面前不好发表反对意见了。我反对我弟弟搬回老母亲家居住，我劝他们出去租房子住，也就是一年半载的时间，但是我弟弟也不听我的了。我妹妹不表态，她不反对弟弟搬回老母亲家里住，所以我说话也不管用了。老太太活着的时候，对于无赖的小儿子也没有办法，她不欢迎他们回家住，但是老母亲又不厉害，最后还是同意让我弟弟全家搬回去住了。

本来老太太一个人住，一个人生活，是可以多活几年时间的，弟弟带着全家人搬回老太太家居住了还不到一年的时间，就把老太太的身体给折腾垮了。老太太一个人生活，一日三餐，吃的也不多，活得很轻闲，没事儿还可以自己出去活动活动身体。但是我弟弟和弟媳妇为了占有我母亲的房产，两个人就精心策划了卖掉自己的旧房子换新房，把户口迁回老母亲家里，与我母亲一起同住、一起生活的连环计。表面上他们说得还好听，说回去与老母亲一起住，这样可以照顾老太太的生活。我弟弟对我说的比唱的还好听：

"老太太一个人生活不行了，年龄大了，总需要有人照顾，母亲已经老了，家里没有一个照顾她的人怎么能行呢？"

我对无赖的兄弟也没有办法了，因为我妹妹不反对，老太太也同意他们回家住了，我也只有让步了。我只能对亲兄弟表明我的态度：

"你们实在要回去住，我也没有什么可说的了，你们回家住，就要照顾好老太太，要对老太太负责任，不能叫老太太侍候你们。老太太有高血压，不能累着，也不能气着。你们要回家住，以后买菜、做饭、收拾家的事情，你们就要主动一点儿，多做一点儿，不能让老太太为你们忙碌。"

"哥，你放心吧，"我弟弟拍着胸脯对我说，"一切包在我身上！"

我弟弟说得好听，可是他们回到老母亲家住下来就不是那么回事儿了。我真是觉得奇怪，我的母亲一辈子聪明、善良、没有过自私自利的心计，怎么会生养出这样一个儿子来？他们回家的目的，就是算计母亲的房子，算计母亲的家产，算计母亲手上的那点钱，但是母亲面对这样无赖的小儿子心又软，对这样不要脸的儿子也没有办法。我妹妹不管家里的事儿，她不想得罪弟弟和弟媳妇。

不过他虽然聪明，聪明的不是地方。他的想法有一半是他老婆的主意，我弟媳妇比弟弟还要有心计，两个人是一对狡猾的小狐狸。他们一天到晚算计着老太太家里的房子、算计着老母亲家里的钱和遗产，以后怎样才能落到自己的头上，落到自己的家里。他们的算盘打得实在太精了。

两个人回家后，什么事情也不干，饭来张口，衣来伸手，菜也不买，饭也不做，一天到晚就知道吃喝玩乐，叫老太太伺候他们。两个人都吃得像肥猪一样，我弟弟身高不足一米七零，体重达到了一百八十多斤。他的老婆比他更胜一筹，身高还不到一米六零，体重达到了一百七十多斤，两口子肥得流油，胖得像日本相扑运动员一样，再加上一个能吃的儿子。这样的一家三口人，叫老太太天天伺候着，可想而知老太太每天有多么辛苦，有多么劳累啦。我的老母亲每天要出去花钱为他们买菜，还要为他们做饭，洗衣服，收拾家务，老太太成了他们全家人的保姆。

有时候我回家看望老太太，母亲就在我面前偷偷地掉眼泪，并且在我面前抱怨说：

"不该叫他们回来呀，他们太懒了，什么事情也不做，买菜、做饭、洗衣服、收拾家，都成了我的事儿。"

"妈，您明白得太晚了。"我对老母亲说，"您老人家已经接收他们了，事情已成定局了，也就不好办了。"

老太太心里的苦水只有往肚子咽。我还能说什么呢？

要轰他们出去显然是不可能的。他们既然赖回家里住了，就不会走的。他们在老太太家里吃住不交一分钱，也不花一分钱，省下来的钱他们就出去吃喝玩乐，买衣服、逛商场、看电影、跳舞。小城市小市民的生活，一般就是这样度过的。最要命的是，他们一天到晚生活没有规律，打乱了老太太多年养成的生活习惯。早晨不起床，老太太本来就有高血压，需要睡眠好，需要休息好，但是他们在家里乱折腾，闹得老太太夜夜不得安宁，休息不好。白天，老人家还要给他们买菜、做饭、洗衣服，所以不到半年的时间，老太太的身体就垮了。

老太太意识到他们继续住在家里，自己可能活不了多久。等他们的新房子装修好了，老太太不客气地叫他们全家人搬走。可是为是已晚。他们全家人搬走没几天的时间，老太太就病倒了。

我回家看望老太太，看到她的气色很不好，就问：

"妈，你怎么啦？看起来无精打采的？"

"可能是累着了，"母亲有气无力地说，"他们搬走了，家里乱糟糟的，我想收拾一下，结果忙活了两天，就感觉胸闷，出不来气儿。"

我马上把老太太送到医院去，请医生为母亲做了检查。

医生说："老太太是心血管疾病犯了，住院吧。"

医生检查的结果是，我母亲的心血管有阻塞不畅的现象，希望病人能够住医院治疗。但是我老母亲心疼钱，她不愿意听医生的话。我怎么劝说老太太住医院治疗也没有用，花钱的事儿老母亲也不听我的。老太太自认为身体一向健康，很少到医院来看病，所以她也非常固执，认为自己没有什么了不得的大病。在医院打了几天吊瓶，病情有所缓解，就不看了，叫医生开了一些药就回家了。

老太太一个人在家里住，我不放心。我想回家住，照顾年迈的老母亲。母亲对我说：

"你们回家来住，你弟弟他们全家人要不高兴的，因为我把他们赶走了，你弟弟把户口留在家里了，所以你们马上回家来住，他们要不高兴的。"

我的老母亲非常聪明，一句话就把问题对我说明了。我弟弟他们家虽然搬走了，但是他把户口留在家里了，把房子占住了，所以我和我老婆想回老母亲家住，照顾老太太的生活，以后为了房子问题，我和兄弟之间肯定是要扯皮的。老太太不希望她活着的时候，看见儿女们为争夺家产扯皮，老太太对我把话说明了，我也就不好带着老婆回家住了。

我想到了打电话叫我母亲的妹妹、我小姨从湖南老家过来，我希望她老人家能过来陪伴我的老母亲，我小姨和我的母亲关系还是非常好的。小姨接到我的电话邀请之后，就从湖南老家跑过来了，住到了我母亲家里，陪伴我的老母亲。

母亲在家里每天吃着医生给她开的药，可是药物已经对我母亲的病情不起作用了。时间大概也就过了半个月，我母亲的病第二次发作了，病情比第一次更严重了，不得不住医院治疗了。

于是，我就叫我妹妹和妹夫开车来，送老母亲住院进行全面检查。检查的结果是，老母亲的心血管已经大面积阻塞了，问题非常严重。

我问医生："像我母亲这种情况，心血管能不能放支架，或者能不能做搭桥手术？"

"你母亲的情况已经太严重了，"主治医生坦率地对我说，"放支架或者做搭桥手术，已经不能解决问题了。当然，如果你们病人家属有要求，我们医生也可以为老太太放支架，做搭桥手术，但是意义不大，已经没有必要了。老人家已经七十多岁了……"

医生对我这个病人的儿子说了实话，我母亲的情况只能保守治疗，用药物维持，我也就明白了，母亲活不了多久了。

弟弟和弟媳妇得知消息也跑到医院来了。我看着弟弟一脸不以为然的样子，我心里恨得咬牙切齿，我真想把他痛打一顿。可是他已经是四十多岁的人了，我如果当着母亲的面打他，母亲肯定会伤心难过的。儿子到底是母亲的心头肉，而且老太太一辈子最疼爱的就是小儿子，弟弟生在东北，到湖北来只有三岁，还吃我老母亲的奶水呢。

母亲在医院里住了一个多月，我们兄妹三人轮流在医院看护她老人家，我看护母亲的时间要多一些。因为我当时的工作比较轻松，倒大夜班，一个星期只要上两个大夜班，其余时间就在家里休息，所以我在医院陪伴母亲的时间最多。母亲的病情刚有一点好转，她老人家就要求出院回家，说什么也不住医院了。老太太不喜欢医院，同时她也算计着为我们儿女节省一点钱。这就是一个饱经风雨的老太太固执的想法。

母亲从医院出来，生活上明显不能自理了，一个人生活不行了，离不开人照顾了，妹妹就主动把老母亲接到自己家里照顾，同时把小姨也接到家里去同住，一起照顾我母亲。因为妹妹和妹夫白天还要上班工作，家里没有人，这样，白天只能辛苦小姨照顾母亲了。

　　在我们三兄妹当中，我妹妹的家庭条件算是最好的，房子最大，经济条件最好，所以我母亲最后的两个多月在我妹妹家里过的。老太太病得气若游丝了，但是并没有什么痛苦，就是精神不佳了。我和我弟弟经常跑到我妹妹家去看望老太太。但是老人家的病情越来越严重了，最后，连说话也成问题了，嘴里像含了东西一样，说话呜啦呜啦地说不清楚。

　　母亲最后一次住进了医院，她的生命也到了弥留之际。母亲知道自己的来日不多了，就向我交代了三件事，也算遗嘱吧：

　　第一，家里的钱和存折都放在五斗柜小门上面的抽屉里，叫我拿着。

　　第二，家里的钱你们两兄弟分了。家里的房子最好也卖了，钱也由你们哥俩分了。小静家里有钱，她比你们哥俩的日子都好过，家里的钱就不分给她了。妈妈希望你们以后的日子都过得好。你作为大哥，要多分给兄弟一点钱，他家里穷，以后的日子可能也是过得最差的。

　　第三，我死了之后想回家，想回湖南老家。

　　妈妈对我说了这些话，眼泪哗哗地就下来了。老太太最后唉声叹气地说：

　　"我是叫小猪一家人害了，他们要是不回家住，我可能还会多活几年的。"

　　老太太最后明白自己一辈子疼爱的小儿子把她害了，但是一切都晚了。这些话是母亲去世的前一天晚上，我在医院陪伴她时流着伤心的眼泪对我说的。

　　母亲在医院里住了五天时间，我陪护了三个晚上，安排我弟弟与我轮换。老太太生命的最后一天，轮到我弟弟看护陪。由于白天，不需要上班，所以我一直在医院里陪伴着老母亲。我妹妹工作忙，中午跑到医院来看了一下母亲。这样我就陪伴着母亲一直到我弟弟下班来接替我。我走的时候老母亲的病情看起来还是一切正常的，没有什么不好的症状。我走之前，还喂母亲吃了一个苹果、一个香蕉。吃过晚饭后，我还扶着老母亲在病房的走廊里散步，走了有十来分钟。弟弟来接我的班，我走的时候，老母亲还对我微笑挥手，叫我快回家吃饭去。我母亲的情况从表面上看起来还是良好的。

　　我离开医院，离开老母亲，回到家里吃晚饭的时候，时间还不过一小时，医院的值班医生突然给我打来了电话，说我的老母亲不行了。

　　"怎么会呢？"我不敢相信这样的消息，"我母亲身边不是有人吗？"

　　"你母亲身边一个亲人也没有，"医生在电话里说，"你快来吧，我们正在对你母亲实施抢救呢！"

我放下饭碗就跑，立即赶往医院去。跑进病房的时候，我看到老母亲已经气若游丝了。两个医生正在对我的母亲进行抢救。

我弟弟已经不在医院了，这个小王八蛋已经跑回家去了，他晚上根本就不在医院陪伴老母亲。我看到老母亲大汗淋漓，上气不接下气，浑身的汗水湿透了衣服。两个医生把抢救病人的所有医疗仪器全用上了。我看到老母亲有气进，没气出，十分痛苦的样子，我马上拿出洗脸盆，到卫生间打了热水，用热毛巾为母亲擦着身上的汗水。这时候母亲头脑还是清楚的，她对我说了最后一句话：

"儿子，妈要不行了，叫全家人都来吧……"

老太太明白自己要死了，她老人家还想最后看一眼自己的三个儿女。我给老母亲擦完了身子，马上就给我妹妹、弟弟打电话，给全家人打电话，叫他们马上到医院来。等我们三个儿女的家庭成员全部赶到医院的时候，我的老母亲已经闭上了眼睛，老太太进入了弥留之际，生命进入倒计时了。老母亲的神志最后还算是有一点清楚的，但是眼睛已经睁不开了。当我的妹妹和我的弟弟赶到了母亲的病床前，叫唤母亲的时候，母亲想睁开眼睛最后再看一眼自己的儿女，但是老人家的眼睛还是没有睁开，就是眼皮动了两下，最后出了一口大气，人就断了气，没有反应了，好像发动机突然熄火了一样。

我看到心脏监测仪上的光标变成了一条直线，人没有一点希望了，医生也放弃了抢救。我的老母亲以73岁的年龄，走到了生命的终点。

我的脑子里一片空白，我不能相信我敬爱的老母亲就这样走了。我上前用手伸到母亲的嘴巴和鼻子面前试了试，母亲确实是一点儿气息也没有了。

我叫妹妹又给老母亲擦一遍身子，换上新衣服、新裤子。最后，我们儿女就把老母亲送往太平间。

天空下起了小雨。人走的时候，为什么老天爷要下雨呀？我父亲走的时候如此，我母亲走的时候也是如此。我母亲比我父亲多活了十年。

一切都结束了。我既没有哭，也没有流泪，我在任何人面前是从来不流泪的。

我叫妹夫开上车，回家为老母亲取殓衣。我要回家给老母亲找她自己提前做好的殓衣，这是老太太自己生前为自己做好的。我拿了老母亲的殓衣返回医院，为母亲穿好了最后一身衣服，已经是后半夜了。雨越下越大，老天爷似乎也在为我母亲的去世而哭泣。老太太走完了自己普通的一生、平凡的一生、勤劳的一生、辛苦的一生。

老人家遗传给我的最宝贵的东西，就是勤劳的美德、勤奋的精神。母亲的遗传决定了我的一生。

我在母亲家里为母亲设立了灵堂，追思敬爱的母亲。深夜，我望着母亲的遗像，流下了追思的泪水。我的母亲真是为儿女们操劳了一辈子，为家庭辛勤地奉献了一生。

母亲死后，我叫我妹妹把母亲家所有留下来的钱和存折清算一下。母亲最后留给我们三个儿女的钱只有六万多块钱，（这还包括了十年前我父亲去世，我收的一万多礼金钱也在里面。）加上一套三室一厅的房子。除此之外还有老母亲留下来的一条金项链、两个金戒指。金项链我妹妹收起来了，金戒指我弟弟收起来了。我弟弟想联合我妹妹，两家人一起，盘算我母亲的家庭遗产和东西。但是我妹妹还是有良心、有正义感的女人，她身上公正无私的精神很像我的母亲。她反对我弟弟的私心，她也有自己的主见。

母亲留下来的遗产怎么分？这又是一个叫我十分头疼的问题。因为母亲在临死前，在病房里对我说的话，没有第二个人在场，母亲就是对我一个人说的。我在前面已经讲过，母亲叫我和弟弟分了她遗留下来的钱和房产，母亲说，我妹妹家里最有钱，以后日子过得要比我们哥俩好，家产就不分给她了。母亲的意思是帮助儿子，帮助家里钱少的人，希望我们三个孩子以后都能过得好。但是母亲的话只是口头上的，没有留下文字的东西，我作为大哥、家庭的主事人，怎么能遵照母亲的遗嘱执行呢？把母亲留下来的遗产，我和我弟弟两家人分了，没有我妹妹家的份额，我妹妹跟我妹夫又会怎么想呢？他们能干吗？话是母亲说的，我妹妹、妹夫能相信吗？有关母亲留下来的钱和房产的事，我想了两天，最后决定，兄妹三人三个家庭一起分，少了谁的也不行。

我学习文学创作二十多年，我看过的书太多了，我对社会及人间的事情了解得太清楚了。改革开放之后的中国人，活得太明白了，活得更现实了，人为财死，鸟为食亡，这就是我观察到的社会现实，这就是我看到的人间实情。父母大人不在了，树倒猢狲散。说什么骨肉之情血浓于水，那是古人留传下来教育后人的美好品德。美好的品德只适合于有人格、有思想、有道德、有情操的人！对于普通的小市民而言，讲什么骨肉之情，讲什么兄弟之间血浓于水，等于对牛弹琴。我的兄弟，我的弟媳妇，在我母亲还活着的时候，就开始算计老太太的家庭财产，想据为己有。这就是最有力的证明。

所以母亲去世时，我吸取了父亲去世时经历过的教训，来我母亲家吊唁我母亲的人，属于我的朋友送来的礼金，我自己接收，不用妹妹和兄弟代劳了，结果到我母亲家里来表示吊唁的人，有百分之九十的人都是我的好友、同事、朋友、同人，我收到的礼金是最多的。对于自己家的人，我就不要礼金了，有心对我母亲表示哀悼，送个花圈来就可以了。

我老婆的大哥、大嫂来了，可是我老婆的二哥二嫂始终没有露面。他们连一个花圈也没有，一个人影儿也不见，连我的老婆都觉得奇怪，我的朋友们也不能理解。

在我母亲火化了五天之后，我想好了分配母亲及其家庭遗产的方案。我就到了我妹妹家里，我想先找我妹妹谈分配母亲遗产的事。想不到我弟弟一家人也在我妹妹家里，看来他们两家人已经串通好了，我弟弟知道一个人不是我的对手，他就聪明地联合我的妹夫一起来对付我。他们以为我作为家庭的长子要吃独食，要独占母亲的所有财产，所以我弟弟就跟我妹夫两个人在私下密谋好了联合对付我的办法，看架式准备联手向我挑战。所以我到我妹妹家里去的时候，我弟弟、我的妹夫铁青着脸，只有我的妹妹对我还算客气，给我倒了一杯水，同时拿出了母亲戴过的金项链放在我面前。母亲活着的时候曾经说过，这条金项链以后要留给女儿，我妹妹亲耳听到了老母亲说过的话，所以她主动把金项链拿出来，对我说："哥，这条项链，你拿回去给兰兰吧。"

这条项链的来龙去脉我搞不清楚，我只知道我母亲生前戴过它。

我弟弟说："这条项链是我姐在妈过七十岁生日的时候给妈买的，项链是我姐的。"

"妈好像还有两个戒指吧？"我问，"戒指在哪儿呢？"

"两个戒指是我给妈买的。"我弟弟恬不知耻地说。"在我手里。"

"你买的？你还没有参加工作，你还没有挣钱，你就能给妈买得起金戒指啦？"我问了他一句话，他不吱声了。

其实我母亲的戒指是老人家自己买的，我知道得非常清楚，老人家的戒指已经是老东西，旧货了。我弟弟说戒指是他买的，就是想占有戒指。按照他们的说法，项链是我妹妹给老母亲买的，戒指是我弟弟给老母亲买的，那东西就没有我什么事儿了。他们好像都是孝敬母亲的好儿女，只有我没有给母亲买过金货。

我在这里应该说实话，我妹妹对老母亲来讲还是非常孝敬的女儿，无论过去还是后来，我妹妹对我母亲还是尽到了儿女之孝的。但是我妹妹是个老好人，她不愿意家庭多事儿，她把项链拿出来给我的女儿，也无非是想息事宁人，平息家庭的矛盾，她不愿意看到我和兄弟之间为了老母亲的遗产闹起来。她是用心良苦。但是母亲的家庭遗产还是需要我来公平处理的。听了他们的话，我坦荡地对他们说：

"项链既然是你姐给妈买的，戒指是你给妈买的，现在妈不在了，东西就物归原主，你们各自收起来。母亲的遗产我们兄妹三人分。房子卖掉换成钱。最后有多少钱，我们兄妹三人、三个家庭一起分。"

我弟弟听我要求把母亲的房子卖掉，虽然心里不舒服、不情愿，他也不敢违抗我的意志。他苦思良计，把户口落在母亲家里，就是为了母亲去世后得到房产，母亲不在后，他就是房产理所当然的户主。他算计得挺美，我把他的美梦击碎了。我弟弟他也明白，房子他是霸占不了的，他想独占母亲的房产也是不可能的事了，他也就默认了。他知道跟我扯皮没有他的好果子吃。他们一家人把老母亲折腾死了，我心里是满腔怒火，如果不是一奶同胞，我是不会放过他们的。但是一母所生的兄弟，这种事情也就只能容忍，母亲去世已成事实，我就是打他们、骂他们，又能解决什么问题？只能是成为外人谈论的笑柄。人到中年了，考虑问题就不一样了。如果倒退二十年，我绝对不会放过折腾母亲致死的人，哪怕他是我的兄弟。我弟弟他也知道我不是省油的灯，虽然我比他大十岁，但是我比他长得高大、威武，要论打架他还不是我的对手，他知道一个人不是我的对手，所以他就想联合我的妹夫一起来对付我。我弟弟一口一个姐夫地叫着，叫得他糊里糊涂的，乱参与我们的家庭事务。他也不动脑子想一想，我如果要有独霸母亲和所有家庭遗产的打算，我会让我妹妹保管母亲家里的一切财物，包括我母亲的银行存折和工资卡吗？在我母亲活着的时候，妈妈是最先告诉我东西放在哪儿的，是我叫母亲交给我妹妹保管的。妹夫也怕我父母亲的遗产少了我妹妹的一份儿，所以我没有听从母亲临终前交代给我的话还是对的。

母亲既然留下了话，要照顾小弟弟一点，我只能遵从母亲的遗嘱，多分给他的家庭一万块钱。照常理说，我可以再多分给他一些钱，但是他做事儿太缺德了，他在与我母亲一起生活期间，把母亲家里值钱的老东西，以及金、银首饰等都提前私吞了。

我妹妹说，可以照顾他一下，多分他家两万块钱，我不同意。我妹妹说，我弟弟家是个儿子，将来需要钱的。我就当没有听见。

我的傻妹妹根本就不知道，我弟弟的儿子是个私生子，他的儿子根本就不是我们家族的后代，不是我们家族的血统，是别人的孩子，我愚蠢的傻弟弟活了半辈子，当了半辈子的王八，结婚之前就戴上了绿帽子，孩子根本就不是他的。

这件事情只有我和老母亲心里清楚。

我的弟媳妇，在和我弟弟结婚之前就有老情人，而且在他们结婚之后，我弟媳妇还与过去的老情人有来往，关系密切。

我弟弟刚开始结婚成家的时候，因为没房子，只能住在我父母家里。他们结婚后不久，有一天晚饭后，我散步到母亲家里去看望我的老母亲。我的父亲当时已经过世，所以我有时间就回家去看望我的老母亲。

我记得特别清楚，那是我弟弟结婚后不久的一个傍晚，我回家，看到母亲家中的客厅里有一位客人，年纪轻轻的，长得像白杨树一样，又高又瘦，小眼睛，细皮嫩肉的，好像白面书生一样，看起来长得挺精神的小伙子。他与我弟媳妇站在母亲家客厅的花架旁边，两个人面对面，悄声细语。我用钥匙打开了门，自然走进了母亲家的客厅。我弟媳妇和那个青年看到我突然回来了，他们表现得非常不自然，神色紧张。我对客人和我弟媳妇礼貌地点点头，两个人没有回应，年轻人看着我两眼愣神，我弟媳妇看到我则满脸通红，不敢正视我的眼神。两个人不自然地低下了头，回避了我观察的眼光。这时我的老母亲从厨房里走出来，我就主动与老母亲打招呼。我弟媳妇和她的客人什么话也没有说，马上就走了。我觉得很奇怪。他们出门之后，我就问老母亲：

"妈，来的人是谁呀？"

"是小玲的同学。"我母亲回答说。

"什么同学？"

"我也不知道。"

我马上走到窗户前,向外面观察,我看到我的弟媳妇和她的同学已经走下楼,向着马路对过车站方向走去了。

我又问妈妈:"我弟弟呢?"

"上夜班去了。"

"他知道小玲的同学来家里吗?"

"不知道。"

"小玲的同学来过几次啦?"

"已经来过两次啦。"

"小猪知道这件事儿吗?"

"不知道。小玲的同学每一次来找她,小猪都是上夜班的,不在家。"

"是这样。"

我弟弟和弟媳妇结婚已有两个月了,她的男同学还大胆地跑来找她,而且居然敢闯到我母亲的家里来找她,可见两个人之间的关系绝对不一般了。

母亲问我这件事儿怎么办?我说应该告诉我弟弟,让小猪知道这件事儿,我母亲不同意,我就不好多说什么了。

我在母亲家的客厅里坐下来,与老母亲聊天,聊了有两个多小时,我的弟媳妇还没有回来。我回到母亲家里的时候,天还是大亮的,虽然夏天是天长夜短,可是眼见天色已经完全黑下来了,我的弟媳妇出门送客人还不见回来,我就觉得事情比较复杂了。

我对母亲说:"这件事情一定要对小猪讲,说清楚。"

我母亲说:"对他讲,那不是挑动两口子打架吗?"

我说:"不讲更坏事儿,实在不行离婚吧。"

"离婚?"我母亲用奇怪的眼光看着我说,"结婚才两个月,就要离婚,传出去不是要叫外人笑掉大牙吗?"

过了不到一年,我弟弟家的小孩出生了,是个儿子,我自然要回家去看一看,表示恭喜。可是我回到母亲家,看到我的老母亲脸上一点喜色也没有。照常理说,一个六十多岁的老太太,得了一个大孙子,应该是一件非常喜庆的事儿。可是我母亲看上去高兴不起来。我到我弟弟两口子居住的房间里,看了一下出生不久还没有满月的孩子,我就明白老母亲高兴不起来的原因了。母亲私下里小声地对我说:

"这不像是我们家里的孩子,不像是我们家里的种。"

我对老母亲说:"什么也不要说了,这就是要面子的结果。"

我的老母亲有苦难言,表面上得了一个大孙子,实际上是外人的私生子。我弟弟蠢得像猪一样,什么事情也不知道,连孩子是别人的私生子也不知道,他还高兴得欢天喜地,又是拿糖给我吃,又是请我抽烟。孩子的小眼睛说明了一切。我们家的人没有小眼睛,我们的父母、我的弟弟、妹妹都是大眼睛,双眼皮儿;我家族所有的人都没有小眼睛,单眼皮儿的;我弟媳妇家里人也没有小眼睛的;我看到孩子的小眼睛,单眼皮儿,就想到了一年前,我在母亲家的客厅里看到的那双小眼睛,单眼皮儿,长得清瘦细高的青年,孩子的小眼睛跟那个人的小眼睛一模一样,就像是一个模型出来的。我的弟弟还美得抱着孩子唱啊,笑啊,叫我妈看孩子,叫我看孩子,我气得真想开口骂他一句:蠢猪!

不过事情已经如此了,改变不了,只有认倒霉了,我也不想把事情对兄弟说明了,只能告别走人了。

后来孩子长大了,长得越来越不像我们家里人,除了小眼睛不像,身材也不像。我们家的人都是大骨架,大骨骼,身材比较粗放,我弟弟的孩子却是小骨架,细长精瘦的。还有孩子的皮肤,不像我们家里人,也不像我弟媳妇的家里人。孩子长大以后细皮嫩肉的,白白净净的,跟孩子的亲爹一模一样,一点也不像我弟弟和弟媳妇。

过去,我以为像这样的八卦戏,只有在社会流行的影视剧里出现,想不到会在我的家族里出现,而且居然落到了我弟弟的头上,他还一无所知,把人家的私生子当成自己的亲生儿子一样,交给我的老母亲看管。我的老母亲天天带着人家的孩子,老太太是什么心情也就可想而知了。

所以,我妹妹建议我多分给弟弟家庭两万块钱,我自然不同意。就是多给他家庭一万块钱,我也算对得起他了。我还不能叫他白拿钱,多拿钱的人就要多操一点心,我叫他把家里老母亲的房产卖掉,父母家庭所有的遗产兑换成钱,加起来一起分配。我妹妹坚持要把项链给我拿走,送给我的女儿。我弟弟也马上苦脸变成虚情假意的笑脸,把收藏起来的两个金戒指拿出来,虚情假意地要送给我的女儿。我没有要他们的东西。

我知道,分了父母的家庭遗产,我们三兄妹以后的家庭过日子,最困难的就是折腾死老母亲的小蠢猪。在我们家三个晚辈中,他就是个不争气的东西,又没有本事，又不学无术，一天到晚活得迷迷糊糊的，就知道吃喝玩乐，爱贪小钱，爱占小便宜；又没有本事到外面去挣大钱，就千方百计地算计家里父母的遗产。如果他不在背后搞一系列的鬼名堂，我会考虑多分给他一些钱的。既然他们私下已经分好了项链和金戒指的归属，我也只能多分给他的家庭一万块钱，也算对得起我老母亲的临终遗嘱，也算是对得起一母所生的兄弟情分。

我的大家庭由于母亲的过世也就自然解体了，母亲的家庭财产问题也就这样处理解决了，以后的事情就顺其自然了。

我的小姨到湖北来陪伴了我的老母亲有三个多月的时间，我小姨是一个从湖南农村来的老太太，老人家真是帮了我们不少的忙。为了感谢她老人家，所有母亲的东西，只要老太太要的，都叫老人家带走，带回湖南老家去。由于东西太多，我妹妹还为小姨找了一台方便车，一直把老人家要的东西全部送到了湖南老家，也算把老人家高高兴兴地送走了。

## 第 11 章  腿摔断了

由于母亲的过世，我的心情难过了好长一段时间。接着倒霉的事情就在我身上发生了。

母亲过世不到半年，我的右大腿就在家里摔断了。

人要倒霉呀，喝凉水也塞牙，古人说得不错：祸不单行。还真是这样，古人的说法在我身上应验了。

我在家中摔断腿的事儿，是我妻子无意所为的，她确实不是故意的，也是无心的，但是她确实把我的大腿弄断了。我的右大腿根上，活动轴骨节处的关键部位，至今还有三个钉子固定在体内骨头上，到了冬季，天气寒冷的时候，我的右腿骨头断过的地方就感觉不舒服。这是留下来的后遗症，已经有十多年了。可能是我人到中年，骨质疏松了吧。

事情的起因是这样的：有一天晚上我要出去散步，想出去抽烟，我白天还对妻子夸口说我要戒烟呢，结果晚上就要出去抽烟，我妻子就不让我出去散步，不让我出去抽烟。但是我每天的生活习惯是晚饭后必须要出去散步，必须要在散步中思考晚上我要写的东西和创作的思路，长年累月养成了我这样的习惯，天天如此。妻子看见我拿了香烟要走，她就对我表示不满，她就不让我出去。

"你说话为什么不算数？"妻子不高兴地对我说，"你说你要戒烟，为什么又不戒啦？"

"我说戒烟不是今天，是明天。"我对妻子笑着说。

"你一辈子说了多少个明天戒烟啦？你的烟到底什么时候戒？"

我妻子一辈子对我最不满的事情就是抽烟，她特别反感烟味，所以非常反对我抽烟。而我一个搞写作的人，又戒不掉香烟，所以她总是逼着我戒烟，我也对此十分反感。我也经常欺骗她，逗她玩儿，有事儿没事儿就声称自己要戒烟，可是每一次就像老和尚娶媳妇一样，说一说算了的事儿。可是我妻子总要当真。其实作为男人，我已经没有什么不良嗜好了：我原来喝酒、喝茶、抽烟，都是很凶的，喝酒一次能喝一斤多老白酒，而且很少有喝醉的时候，喝茶也是要喝浓茶，抽烟也是一天要两包烟。人到中年，我酒也不喝了，茶也不喝了，就是一个抽烟的问题了，她就不能包容我。她总是希望我把烟戒了。我也想戒烟，可是戒不掉怎么办？妻子不让我出去，我就向外跑，结果她一推，我脚下一滑，人就摔倒了。我家地面又是地板砖的，我刚擦过地，地面还是湿滑的，像南方的轮滑溜冰场一样，结果我一下子就摔倒在地下爬不起来了。妻子看见我沉重地摔倒在地下，半天不动弹，她也吓坏了，她要马上扶我起来，可是我觉得我的大腿是麻木的，不听使唤了。

"你怎么了，胡南？"妻子惊慌失措地说，"你快起来呀！"

可是我站不起来了，只能翻身坐起来，而且觉得右大腿根疼得厉害，我只能爬到床上去。

我妻子吓坏了，她吓得哭起来，马上向我道歉：

"对不起，胡南，是我不好，我不是故意的……这可怎么办呢？"

我知道我的大腿出问题了，可是我没有对她发脾气。事情已经发生了，我只能承受了，自认倒霉了。我的妻子问我要不要到医院去？我看时间已经是晚上七点多钟了，我想看一看再说吧，也许晚上睡一觉，第二天早上会好一点的。我想摔一跤可能问题不大吧，我又不是泥人儿，应该是摔不坏的。

妻子陪我忐忑不安地过了一夜，可是整个一晚上，我的右大腿就是不能动，想上卫生间也不行，我想可能是大腿骨摔坏了。

早晨起来，我妻子就打电话给我妹妹，告诉小静我出事儿了，叫我妹夫开车过来送我去医院。他们问我和妻子怎么回事儿？腿是怎么摔的？我妻子不知该如何回答他们才好。

我说："没有什么大事儿，是我昨天晚上擦地，不小心自己摔了跤，大腿可能摔坏了。"

我妹夫马上把我背起来下楼，因为我家住的是五楼，我已经不能走路了。我妹夫累得满头大汗，背着我下楼，当时我的体重有一百八十多斤，他累得气喘吁吁，把我背下楼放进了轿车里，马上送我到医院去。

妻子用医院的病人专用小推车推着我，拍了片子，请医生做了认真仔细的检查，最后确诊，我的右大腿骨活动骨节处断裂了。

"什么？大腿骨活动骨节断裂了？"我还不相信拍片子的医生所下的结论。

"住院吧，"拍片子的女医生说，"你还算运气不错了，断裂处在活动节的下面，要是断在活动骨节处，问题还要麻烦了。"

看来人到中年，骨头是不中用了，摔一跤骨头就断裂了。我只能接受医生的建议，住医院治疗，接受外科医生的手术。

这是我平生第一次身上的骨头出问题，而且摔得这样惨重，妻子觉得非常对不起我。可是她也十分感激我，对外人没有说明事实真相。从此以后别人问我，腿是怎么断的？我总是对外人说，是在家里擦地不小心摔断的。只有我和妻子两个人知道我腿断的原因。我认为每一个家庭，都有每一个家庭不可告之外人的秘密，我对所有的外人只能说，我是自己摔断的，包括我的女儿到现在也不知道事实真相。夫妻之间有些秘密是不能对外人说的，这就是属于两个人的生活秘密和个人隐私。

我和妻子结婚多年，虽然不能说一切都是幸福的、美满的，但是我们之间还确实有过幸福、有过爱，也有过怨，有过恨。妻子无意识地弄断了我的腿，我也没有责怪她。因为，我们已经是老夫老妻了，两口子在二十多年共同生活的磨合中，有些事情可以相互理解、相互包容。

腿摔断了本来是一件很不幸的事儿，但是对我来说却不算什么，我可以安心休息了，我有充足的时间看书了。

我在医院做手术、治疗，前后住了一个多月的时间，我就利用在医院病床上养病、治病的时间，又看了不少的好书。这是我一生中第三次疯狂看书的时间。别人会为此感到伤心、难过、焦虑或者烦燥不安，我有书看就不以为然了。而且由于老婆照顾得好，我在医院里还养胖了，不用上班、不用工作、不用做家务事了，不用想乱七八糟的事情了，一心一意只想着看书、学习。虽然我吃了不少苦，也确实受了不小的罪，但是我饭来张口，衣来伸手，加上老婆无微不至地关爱我、照顾我，我还觉得好像是神仙过的日子。

我出院之后，在家里继续从事我喜爱的文学创作，我把过去写过的东西认真整理了一下，进行了深入细致的加工、修改，这样，我在家里休息了一年的时间，前后又创作了不少剧本。看着自己创作出的越来越多的文学作品，我觉得我的劳动成果该见诸大众了。

可是我的作品该去何处发表呢？我上网查找了一下国家所有的刊登剧本的

杂志,我惊奇地发现,中国的剧本杂志社已经所剩无几了。

我打电话过去寻问,杂志社的人回答说,他们已经不刊登剧本了,大剧本更是不登了,因为今天的读者已经很少有人看剧本了,剧本杂志在全国根本就卖不出去。这就是个问题了。而更奇怪的是,全国所有的剧团都叫剧本荒,又如何解释呢?我想起了前几年,我带着创作好的剧本到北京的剧院去送,两次吃了闭门羹,我更是想不明白中国戏剧界这种奇怪现象了。

既然杂志社不刊登剧本了,我只有寻求出版社这条路,而中国只有一家戏剧出版社,于是我便挑了几个我认为写得好的剧本寄到了戏剧出版社,他们已经有好多年没有出版过新人创作的剧本作品了,我想应该有希望吧?可是结果还是碰了钉子。我寄去的作品,出版社的人说写得还可以,没有什么问题,可是一个无名作者的剧本他们不敢出版,出版了怕卖不出去,出版社就要亏本,他们把我的剧本客客气气地退回来了。我糊涂了,国家文化部门的戏剧出版社居然不出版剧本,这是什么道理呀?出版社的人说,他们出版的剧本(更准确地说是再版)基本上都是过去名家创作的老剧本,像老舍先生啊,郭沫若先生啊,曹禺先生啊,田汉先生啊,等等前辈戏剧大师的剧本。北京的剧场演出的剧目也大多是上述几位前辈著名戏剧大师的老作品。我就搞不懂了,前辈戏剧大师们的作品已经演了几十年了,后面没有晚辈新人的作品出现,中国的戏剧以后怎么可能繁荣呢?但是中国的戏剧文化界就是这种怪现象。我虽然创作了已有三十多部戏剧作品,就是出版不了、上演不了,送给剧团人家也不要,送给杂志社、出版社,也同样碰钉子,这种奇怪的文化现象,真是把我搞迷糊了,百思不得其解。我想不明白这种奇怪的文化现象到底是为什么?原因何在?我询问了几家出版社,答案都是一样的:出版社要考虑经济效益,一般不出版剧本方面的书了。我想着我遇到的头疼问题,越想越闹不明白了。我学习创作三十多年来,在中国文化界碰到的钉子太多太多了,我已经习以为常了。

我的大腿伤慢慢好起来了,能走路了,恢复了功能之后我又继续上班工作了。

为了把老母亲的后事和家庭的遗产问题处理彻底,我叫妹妹从母亲的遗产中拿出一些钱来,为老母亲买了一块墓地,先把老母亲的骨灰安葬了,叫老母亲入土为安。这些事情我妹妹又叫我弟弟去办的。我的大腿伤好了之后,我到母亲的墓地去看了一下,在母亲的墓地烧了三炷香,敬献了一盆花,时间正好是我母亲过世一周年。

至于母亲要回湖南老家的事,只有等到以后我有时间和精力再说了。

我叫我弟弟快一点把父母的房子卖出去,分了母亲的遗产,大家也算了结了最后所有的事情。至于我弟弟为老母亲经办墓地的事儿,卖房子的事儿,他在私底下又占了多少便宜,我也不细问了,我睁一眼睛闭一眼睛,他占了便宜也就算了。

可是有一天晚上,他到我家里来,居然拿着一张老母亲家里的水电费票据,也就是五百块钱的事儿,他跟我说这是老母亲家欠下的水电费,是他花钱垫上的,言意之下,是叫我通知我妹妹要从母亲留下来的财产中拿出钱来还给他。他走了之后,我老婆看了一下我弟弟拿来的票据,觉得可笑。女人还是心要细一些,我老婆对我说:

"你弟弟也真有意思,这张水电费票据是他们家三个人住在老太太家半年时间的水电费,你看时间和日期,正好是他们全家人住在老太太家吃住的时间。"

我看了票据,果真如此。我一母同胞的骨肉兄弟,五百块的水电费也要算计。他们住在老太太家里,吃了、喝了、用了,还要从母亲留下来的遗产中报销,想多占一点便宜。这就是骨肉亲情、骨肉兄弟,分老太太的遗产时,我还多给他的家庭分了一万块钱,这就是我一奶同胞的兄弟情分。

我母亲家的房子卖了十一万块钱,加上母亲留下来的杂七杂八的钱,我们三兄妹按照我说好的分配方案,分了老母亲所有的财产,我和我妹妹分的钱是一样的,有五万多块钱,我弟弟多拿了一万块钱,有六万多块钱,我的家庭一切事情也就处理完毕了。

家家都有难唱的曲儿,人人都有难念的经。如今的社会,世道真是变了,变得太不可思议了。如今的人们为了钱,为了家庭的遗产,明争暗斗,争得是手足无情,骨肉分离,这种风气是愈演愈烈了。人与人之间到底怎么啦?为了钱,为了家庭的遗产,你争我夺,为了钱,骨肉亲情之间分崩离析?

人间本来是美好的,我们的社会也是美好的,如今中国人的生活是越来越富有了,人们的生活水平是越来越高了,人们的生活条件是越来越好了,国家也变得越来越富强了,社会也变得越来越漂亮了,高楼大厦也越建越多了,人们穿的衣服也越来越漂亮了，人们吃的东西也越来越好了，但是，人与人之间变得没有真情实意了，人与人之间变得越来越没有人情味了，人与人之间的感情变得越来越复杂了，人间社会出现的问题也越来越多了。

　　我耳闻目睹了为数不少的家庭，为了争夺父母的遗产，为了钱，闹得鸡飞狗跳，鸡犬不宁，翻脸无情，甚至大打出手，动刀杀人，最后闹上法庭。这就是社会，这就是人间。

第三部分
# 人 生 记 录

## 第 1 章 无独有偶

相对而言，我的家庭遗产风波在我的妥善处置下，问题解决得还算比较顺利，没有闹出太大的乱子来。我以为今后可以平安无事了，可以省心了，家庭没有什么太大的事情叫我分心了。

可是随后不久，我妻子的娘家又闹起来了，而且闹得比我家的风波还要大，还要热闹，还要乱。

我母亲去世一周年之后，我老丈人的家里就来事儿了。

人老了，病就找上门来了，老丈人已经 80 岁了，身体每况愈下。

老丈人是山东枣庄人，从小是个孤儿，年轻的时候也像我父亲一样当过兵。跟我父亲不同的是，两个人虽然同为军人，但是我父亲从来也没有上过战场，因为我父亲当兵的时候是文化教员，全国的解放战争已经接近尾声，我父亲没有赶上在战场上冲锋陷阵。可是我的老丈人不一样，他是在战场上出生入死、经历过枪林弹雨，经历过九死一生才幸存下来。

老人家没有事的时候，就给我讲他年轻时当兵打仗的故事。

他还不到 17 岁，就在山东枣庄当了兵，后来跟着部队转战东北，成为东北野战军一名勇敢的士兵。以后，他跟随着东北野战军南征北战，从东北一直打到了海南岛。他在枪林弹雨中，在战火纷飞的硝烟中，在冲锋陷阵的战斗中，居然没有战死，而且四肢健全地活下来了。

老丈人经常对我说："我是命大，没有死在战场上。"

全国解放以后，天下太平了，老丈人就从部队转业到了北京，在北京市的一家印刷厂，当了一名维修工人。以后又到过内蒙古的呼和浩特，最后又带着全家人跑到了湖北。老丈人曾经对我讲：

"在战场上，我看到的死人太多了，那真是尸横遍野、血流成河呀。打辽沈战役的时候，我看到的死人堆成小山，上午还活着的人，下午就没了，下午还活着的人，晚上就没了。所以我能活下来，真是命大了。"

老丈人身高有一米八零左右，又高又瘦，原来身体一定很灵活，因为他老了也不笨。他没有文化，从小没有上过学。他一生酷爱喝酒。老人家思想很开通，他说比死在战场上的那些人已经多活几十年了，够本了。

他得了病，不打针，不吃药，不上医院。老丈人的脾气很固执，他看病是百分之百完全由国家报销的，不用自己花一分钱，可是老人家有病也不愿意到医院去。

他开始得病的时候只是小感冒，身体不舒服，有一点发烧，有一点咳嗽，家里的人都劝他到医院看一看，他就是不去。老人家不是怕花钱，而是怕到医院去叫医生们乱折腾，又打针，又吃药的，他十分反感。

他说："我已经活到这个岁数了，要死就死吧，我可不想叫医生乱治，拿我当试验品。"

老人家的想法太偏激了。他不相信医院的医生能治病，说白了也就是没有文化，不相信医学。他第一次得病拖了好长时间，有三个月之久。全家人都劝他到医院去看病。

老丈母娘总是说："你到医院去叫医生看一看到底是什么病，拖了这么长时间也不好，医院的医生还是会有办法的，能治病的。"

"我不去，"老丈人说，"到医院去找医生看病，还不如我自己吃中药自己治呢。"

老丈人认得字，那是他在部队当兵的时候学的。老丈人多年来看过不少中医方面的书，对中医、中草药多少有些了解，平时有个头疼脑热，或者有什么地方不舒服，他老人家自己到药房去抓几副中药吃了就好了。可是后来年纪大了，身体的病也就多了，他自己到中药房去抓药吃就不灵了。

他吃了三个月的中药也没有治好自己的病，老人家怀疑自己得了癌症。

有一个星期天，我和老婆带着孩子一起回老丈人、老丈母娘家。我老婆的大哥、大嫂，和他们的儿子、二哥、二嫂和他们的儿子。全家十一口人都齐了。

老爷子看起来还是无精打采的。身为大儿子，我的大舅哥就反复劝他：

"爸，你还是到医院去找医生看一看吧，你的病拖得太久了，找医生去看一看到底是什么病？我陪你去看好不好？"

"我不去看病，"老人家说，"我这么大岁数了，到了医院，医生就叫我住医院，东看西看，左检查，右检查，乱折腾，拿我当科学研究的试验品，我不干。要死就死吧。"

老人家就是不相信科学，不管全家人怎样劝他，他也是听不进去。大儿子劝不听，二儿子又开口说话了：

"爸，有病了，咱该看病还是要看病的，该住医院还是要住医院的，该找医生治疗还是要找医生治疗的。"

"我不去，我不听你们的，"老爷子依然顽固地说，"到了医院，医生就要叫我做全面的检查，然后又是打针又是吃药的，大病还治不好，最后钱也花了，人财两空。"

"爸，您老人家看病是全报销的，怕什么呢？有病还是要找医生看病为好。"大儿媳妇也劝说老公公。

"我不去，"老爷子还是说，"医院的医生只能看小病，大病他们也治不了，我可不去医院受那份罪。"

"爸，到医院找医生看病还是对的，您看病又不花钱，全是由公家百分之百报销的，您老人家为什么不去看病呢？"二儿媳妇也劝说老公公。

"这不是花钱的事儿，"老人家说，"我这是老年病。我已经快80岁了，身体的毛病多了，全身的零部件都老化了，不好用了，医生治不了，我自己明白，我不想叫医生折腾我。"

"爸，您还是应该到医院去看病，"我老婆也对老父亲说，"你要相信医院，相信医生。"

"我不去，你们就不要劝我了，我知道自己得了什么病，医生治不好的。"

老丈人固执己见，老太婆、儿子、儿媳妇、女儿，他是谁的话也不听。老婆叫我也劝一劝老丈人，我不得不开口了，我对老丈人说：

"爸，有病咱们还是应该到医院去看的，你要相信科学，相信医生，现在的医学如此发达，医生的医术也是很高明的，一般病人的小病还是治得好的。"

"大病医生治不了，"老丈人说，"小病我自己也能治。"

"爸，咱们这样好不好？"我又对老人家说，"咱们到医院去叫医生检查一下，看你的病到底是大病还是小病？如果是大病，就不叫医生乱折腾了，咱们就不治了，马上回家。如果是小病，就让医生治疗，治好它，好不好？我们看着你一天到晚病殃殃的样子，也怪不舒服的。"

老爷子听我说的话还有一点道理，有一点合乎他的口味：小病治疗，大病不治了。老人家居然点头同意了。老人家真是给我这个女婿面子。

这样，老爷子就由我老婆和她大哥兄妹二人陪着到医院去看病了。结果老爷子拖了三个月之久的病情不是什么大病，就是肺部感染，老爷子年轻的时候抽烟、喝酒，肺不太好，有肺结核了。本来老人家已经有好多年不抽烟、喝酒了，身体一直挺好的，每天自己坚持锻炼身体，平时没有得过什么大病。可是人老了，又变得像小孩一样了。逢年过节，儿女们回家自然要买礼物孝敬老人家，什么酒啦，点心啦，都是少不了的。老爷子在外面锻炼身体，结交了几个朋友，他们都抽烟、喝酒，这样又勾起了老人家抽烟、喝酒的欲望。老爷子自己身上有钱，就在外面买烟偷着跟老朋友们一起抽，回家来有儿女们孝敬的酒，老爷子夜里睡不着觉，就深更半夜爬起来偷酒喝，因此老爷子肺承受不了烟酒的刺激，再加上受凉，由此感染了，引起肺热、咳嗽。老人家太固执，自己吃中药没有治好，拖得时间长了，病情越来越严重。在医院治疗了不到一个月的时间，病情就好转了，什么事儿也没有了，老爷子出了医院又精神抖擞了。

我老婆事后觉得奇怪，老爷子为什么儿女们的话都不听，唯独听我这个女婿的？其实说实话，我的老丈人跟我这个女婿的关系还是比较好的。老爷子心里明白，老爷子和老太太家里有事儿，都是我这个女婿和他们的女儿在忙活，儿子、儿媳妇都指望不上。老爷子分新房子、搬新家，都是我和我老婆收拾，打扫卫生，张罗人帮忙搬运的。老爷子喜欢种花花草草，种花的土都是我给老爷子从山上背回来的。老爷子家里有什么东西坏了需要修理，都是我这个女婿在忙碌，还有我的老婆帮忙。至于儿子、儿媳妇，什么也指望不上。所以老爷子嘴上不说心里明白，我比他的儿女们勤奋，明白事理，好使唤。

老爷子康复以后，又健康地活了有一年多的时间。他觉得自己的寿命快到了，就想着安排家里的后事了。

有一天，好像是春节过后的正月十五吧，我和老婆带着孩子回老丈人家。我们一家三口人，总是第一个到老丈人和老丈母娘家的。因为我的老婆非常孝敬她的父母，每次总是想着早一点回家，想着帮助父母多做一点事情，什么包饺子啦，包包子啦，择菜、洗菜啦，等等，反正她总是想着要帮助母亲干活。

老丈人一个人坐在客厅的沙发上看电视，穿着呢子大衣，靠在沙发角上。

我老婆和我女儿到厨房给老太太帮忙去了。我没有事情干，也就在沙发上坐下来，跟老爷子说话、聊天。老爷子开始跟我讲电视里面的新闻，老爷子对国家大事儿还是挺关心的。聊着聊着，话题就转换到家庭问题上面来了。

老爷子对我说："我已经活了80岁了，当了一辈子工人，家里也没有什么好东西留下来，就留下了这么一套房子。看着一个个认识的老人都走了，我可能也快了。"

"爸，您老人家不要想太多了，"我对老丈人说，"您现在的身体不是很好很健康吗？您老人家还能多活几年的。"

"不行了，我现在明显感觉到身体一年不如一年了。"老爷子说，"你的父母也走了，小丽的父母也走了（小丽指的是老婆大嫂），小晶的父母也走了（小晶指的是老婆二嫂，也就是我前面讲过的，他们的孩子吃过老鼠药，虚惊一场，后来又出过车祸的），现在就剩下我和老伴儿还活着了。"

"你们活着，说明你们保养得好，还可以多活几年的。"

我的老丈人和老丈母娘确实会保养身体，所以他们老两口长寿。他们平时非常注意锻炼身体，没有事儿了就天天出去活动，散步啦，走路啦，在外面玩啦。在家里他们没有事儿，也不闲着，经常用手敲打自己身体的各个部位，弯腰啦，踢腿啦，等等。所以老爷子和老太太都活了八十多岁，头脑还很清醒，不糊涂，平时身体也没有什么大毛病。

"我可能也活不了多久了。"老丈人继续说，我不知道老丈人要对我说什么，老人家要说话，我就竖着耳朵听着吧。"我一辈子生养了三个儿女，吃了不少苦，也受了不少罪。我们家的三个孩子，过得都还不错。比较之下，我的女儿小燕是最争气的，她凭着自己的本事从农村考进了学校，毕业之后又当上了大学的老师，工作好，挣钱也不少。你们的家庭生活过得也不错。我们家老大呢，小时候得过半身不遂，人差一点儿就残废了，为了治病，耽误了学习，十五岁就跟着我出来参加工作了，也像我一样当了一辈子的工人。你大嫂小丽呢，也提前退休了，挣钱也不多。我的大孙子毛头呢，也快要长大成人了，眼看着就要娶媳妇成家了。他们家是钱也没有，婚房也没有。我们家老二呢，命还不错，他也是十五岁出来跟着我参加了工作，自己忙活考上了中专，如今在工厂还当上了高级工程师，他挣钱也多；他们家小晶呢，还是大学的老师，副教授，挣钱也不少。两口子拿着高工资。你们三个孩子的家庭条件比较起来，生活条件最好的是我二儿子立政和小晶家；其次呢，是你们家，生活条件也不差；最差的就是我大儿子立民家。我工作了一辈子，也没有挣到什么钱，家底就是这样一套房子还算能值一点钱。所以呢，我想把我的房子传给我的大儿子，留给我的大孙子，以后留给大毛头娶媳妇用。"

老爷子的话绕来绕去，我听明白了，他是想把他的房产以后传给他的大儿子立民，留给他的大孙子毛头，以后结婚用。老爷子明显是有意说给我听的，老人家想听一听我的想法和意见。

我当即表态："爸，房子您传给谁都无所谓，我们家有房子，我不参与这样的事儿。我们家是小燕当家，一切事情都是小燕说了算，您有什么话可以跟她说。"

我把一切事情都推到了我老婆身上，我确实不想参与老丈人和老丈母娘家里的事情，因为我是女婿，是外人。老爷子提前说给我听，是想听一听我的意见，怕我以后有想法。但是我对这样的家庭事务确实不感兴趣。我处理我母亲身后遗产的事就费了一番心思，所以我对这样的事情比较反感、头疼，既不想参与，也不想为家庭以后扯皮的事儿花费我的心思。这不是什么好事儿，也是我作为女婿不应该参与的事情，老丈人听了我的表态也就明白了我的意思。

大哥、大嫂一家人回来了，二哥、二嫂一家人也到了，老爷子看见他们两家人进了门，就闭上嘴巴看电视，什么话也不说了。老爷子为什么要对我说房子的事儿呢？显然就是事先对我这个女婿声明一下他的遗嘱、他的身后打算。这件事儿跟我有什么关系呢？可以说有一定的关系，也可以说没有什么大关系。我是女婿，没有权力参与老丈人家里的内部事儿。我的头脑很清醒，不想乱参与这样的事情。再说了，我也没有叫我老婆小燕参与我父母的家庭遗产分配问题呀，我为什么要参与她家里的内部事务呢？

以后我老丈人又慢慢把他的想法说给我老婆听，因为他宠爱的女儿也是家庭成员之一嘛。我老婆也向老父亲表示，同意以后把房子传给她大哥，传给她大哥的儿子大毛头，将来结婚用。

后来老丈人又把事情说给了他大儿子，说给了他大儿媳妇听。得了房子的大儿子和大儿媳妇听了当然高兴，这就不需要多说了。

但是，老爷子一直没有把自己的想法说给二儿子，也没有说给二儿媳妇，老人家可能是怕引起家庭的矛盾吧？但是这种家庭矛盾是不可避免的。老爷子快要走的时候，特别向老太太交待了房子的产权问题，一定要传给大儿子，留给大孙子，将来结婚娶媳妇用。老人家还是有一点儿过去人的老思想、旧观念，家庭财产要传给长子、传给长孙。他还想在他活着的时候，就把房产权转给大儿子，但是我老婆说：

"爸，房产权先不要转，要转房产权就要经过我们全家子女的签字认可，二哥二嫂他们知道了要不高兴的，影响家庭团结。本来一人家和和睦睦的，因为房子问题就要扯出矛盾来。以后我们一定遵照您的意愿，把房子转给大哥就是了。"

老丈人非常明白地说："我就怕我死了以后，你们到时候做不了主。"

我老丈母娘说："不会的，你走了，还有我呢，到时候我代你做主！"

老丈人第二次病情复发的时候住进了医院，最后还是因为肺部感染去世了。

老爷子开始住进医院的时候头脑还是清醒的，他拒绝治疗，希望自己能快一点死掉，不要长时间拖累儿女们。护士给他打针，他不接受，儿女们叫他吃药，他把药扔了。过了几天，他就糊涂了，拖了不到半个月时间，老人家就走了。

老丈人断气的时候，我老婆也没有打电话告诉我，我在家给女儿做饭，什么也不知道。我和老婆原来有过约定，我们家里的事情由我来操劳，她在家照顾女儿的生活；她家里的事情由她操劳，我在家里照顾女儿的生活。但是事后，她又怪我不关心老丈人的事。我感到最遗憾的是没有跟老丈人作最后告别，因为老丈人活着的时候对我还是非常不错的，对我的女儿也是非常好的。当然最后送老丈人到火葬场火化、安放骨灰的全过程我还是参加了，最后送老人家到天堂我也算尽责了。

老丈人走后，家里就剩下一个已经快80岁的老丈母娘了。老太太怎么办？以后跟谁一起生活？老丈人临走的时候已经对老太太交待过了，叫老太太以后跟着女儿一起生活，跟着女儿一起过，他说女儿是个孝顺姑娘，女婿也不错。这样，老丈人去世以后，我老婆就把她的老母亲接到我们家里来一起生活了。

当时我女儿还在大学读书，还在家里住。我们家住的就是两室一厅的房子，我和妻子加上女儿，加上一个老太太，四个人挤在两室一厅六十多平米的房子里，显得房子有一点儿小，不大好住，我妻子就给老母亲暂时租了一套房子，也是两室一厅。房主人离了婚，到外地读博士去了，房子空着。租金是五百块钱一个月，条件也是挺好的，就在我家的楼下，我们家是五楼，为老太太租的房子是一楼。老太太白天生活、吃饭在我们家过，晚上睡觉，由我们家的女儿陪着姥姥一起下楼睡觉。

从表面上看，老丈人过世以后，大家的生活还是比较平静的。大家你好我好，什么事儿也没有。

我老婆她大哥、大嫂，她二哥、二嫂，还经常跑到我们家里来看望老太太。他们时常给老太太送来一点好吃的。逢年过节，大家还相互走动，常来常往，请老太太吃饭呀，请老太太到家里玩呀，等等，还有亲情血缘维系着一家人的感情。

山里人没有什么高雅的文化生活，也没有什么高雅的娱乐活动，逢年过节就是吃喝玩乐，家家如此，人人如此。山里人逢年过节的文化生活，就是亲朋好友之间请客送礼，家庭的娱乐活动也就是打麻将、斗地主、赌博。还有就是上歌厅、夜总会唱歌跳舞。不过我们这个大家庭还算好，不论是老太太呀，我们家呀，还是我老婆她大哥家，她二哥家，我们的家庭成员没有打麻将斗地主的，也没有赌博的，也不喜欢到歌厅、夜总会去唱歌跳舞。这样的家庭在山沟里，在小城市，也算是比较少有的。但是，家家过年串门、走亲戚，吃喝玩乐是少不了的。山里人过年的快乐生活也就是吃喝玩乐。

这样的太平幸福美好的生活过了有两年。

我女儿大学毕业了，到外面去参加工作了，我们家有老太太住的地方了。楼下的房主人也读完博士从外地回来了。我们就把老太太接到楼上来住。女儿不在家了，我和妻子加上老太太，居住两室一厅的房子也算够住了。我和妻子为老太太买了新床，叫老太太在我们家安居下来了。这样，老人家自己的房子就彻底空下来了，问题也就来了，家庭风暴也就随之而来了。

有一天，在我们家，老太太对儿女们说：想为大儿子办理房产过户手续、转换房产权。二儿子听了，感到很突然。

"转换房产权？"二儿子马上就问老太太，"妈，房产权转给谁呀？"

"转给你哥，转到你哥的头上。你爸爸活着的时候说了，房子转给立民，以后留给大毛头娶媳妇结婚用。"

"转到我哥头上？留给大毛头娶媳妇结婚用？妈，我怎么不知道有这样的事情啊?"

"你爸爸对我说过了,对你妹妹也说过了。"

"对您说过了,对我妹妹也说过了?是这样吗,小燕?"二哥马上就追问妹妹。

"是的,二哥,"我老婆诚实地回答说,"爸爸活着的时候是说过这样的话,要把房子转给大哥,将来留给大毛头以后结婚娶媳妇用。"

我老婆说的是老实话。但是她二哥接受不了啦,她二哥马上就拉下脸来了。他认为,把房产权转给老大显然不公平,分家产的事儿,家庭子女应该人人有份儿的。

"妈,这样重大的事情爸爸怎么没有对我说过呀?"

"你爸爸活着的时候没有对你们说,是怕你们兄弟之间闹矛盾。"

"妈,爸爸这样的决策也不对吧?难道我就不是爸妈的亲生儿子吗?我就没有儿子吗?我也有儿子呀,我儿子以后也要结婚娶媳妇,他也没有房子呀!"

"孩子,你是我们的亲生儿子",我老丈母娘回答说,"可是爹妈都希望孩子们过得好,你爸爸活着的时候说,你大哥家生活条件最不好,你大哥挣钱少,你大嫂又退休了,拿钱也少,大毛头参加工作也就是一个工人,挣钱也不多,所以你爸爸决定把房产权转给他们家,是经过前思后想的。"

二儿子明显就对老母亲表示不满了,他对母亲说:

"妈,我哥家穷,我们家也不富裕呀,我们单位的经济效益也不好,我们家小晶马上就要退休了。我儿子在外面工作也挣不了几个钱。房产权转给大哥家我接受不了,这对我们家和我妹妹家太不公平了。"

"你妹妹已经表态了,她不要了,她也同意转给你大哥,将来传给大毛头。"

她二哥马上就问她妹妹:

"你同意了,小燕,你表态了,你什么也不要啦?"

"是的,二哥,"我太太对他二哥说,"爸爸活着的时候这样说过了,我确实表态同意了,我不要房产权。"

"你真会做好人,送人情啊!"二哥非常不满地对妹妹说,"你表态了,你同意了,也不能代表我们家表态,不代表我们家也同意了吧?"

"当然,"我老婆说,"我表态只代表我的意见,代表我自己的家庭。"

我老丈母娘也不管二儿子高兴不高兴，明确地表示说：

"这是你爸爸临死之前向我交待的遗嘱，我要按照他的遗愿把房产的事情办了。"

二儿子转过头来又问我老婆：

"小燕，你内心到底是怎么想的？难道你真的没有什么意见？难道你真的没有什么想法，你就能接受？"

"爸爸活着的时候留下了这样的遗嘱，我觉得应该尊重老人家的意愿吧，我可以接受。"

我老婆再次表明了自己的态度，气得她二哥把怨恨都转嫁到了妹妹头上，转嫁到了我老婆头上。

老太太为了平息二儿子的不满情绪，当即给了二儿子六万块钱，以平复二儿子心中的不满情绪。二儿子也接受了老母亲给的六万块安心抚慰费，拿回家去了。

这件事情并没有到此结束。她二哥拿了钱回家，自然要对老婆说明这件事儿的原委，二嫂听了之后心里就不舒服了。他们拿了六万块钱，自然要算一算老太太家的房产值多少钱。当时老太太家的房产，按照本地的市场价格计算，可能价值在三十万块钱左右吧。不算不知道，一算吓一跳，两口子认为吃大亏了，亏大发了，拿六万块钱不合算，这是明显的不公平，他们心里不平衡，接受不了，他们还要找老太太理论。

老太太叫上大儿子和二儿子，还有我老婆，按照老丈母娘指定的时间，到房产交易所去办理房产过户手续。二儿子本意不想去，而且他老婆小晶也不叫丈夫去。但是儿子又不愿违抗老太太的命令，从情面上来讲，他还不想叫老太太伤心，同时他还不想从表面上得罪大哥、大嫂，也不想得罪全家人，所以最后，老太太、大儿子、二儿子还有小女儿，一起到房地产交易所去办理了房产过户手续。

按照老年人的想法，儿女都是父母身上掉下来的肉，父母都希望孩子们以后能过得好，所以父母们都要照顾家庭条件不好的孩子，都要偏向家庭生活相对困难的孩子。这是老年人普遍慈爱的想法。但是在儿女们的算计中，在兄弟姐妹之间的骨肉亲情中，这个问题就变比较敏感、比较复杂了，谁家吃了亏都不高兴。

我从处理我父母亲的家庭遗产中，已经深深地领教了人类自私的本性和特点了。这是原始的动物的本能。

其实在我老丈人和老丈母娘的家庭矛盾中，最傻的人还是我老婆。大哥家得了房产，二哥家得了六万块钱的补偿，我家是既没有得到房产，也没有得到一分钱的经济补偿，得到的是一位八十岁的老太太依靠女儿养老。我在这里并不是有意美化我老婆是个好女儿，事实就是这样。

后来房产虽然过了户，换了房主，但是这件事情在二哥和二嫂的心目中一直有阴影存在，心里一直有一个解不开的疙瘩，所以他们一直跟我老丈母娘扯皮，其结果把我老婆也扯进去了。我老婆是什么好处也没有得到，结果还落得她二哥和二嫂都恨起妹妹来。他们认为家庭房产转移的事情，坏事就坏在我老婆身上，因为她明确表态同意了父母的意见和想法，同意把房产转给了大哥、留给大毛头，她支持同意了父亲的遗嘱。结果最后扯得兄弟之间的感情也没有了，兄妹之间的感情也没有了，姑嫂之间的感情也不存在了，什么骨肉亲情也没有了，大家好像仇人一样，见面也不说话了，谁也不理谁了，连路人也不如了。

我老婆的二哥和二嫂都算是精明人，吃这样的亏他们当然接受不了。他们两口子在外面都是出了名的能说会道的聪明人，两个人给别人讲大道理的时候就像演说家一样，一个比一个能说，一个比一个会讲道理。事情轮到自己头上了，他们就不干了。按照东北人的话说，两口子都是说大话的人，他们吃了亏，心里就不舒服了，他们当然要争、要吵、要闹了。这也可以理解。人嘛，谁不想多要钱呢？尤其是当今的社会，不想要钱的是傻子。结果最后因为家庭的房产问题，老丈母娘的家里人闹得是鸡犬不宁，大家心里都不舒服，占了便宜的高兴，吃了亏的就吵闹不休。

我在老丈母娘家房产扯皮的事件中，没有参与过任何事情，但是我老婆的二哥和二嫂也同样不理我了。

回想多年前，我老婆她二哥二嫂家庭有困难的时候，家庭有事情的时候，儿子被汽车撞了的时候，我们全家人都出面帮助过他们一家人，孩子住医院治疗期间，两口子又要上班工作，又要挣钱吃饭，又要跑医院照看孩子。作为亲人，大家都主动地伸出过热情援助之手，无私地帮助过他们。两口子忙不过来，我老丈母娘就给他们做饭吃，因为我老丈母娘家离医院近便，我爱人跑医院去给小孩子送饭吃。我和大哥也没有闲着，小孩子在医院手术期间，夜里需要人照看，二哥的身体不大好，原来得过甲型肝炎，不能陪夜，我和大哥两个人，就轮流在医院值夜班守护照看着孩子。

后来二哥得了胸膜炎，又住进医院手术，也是我和大哥轮流夜晚值班看护他。那时候，二哥二嫂全家人知道亲人的重要了。

现在为了争夺房产，什么都不重要了，翻脸无情，只有房子和钱最重要了。

后来为了家庭房产的事儿，二哥和二嫂又跑到我们家里来找老太太扯皮，闹过多次，还想找老太太多要一点钱，多要一点补偿。一个八十多岁的老太太，过去上班的时候又没有挣到多少钱，我老丈母娘又不是国家的正式职工，只是一个大集体的工人，退了休，一个月能拿多少钱呢？老太太当时把家中已有的存款都给了二儿子，他们还感到不满足，还到我们家来找老太太吵闹。我对此很反感，因为他们来吵来闹，我在家里就什么事情也干不成，看书看不成了，写东西也写不成。

特别过分的是有一天中午，二哥和二嫂竟然跑到我家里来，跟我老婆吵起来了。姑嫂之间吵得最凶，二嫂指着我老婆的鼻子说：

"家里的一切事情都坏在你手里，都是你在背后搞鬼，阴谋策划的！"

我老婆也气得哭起来，她确实也感到满肚子委屈：

"这是父亲生前就定下来的事情，跟我有什么关系呀？"

"你在爸妈面前说话有分量，好用，爸妈自然听你的！如果你要不表态支持这件事情，爸爸妈妈就不会这样分房产的！"

"二嫂，你说话就是不讲理，我支持爸爸、妈妈的意愿错了吗？我有什么错？我又没有为自己要房子，我又没有为自己要钱！"

"你没有为自己家要钱，没有为自己家要房子，你也不能代表我们家不要吧？我马上要退休回家了，你二哥马上也要下岗了，我儿子在外面混得也不好，在外面买了房子，还被女朋友骗跑了，你们家不要钱，不要房子，不等于我们家不需要吧？"

两个女人一边哭一边吵，我老丈母娘实在看不下去了，拦过话头说：

"小晶，这件事儿跟小燕没有关系，是我和老头子决定把房产转给老大的，因为我们合计老大他们家的生活条件最困难，你们家是最有钱的，生活条件又是最好的,所以我和老头子就这样决定的。你要有什么想不通的你冲我来!"

老太太生气了,不客气地教训二儿媳妇。我们尊敬的二嫂马上又跟老太太吵起来了。二嫂的老公也马上为老婆帮腔助阵,这一家人吵得热火朝天。女儿帮助母亲吵,老公帮助自己的老婆吵,他们吵得全世界的人都可以听见了。

我在客厅里看电视,听着他们在老太太的房间里吵闹。为了房子,为了家产,儿子和儿媳妇连老母亲也不认了,亲人之间的血脉亲情薄得连纸张也不如了,一切人间的亲情在金钱面前灰飞烟灭了。可怜的老母亲气得浑身发抖,也吵不过儿子和儿媳妇。因为老太太年纪大了,又没有文化,吵架、讲道理,都不是儿子和儿媳妇的对手,因为人家两口子都是有知识、有文化的人,一个是高级工程师,一个是大学的副教授,老太太能吵得过他们吗,能说服他们吗?这显然是不可能的事儿。老太太为此气得掉眼泪。我听着他们吵翻了天,我真怕他们失去理智打起来。

老太太为儿女们无私地奉献了一辈子,也是一个地地道道的好女人,像我的老母亲一样可亲可敬。我老婆家的三个儿女,三个家庭的子孙,都是老太太从小带大的:大孙子,二孙子,包括我的女儿,都是老太太一手拉扯起来的。其中老太太为二孙子操心付出是最多的。因为那个孩子小时候就是淘气鬼,一会儿吃老鼠药了,一会儿叫大汽车撞了,一会儿母亲出去进修没有人管了,一会儿又生病住医院了,都是老太太操心,其他人帮忙,为他们的家庭分忧解难,结果为了房产,最后闹得亲情破裂,儿子与母亲也撕破了脸。儿媳妇就更不用说了。

我看着二哥二嫂在我家里闹得实在有点儿太过分了。吵得我不得安宁,我心里烦死了。大家想必知道,一个看书的人、一个写作的人,需要一个非常安静的氛围和环境,他们到我家里来找老丈母娘吵闹,来找我媳妇吵闹,自然就要影响我看书、学习,影响我写作。我开始还忍着,他们来找老太太吵闹,我就出去看书,思考,等他们闹完走人了,我再回来。现在看到二哥二嫂没完没了跟我老婆吵起来,跟老太太吵起来,我就不能容忍了,我就走到了他们面前说:

"我家里不是吵架闹事的地方,我希望你们知趣一点儿,不要在我家里胡闹,我的忍耐是有限度的。"

二哥二嫂听我说话不好听，看我脸色也不好看，他们就知趣地走了。

以后他们再没到我家里来胡闹了。他们后来变换了方法，打电话来叫老太太出去，叫老太太到儿子家去理论，这样倒是不影响我的家庭了，我老婆也算解脱了。我老婆她二哥家房子大，装修得又漂亮，家里又没有外人，怎么吵，怎么闹，也不影响别人。我媳妇也不用去了，我的目的也算达到了。俗话说，眼不见，心不烦。只要他们不到我家里来吵闹，我有清静的家，有安静的看书学习的环境，我就不管他们的破事儿了。我有一个底线，只要他们不动手打老太太，不动手打我媳妇，我就不管他们家庭的内部事务。如果他们要动手打人，那我就不能袖手旁观了。

为了老太太的家庭房产问题，她二哥、二嫂闹起来没完没了。最倒霉的还是我媳妇，什么好处也没有捞着，还把她二哥二嫂得罪到家了，恨妹妹，恨小姑子，恨得咬牙切齿，可能要恨一辈子。最得利的还是我老婆的大哥、大嫂，老大的家庭既得了房产，也没有人找他们吵闹，因为他们始终躲在幕后，不到前台来，在后面不声不响，不言语，不露面。我媳妇成了无辜的冤大头。

平心而论，她大哥家、她二哥家还有我们家，三个家庭当中相比较，她二哥的家庭条件还是最富有的。说起来，她二哥、二嫂，也算是高级知识分子了，正如我老丈人原来说过的，一个是工厂的高级工程师，一个是大学的副教授，两口子拿的都是高工资。而且两个人长得也挺体面的，说话也像人儿似的。他们的儿子大学毕业以后，在外面做房地产销售，中国的房地产业正火着，挣钱也不少。他们的淘气儿子进入房地产行业不久，就在外面买了一套房子。后来找了一个对象，又花钱买了一套房子，可惜后来跟女朋友黄了，后来买的房子被女朋友骗跑了。她二哥的家庭比起我们的家庭，比起她大哥的家庭，生活条件确实要好得多。但是在普通小市民的日常生活中有一种奇怪的现象，越有钱的人越财迷。其次接下来，就是我们的家庭，我老婆也是大学的老师，大学的副教授，拿的钱也不算少。我呢，无能，就是工厂的一名普通工人，挣钱不多，一年的工资只有我老婆三分之二的收入，当然也不算太少。我们家女儿大学毕业以后，到外面去做财会工作，挣钱也不多，够她自己生活用。只有她大哥的生活条件算是差一点吧，大哥当了一辈子的工人，单位的经济效益又不好，一个月的工资收入还不如我。大嫂呢，已经退休在家，挣钱自然也不多。大哥、大嫂的儿子呢，是一名技工学校的毕业生，参加工作以后就是普通的工人，挣钱也不多。这么说吧，大哥、大嫂的家庭，一年三口人的工资收入，还不及二哥二嫂家一个人的工资收入多。所以老年人为孩子分家产，照顾生活上有点儿困难的，是有一定道理的。但是吃了亏的儿女们就不能接受，他们认为家庭的遗产就应该公平分配才合情合理，父母就不应该偏爱任何儿女，否则就有失公平。

因为房产问题，以后老丈母娘的家人还是要扯皮的。中国的房地产升值太快了，短短几年的时间，房产升值就像飞跃一样，当年老爷子去世的时候，老爷子的房产也就值二十五万到三十万之间，现在已经升值到近百万了。老丈母娘的房产问题造成的家庭矛盾，以后永远是不可能解开了，老太太活着不得安宁，老太太死后，也不得安宁。

我这个人想得很开通。人活一辈子到底是为了什么？为了钱？为了吃？为了喝？为了穿？为了玩？为了乐？为了房子？为了轿车？为了别墅？为了什么……我说不清楚。

我觉得钱就是为社会、为人类服务的流通货币。太平盛世，国家发行钱的目的，就是为了鼓励人民通过工作、通过劳动换取报酬，为国家、为社会做一些力所能及的事情，说白了就是创造财富，推动社会的向前发展，推动社会的文明与进步，国家用钱来保障人民的生活，保障人民安居乐业。这就是人类、社会与钱之间的关系。钱不是个人所能霸占的东西。人活一辈子，不光是为了钱、为了吃、为了喝、为了玩、为了乐，还应该有更重要的意义吧，否则人活一辈子到底有什么意义呢？两腿一蹬，两眼一闭，钱在银行了，人在天堂了，人与钱之间还有什么关系呢？我觉得人活一辈子，不应该就是吃喝玩乐的两脚动物吧，人与动物之间还是应该有差别的，不然社会怎么能发展，怎么能进步呢？

其实钱是个好东西，钱多了不是坏事儿。问题是，钱多了干什么用，用在何处？这是重要的问题。

我不想管老丈母娘家的破事儿了，我也管不了，让他们兄弟姐妹之间慢慢扯去吧，最后可能要扯到法院去才能解决。

## 第 2 章 作品问世

  我还有自己更重要的事儿要做呢,我还有自己的梦想要努力实现呢。我又创作了不少的剧本,我把原来创作的剧本,加上近来新创作的剧本,合起来,又重新修改了几遍,我相信这些剧本可以出炉了,可以为中国的戏剧界添砖加瓦了。我想为中国的戏剧界铸造一座属于自己的金字塔,这是我一辈子的梦想!当然啦,我的梦想说起来可笑,但是所有人的梦想都是非常可笑的。关键的问题是能不能实现梦想,这是最重要的。

  我又抓紧时间联系了北京几家出版社,我想出版我的剧本,出版我的作品。可是我打电话询问过的出版社,都对出版我的剧本不感兴趣。因为我不是知名作家,也不是大文豪,出版社对我不感兴趣。我问他们为什么不出版剧本?出版社的回答都是同样的:剧本已经没有市场、没有销路,出版了也卖不出去,出版社不能做亏本的生意。

  我就奇怪了,堂堂的大中国,难道没有一家出版社愿意出版我的剧本作品吗?中国的文化界到底怎么啦?我不能理解。难道中国的戏剧界不需要剧本了吗?这种奇怪的文化现象使我相信,我的剧本早晚有一天会对国家戏剧界有用。

  我继续寻找出版社,我相信一定能找到出版社出版我的作品。我上网查寻,打电话查问,经过千辛万苦的努力,打了有上百个电话,最后终于找到了一家出版社同意出版我的剧本作品。我把我的作品寄给了出版社,出版社的编辑认真看过我的作品之后,认为剧本没有问题,可以出版,但条件是要我自掏腰包,自费出版。我这才恍然大悟,原来我打电话寻问过那么多家杂志社、出版社,不愿意发表出版我的作品,原来是要钱,话又不敢明说。我终于明白了,国家文化界经过体制改革之后,是以经济效益为中心了。不是我的作品写得不好,是出版社要钱。我的文学作品看来不花钱出版也是不行了,永远也不可能与读者见面了。

我对国家的出版界是两眼一摸黑，什么也不懂，出版社叫我自掏腰包出版的事儿我犯难了。因为，我的家庭的经济大权是由我媳妇控制的，我说了不算。怎么办？中国的图书市场表面上看起来红红火火，挺繁荣的，实际上真正看书的人已经不多了。人们都想着发财，想着赚钱，已经没有多少人愿意静下心来看书了。所以出版社要生存，要挣钱，也无可非议。问题摆在我面前了，我若不掏钱出书，我多年来创作的文学作品，就永远见不了天日，我创作的剧本就永远与读者见不了面，更不要说搬上舞台银屏与观众见面了。梦想为中国文化界铸造艺术金字塔的梦想，鼓舞着我回家找媳妇要钱出书。虽然我知道回家找媳妇要钱出书肯定是要碰钉子的，但是我也不得不向媳妇开口，不开口肯定是办不成事儿的。

我的媳妇说起来也是属于知识分子了，也算有知识、有文化的人，大学教师，大学的副教授。但是她不热爱文学，不懂艺术，也不懂得文化艺术对一个国家、对一个民族的重要性。她热爱的就是家庭，她懂的只是小家庭一点儿家庭事务：孩子、母亲、老公，还有她工作上接触的一些事情。除此之外她对什么也不喜欢，对什么事情也不感兴趣。她属于贤妻良母型的女人，既善良、又温柔，做家务她是行家里手。在普通人眼里，她绝对是个好女人，好妻子，既不抽烟也不喝酒，既不打麻将也不赌博，也不会出去跳舞、乱跑。她舍不得乱花钱，属于中国传统类型的家庭女性，胸无大志，也不参与任何小市民的不良活动。有时间了，看一看自己专业方面的书，出去跑跑步，锻炼锻炼身体。工作时间，认真给学生们讲课，算是一位认真敬业的好教师。知足者常乐，她一天到晚对人总是笑眯眯的，对孩子、对老公，没有什么过分的要求，她只是希望家庭平平安安地过日子。她最大的愿望就是看到全家人身体健康、生活快乐；希望女儿漂亮、可爱，找个好人嫁出去，希望老母亲健康长寿，老公不出去打麻将、不参与赌博、不从事非法活动。但是她对家庭的财政大权控制得非常严格，花钱算计得非常仔细。要想找她要钱出版我的书、出版我的著作，很困难。但是为了实现我的愿望，我又不得不向老婆争取。

有一天看她高兴了，我就对她说：

"亲爱的太太，我想出书，需要一笔钱，你能不能给我一笔钱，我想把我多年来创作的文学作品汇编成集，交给出版社出版发行，出版社我已经联系好了。"

她听说我要花钱出书,马上就把脸沉下来了。

她问我:"你需要多少钱出书?"

"可能需要我一年多的工资吧。"

"需要那么多钱?"她惊讶地问我,"要四五万块钱?"

"可能要吧。"

"不行,"她说,"家里的钱我还要留着给姑娘买房子,还要留着我们两人以后养老呢。你要钱出书,你自己想办法吧。"

"我哪儿有钱呢?我的钱都在工资卡上,都在你手里控制着,我有什么办法可想?"

"我不管,你要出书,你不能用家里的钱。"

"钱也不是很多,就是我一年多的工资嘛……"

"一年多的工资还不多呀?你一年要挣个十万八万的,你要四五万块钱,我可以给你。你一年就挣三四万块钱,拿去出书了,家里的日子不过了?不给姑娘买房子啦?我们两个人以后不养老啦?"

"亲爱的,你说的事情还远着呢。"

"什么还远着呢?姑娘已经大了,到了该结婚的年龄了,二十三四的大姑娘了,一个人在外面漂着,我对姑娘总是不放心,我要用钱给孩子买房子,叫她安定下来。我们两个人以后还要到她身边去养老的。"

"我们以后到孩子身边去养老,那是以后的事情,不用计划得太早。"

"什么还是以后的事情,我们已经是年近半百的人了,说快也快,说老就老了。"

我跟妻子理论了好多天的时间,我跟她讲我一辈子的梦想,讲出版我作品的意义,可是就是说不通,虽然我说得口干舌燥,嘴皮子快磨破了,就是跟她谈不成。我要花钱出书的想法在妻子看来是败家。我在妻子面前碰了一鼻子的灰,就是要不出钱来。妻子把钱看得太紧,看得太重,看得比命还重要,我对妻子没有指望了,也没有办法可想了。但是我这个人性情很固执,对梦想很执着,我要为中国文学界铸造金字塔的梦想不会改变,这是我追求了几十年的梦想,怎么可能改变呢?在妻子面前要不出钱来,我只有出去想办法。我的决心不会改变,我的梦想不会改变。我不相信十三亿中国人就没有人看书了,就没有人看剧本了。

我顽固地坚持我自己的想法，将我的十二部剧本作品，合计一百多万字，叫出版社编辑成四本书，向全国出版发行。这是 21 世纪，中国戏剧界首次出版一个新作者的个人专集，而且这套作品集也是纪念中国话剧一百周年的最好礼品。我希望献给中国话剧一百周年的礼物能赚到钱最好，为此我与出版社签定了出版合同。我心想，我先找人借钱，把我的作品出版发行了之后再说，书只要能卖到钱，能得到属于我的版权费，我再还上借来的钱，不就万事大吉了吗？我的想法实在太简单了，或者说太不切实际了，我真的是没有想到，十三亿中国人已经确实没有多少人喜欢看剧本了。

我背地里找我妹妹借了钱，寄给了出版社，也就是编辑费和出版费。三个月之后，我的书出版了，同时也面向全国、全球发行了。当我得知我创作的文学作品第一次向全国、全球出版发行了，面见读者了，我是多么激动，我是多么高兴啊！这是我三十多年的血汗呀，这是我一辈子的梦想啊！别人花钱买房子、买轿车，我花钱出版我的著作，值得吗？我不知道这样做的后果如何？但我知道会伤老婆的心的，可是我感到快乐。书出版了之后，出版社的编辑给我打来电话，要给我寄书。

"要不要马上把书给你寄过去？"出版社的编辑问我。

"不要，我亲自到北京去取吧。"我回答说。

我到北京去有两个目的：其一是拿到书之后，我想再送给北京的几家大剧团，请他们过目，看他们对我的作品是否有兴趣，看有没有搬上舞台的机会？其二是我暂时还不想叫老婆知道我出书的事，以免为此发生家庭矛盾，两口子又发生口角彼此伤和气，伤感情。

就这样，我回家对妻子说，我要到北京办一件事儿。妻子一听就明白，我到北京可能又是与出书的事情有关，她对此很反感。我说不是书的事儿，我对妻子撒了谎，可以说我骗了妻子，我说到北京剧团去办事儿。我找她要钱，妻子也就没有过多追问，给了我到北京去路的费。我就坐火车赶到了北京，这已经是我为了文学创作，为了剧本的事儿，第三次闯北京了。前两次我已经说过了，以失败告终，第三次的结果又会如何呢？

我赶到了北京，找到了出版社的编辑，拿到了我的书，拿到了我创作出版的文学作品，共计四本书，一百多万字，合计一千多页，定价一百元钱。看到我创作的文学作品，变成了向社会公开出版发行的出版物，我真是感慨万千、

// 生活见闻录 //

激动万分呢！从我16岁还在上中学的时就立志要当中国文学家的梦想算起，到我的第一批著作正式向全国发行，时间走过了34个年头，我的年龄已经整整50岁了。我梦想当作家的时候还是轻狂的少年，当我梦想成真，出版第一批著作的时候，已经是鬓有白发，人到中年了。多不容易呀！三十多年的时间，三十多年的心血，三十多年的酸甜苦辣……三十多年的奋斗，使我心力憔悴，当看到用心血和汗水浇灌出来的成果，我想世界上还有我这样的笨蛋、这样傻冒、这样痴心不改、坚持不懈的作者吗？不过看到了我的书，看到了我的作品，我还是非常高兴、非常激动的。我向出版社的编辑表示衷心的感谢。拿到二十套书，有一百多斤重，我不觉得累了，也不觉得辛苦了。我把书拿到我住的宾馆，装进旅行包里。

我拿出几套书来，抽几天时间跑了北京几家大剧院，分别送给他们。我的作品集，四本书，是21世纪中国戏剧文化界唯一出版发行的成套个人书籍，到今天为止，我也是中国戏剧界出版的文学剧本最多的作者。可教我感到奇怪的是，当我把书送给北京几家有名的大剧院，他们除了表示惊讶之外，就没有一家表示感动的。好像我创作的剧本数量不够多，质量不够好似的。我送给北京几家剧院团体的书，连一个水漂都没有打起来，又像前两次一样什么音信也没有，什么动静也没有，我闯北京戏剧界又一次失败了。我唯一感到欣慰的是，国家图书馆收藏了我的书。多所大学购买了我的书，同时我的书也销售到了全国各地，销售到了香港、澳门、台湾等地区，与前辈著名戏剧大师郭沫若、老舍、曹禺等老先生的作品，放在同一个书架上销售。他们是20世纪中国文化界的泰斗，我是21世纪中国文化界的新人，他们名扬四海，我默默无闻。

从北京回家之后，我感到又累、又辛苦，兴致勃勃的心情已经没有了。因为北京的戏剧界再一次重创了我的自尊心。这里面到底是什么问题？是我创作的剧本作品不够好吗？我闹不懂。这是我一直感到迷惑不解的问题。全国各地所有的剧团都叫剧本荒，我的剧本就是上不了舞台，见不了观众，没有剧团要，这令我无法开解。

我到家之后，就把我的书送朋友，送亲戚，用以证明我几十年的创作、几十年的努力，没有白辛苦，终于有了成果。其实我这样做的目的是很傻的，因为在我生活的小城市里，所有生活在我身边的人，与我关系好的人，还有与我相识的人，不论是亲戚还是朋友，没有一个爱看书的人，也没有一个热爱艺术、懂得艺术的人。我就生活在这样的人堆里面。我把书白送给他们，他们表示高兴，但是如果我要把书卖给他们，可能没有一个人会买，因为他们是一辈子也买不了十本书的人，一辈子也看不了十本书的人。

我把出版的书拿回家，事情也就瞒不住老婆了。太太看了我的书之后，冷漠地问我：

"你的书出来了，你的钱是从哪儿来的？"

"借的。"

"找谁借的？"

"找我妹妹借的。"

"找你妹妹借的？我说话你就是不听，你借钱出书以后你自己还钱吧。"

"我还就我还，你把工资卡给我，明年我一年的工资就还上了。"

"那不行，工资卡不能给你，你还书钱，不吃饭了，不生活啦，不过日子啦？"

"我还书钱，也不影响我们家的生活呀。"

"怎么不影响我们的家庭生活呀？"

"你这个人怎么不讲道理呀？我要我的工资卡，还我妹妹的钱，这是应该的吧？"

"我知道你要你的工资卡还钱，你不吃不喝了，叫我养着你呀？"

老婆的脸拉得像驴脸一样长，气得几天不理我，不跟我说话。我以为老婆生过一段时间的气也就过去了，以后她会通情达理，拿出钱来帮我还给我妹妹。可是她从此以后再也不跟我谈书钱的事儿了，我的工资卡她也不给我。她说，我想要工资卡，只有一条路：离婚。我当时还不以为然，我以为她说的不过是一时的气话，夫妻之间斗嘴磨牙的气话，我也就不提还我妹妹书钱的事儿了。因为我不想离婚，老丈母娘还住在我们家里，我也不想闹得家里不太平。我想过一段时间，或者过个一年半载的，我的书卖出去了，或多或少能得一点稿费，我再把书钱还给我妹妹，事态也就平息下去了。

但是我想错了。我的书上市之后，销售量不佳，没有多大市场。因为我毕竟在中国只是一个默默无闻的作者，买我书的人不多，所以我出版的书一分钱稿费也没有挣回来，就是赔钱赚了吆喝。

事后，妻子说我是吃饱了撑的，拿钱不当钱，出书花了几万块钱，跑北京又花了几千块钱，结果什么事情也没做成，等于把钱扔到水沟里去了。

但是我不这样认为，我觉得，我能为中国的文化艺术园地留下一笔文化遗产也是值得的。人家花钱买别墅，买轿车，我花钱为国家留下一笔文化遗产，难道不值得吗？妻子骂我是冤大头。

"你有出书的钱、到北京去跑剧院的钱，还不如给姑娘呢！"老婆没好气地对我说，"我们家姑娘一个人在外面漂，多不容易呀，一个大学刚毕业的姑娘，在外面人生地不熟的，身边连一个亲人也没有，在外面又是租房子，又是找工作，我总是为孩子担着心。你可倒好，拿着钱瞎折腾，什么好结果也没有。下一次再干这样的事情，我非跟你离婚不可！"

妻子为此事说了我好长时间，我也不吱声，也不反驳，听她嚼舌头吧，她说的也有道理。作为女人，还有什么比家庭的事情更重要呢？还有什么比孩子的事情更重要呢？作为女人，她说的确实有她的道理。

# 第 3 章 女大当嫁

我们家姑娘一个人在外面漂泊闯世界，也确实够让人耽心的。孩子大学毕业之后就一个人跑到浙江宁波去工作了。她一个人在江南那座美丽的城市里，身边一个至亲的人也没有，单枪匹马，凭着自己的长相，凭着自己天不怕地不怕的勇气，还能吃点苦的精神，在宁波站住了脚，这也是挺不容易的。我姑娘从小到大从来没有离开过家，从来没有离开过父母，结果大学毕业之后，她就一个人到外面闯天下去了。我姑娘大学毕业的那一年，正好赶上西方国家金融危机旋风刮起来，西方国家经济衰退反应强烈。说来不可思议，西方国家的金融危机、经济衰退，竟然影响到中国。大部分的国有企业也莫名其妙地紧张起来了，好多大型国有企业突然停止招工了。因此，我姑娘那一届大学毕业生，就业的机会最少，他们那一年的就业率还不足百分之八十，女孩子自然更不好就业。我的女儿从小是在全家人的呵护与宠爱中长大的，她漂亮、活泼、开朗、可爱，是个很阳光的姑娘。她身高有一米七五，不仅有美丽迷人的外表、光彩照人的形象，还有阳光灿烂的笑容和苗条优美的身材。所以身为母亲，我的妻子特别为女儿操心，因为孩子长得比较出众，出门在外有一点招风，所以妻子深怕孩子贪图虚荣，一个人在外面上当受骗。但是我相信，我的女儿是一般人骗不了的，她不仅长得漂亮，而且聪明，骗她的人要有高智商才行。我的女儿从小虽然是在亲人的宠爱中长大的，但是她并没有被家里人宠坏。她有大家闺秀的风度和气质，同时她也有比较灵活的头脑，而且她还有吃苦耐劳的精神、不怕事儿的勇气，这一点遗传了我母亲、她奶奶身上的特点。

我姑娘开始出去闯天下的时候只有二十二岁，她到宁波一个陌生的城市里，找了一个亲戚帮忙，这位亲戚是我妻子的二表姐，她的丈夫在宁波当记者。靠了这门亲戚关系，我姑娘到了宁波，在老记者的帮助下，先找了第一份工作，在一家大酒店当会计。我妻子的二表姐和表姐夫也很喜欢她，因为我姑娘不仅嘴巴甜，会说话，而且长得漂亮，深得亲戚朋友的喜爱。

有一次，我姑娘跟着亲戚（孩子叫二姨、二姨夫）参加一个宴会。由于

// 生活见闻录 //

外表迷人，再加上又是大学本科毕业生，而且在客人面前会说话，有一位老板对我姑娘特别中意。有钱的老板想把我的女儿介绍给他的儿子当女朋友。老板极力与老记者套近乎，说好话，希望我的女儿能与他的儿子处对象。老板是家族企业，资产过亿，在宁波、重庆、深圳开有三家公司。他的家族企业特别需要找一个懂财会的姑娘当儿媳妇，掌管家族的财务。老板有一个大儿子，跟我姑娘差不多一般大，可能比我姑娘要大一岁。老板主动向我女儿介绍说，他的儿子上过高中，当过兵，还到浙江大学进修过大专班，还接受过浙江大学企业管理CEO培训班，等等。

有钱的老板希望能通过老朋友、老记者促成这件事儿。我妻子的二表姐，打电话征求我们大人的意见。我妻子表态可以试一试，并且把这件事告诉了我们的女儿，叫她自己把握分寸。得知了女方的家长同意双方交往，有钱的老板就高兴地在我女儿工作的大酒店摆起了宴席，安排双方见面。双方就这样认识了。

老板的家族企业规模确实还不小，在宁波的总部基地有一个工厂，两个车间，一座办公大楼，公司员工有两百多号人。据老板自己说，他在重庆的公司还有一百多号人，深圳的公司也有一百多号人，三家公司的员工全部加起来有将近五百人，公司一年的生产总值有上亿。老板极力邀请我的女儿到公司去参与财务管理工作，老板介绍他的儿子与我女儿刚认识，就表现出了极大的热情和诚意。

但是我的女儿并不动心，她头脑非常清醒，有自己的主见。

孩子跟老板的儿子，那个有钱的富二代接触了两个多月，就给我们打来电话，汇报了她所了解到的情况。孩子对我们说：

"老爸，老妈，我看这件事儿还是算了吧，我不想扯了。"

"为什么算了"，我问女儿，"你看不上那小子？"

"是啊，老爸，"姑娘说，"我发现这个富二代，除了有钱，什么也没有。我跟他出去过几次，通过说话、聊天，了解了一下他本人的情况，还有他的家庭情况和家族企业的情况，我真的对这样的人感到失望。他家庭确实有钱，父亲开的是奔驰，母亲开的是宝马，他开的是丰田霸道。可是，我发现老板的儿子好像缺心眼似的，不如他的老板父亲精明。他跟我瞎侃瞎吹的，一会儿说，他跟别人打麻将，赢了人家多少多少钱；一会儿说，他跟别人打台球，赢了人家多少多少钱；一会儿又说，他跟人家斗地主，赢了人家多少多少钱。有钱的富二代的生活，一天到晚就是吃喝玩乐，除此之外就没有别的内容了。"

"这没有什么可奇怪的，"我对姑娘说，"如今社会的人，有了钱不就是吃喝玩乐吗？"

"爸爸，我可接受不了这样的人。"女儿坦诚地说，"他除了吃喝玩乐，什么也不懂，什么也不知道。约会几次，他对我谈的就是打麻将、打台球、斗地主、赌博之类的话题。除此之外，就是谈论车，什么奔驰呀、宝马呀、丰田呀之类的高级轿车如何如何，我跟他深谈轿车的性能，他又不懂，一无所知了。我都不知道跟他在一起谈什么，聊什么，他说的打麻将、打台球、斗地主，我听不懂，我谈的体育、文化、社会新闻，他也不关心。我们根本就不是一路人。更可笑的是我了解到他的家庭情况，我故意拿他开心取乐，开玩笑：你家那么有钱，你爸爸发了财没有包二奶呀？"

"他怎么说？"我问姑娘。

"他说，他老爸找过。这个傻孩子倒是挺实在的。他说，他爸爸跟他们分开过好几年，后来他妈妈要死要活的，他爸爸怕出事，才回家了。你说这样的人是不是有点儿二百五？"

"北方的孩子实在，"我说，"有什么就说什么。"

"这样的人也太实在了吧？这不是缺心眼吗？我还故意逗他，你将来子承父业了，会不会也找二奶呀？他居然实话对我说，'我就是找二奶，也不会抛弃家庭的。'爸爸，我还没有嫁给他呢，他就想到以后找二奶的事儿了，我要是嫁给他，我还能有好日子过吗？这样的富二代，我看还是算了吧。我享受不了有钱人的福，我也不接受有钱人以后对我的欺辱。我还是找一个安分守己的人，老老实实地过日子吧。"

我女儿跟老板的儿子谈了还不到两个月，就分手了。有些读者看到这里可能会产生疑问，你讲的是真的吗？你太美化你的女儿了吧？我可以对天发誓，我讲的一切都是真的。我的女儿这一点像我，读者在后面就可以看到，有什么样的父亲，就有什么样的女儿。女孩子像爹，这是一点儿也不会错的。记得有一份报纸上刊登过，有几个有钱的大老板、亿万富翁，在报纸上公开征婚，大张旗鼓地找对象，有上千名佳丽积极参与竞争，老板们挑选美女，好像过去的皇帝挑选妃子一样。但是我的姑娘还是比较传统、比较保守、比较现实的，面对人生，她不贪图荣华富贵，也不羡慕虚荣，非常有自知知明。

女儿一个人在外面漂泊，也确实挺不容易的，出去工作了一年多的时间，搬了几次家，居无定所。孩子开始是住在她二姨家里的，虽然是拐了弯的亲戚，还是借了不少光的。后来因为孩子工作的地点与居住地相距太远了，需要坐上两个多小时的公共汽车，每天上下班实在太累、太辛苦，就搬出了亲戚家，与别人合租了房子，每天上下班近便一些。可是过了不久，又发生了变故，孩子又搬了一次家，自己花钱租了一套房子。好景不长，房主人又不租了，要收回房子，我姑娘不得不又搬家，找了一间更小的房子。她折腾来折腾去，一年搬了四五次家，都是自己找朋友帮忙倒腾搬运的。

我妻子听了女儿的情况，心里非常不舒服，亲自跑到浙江去看望女儿，看了孩子的住处、环境，她哭了，回来以后就想着给孩子买房子。当然，母亲的想法是不错的，心情也是可以理解的。问题是我们家里的存款，在浙江买新房子根本就不够，山里人挣钱太少了，浙江的房子太贵了，买不起。不过我姑娘还是挺坚强、挺乐观的，她在外面锻炼得成熟了，更能吃苦了。

我姑娘明白，要想解决困难，还是要找对象。以我姑娘自身的条件，她找对象是不发愁的，追她的人有不少，既有富二代，也有官二代，还有到浙江大学读研读博的留学生。我姑娘以自己的观察和感觉，慢慢地寻找着自己中意的人。

可是她的母亲，比女儿还要着急，当母亲的总是希望自己的女儿能尽快找到男朋友，找到一个能照顾她的人，这样当妈的心里也就安定下来了。为此，我妻子寻求本校的一位教师，为我们家女儿找对象。那位热心的教师又通过他在浙江宁波的朋友，为我女儿找对象，通过这样人托人的关系，最后终于帮助我女儿找到了一个男朋友。

我女儿看中他的原因是人挺本分的，长得也挺帅气。小伙子高大威武，身高一米九零，大脸，双眼皮，皮肤接近铜色，身手敏捷，篮球打得不错，像我女儿一样也爱好体育运动。听介绍人说，男孩也是大学毕业，工作单位也不错，家庭条件也可以，虽然不是官二代、富二代，但是家庭不愁吃、不愁穿，生活还是有保障的。

我的女儿在找对象方面还是比较精明的。介绍人向她介绍男孩子是武汉一所大学毕业的，在哪儿工作，一个月工资多少钱，叫什么名字，等等，也就是介绍了男孩子的基本情况。我女儿跟男孩子见了面，觉得外表还中看，通过交流、观察，感觉人也还不错，至少从表面上看算合格，比较满意。她跟男孩子接触了一段时间以后，就打电话回家，叫母亲帮她查证一下男朋友是不是武汉那所大学毕业的，是不是本科生，拿没有拿到毕业文凭，英语六级过没过等情况。我妻子通过朋友，在高校的互联网上，查证了男孩子的有关资料，回电话告诉我女儿，男孩子的学习成绩还不错，资料显示：大学本科毕业，英语六级，等等。女儿为了了解男孩子的家庭情况，又趁着节假日旅游的机会，到男方的家里去考察了一下，结果也比较满意，家庭不富也不穷。我姑娘的外表和长相取我和妻子的优点了，但是她不像我一样胸怀大志，而是像她妈妈一样精于心计。在时光的流逝中，她找到了自己满意的男朋友。她在外面站住了脚，生活基本稳定下来了，也建立起了自己的生活圈子和朋友圈子。说实话，女儿在为人处事方面还是比较聪明的，也算挺有本事的，这一点，她比我和她的母亲都强。她活泼、开朗、阳光、快乐的性格，使她结交了不少好朋友。女儿爱好体育运动，在体育方面也有所长，她考取了浙江游泳教练救生员证书，孩子凭着自己的本事闯天下，不需要大人再为她操心了。

# 第 4 章　出书之难

孩子的生活安定下来了，我和妻子之间的生活又不太平了，因为我们两个人对钱、对生活的观念、理解不一样，想法不一样，或者说我们夫妻之间的人生理念不一样，价值观不一样。她想要的是房子，是老有所依的生活，是晚年能够到孩子的身边去定居的老有所养的住所；而我想要的是文学、是艺术，是为了我创作的文学作品能够留在这个世界上，为中国的文化事业留下一份属于我的光荣财富，所以我们之间的矛盾也就升级了。

我又整理了一批文学作品，共计八个剧本，这些话剧作品是我花了两年多的时间创作完成的，两本书，共计有六十多万字。

这些作品都是有关抗日战争题材的。我自认为，写的还是不错的，至少真实地再现了中国人民在抗日战争中所经历的大灾大难，以及战争中遭受日本侵略者的杀害与欺辱。在那场惨无人道的战争中，中国三千六百万军民被日本军人涂炭，二十多万中国妇女被日本军人强暴杀害。我的目的就是让世世代代的中国人了解那场战争，记住那场战争，勿忘国耻。我们珍爱和平，反对战争，但是历史问题是不能忘记的！

因此，我想继续出版我的作品，把我的作品全部印刷出来，留给子孙后代，叫世世代代的中国人记住，让他们知道二十世纪有五十多年的时间，是我中华民族历史上最悲惨的阶段，同时也是我中华民族历史上最悲哀的时期！历史问题是需要我们通过文化的宣传告诉子孙后代的。我要出版的剧本，正是这段历史的悲惨记录。

可是我要继续出版我的书，还是需要准备出版经费的。怎么办？我只能找妻子商量，想把我的第二批作品出版发行了。因为我的第一批作品是找我妹妹借的钱，等于妻子没有从家里拿钱，而且她也不帮助我还钱，她有意装糊涂，从来不跟我提这件事。所以我找妻子要钱，要出版我的第二批作品，妻子又不高兴了，但是我也不高兴了。我的想法她不同意，她不能接受，但是我要达到我的目的,我只有找她吵,找她闹。

我说:"我要出版第二批书,你必须给我拿钱来。我也不好意思再找我妹妹借钱了。"

"你不要跟我提找你妹妹借钱出书的事情,我不知道。"妻子不满地对我说,"家里的钱,我还想着到女儿身边买房子,将来我们养老呢,你又要瞎折腾。"

"我这是干正事儿,不是瞎折腾。"我对妻子说,"买房子养老,还是过几年再说吧。现在中国的房地产泡沫,说破就可能破,要买房子过几年再说吧,我先把书出了。这对我来说是大事儿!"

"你太自私了,一天到晚就想着你的书!孩子结婚,我们以后养老,买房子,都需要钱,家里的钱,我一分钱也不能给你!"

"孩子结婚,男方家已经买了房子,根本就不需要我们家买房子。至于养老的问题,到时候看情况再说,实在不行,将来离姑娘家近便点儿租一套房子,养老也是一样的。"

"租房子养老我不干!我跟着你苦了一辈子,好不容易攒了点钱,想买房子养老,你就盘算我这一点钱。你也太自私了吧?"

妻子说得我也有一点冒火了。

"买房子并没有我出书重要,"我对她说,"如果家里要买房子,等过几年我们退休了,拿到了房贴钱再说,你先把家里的钱拿出来,我的书出版了,也许销路好,钱能挣回来。"

"我可不敢想你挣钱回来,你上次出的书,挣钱了吗?"

妻子说得我哑口无言。是呀,前两年出的书,我一分钱也没有赚回来,所以妻子根本不相信我能赚回钱来。但是我要出书的决心是动摇不了的,我向妻子要我母亲给留下来的遗产,也就是我们家三个兄妹最后分的母亲的钱,我妻子没有办法,最后勉强同意了。她后来流着眼泪对我说:

"事不过三,你以后不要再干这种赔本的事儿,我们家赔不起。如果你以后出书再找我要家里的钱,我们就离婚,我不跟你过了。"

妻子向我下了最后的通谍,我不以为然。我想老夫老妻了,结婚二十多年了,一辈子风风雨雨已经走过来了,马上就要日落西山进入风烛残年了,以后也不可能离婚了。

我先把钱拿了，把书出版了再说。

我就不相信中国的话剧界以后不用我的剧本，只要用到我的剧本，我就能把花出去的钱赚回来，我不想着发财，赚回本钱来还是应该不成问题的。北京的剧本市场行情一部话剧版权已经卖到十万块钱了，我还怕以后赚不回来投资成本钱吗？我就是抱着这样愚蠢的想法，又出版了我的第二批作品，两本书，分上下两册。书出版了，市场销售还是不理想，我还是一分钱版权也没有赚到，赔得血本无归。

我又把我的剧本寄给了北京、上海等地的多家剧团，可是寄出去的书还是肉包子打狗，有去无回，还是一点回音也没有。

老婆不客气地对我说："又失败了吧，以后你也该老实了吧？该清醒清醒了吧？中国的文化界不是你所想的世界，也不是你梦想的艺术世界，我劝你还是清醒一点吧。你创作再多、再好的剧本，你不是文化圈里的人，你不认识人，你没有关系，你就闯不进去。中国的社会是经过了两千多年封建社会的，还是人情关系的社会。你不是文化圈里的人，你就不要想冲进去，不会有人理你的。你在文化圈里既没有关系，也没有朋友，也没有人脉，也没有钱，一无所有，人家会理你吗？如今的社会更是金钱万能的社会，有关系才能办成事儿，有钱也能办成事儿。可是我们的家庭又没有钱，你又没有关系，你还是老实一点吧，这就是社会现实。以后你不要再心怀伟大的梦想了，老老实实过日子吧，放弃你的梦想，把写作当成业余爱好，当作业余乐趣，不要再破费家里的钱了。我求你了，你出版的两套书，白扔了十万块钱，可以买一部轿车了。"

"我不想买车玩儿，我情愿把钱扔进艺术的海洋里，我想我的钱是不会白花的。"

"我看你为了文学创作快要发疯了，神经了，我劝你还是清醒清醒吧！"

妻子的衷告并没有使我回心转意，相反，更加刺激了我不正常的神经。有人说，搞文化的人，不是神经病，就是神经不正常，我可能就是这样的人吧。我还是继续坚持我的文学创作，坚持我的梦想，我相信将来有一天能挣回本钱来的。

我固执己见，坚持到底，不愿意回头，以拼命的精神，又用了不到三年的时间，相继创作整理出了十多部剧本作品。可问题是书怎样出版呢？再找老婆要钱出书，肯定是要不出来了。我想找剧团联系，看能不能先挣到一点钱，再出版我的书。我原来从来对钱不感兴趣，上班工作三十多年的时间，我挣的钱全部如数交给老婆了，现在我需要钱，我才知道钱的重要性了。

我把前两套书，二十多个剧本，先后寄给了东北一家话剧团的团长，她对此表示了极大的兴趣。她惊讶我众多作品的同时，还表示过想排演我剧本的意思。这是我寄给全国数十家话剧团体中，唯一表示过对我的作品感兴趣的剧团。于是，我便给团长写了一封信，同时还上网给她发过去了几部我还没有出版的剧本作品，希望剧团能从中挑选出满意的剧本，或者说她们认为好的剧本，能及时搬上舞台，版权我可以优惠。北京的剧本版权可以卖到十万元一部，我愿意五万元一部就卖给他们。可是我的信和我的剧本版权的优惠条件，并没有打动对方的心，此事也没有成功，自然也就不了了之了。我又打电话询问了我寄过剧本、寄过书的数家北京的话剧团，他们也同样没有回应，不理睬我。私人的小剧团就更不用说了。我伤心万分，我的剧本创作就此停顿下来，我再也不想创作剧本了。我创作的剧本作品已经足够多了。

我的剧本没有剧团接受，我的作品也没有剧团欣赏，只是躺在国家的图书馆里睡大觉，在部分高校的图书馆和大学生中间转圈子。而我创作得又苦又累，看不到自己的作品在舞台上与观众见面，也看不到自己辛勤的劳动果实有所回报，实在得不偿失。我的梦想破碎了，我的理想破灭了。回想几十年来我创作的辛苦，我经历的惨痛，我真是万念俱灰。我为文学奋斗了几十年，创作了几十年，其结果什么收获也没有，除了赔钱，就是遭人耻笑，遭妻子的反对，遭家人的反感。

我出版第一批剧本的时候，正好是我50周岁，也正好是中国文化界从国外引进话剧一百周年。我已经在前面说过，当时在中国的戏剧文化界，出版剧本个人专集的就是我一个人。我出版第二批剧本时52岁，在中国的戏剧文化界，同样还是我一个人。21世纪，在中国出版个人剧本专集，十本书，三十多部剧本的作者，中国还是我一个。但是我在中国文化界的命运就是这样的莫名其妙，没有看到光明，也没有看到美好的前景。我的剧本无人问津，送给剧团人家也不用。是我的剧本写得不好吗？我找不到答案。我心灰意冷了，理想

// 生活见闻录 //

真的要破碎了，我不想写剧本了。不管我的剧本写得好也罢，不好也罢，留给后人去明鉴吧。

但是，我创作的第三批剧本已经修改完成了，总要把这项工作继续完成，不能半途而废吧？为此，我又想到了出版最后一批剧本，至少要让我的作品面见读者，面见大众，为中国的文化事业留下这些资料，不管将来我的作品能不能在舞台上与观众见面，我也要把我的作品印刷出来，在全国公开出版发行。即便我的戏剧在我活着的时候没有搬上舞台的机会，只要留下文字，只要能被国家图书馆收藏保存，我为中国文化事业留下了奋斗的足迹，我就是不在人世了，也死而无憾了。

我就是抱着这样愚蠢的想法，把我的剧本作品再一次寄给了出版社。不过我开始没有告诉我妻子我又要出版剧本了，我瞒着妻子，不想让她知道这件事情，我怕她阻拦我。可是我又不会操作电脑，还是要请妻子帮忙，把剧本资料通过网络上传给出版社的编辑。

老婆问我："你又要出版剧本啦？"

"不是的，"我又欺骗老婆说，"我要传送的资料是原来出版过的剧本，有问题，修改了一下，需要传过去。"

妻子信以为真，她还是太单纯了、太善良了。夫妻之间本来应该是坦率真诚的，是我太自私了，接二连三地欺骗她。她帮助我把剧本的电子版发送到出版社编辑。随后编辑给我寄来了出版合同，我签了字，并把出版合同寄回编辑。书要出版了，我老婆才发现问题不对了，因为操作上的一切环节都是经过她手的。她马上背着我给责任编辑打电话，编辑告诉她书已经编辑完成了，马上就要印刷了。我老婆立刻对出版社的编辑发火了，叫出版社马上停止出版。责任编辑不知原委，马上给我打电话，问我是怎么回事儿？我就实话告诉了责任编辑，我是背着老婆出书的。编辑了解情况后好心好意地劝我说：

"先生，为了你的家庭和睦，为了你的家庭不闹矛盾，我看书还是不要出了，你爱人来电话，都气哭了，我也劝你别出了。"

"我家里的事儿，跟你们出版社没有关系，"我对责任编辑说，"你们继续出吧，这是我家庭的内部事务。"

合同已经签定了，我不想反悔，坚持要出版，出版社的编辑只好听我的。

我回到家里，老婆气愤地责问我：

"你为什么要骗我？你为什么还要出书？"

"我不骗你，我的书就出不成，这是善意的谎言，我也没有办法，完成这批书，我以后一辈子再也不花钱出书了。"

"上一次你就说过是最后一次，以后再也不花钱出书了。这一次你又骗了我，居然在我眼皮子底下把一切事情办成了，你骗我骗得也太过分了吧！"

"请原谅，我也不想骗你，但是出书对我来说太重要了，你知道这是我一辈子的心血！不把这些东西留下来，我一辈子的心血等于付之东流，这是我最后一次。"

"我不听你的鬼话啦！你马上把书给我停下来，我不会给你钱出书了，我要用钱为孩子买房子，你不要想要一分钱！"

"你要不给我钱出书，我就出去想办法找朋友借钱出书。"

"你出去借吧，你借了钱，到时候你自己还！"

因为我老丈母娘还在我们家里住着哪，我们两个人只能在外面没有人的地方吵，不能在家里当着老丈母娘的面前争吵。我们两个人谁也说服不了谁。她有她的想法，我有我的目的。当然，我是不该欺骗她，我承认这是我的过错。但是我也是赌了一口气，我第一次找我妹妹借钱出书，时间已经过去了三年，我跟她提过几次，把钱还给我妹妹算了，她就是不帮我还钱，也不承认这件事儿。所以我就想跟她斗气儿，不论用什么办法也要把书出了。她不理解我，我也很固执，两头牛就这样顶起来了，谁也不愿意回头，谁也不愿意让步。她后来找了她本单位的领导，劝我不要为了出书闹得家庭不合，我为了平息事态，表面上也就答应了。我和老婆也不吵了，也不闹了，表面上风平浪静了。

# 第 5 章 再见女神

可是钱到哪儿去找呢？我急得上火。我这个人还是守信用的，我既然跟出版社签定了出版合同，我就要付给人家钱，这是天经地义的。如果再一次找我妹妹借钱出书，我也感到不好意思了。因为三年前找我妹妹借钱出书，我答应一年之后还给我妹妹，结果三年的时间过去了，钱还没有还上呢。再找我妹妹借钱，我也不好意思张口了。

找朋友借钱，五万块钱不是一个小数目，借了钱以后怎么还呢？我急得牙也肿了，胃病也犯了。我不得不到医院去看病，因为我的胃病已经拖了好长时间了，自己到药房买了许多药吃也不见好转。我只有到医院去请医生为我看病。

我在职工医院的门诊大厅里挂号，准备找医生看病的时候，突然看到了我少年时代的好友、我青年时代的女神谷香。她由一位中年妇女用轮椅车推着，那位中年妇女的身影好像也挺熟悉。谷香坐在轮椅手推车上，像个木头人一样，身体挺得直直的。我奇怪她怎么坐上轮椅啦？她到医院来看什么病？我本来是想过去看一看她的，可是那位中年妇女推着她进了电梯，等我走过去，电梯门已经关上。我没有坐上电梯。等十分钟之后，电梯从楼上下来，我坐上电梯到楼上去找她们，我找不到人了。因为医院的门诊部大楼有十二层之高，我不知道那位中年妇女推着她到哪一层楼去看病了。我只好先到五楼内科去找医生看我自己的老胃病。大夫开了药方，我到药房拿了药，然后到一楼的门诊大厅里坐下来休息。我打电话询问我妹妹：

"小静，谷香得了什么病，坐上轮椅啦？"

我妹妹与她常有来往，她们从小到大再到慢慢变老，联系一直没有中断过。

我妹妹告诉我："谷香得了风湿病，已经有四五年了，生活不能自理，连走路都困难了，已经变成残疾人了。"

听妹妹说了她的病情,我这才知道她坐轮椅的原因。听到这样不幸的消息,我真的为谷香感到难过。年轻时那么美丽、那么可爱的姑娘,还不到五十岁居然就大病缠身了。

我已经有好多年没有见过她了。自从我们中断了来往之后,我就看到过她两次。一次是我妹妹结婚,她到我父母家来过,那时候她还没有结婚,不过已经有了男朋友,她到我父母家来给我妹妹送结婚礼物。还有一次好像是她父亲过世,我到她家里去送她老父亲,见过一次。不过那个时候她已经生过孩子,虽然她的五官依旧很美,可是身体发福了,失去了姑娘青春靓丽的光彩。此后可能有十多年的时间,我就再也没有见过她了。她从我的生活世界里消失了。这一次应该是第三次。我看到她成了一个残疾人,成为一个丧失了生活能力的人,我的内心充满同情。

我问我妹妹:"她现在住在哪儿?"

我妹妹对我说:"她现在住在她妈妈家里。"

"她妈妈是不是还住在原来的老地方?"

"是,她妈妈还是住在我们家原来住过的老地方,三十多年了,一直没有动过。"

"这么说,她现在是跟她妈妈一起生活啦?"

"是,她跟老太太一起生活。"

我妹妹在她得病之后去看过她,所以对她的情况比较了解。因为她们毕竟是多年的好朋友、好姐妹,彼此之间来往从未中断过。

我这才想起来,我近几年经常在自由市场看到她的老母亲,七十多岁的谷大妈经常一个人提着菜篮子,在自由市场里买菜,买东西。我碰到过老人家几次,她还能认出我来,我也常跟老太太说话。老太太年事已高,身体又胖,走路都有困难,还要为家庭买菜,还要照顾得病的女儿,做饭、洗衣服、操劳家务。可想而知,她们的生活有多么艰难了。

想不到岁月流逝,当年那个美丽、漂亮、活泼可爱的姑娘,二十多年的时间,就变成了一个不能走路、生活不能自理、丧失了健康、失去了美丽的病人。岁月是无情的,对于大病缠身的人来说更是如此。

在门诊服务大厅里给妹妹打过电话之后,我准备走路回家,站起身我不由得又向电梯口看了一眼,正巧看见谷香坐着轮椅从电梯里出来了。推着她的还是那位中年妇女，等她们走近，我认出推轮椅的原来是谷玉大姐。

"谷香、谷玉大姐，你们还认识我吗？"我站在她的轮椅面前。

"胡南大哥！"谷香立刻叫出了我的名字。

"胡南？"谷玉大姐意外地望着我。

"是我，大姐。"

"胡南，我们可是有好多年没有见面啦。"

"是呀，谷玉大姐。"我与谷玉大姐握手。"您还好吧？"

"好，好，我一切都好。"

谷玉大姐热情地握着我的手，目光亲切地看着我。

"胡南大哥，你也到医院来看病？"谷香问我。

"是呀。你们也是到医院来看病的？"

"是，"谷玉大姐说，"我是陪我妹妹到医院看病的。"

"谷香，你的病能治好吗？"

"没有希望。"

"谷玉大姐还在北京工作吗？"

"不工作了，前两年已经退休了，我是从北京回来照顾我妹妹的。"

是呀，斗转星移，岁月流逝，谷玉大姐已经快60岁了。她虽然已经快到花甲之年了，还是有过去美丽的影子。

"谷玉大姐退休以后就从北京回来照顾谷香的生活啦？"

"是啊，我不回来怎么办？家里有一个老母亲，还有一个可怜的妹妹需要照顾，所以我就从北京回来了。"

"胡南大哥，你到医院来看什么病？"谷香又问我。

"看胃病，老问题了。"

"胃病不要紧，就是要注意保养，"谷玉大姐对我说。"不要抽烟，不要喝酒，冬天衣服要穿暖，不要冻着，不要饿着。"

"是的，大姐，我这是富贵病。大姐的家庭和身体还好吧？"

"我的家庭和身体都还好，我丈夫还在北京大学里教书呢，他还没有退休。儿子到美国留学去了。我一个退休教师在家里也没有什么事儿做，就跑回来照顾老母亲，照顾妹妹。"

"还是有姐姐好吧？"我对谷香说。

"是，这两年多亏我姐姐和我妈照顾我了。"

"你丈夫呢？"

"死了。"她冷冰冰地回答。

我不敢多问了。谷玉大姐推着谷香走出医院门诊大厅，到外面去等车回家。我陪着她们到医院门口，伸手拦下了一辆出租车，请谷玉大姐和谷香上车。我想抱谷香上出租车，帮助她一下，可是她不要，她还能走路，就是走路太困难了。她不叫我帮忙，她在姐姐的搀扶下慢慢坐上了车，我帮忙把她的轮椅车收起来，放到出租车的后备箱里。谷玉大姐上了出租车之后，对我说：

"谢谢你，胡南。"

谷香对我微笑着说：

"胡南大哥，有时间来看看我吧。我住在我妈家。"

"好，有时间我一定去。"

谷家姐妹俩坐出租车走了。我一个人慢慢散步走回家，一路上回想着我的人生走过的路，以及与谷家姐妹俩过去发生过的那些美好的往事。

时间过得真快呀，不知不觉几十年就过去了。见过谷家姐妹二人，见到当年我喜爱的小姑娘被病魔折磨得不成样子了，我的心里久久不能平静。我当年对她的感情还是如此地难以忘怀呀。岁月的流逝，只能冲淡人们的记忆，但是冲不掉人心中美好的感情！

我是应该去看看她，我也想去看望她，我并没有什么别的目的，只是想去向她表示我的问候，同时送给她我出版的书，感谢当年这位美丽可爱的小姑娘对我的帮助指点及鼓励。我在前面已经说过，在我一辈子的学习创作过程中，所有的外人在我的背后都是冷嘲热讽、讥笑挖苦，只有她是给过我帮助的人、给过我鼓励的人、给我指点过迷津的人。所以我要去看望她也是心怀感激之情，当然也有难以忘怀的旧情。

不论是过去还是将来，谷香在我心中都是一位纯洁美丽的天使！就是过去我们年轻的时候，我们两个人相爱的时候，也没有过亲密的接触。我们之间最浪漫的事儿，就是曾经有过一吻，除此之外，再没有过亲密的接触了，只有一辈子痛苦的回忆和难以忘怀的情感。

我想到她母亲家里去看望她，主要是想了解她的生活状态。她过得怎么样，她过得好吗？她的生活里还有幸福吗？她丈夫真的死了吗？她的孩子呢？

为什么不见影儿?

她母亲的家还是在我们家原来住过的老地方,还是过去红砖水泥的老房子,已经破旧不堪了。房子已经有四十多年了,我们家离开这儿也有二十多年了。她母亲的家还是在原来的三层楼上。

我敲开了她母亲的家门,出来给我开门的正是她的老母亲谷大妈,谷玉大姐站在谷大妈的身后。谷大妈看见我,既惊讶又高兴。老人家的精神看起来还挺好。老人家马上招呼我到客厅坐。谷玉大姐马上给我泡茶。老太太到卧室去叫女儿谷香起来,告诉谷香我来看望她了。我觉得过了好长时间,可能有十分钟之久吧,谷香从卧室里走出来了,她出现在我的面前,高兴地向我打招呼。我走上前把手中的康乃馨花束献给她,祝愿她的身体能早日康复。

"早日康复是不可能了。"她笑着说,"你坐吧,胡南,你能跑来看我,我真的很高兴了。"

她的样子,真是太可怜了,在家里走路,也只能一点一点地蹭到我对面的小床上。她坐下来,微笑地望着我。

"胡南,请喝水吧。"谷玉大姐对我说。

"你是专程来看我的吧?"谷香满脸快乐地问我。

"你说呢?"

"这还要说吗?胡南肯定是来看你的。"谷玉大姐说,"你吃水果吧?"

谷玉大姐把一个水果盘子拿到我面前来,水果盘里有香蕉、苹果。

"不要,不要,谢谢大姐,我一般不吃水果。"

"吃一个苹果,或者吃一个香蕉吧?"谷玉大姐问我。

"那我就吃一个香蕉吧。"我从大姐端的水果盘里拿了一个香蕉,但是并没有马上吃。

"胡南,你过节休息了?"谷香问我。

"是呀,休息了,过节了嘛,所以我有时间过来看望你。"

我去看望她的时间正好是十一国庆节长假期间,可是老太太家里只有谷香、谷玉大姐还有谷大妈,没有其他人了。

我询问了一下她的病情以及她得病的原因,还有几年来治疗的情况,谷香都十分坦率地回答了我。她的样子还是没有什么大的改变,眼睛还是那么明亮,五官还是那么秀美,皮肤还是那么光洁,虽然她已经是快50岁的女人了,可是她脸上居然没有多少皱纹，她还是保持着女性的魅力，并没有因为时间的侵袭而失去女人的光彩。谷家姐妹是属于那种经得起时间磨砺的女性，就像电影演员秦怡一样，具有长久的魅力。

但是谷香由于病魔的摧残，全身的骨架已经发生明显的变化了。她身上的骨节大部分坏死了，不能活动了。我看到她十个手指头上的骨节都变形了。

我问她："你现在生活还能自理吗？"

"不行了，"她伤心地说，"我自己什么也干不了啦，没有用了。"

"你现在还能看书吗？"

"看书，我现在可以上电脑，经常在网络上看小说。"她对我说，"我现在生活上唯一的精神寄托就是看书，看小说，看电视了。"

"我给你拿来了几本书，你有时间就随便看一看吧。"

我把我已经出版的三套书，十本，展现在姐妹俩的面前，铺到谷香坐着的小床上，谷香看到我送给她的书，感到既惊讶又惊奇。

"胡南，这些书都是你写出来的吗？"

"是的，你以后慢慢看，慢慢消磨时间吧。"

"你真了不起，出版了这么多书？"她随手拿起一本书来翻阅，"你真是梦想成真啦！"

"可是我的梦想还没有实现，我只是完成了人生一部分的梦想。"

谷玉大姐拿起我的一本书，一边翻看一边说：

"胡南，你的书我看过了，写得真好。"

"大姐，你怎么看过我的书？"

"我在北京的书店里买到的。"

"你在北京的书店里买到了我的书？"

"是呀。有一天，我到北京中关村的书店里去转悠，看到了你的书，我当时还有一点不相信我的眼睛，以为是看错了，我看到书的封面背后有你的照片，还有作者小传，我才相信一切都是真的。我当时就买了你的剧作集和戏剧集两套书，共计六本。不过这一套话剧集，这四本书，我没有看到。"

"这是我今年新出版的书。"

"噢，新出版的？难怪了。"

"胡南，你真了不起，"谷香又说，"三十多年了，你能始终坚守你的梦想，这不是一般人能做到的。"

"是呀，三十多年，我写得很苦，也写得很累。"

"可是你有成果了呀，写得再苦再累也是值得的。"谷香说。

"胡南，你真的不容易，"谷玉大姐说，"你有常人所没有的精神和毅力。"

"大姐过奖了。"

"不，大姐不是当面奉承你，你确实有毅力、有才华，你的剧作集和戏剧集六本书我都看过了，写得非常好。这可不是一般人能写得出来的。从你的作品中，我看到了前辈戏剧大师的创作风格和创作精神。"

"我是看着前辈大师们的书学习创作的，可是我跟前辈大师还是不能比的。"

"可是你继承了前辈大师们的精神，有成绩了，这也是了不起的。"

"谢谢大姐的鼓励。"

"我期待你以后能写出更多更好的作品来。"

"我大姐如此评价你的作品，那我可要好好看一看喽。"

"大姐的评论是鞭策我的。"

"谁说的，我说话可是实事求是的。看到你写的作品，我真的感到很惭愧。我当了一辈子大学老师，也没有写出像你这样的作品来，就出了一本论文集。"

"你发财了吧？胡南，"谷香天真地问我，"你出版了这么多书，得到了多少版权费呀？"

"我一分钱也没有得着，还赔了不少钱。"

"不会吧？你出版了这么多书，难道没有版权费吗？"

"我确实没有得到版权费，光赔钱，老婆气得要跟我离婚。我到现在还欠着出版社几万块钱出版费呢。"

"怎么会是这样啊？当作家光赔钱，不挣钱，以后中国还有人当作家吗？以后还会有人创作文学作品吗？"

"我不知道别人，反正我是没有挣到钱，而且还花了不少钱，我到现在还差出版社五万块钱，我还想找人借钱或者到银行贷款呢。"

"胡南，你说的是真的还是假的？"

"当然是真的，我有必要骗你吗？"

"你找太太要钱要不出来吗?"

"肯定要不出来,要钱的结果就是离婚。"

"什么?离婚?"谷香看着我,两只眼睛惊得发呆。

"现在人到底怎么啦?夫妻之间的婚姻好像气球一样,说爆就爆了。"谷玉大姐不理解地说,"一辈子的夫妻,还不值几万块钱?"

"是这样的,现代人的婚姻不值钱。"

"是呀,"谷香好像深有感触地说,"现在人都变成原始动物了,人为财死,鸟为食亡,大难临头就各自飞了。"

"是的。不谈这些闹心事儿了。"我想到出版社的编辑费和出版费的问题,感到头疼。

谷玉大姐就此转移了话题:

"胡南,你新出版的书还有多的吗?"

"还有多的,大姐想要?"

"是啊,你的书,我差新出版的。"

"大姐,我一定给您。"

"谢谢。"

"你给我的书,要在书上给我签名。"谷香笑着对我说。

"签名?我还要签名?"

"对,应该要签名。"谷玉大姐说。

"当然要签名啦,你是作家啦,你应该在书上给我签下你的大名!"

谷香半开玩笑,半请求地叫我在书上签名,我只有满足她的要求。一般来说,我是不喜欢在我的书上给人家签名的,因为我的字写得不好看,写了几十年,我的书法也没有练出来。不过送给她的书,我愿意签上我的名字,虽然不值钱,我也愿意给她留个纪念。谷香叫姐姐拿笔来,我就在每一本书上签了名。

随后我问她:"谷香,你现在可以自己下楼走一走吗?"

"不行,不可能了,我连走路都走不好,更不要说下楼了。在我妈家里,我自己蹭着走还行,不过也怕摔倒。"

命运对她来说太不公平了,本来一个美如天仙的女子,被病魔摧残得好像变了一个人。我看着她痛苦难过的样子,真是不敢想象她以后怎么生活。

我又问她:"谷香,你自己的家庭还好吗?"

这是我最想了解的。

她说:"我的女儿还好,她在南京上大学。"

"你丈夫呢?过'十一'他应该在家里休息吧?怎么不见人呢?难道他真的……?"

"我们的婚姻已经名存实亡了。"谷香眼圈发红地说,"当我能干活的时候,当我能为他洗衣服、做饭,能伺候他的时候,我是他的妻子,是他的老婆。现在我没有用了,什么也干不了,他就走了,不管我了。所以我才回来跟母亲一起生活,只有妈妈不嫌弃我,只有姐姐不嫌弃我、回来照顾我。我跟他已经不在一起了,只有女儿属于我。"

谷香说得何其悲也!她只能回家依靠老母亲生活。可是她的老母亲已经八十多岁了,又能依靠多久呢?如果有一天她母亲不在了,谷玉大姐老了,她又怎么生活呢?她后面的问题我真是不敢想了。好在她有一个亲爱的好姐姐,疼爱妹妹,跑回家来照顾她。

我不敢再多问她什么了,怕她伤心落泪,我只有转移话题。我希望她能多保重,与命运抗争,坚强快乐地生活下去。我还能说什么呢?我在她母亲家里坐了有一个多小时,看到她的悲惨样子,我坐不下去了,她的命运实在有点太惨了。我喝了两杯茶水,吃了一个香蕉,就起身与谷香、谷玉大姐、谷大妈告别了。

"再见,谷香,多保重。"我跟她握手再见。

"再见,胡南哥,欢迎你以后常来看我。"我发现她眼里有了泪花。

谷香和谷大妈把我送到门口,谷玉大姐还一直把我送到了楼下。

"你今天来看我妹妹,她非常高兴,"谷玉大姐对我说,"以后有时间常来玩吧。"

我请谷玉大姐上楼去,以后多费心照顾好谷香,我就走了。

我走在回家的路上,想起了谷香的丈夫,十多年前我见过。那是在她父亲去世的时候,我到她家里去对她的父亲表示悼念的时候,我还跟她丈夫一起吃过饭。听说他丈夫是什么大学的毕业生,在单位里混得还不错,表面上看起来像正人君子一样,当妻子如花似玉的时候,夫妻之间的感情可能还不错,可是当妻子大难临头、病魔缠身,需要他照顾的时候,他变成王八蛋了。

现在的人到底怎么啦,真的是夫妻本是同林鸟,大难临头就各自飞了!

谷香的命运,又使我联想到了我的朋友小季妻子的命运,两个女人的命运有多么大的不同啊!小季的妻子年轻的时候长得大不如谷香漂亮,也不如谷香有才华,结婚不到两年,她就风湿病缠身,什么也不能干了,后来病情发展得比谷香还要严重,一辈子没有生育过孩子。可是小季对妻子不离不弃,家庭虽然一无所有,他却守着妻子过了几十年。这样的人是不是太傻了?等于陪伴着残疾的妻子走过了一生。可是谷香的命运呢,得病还不到五年的时间,就被丈夫抛弃了。人与人的命运真是大不相同,差别太大了。大千世界,芸芸众生,每个人的命运可能都不一样,遇到好人,可以说是一生最幸福的事情;遇到王八蛋呢,一辈子也就算倒霉了。我只能衷心地祝愿谷香的晚年生活不要过得太悲惨。

过了两个星期,谷香给我来电话,问我需不需要钱?

"胡南大哥,你不是还欠着出版社的钱吗?我支持你吧。"她在电话里说。

"你支持我?我怎么好意思借你的钱呢?"

"有什么不好意思的?作为朋友,没有什么不好意思的。我希望你不要为了出书的事情跟老婆闹离婚。回家好好跟太太过日子吧,老夫老妻了,人生走过大半辈子了,不要为了实现自己的梦想毁掉了家庭,我愿意成全你们保持一个完整的家庭,老有所依。"

她真是善解人意的女性,细致入微,我在她母亲家里说到欠出版社钱的事儿,只不过是话赶到那儿了,随口一说而已,但是我没有想到她居然会如此放在心上,而且还主动打电话要借钱给我,实在太令我感动了。到底是老朋友,红颜知己呀,她是世界上最了解我的人。虽然我们一辈子没有成为夫妻,但她却是我在世界上最知心的人。

出版社来电话催我交钱,我正为钱的事情发愁呢。我的书已经出版几个月了,是应该给人家钱了。谷香愿意主动出面帮助我,我也就不客气了。我找她借了五万块钱,并且跟她说好一年之后归还,同时按照国家银行的利息加百分之五。没过几天,她就把钱打到我为她提供的银行卡号上了。我拿到谷香借给我的钱,马上就转给了出版社,付清了拖欠出版社的钱,一切结清了。

但是我的心情还是沉重的,借钱终归是要还的。我想借用谷香的钱,也许在一年的时间里,我的命运可能会出现意外的转机吧?

其实不然，我的命运还是没有出现转机，既没有出现曙光，也没有出现春光明媚的局面，中国话剧界的大门对我还是冷冰冰地关着，没有开门的地方。我真的是没有办法了。

时光如梭，一年时间一晃就过去了，到了要还钱的时间了。怎么办？我不能对朋友言而无信呀，我应该遵守诺言。我只有回家向老婆摊牌，我在外面借了钱出书，要还人家的钱。我老婆听说我又在外面借了钱出书，气儿就不打一处来，马上就跟我吵起来了。

我承认在出书的问题上，我是自私的，我想把我的作品留下来，留在人间，为子孙后代留下一份文化遗产，不管我写的东西是好还是坏，能不能流传千古，但是至少可以证明，我来到人间并没有白活一辈子。难道我错了吗？像我这样的人，在中国文化界还是少有的吧？三十多年的时间，我创作出版了三十多个剧本，在中国八百年的戏剧文化史上也是不多见的吧？我跟一个不懂文学、不懂艺术的女人，什么也说不明白，什么也说不清楚。我跟妻子之间，只能说是属于志不同、道不合的两种人。我与妻子之间的结合，应该说是命运之神的错误安排，或者说是爱情之神的错误撮合，因为我们之间的理想不同，爱好不同，生活的追求不同，说到底是属于两种不同类型的人，所以我们之间也就没有什么好说的。因为没有共同的语言，虽然在一起生活了二十多年，也无法弥合我们之间的差异。她属于居家过日子的那种小女人，而我属于异想天开、想入非非、不切实际的大男人。所以我们之间的结合，是命运之神的错误安排吧。

严格说起来，她也算是一个有知识、有文化的人，接受过大学本科教育，又是高校教师、大学的副教授，表面上比我光亮多了。我一辈子读了七年书，中学毕业，什么光华的外表也没有，既没有当上官，也没有发大财，一辈子也挺委屈她的。

我后来找她要钱，我要还上谷香借给我的钱，她就恼火了。为此，她向我提出了离婚，我也只能顺其自然。虽然我不想离婚，因为我们之间已经走过了大半辈子了，再过十年二十年，一辈子也就走到头了。但是她要离婚，并且主意已定，我也只能尊重她的意见。我只能抱着最后一线希望问她：

"不离婚不行吗？"

"不行，必须离婚，我不能再跟你过了，再过下去，你要把我们家里的钱全败光了。"

她言过其实了。我前后出书也没有花家里多少钱，三套书加起来也就花了不到 15 万块钱，相当于花了一部轿车钱。而且第一套书，还是我妹妹为我拿的钱，她不认账，也不还钱。第二套书，等于是花了父母亲留给我的钱，父母亲留给我的钱是五万五千块，我实际上出书花了三万八千块钱，不到四万块钱，等于我也没有花家里我和她所挣的钱。第三套书，我找谷香借了五万块钱，也就相当于我一年的工资钱。就为了这五万块钱，她就不干了，坚决不跟我过了，要跟我离婚。我也没有办法说服她，因为在今天的社会中，人与人之间已经没有什么伟大的爱情可言了。人活得都很实际，就是为了钱活着，结婚也好，离婚也好，年轻的也好，人到中年也好，老年人也好，好像都是为了钱活着，就是围着钱打转转，所以现在夫妻之间的感情不值钱，说离就离，说散就散。因此，如今的社会离婚的人是越来越多，这是众所周知的社会问题了。

妻子提出离婚，我也阻挡不了她的决心，要离就离吧。借朋友的钱，我肯定是要还的。她要离婚，我给她主动权，因为她是女人嘛，女人是弱者，我让她随意定条件。我们也不争了，也不吵了，因为争也没有意义，吵也没有意义，既然过不到一起去，也只能友好地分手，说一声再见。这件事，我们事前没有让她的老母亲、我的老丈母娘知道，老太太知道这样的事情肯定是要生气的。妻子与我争吵过后，心情平静下来，又不提离婚的事儿了。

这样我们平安地过了几个月。后来我想到北京去创办剧团，组建团队，创办工作室，把我的剧本搬上舞台，我想在人生的舞台上最后搏一回！

我想用家里的财产和房产，到银行办理抵押贷款，我妻子实在接受不了啦，实在容忍不了我异想天开的想法，她下定决心跟我离婚了。

"你疯了吧？"她说，"为了你的梦想，为了你的艺术世界，你居然想到了以我们家的财产和房产做抵押，到银行去贷款？"

"是的，这叫创业。"

"我不同意！这是我们两人一辈子的血汗钱！"

"是的，我知道这是我们两个人一辈子的血汗钱。我想疯一把，创建工作室，当老板，把我所写的戏剧搬上舞台，这是我一辈子的梦想。"

"我看你是疯了，神经不正常了。我不跟你玩了，你自己过吧，"妻子泪流满面地对我说，"我跟你离婚，你自己想干什么就干什么吧。家里的钱，我要到女儿身边去买房子，以后要到女儿身边去养老，不是给你到北京去办剧

//生活见闻录//

团,当老板,瞎胡闹的,你就不要想了。你想到银行去贷款,你想到北京去办剧团,你想干什么我都不反对。我们离婚,我不跟你过了!"

我的计划,或者说是我的梦想,对妻子的打击太大,她伤心过度,最后玩真的了,坚决要跟我离婚,这是导致我们婚姻破裂的最主要的原因。

我说服不了她,也征服不了她。因为她从小是在山沟里长大的,没有见过外面的大世界,她只想老老实实地居家过日子,平平安安地到女儿身边去养老,家庭的钱和财产是她安度晚年的保证。她的想法也无可厚非,她想得也没有错。可是我天生是不喜欢平平静静过日子的人。所以我的主张她反对,我的计划她反对,她要跟我闹离婚,我也只能听天由命了。

她费尽心机,与她大哥大嫂商量了几天时间,最后定出了条件,打印了两份,拿给我看。至于离婚协议书写的是什么内容,我连看也没有看,我心烦意乱,什么也不想看,到现在我也不知道她的离婚协议书具体写了什么内容。

我提出的唯一条件和要求就是两点:其一,家里的钱我要五万,多余的钱我不要,我要还上借朋友的钱。其二,离婚之后我要有地方住,我不能一无所有,家产可以不要,钱都可以归她和女儿所有,但是我不能没有住的地方。她根据我提出的两点要求,就给了我五万块钱,外加我们两人的一半房产,也就是两室一厅六十多平米的房子,两人以后一人一半。

可是离了婚之后我住哪儿去呢?她想出了一个聪明的办法,叫我暂时去住老丈母娘原来的房子,也就是房产权已经转让给她大哥的那套房子,老太太在我们家安居下来以后,那房子一直空着,她叫我到原来的老丈母娘家去居住,条件是不让我找任何女人在那里居住,也就是说,房子只能我一个人住,以后不能再婚,不能找其他的女人居住。

除此之外,她安排离婚的时候也非常聪明,叫我把家里的一切家用电器,还有水管水笼头之类的东西都要修理好。以后不管她在不在我们家的房子居住,只要老太太活着,在房子里居住,她可以随意安排她大哥与她大嫂一起陪着老太太同住,也就是说,老太太只要活着,我就不能回自己的家,不能回自己的房子居住。因为我们家的住房条件要比老太太家的住房条件好一点,也比她大哥家的住房条件好,什么暖气呀,热水呀,生活方面的各项条件都比较好,所以老太太已经住习惯了。总之,一句话,她定的一切条件我都答应了,都依从她了,她满意了。

人们都说知识分子聪明，满腹经纶，我们家的知识分子的聪明才智都运用到我头上了。她在母亲家庭房产问题上当了冤大头，在我们离婚的问题上，她变成了诸葛孔明，她的聪明才智充分地体现出来了。

我就这样离开了家庭，离开了我们夫妻一起生活了二十六年的家。家庭的所有财产，包括一百多万元的存款，都归她拥有。我就带着我的衣物，我的书，我的电脑，还有我的工资卡，跟她分开了。我们夫妻之间的名份也就到此结束了。

离婚，前妻就给了我五万块钱，多一分钱也没有。我马上把钱还给了谷香。借了一年多的时间，也不算短了，时间拖长了我也不好意思。谷香自从得病之后上不了班，她也就提前病退了，一个月的病退工资可能还不到一千块钱。要生活，要治病，还要供养女儿上大学，她能慷慨地借给我五万块钱，已经很不容易啦。所以我要付给她利息钱。我打电话给她，告诉她我要还钱。

"你有钱啦，胡南大哥？"她在电话里问我。

"是呀，有钱了。"我回答说，"我还要付你利息钱呢。"

"你还给我利息钱？开什么玩笑啦，胡南大哥？"她不高兴地说，"我还成了放高利贷的了？我还要你的利息钱？我们还是一辈子的好朋友吗？"

"你就把你的银行卡账号给我吧。"

"给你账号可以，你就打到我姐的银行卡上吧。"

"打你姐的银行卡账号？为什么？"

"钱是我叫我姐借给你的，因为我本人没有钱，我的钱都看病、供孩子上学用了。我的家庭没有存款。我现在吃饭还是花我母亲的钱，我看病的钱，还是我姐姐给我的。"

"原来是这样？！"

"是的，胡南，"她继续说，"看了你的书，我非常感动。你的努力让我敬重，你没有白活一辈子，祝你成功！"

"谢谢！"

"我希望你有成名的那一天，你的作品让我看到了你的才华，我真的为你高兴。我也曾写过小说和剧本，可惜我没有写出一部作品来，你写出来了。我从你的作品中看到了你的光彩。我相信你一定能成功的！"

"你可真会鼓励我。"

"不，胡南大哥，我说的是真心话，这是我内心的真实感受，也是我发自肺腑的声音。好朋友，继续努力，加油！"

还是谷香了解我呀，知我者，谷香也！她告诉我谷玉大姐的银行卡账号，我就把钱打过去了，同时我也付给了五万块钱一年的利息钱。谷玉大姐看了我打过去的钱，马上又把利息给我退回来了，同时还不客气地把我说了一通。

但是，我没有告诉谷香妹和谷玉大姐，我和妻子已经离婚的事情，因为这不是什么光彩的事情。我感谢她们为挽留我的婚姻所做出的努力。我想请她们姐妹俩人吃一顿饭，表示我的感激之情，也没有能如愿。因为谷玉大姐忙碌着家里的事情，总是说没有时间，而且带着谷香到外面吃饭也不方便。

两个月之后，我得知，谷玉大姐已经带着妹妹谷香和谷大妈一起离开了山沟，回老家了。她们卖掉了家里所有的东西，破房子，旧家具，离开了生活三十多年的小城市，最后回老家定居了，以后永远不会回来了，因为谷家在山里已经没有亲戚朋友了。

"再见，胡南大哥，"谷香最后一次与我通电话的时候说，"我最后想对你说，对不起，请原谅我当年伤害了你，那是我一辈子最痛苦的记忆。你是我一辈子最敬爱的人！"

事情已经过去二十多年了，她还想着向我赔礼道歉。其实我还应该感谢她当年不要我，提醒了我，如果没有她当年的教训和伤害，我也不会脱离过去的朋友圈，我也不会坚持创作几十年，为中国的文学事业创作了三十多部戏剧、出版了四百多万字的文学作品，同时还有长篇小说，等等。

谷香妹和谷玉大姐她们永远地走了，以后很难再见面了，我永远失去了两位可敬可爱的好朋友，失去了知我、懂我、支持我、帮助我、鼓励过我的好朋友。这一辈子我还能见到谷香妹和谷玉大姐吗？

谷家姐妹的家庭，是我见过的生活在我身边的人群中少有的，姐妹情深似海，没有因为家庭问题引发矛盾、引发冲突，闹得感情支离破碎。谷玉大姐卖掉了母亲家中所有的东西，带着年迈的母亲和病重的妹妹，一起回老家去生活了。谷家姐妹的情操也是我生活的小城市里，或者说在我看到的人间社会里少见的。只有从谷家姐妹俩的身上，我还能看到了人间有真情，人间有真爱，人间还有血浓于水的亲情。她们走了，再见了。她们留给我的是一辈子难以忘怀的记忆！

# 第 6 章 不虚此生

我还是说一下自己伤心的事情吧。我孤苦伶仃地离开了家,离开生活了二十六年的家庭。我个人的全部财产只有几套衣物,一台手提电脑,一台打印机,加上我本人的工资卡。我个人所有的财物,加起来也不足一万块钱的家当,其他我就一无所有了,什么也没有了,都归前妻和孩子拥有了。

我亏待前妻了吗?说实话,我没有。我与妻子结婚在一起共同生活了二十六年,我挣的钱全部交给她了,为家庭所用了,我出书实际上只花了我最后一年的工资钱,我挣的二十五年的工资都为家庭做贡献了,最后留给她和孩子了。我带着五万元的债务,离开了家庭。我最后离开家的时候,妻子和老太太为我包了一顿饺子,算是为我送行吧。以后还能回到这个家里来生活吗?我就不知道了。

关于我和妻子离婚的事,外人不知其因,说什么的都有,我也没有必要对外人做过多的解释。妻子理解不了我的想法,我又是一个不听老婆话的男人,所以我和妻子离婚也是必然的结果。

我和妻子离婚到民政局去办理离婚手续的时候,我才恍恍惚惚地意识到,我要失去妻子,失去一个完整的家庭了。夫妻一场,二十多年的婚姻就这样结束了,我仿佛做梦一样迷迷糊糊的,还当是两口子闹着玩呢。

我一个人到她母亲家的房子里居住,房子是够大了,两室一厅,可是里面的东西没有一样是属于我的。几样简单的老家具可以放衣物,电视机是坏的,电冰箱也是坏的,洗澡的卫生间也是坏的,什么生活上需要的必需品也没有,都需要买。

一个人生活,对付着过吧。我望着空空荡荡的房间,望着孤独寂寞的家,真的不敢相信,我已经五十多岁了,又要开始过上单身生活了。除了感受孤独、寂寞,我什么也不想做,对写作也一度失去了热情,也没有创作的灵感了。我对生活也失去了热情和企望,我不知道自己该干什么,一天到晚就是傻看书。

　　我们离婚的时候是冬天，我感觉外面天气非常寒冷，我的心里更加寒冷。我已经年过半百了，又开始了一个人的生活，悲哀呀，我的晚年怎么过？我应该到了安享晚年的时候了，却一无所有，既没有家庭，也没有房子，也没有钱，这就是我与妻子二十多年的婚姻最后画上的句号。

　　有人看了我的书，也许会觉得奇怪，你小时候那么厉害，年轻的的时候那么野蛮，到了老年怎么会变成另外一个人，变得不是原来的自己了？是的，我变了，人会随着年龄的增长有所改变的。这充分说明我的本性还不是一个坏人，虽然我不敢说自己是个好人，但是至少可以说，我不是品行恶劣、卑鄙无耻的小人。或许可以说，我的改变是由于多年来我看书修养的结果，我学到的知识陶冶了我的情操，我看过的书改变了我的灵魂，改变了我的性格，改变了我的人生，改变了我的一切。人的年龄大了，也就变得厚重了，想问题也就跟年轻的时代不一样了。

　　我跟妻子结婚二十多年，即使没有感情，也有亲情。我出书欺骗了她，这是我的过错，我要创办剧团，她不支持，要离婚过错也在我。

　　其实反思我们的婚姻，我觉得一辈子也挺对不起她的。她跟着我在一起生活了二十多年，没有享受过大富大贵。改革开放的社会，有钱的人家越来越多，别人家有钱，有别墅，有轿车，要什么有什么。我一个工人，挣企业的工资，吃国家的饭，所以我们的家庭没有别墅，也没有轿车。她嫁给我，一辈子也挺受委屈。如果她这辈子嫁给一个当官的，或者嫁给一个有钱的老板，她可能要什么有什么。她嫁给了我，一个痴心做文学梦的人，也是她一辈子嫁错了人吧。

　　如果我只是一个不思进取的凡夫俗子，像普通的小市民一样，吃喝玩乐，什么事情也不想，什么事情也不做，我一辈子的生活也会过得平平安安。如果我一辈子没有野心，没有梦想，过一个普普通通的知足者常乐的小市民生活，我会过得很开心、很惬意、很舒服、很幸福，尤其是生活在一个吃喝玩乐的小城市里面，我的家境至少要比百分之五十的家庭过得好。

　　但是我这个人生来就是与众不同特立独行的人，所以也就命里注定了，我一辈子不可能过平平安安、知足者常乐的生活。用眼下年轻人时髦的话来说，人活一辈子，不拼不搏等于白活，不苦不累等于一生白过。但是我没有想到，我的人生之路，走起来会如此地艰难，如此地曲折。但是我并不后悔，不难过。虽然我的一生拼得妻离子散，一无所有，但是我可以自豪地对孩子说：我的一生没有白活！

可喜的是，党的十七届六中全会就促进中国文化事业的大发展大繁荣召开了专题会议，做出了英明的决策。也许不久的将来，我有机会走进中国的文化界吧？我相信，机会还是有的。

我总以为，我和妻子虽然离婚了，不是夫妻了，但是我们之间还是朋友，还是亲人，还有亲情在，还有女儿连接着我们之间的情感，连接着我们之间的血脉。她有需求，我还是愿意帮忙的。可是后来她做的几件事情，真叫我感到心寒如冰。

离了婚，她要学开车，要考驾驶本，准备将来买车。我就厚着脸皮，求朋友帮忙，为她学驾驶证开绿灯，为她办了最后一件事情。这也许是我一辈子求人为她办的最后一件事了，以后再也不用为她家里的事情求人了。

回想我和妻子二十多年的婚姻，我冷静地沉思，觉得有得也有失，有爱也有恨，有恩也有怨。实话说起来，她对家庭最大的贡献是生养了一个漂亮可爱的女儿，我们共同把孩子养大成人了。她对我最大的帮助，是教会我电脑打字，为我的文学创作提供了方便条件。我为她最大的贡献，是婚后支持她继读进修大学本科教育，我又带孩子，又操持家务，为她顺利完成本科学业奉献了一切时间和精力。还有她评高级职称，我帮助她写论文，她晋升了副教授，我也算尽了一份心，出了一份力。

往事如烟，一切都过去了，一切美好的往事都结束了。

孩子要结婚了，我们两个人为了孩子的婚姻，最后唱了一场夫妻二人转。我们坐着我妹夫开的轿车，到男方父母家里去参加我们女儿的婚礼。同车的人有我和"妻子"，还有她大哥，我妹妹，还有开车的我妹夫，共计五个人。除了她大哥知道我们两人已经离婚了之外，其他任何人都不知道我们两人已经不是夫妻了。

到了男方家参加女儿婚礼的时候，住在宾馆里，我向前妻提出过复婚的请求，她说：

"我们只能做朋友，不能做夫妻，做朋友可以，做夫妻太难了。"

她觉得跟我在一起生活了半辈子，太累了，太辛苦了，别人家里又买新房又买轿车的，我们家里是什么也没有，我还要乱花钱。我明白她的意思，我对复婚也就不抱幻想了。

参加完女儿的婚礼，我们从男方家返回来。回到家之后，我花钱请了她家人和我家人吃了饭，告诉大家，我们的女儿结婚了。她舍不得掏一分钱，像孩子结婚这样的大喜事儿，她也算计得精到家了。

女儿要结婚的时候，男方家的父母亲跑到我们家来提亲，给我们家带来了不少礼品，什么水果呀，点心呀，烟酒呀，其中最值钱的就是两瓶茅台酒、两条中华烟了。结果，前妻把亲家送给我的两条中华烟和两瓶茅台酒分配了。她是怎样分配的呢？她说，她大哥要为儿子大毛头提亲，过年要到女方家去走一走，她把两瓶茅台酒，加上一条中华烟，送给了她大哥，当做提亲的礼品送人了。还有一条中华烟，她拆开来，我抽了四盒烟，她又送给了她大哥四盒烟，多下来的两盒烟，她又拿出去送给她的同事和朋友，告诉外人我们家女儿结婚了。说起来，我与妻子也是二十多年的夫妻了，还有一个血脉相连的女儿，结果好像一点感情也没有了，烟消云散，什么也不存在了。我还不如她大哥的家庭重要，我还不如她大哥家的儿子重要了。我的前妻后来做的一些事情，叫我看到了人类社会的真实本性：人不为己，天诛地灭。

我不知道如今有多少人的家庭生活是幸福的，但是我看到的、听到的、见到的、了解到的一些人的家庭生活，十家有八家是表面上平静，实际上为了钱，为了争夺家庭遗产，矛盾重重，亲人之间的感情连路人也不如。这就是我目睹的人间小社会的真实情形，兄弟姐妹之间为了钱反目成仇，骨肉亲情之间为了争夺父母的家产，闹得彼此成为仇人。我说的不光是我的家庭、我前妻的家庭，还有其他人的家庭也是同样如此。这是不是与当今社会吃喝玩乐的文化有关系呢？我不得而知。

实事求是地说，改革开放三十多年，今天的中国人生活水平确实比过去大幅度提高了，每一个家庭都比过去有钱了，比过去富裕了，但是人类社会的文明好像没有进步。

一个人的日子慢慢过吧。我觉得离婚最大的好处就是自由，没有人管，没有人问。日子清静了，可是我什么东西也写不出来了，心里乱糟糟的。以后的日子怎么过？这是我要思考的问题。当然了，我倒是不发愁做家务事，因为我什么都会做，买菜、做饭、洗衣服、收拾家、买东西。修理家用电器，什么生活上的琐事也难不倒我。我发愁的是钱，没有钱的日子怎么过？当然，我办理病退，有基本生活费，我还不至于饿死。

问题是我还要继续创作，我还要继续出版我的著作。当然我可以慢慢地攒钱，可是我的写作速度太快了，我一年只有一万块钱的生活费，够生活，不够出书的。此外，我还要想办法还我妹妹的钱，这笔钱已经借了有五六年的时间了，总是要想办法还上的。

我冷静下来，思考下一步的生活计划与创作思路。我应该写什么？因为写戏剧不赚钱，光赔钱，我的剧本又没有剧团排演，所以我就暂时放弃写剧本的工作了。我本来打算挑战一下英国伟大的戏剧家萧伯纳的，他老人家一生活了九十多岁，创作了五十一部剧本。我已经创作了三十六部大戏，十个小剧本，如果我再坚持创作十年八年的，也许就能赶上他，或者可以说超过他了。但是我写剧本不赚钱，我也就不能再继续写下去了。

我还是要面对现实，改变创作题材吧。我想写小说也许能赚到钱吧？可是多年来，我创作剧本已经习惯了，写剧本已经轻车熟路，一般的剧本，我有两三个月的时间就能写出一部来。要改写小说就有点难度了。虽然过去我也写过中、短篇小说，可是失败的多，只发表过一篇短篇小说，而且写得也不好，也没有挣到几个稿费钱。所以我想，写长篇小说也不一定能成功吧。但是我面临的问题，还是促使我下定决心改写长篇小说。我写了两个月的时间，一部作品也没有写出来，我苦闷极了。我必须要想办法攻克写小说的难关，想办法挣钱，解决我后面的生活问题、著作出版问题。可是我心越急，越写不出来。我觉得写小说，好像比写剧本难。我每天出去散步，想好了写小说的思路，可是回到家里，坐到写字台前，我的脑子就不灵活了，我又写不出东西来了。这样烦燥地过了几个月。

春暖花开了，我工厂的同事和朋友们邀请我出去踏青，到外面去散散心。我跟着他们，在春暖花开的时节，去了一趟美丽的樱桃沟。我也该出去玩一玩了。离婚之后，我一个人的生活过得太苦闷了，我需要出去呼吸一下大自然的清新空气，同时我也需要到外面的世界去寻找一下生活的快乐和创作的源泉。我们同去春游的伙伴们，有十多个人，其中大部分是年轻而又充满活力的女性。她们有活泼开朗的性格，温柔快乐的天性，其中不乏有魅力的迷人女性。因为工作的关系，我天天都要跟她们打交道，所以彼此之间也很熟悉。跟着她们一起出去春游，对我来说当然是一件十分快乐、十分惬意的事儿。

我们到了樱桃沟，这里的景色果然是那般明媚，满山遍野的樱桃树，吸引了无数前来踏青的人们上山去采摘樱桃。除了山上有樱桃树之外，地面上还有鲜亮的草莓。整个樱桃沟，就是一片樱桃、草莓、春游、踏青的极乐世界。我难以相信，一条小山沟，居然有如此大的魔力，吸引了成百上千的男女老少到此一游。路上车水马龙，山上人头攒动。看到这样的情景，简直感到太惊奇了。

十年前，我到过樱桃沟，那时候樱桃沟当地的人家还比较穷，山沟还比较落后，当地老百姓连一座像模像样的房子都没有。十年的时间，老百姓的生活发生了巨大的变化。他们家家户户都住上了漂亮的楼房，我真的不敢相信自己的眼睛。

同游的朋友们，采了一点樱桃，摘了一点草莓，用清水洗干净了抢先品尝起来。一上午的时间不知不觉就过去了。

中午时分，大家到一家农家乐餐厅去吃午饭。在等待的时间，有的人打扑克牌，有的人打麻将，寻求赌博的刺激与快乐。我呢，既不喜欢打牌，也不喜欢打麻将，我就利用这段时间，和农家乐的老板攀谈起来。老板夫妻两个人开着农家乐餐厅，家中有四个孩子。像这样普通的农家乐家庭，比我们工厂的工人家庭过得好，一年的收入比我们还要多。人家除了开农家乐餐厅，还有樱桃、草莓、橘子、猕猴桃等水果园。不仅如此，他们家还有网箱鱼可以出卖。全家人一年忙活十个月，全年的工作也就结束了。人家吃得比我们好，住得比我们好，生活还自由。

我到农家乐的外面走了一圈，我发现这里的地理位置真是独特。汉江流域的河水，从农家乐的脚下流过，河水缓慢平稳，农家乐人家在河岸边上养了不少网箱鱼。河面的宽度至少有两百米左右，河中可以行船，可以游泳，还可以钓鱼。汉江水是流动的。国家的南水北调工程就是从汉江里取水，输送北京，供给北方人民生活之用，汉江水是南水北调工程的源头。

我在河边看到水中有两条小船，从南向北划行，船上的人一边抽烟，一边向水中的网箱里撒东西，好像是在喂鱼。

望着风景如画的山水情景，我突然想到三十多年前我下乡当知青的地方，那里的山山水水跟这里的非常相似，那里也是汉江流域的小村落。我的心里突然产生了一个想法，有时间，我应该到当年下乡的地方去走一走，看一看那里的农民现在生活过得怎么样？三十年前，当地的农民生活过得可是非常艰苦的，家家户户穷得吃不饱肚子，人人衣服都穿得破破烂烂，好像城里的叫花子一样。三十多年的时间过去了，当地的老乡如今过得怎么样？赶得上樱桃沟的农民吗？我想，他们应该比樱桃沟的农民过得好吧？因为他们离市区近便，交通方便，而且改革开放以后，又被定为城市发展的西城开发区。他们发展的条件，照理说要比樱桃沟好多了。

在樱桃沟玩了一天的时间，大家都很开心。虽然有一点累，不过我觉得大有收获，因为我找到了一个创作的好题材。晚上回到家里，我就写了一个创作大纲。

过了两天，我又跑到我当知青的地方去观光。当年插队落户的生产队村庄已经不复存在了，取而代之的是棉纺厂、化肥厂。人我一个也不认识了。是呀，三十多年的时间了，老的可能走了，年轻的素不相识了。时代变了，社会变了，要寻找当年的旧迹谈何容易呀。我转了半天，什么难忘的迹象也没找到。过去当地的农民，可能都变成棉纺厂或者化肥厂的工人了。从住房条件来看，他们的生活水平还是不如樱桃沟的农民，而且也不如我们大型国有企业的工人。但是不管怎么说，社会还是进步了，当地人的生活水平还是提高了。

我回到家里，回想起我上山下乡的知青生活，同时也联想到如今看到的樱桃沟的变化和我当年下乡的地方发生的变化，我就构思了以知识青年上山下乡为题材，以改革开放为背景的长篇小说《梅开二度》。这样题材有了，构思有了，故事内容也有了，我就动笔写了。可是我写了几天时间，还是写不出来，写出来的东西我自己看着不满意，我就停笔暂时不写了。因为灵感还没有来，放弃创作是一种明智的办法。

我每天只有晚上的一点时间能创作，白天的时间要上班，要工作，所以写作长篇小说感到有困难，时间太少了，不够用的。

这时，正好厂里的经济效益不景气，工厂处于半停产状态，国家的轿车产业遭遇了改革开放三十多年来寒冷的冬季，全国的轿车销售市场整体下滑，车卖不出去，企业的生产量大幅下挫。工厂实行了干部、工人轮休制，为工厂减轻压力和负担。我为此向厂里提出了轮休一年的申请，我这也是为厂里做好事儿，为企业减轻压力和负担，所以工厂很快就批准了我的请求。

这样，我就可以在家里安心写作，安心创作我的长篇小说了。如果我和前妻不离婚，她肯定是不会同意我这样做的，因为我在家里轮休一年，只能拿城市低保生活费，一个月只有九百块钱，也就是保障一个人的基本生活。但是我没有人管了，我是自由战士了，所以我想干什么就可以干什么，随心所欲。离婚虽然使我失去了家庭，但是使我得到了自由。一个月九百块钱的生活费，我也够花了。我要争取一年的时间，写出两部长篇小说来，这就是我为自己订出的计划。我觉得我的钱足够维持我一年的生活了。我跟前妻离婚一年，我还攒了有一万多块钱，这些钱我以为不少了，我是小财主了。

我在前面对读者已经说过，我对人生有着与众不同的看法，我不会为钱活着，钱一辈子挣不完，有钱多花，没有钱少花。当今社会，有钱人太多了，没有钱的人也太多了。改革开放的社会饿不死人，实在没有钱花了，我再出去工作也不迟。

人生有两样东西买不来，一个是时间，一个是生命，时间失去了，就永远追不回来；生命失去了，就不可能复活了。所以我需要的是抓紧时间，在生命有限的时间里做我自己想做的事情。

我有一万多块钱，我就想先出去旅游一圈，到外面去开阔眼界，到女儿家里去转一圈，看一看孩子，看一看女儿的生活到底过得怎么样？到江南去玩一圈，瞧一瞧外面多姿多彩的世界。我已经有几年时间没有离开过山沟出远门了。

于是，我便跑到浙江宁波女儿家玩了一段时间，随后又跑到杭州、上海等地去玩了一圈。一个多月的时间，我在外面玩得很开心，我的创作计划也想好了。我到外面去玩，又大开了眼界，不过我把身上的一万多块钱也花得差不多了，除了给姑娘留下五千块钱外，我所有的钱基本上花光了。我回到家又变成穷光蛋了。但是我并不为缺钱而伤心难过，我有钱保证我的基本生活就足够了。

我静下心来，又开始创作我的长篇小说了。从七月一号开始动笔，到八月三十一号截止，正好两个月的时间，我创作完成了我的第一部长篇小说《梅开二度》。两个月的时间，我写得很苦、很累，每天上午八点钟坐到写字台的电脑桌前，创作到十一点，做饭、吃饭。中午午睡两小时。下午两点钟，又坐到写字台的电脑桌前，创作到四点钟。晚上八点钟，坐到写字台的电脑桌前，创作到深夜一、两点。两个月的时间，我每天都是这样度过的，天天如此。我的长篇小说终于创作完成了，我轻松地吐了一气口，可以休息几天的时间了。

长篇小说修改完成了，我又心血来潮，创作了剧本，分上、下两部。两个剧本，我创作了一个多月的时间就圆满完成了。于是，我把小说和剧本分别寄给了出版社和一家话剧团。我认为可以放松休息一段时间了，等着出版社和剧团回答的消息吧。如果我创作的长篇小说也需要花钱出版，那就只有以后想办法了。我一个月九百块钱的生活费，马马虎虎只够我吃饭用的，不可能有钱出书了。

我不知道后面的命运如何，我不敢多想了。人的命，天注定。还要继续往前走，还要继续从事我的文学创作，我还要继续书写人间、社会、大众、普通的百姓生活。我相信我的一生能为人间留下一点有价值的东西。

虽然如今我一无所有，既没有家庭，也没有房子，也没有钱，也没有车子，但是我既然选择了这样的人生之路，我就要坚持走下去，坚持到底！不管前面的路途有多么艰难，有多么坎坷，有多少苦难等着我，我就是爬也要爬到人生的终点！

虽然我与妻子离了婚，这是非常遗憾的事情，但是我并不后悔，因为我跟妻子离婚的一年多时间，是我一生中创作文学作品最多的时期，一年的时间，我就创作了两部长篇小说、四部大型话剧，合计有一百多万字，这也许是我一生创作的高峰期吧。如果不跟妻子离婚，我也不可能在一年的时间里创作出如此多的文学作品来，因为我没有时间创作我的文学作品，我要上班工作，妻子不可能叫我办退休在家中休息，我无法安心地在家里搞创作。所以我跟妻子离婚也不见得全是坏事儿。

什么事情都是有得必有失，事物都是相对的，甘蔗没有两头甜的。

除此之外，我还想把我后面写出来的文学作品慢慢交付给出版社出版，面见公众，留存下来。虽然我活在人间默默无闻，但是我的一辈子还算做了一点对社会有意义的事情吧。虽然我不敢说，我的一生为中国的文化事业创作了多少优秀的文化作品，但是我可以实事求是地说，我没有创作文化垃圾，我写的作品还是对得起读者、对得起观众的。我相信，少数作品将来还是可以流传后世的。如果有一天，我的作品能搬上舞台，与观众见面，大家是可以看到的。

我可以问心无愧地对子孙后代说：我的一生没有白活！我相信我还能创作

出优秀的文学作品来。我要争取一生的时间,为中华民族的艺术大厦添砖加瓦,为中华民族的艺术宝库创造出精美的作品,为中国的文化事业筑造我梦想的金字塔!

我相信古人的说法:有志者,事竟成!

# 第 7 章 生活烦恼

55岁是我人生中最苦难的一年吧。55岁，我做出了人生一系列的重要决策。首先是告别了工厂的工作，办病退，回家拿基本生活费，一个月九百块钱，在家里继续从事我的文学创作。

过去文化人说，苦难是人生最好的老师，我的苦难人生真的来了，我一个人度过了人生中寂寞孤独的第55个春节。临近年关，大街小巷万家灯火，喜气洋洋，但是我却在原来老丈母娘的家中，空虚寂寞地过年，没有欢乐，没有幸福，也没有亲朋好友的祝福。大年三十的晚上，我一个人坐在电视机前，一边看着电视，一边喝着闷酒，一边想着家庭的变故，感慨万千。这已经是我一个人过的第二个春节了。

姑娘和女婿开车从宁波跑回来了，大年初一的下午跑来看我，算是给我拜年，同时给我带来了不少东西，什么水果啦，点心啦，衣服啦，等等。我还故作开心，跟女儿、女婿开玩笑地说：

"姑娘，快给老爸叩头，过年了，老爸给你们压岁钱！"

"老爸，我已经长大了，"姑娘对我说，"我不要您的压岁钱了。"

是呀，孩子长大了，成家立业了，当父亲的也老了。我看着女儿，看着女婿，回想着过去一家人在一起过年的欢乐情景，心里真是有一种说不出的苦涩。

女儿女婿跑来看我，对我孤独的心灵也算是一种安慰吧。我这是自找苦吃吗？我如果没有梦想，我的家庭也不会出现如此的变故，我也不会一个人过年。不过看到女儿、女婿过年回来，身体健康，精神很好，过得开心，我也感到挺高兴的。愿天下有情人都能白头到老吧。女儿、女婿来给我拜年，我想请他们出去吃饭。他们说太累了，改天吧，因为他们刚从女婿的父母家跑过来，路上跑得也是够辛苦的，我就只有改天请他们吃饭了。

"老爸，"女儿临走的时候对我说，"看来姥姥家的房子您要住不长了。"

"为什么?"

"我听妈妈说,您住的房子要拆除了,马上要盖新大楼了,请您考虑一下以后自己的住处吧。"

"房子要拆除盖新大楼的事儿我知道,那还不知道几年之后的事情呢。"

女儿再也没有多说什么,与女婿祝我新年快乐,他们就走了。女儿对我说的话好像话里有话,孩子的话是蜻蜓点水,可是什么意思呢?我也没有多想。

晚上,我给我妹妹打电话,祝福妹妹新年快乐。我妹妹和我妹夫也开车从外地跑回来过年了。他们的女儿,我的外甥女儿,在法国留学读研究生呢。我想请大家一起吃个饭,我就打电话约请妹妹和妹夫过两天一起到饭店吃个饭。妹妹和妹夫答应了。

过了两天,也就是大年初三的晚上,我订好了饭店,就打电话通知他们来吃过年饭。同时我也想邀请前妻一起来吃饭。我已经委托女儿提前转告她妈妈了,可是她不接受我的邀请,我亲自打电话请她来,她也同样拒绝了,借口是没有时间,家里还有很多事儿要忙碌。不来也就算了,可是她在电话里却对我说:

"大毛头'五一'要结婚了,没有房子住,你要考虑搬家找房子住的问题了,你要把房子还给大毛头结婚用了。"

我听了前妻的话感到很突然,实在太意外了,我没有想到她会说出这样的事情来。我这才想明白前两天女儿对我说过的话。原来是前妻通过女儿提前给我吹了个风,叫我有思想准备,女儿又不便对父亲直说。前妻要为她的侄儿大毛头结婚找我要房子,要把我扫地出门了。房产权是属于人家的,我怎么办?

我没有想到前妻竟然会如此地薄情寡义,离婚的时候,我把家里所有的钱和值钱的东西都留给她和女儿了,我是顶着五万元债务出来的,现在她们居然要把我赶出我居住的房子,以后连个安身的地方也没有了。我对她的所作所为觉得不可思议,不能理解,同时更感到气愤。一个表面上看起来善良、温柔,在外面说起来名声也很好的女人,为什么会如此地无情无义对待我呢?且不说,我们夫妻婚姻二十六年,还有一个孩子,就是考虑过去大家在一起生活了二十六年的夫妻情分,她也不该这样对待我吧?最后分开的时候,我也没有什么地方对不起她呀!家里的房子她和老母亲占了,我净身出户,她现在居然想叫我到外面去租房子,叫我把所住的房子让给她的侄儿当婚房,实在太过分了，有一点欺人太甚了。

我从家里出来也就是一年多的时间，过去夫妻之间二十多年的感情好像一点儿也不存在了，消失得无影无踪了。

我一个月九百块钱的生活费，到外面去租房子，一个月需要五百块钱左右，剩下四百块钱，我还活不活了？这不是要置我于死地吗？我想不明白，一个女人怎么会变得这样冷酷无情呢？连人的基本感情也不讲了。我当时听了前妻的话，真想臭骂她一通！我对前妻已经够包容，够大度，够让步了吧？离婚的时候，家庭所有的财物包括房产，应该是两个人一人一半的，这是婚姻法明文规定的，我全部让给她了。她还要进一步逼我成为一无所有的流浪汉，连居住的地方也将要失去了。我理解不了这样的女人到底是什么动物了？人们都说女人是天下最善良、最美丽的动物，但是她的善良、美丽的天性何在？

我告诉她："我没有钱到外面去租房子。"

"请你想一想办法吧，"她接着说，"我的压力实在太大了，房子本身是大哥、大毛头的，人家结婚要房子住，你说怎么办？"

"我不知道。"我气得把电话挂断了。

大过年的，我不想跟她在电话里吵架，但是她的要求我也不能满足。因为我没有钱到外面去租房子，只有先不理她。

我走在去饭店的路上，如约请我的亲人们吃年饭。我看到路边有一个要饭的，大过年的跪在地下向众人乞讨，缺胳膊少腿的，看起来也是怪可怜的，我就扔给他一块钱。我的生活以后会不会也如同要饭的一样呢？我真是不敢想了。大过年的，不想不开心的事情了。

我到了饭店，坐在餐桌面前，等着我的亲人们的到来，等着我的女儿女婿、和妹妹妹夫如约前来。我打电话告诉他们我已经到了饭店，他们很快就开车过来了。他们的家庭，家家都有轿车，人人过得都很快乐，只有我苦不堪言。菜是我点的，酒是妹夫拿来的。大家在一起祝新年快乐的时候，纷纷劝我不要搞文学创作了，放弃一辈子所追求的梦想。大家好心好意地劝我回工厂上班，挣工资，实实在在地生活，过日子，等着退休。

我的女儿真心实意地劝我："老爸，你活得太不实际了，你活得太累了。"

是呀，也许我活得太不实际了，我活得太累了。我与大众的生活太不相同了，好像格格不入。但是我不愿意听从诸位亲人的劝告，我觉得每个人有每个人的活法，每个人有每个人的生活方式，这不是勉强的事儿吧。

吃过年饭之后，我要去结账，我女儿、女婿不让我去结账，我妹妹主动把账结了。本来是我要请亲人到饭店来吃饭的，大概他们觉得我可怜吧，饭局就不让我买单了。我觉得实在不好意思，过年请客吃饭的钱我还是有的，可是众人不让我花钱，我就只有从命了。

过了大年初三之后，我一个人又冷清下来了。前妻又打来电话，问我房子的问题想得怎么样了？我说实话，我忙着写东西呢，暂时不想理她，把电话挂断了。我要看一看她到底还能想出什么办法、想出什么花招来算计我。她做得实在有一点太过格了，我不理她。因为家里的房子有我一半的房产权呢，我要求回家住属于我的房子，她又不同意。

"我们复婚吧。"我请求她。

"你想也不要想了，"她冷酷无情地说，"我既然决定跟你离婚，走出了这一步，我们这辈子也就不可能复婚了！"

她要求我把住的房子尽快地腾出来，我不理她了。因为她做的事情太绝情绝义了，这是我无法接受的。

我想，就是到法院去跟她理论，请法院裁决，她如此逼我也是没有道理的。可是我没有时间跟她到法院去打官司，我也没有时间跟她到法院去扯皮。为了这样一件小事儿，到法院去要浪费我许多的时间，我认为不值得。她想怎么办就怎么办吧，后面的事情到时候再说了。

她为了她的大侄儿，为了她的家里人，她算计得实在是太精明了，太过头了。她说大毛头要结婚，没有婚房住，她承受的压力很大，她有难处，难道我就没有难处吗？我到外面租人家的房子住，我以后还有地方安身立命吗？我一辈子不就成了无家可归的流浪汉了吗？她的大侄儿没有房子结婚，她觉得为难了，我后半辈子在外面流浪就不难吗？她真是想得出来这样的计划，她也说得出口。

为了她的大侄儿，她这个当姑妈的可算是一辈子够操心的。那个不争气的傻小子，小时候学习不好，说话还是个大舌头，就是人长得像模像样的。初中毕业，高中考不上，只是读了一个技工学校，毕业之后当了工人。

但是傻小子命好，他有一个好姑妈，逼着他工作之余上夜大本科班学习。傻小子本身不是学习的材料，但是他姑妈有本事呀，大学老师，跟教育学院的夜大老师都是同学、同事、朋友，孩子考试过不了关，他姑妈出面想办法，找人帮忙，请客、送礼还不用傻小子花钱，夜大文凭居然混出来了，也算大学本科毕业了。傻小子因为长得体面，也算命好，进工厂又找了一个好师傅当学徒。师傅后来当一个小科长，居然把从夜大混出来的小徒弟，弄到技术科去当工程技术人员了。人世间有些事情实在是说不清楚的，傻小子有傻福，一个连普通高中都考不上的中学生，工作之余混了一张夜大文凭，有好师傅帮忙提携了一下，居然从工人的岗位混到知识分子岗位上去了，从普通工人变身为技术干部了。

人间有些事儿就是这样的莫名其妙。不管你承不承认，相信不相信有这样的事儿，有些人的家庭，有些人的命运，就会发生时来运转的变化。这种时来运转的变化，有些人想了一辈子也得不到，有些人没有想过，但是命运的的阳光却照到了他们头上。你觉得奇怪吗？不奇怪。傻人有傻福，这没有什么好奇怪的。

记得我在前面已经对读者讲过，在我前妻三兄妹的三个家庭中，原来最穷的就是老大的家庭，两口子都是小学毕业，一辈子也没有知识，没有文化，进工厂当了一辈子工人，挣钱也不多。他们家的儿子大毛头，也是我前妻三兄妹的三个家庭中最笨的一个孩子。前妻二哥的孩子小毛头，有一点小聪明，中学毕业之后考上了重点高中，后来又考上了大学。我们家的女儿，初中毕业后也考上了重点高中，后来也考上了大学。时间对我们三个家庭来说是一样的，家庭发生的变化却大不一样。自从老丈母娘把房产转移到了大儿子头上，老大的家庭就时来运转、阳光灿烂了。先是房产升值，随后是房子要拆迁，原来两室一厅的房子，按照一比一点五置换新房产，马上升值到了八十万，加上十万元的搬迁费，两项加起来房产升值近百万。随后是大毛头从工人的岗位混到技术人员的工作岗位上，挣钱比过去多了一倍。好事儿都光顾他们的家庭了。你说世道怪不怪？人算不如天算。想要的得不到，做梦想不到的好事儿主动送上门来了。以后老大的家庭不仅拥有漂亮的房子，还拥有几十万元的存款。这些钱原来是老大准备为儿子大毛头娶媳妇买婚房用的。有了新房子，这些钱就可以省下来了。

看来人不能太聪明，太聪明了，算计得太精了，什么也得不到，还是人傻一点好。大毛头人长得挺体面的，白白净净的，五官端正，看起来像白面书生一样，虽然说话有时还说不清楚，可是他找对象的时候，居然能找到国家一流大学毕业的漂亮姑娘。这就是过去人所说的，好汉无好妻，傻汉娶仙女吧。这就是老天的安排吧。

大毛头要结婚了，他姑妈叫我让房子，我该怎么办呢？我住的房子，房产权属于大毛头的父亲，实际上房主人也就是傻小子了，我不让房是没有道理的。但是让了房，我后半辈子就居无定所了。

虽然我和前妻的房产是一人一半，但是前妻不同意复婚，我也就不可能回去住了。因为我们家原来的房产权，产权人的名字是我前妻，房子也是她们单位的房子，我连名字也没有挂上，只是根据国家的婚姻法律条款，我有一半的房产权力而已。但是她母亲活着，她以后不到宁波去跟着我们的女儿一起生活，房子就没有我什么事儿，她是绝对不会让我回去居住的。因为夫妻之间的感情破裂了，自然也就变成陌生人了。虽然我们离婚时既没有争吵，也没有打闹，十分平和友好地分手，我也完全依照她的要求满足了她的一切心愿。过去的人常说，人是最有感情的动物，其实在如今的社会里，已经名存实亡了。前妻逼我让房子的事情，已经充分说明了人是最自私的动物。她叫我让房子的问题，还真是叫我十分头疼的大问题，没有房子，没有居所，我后半辈子的生活就难过了，这是个大问题呀。

不想如此不开心的问题了，想多了年也过不好。女儿、女婿要回宁波上班去了。大年初五的下午，女儿给我打来了电话，说是晚上要来向我道别。我欢迎他们到来，可是我又惭愧拿不出钱来给孩子们作压岁钱，我也确实没有钱，给了孩子们压岁钱，我就没有办法生活了。

吃过了晚饭，女儿和女婿开车来了，同来的还有我妹妹和我妹夫。我奇怪他们怎么一起来了？他们一起来是什么意思呀？我想他们一定是有事儿。结果他们进来坐了一会儿之后，说明了来意，一切都清楚了。他们是受前妻之托来做我的动员工作的。

"老爸，"女儿对我说，"您还是想办法搬家，买一套小房子住吧。大毛头要结婚，没有房子住，您把房子让出来，提取您的住房公积金，想办法买一套小房子住。"

"我没有钱。"我回答女儿说，"我的住房公积金是不够买房子的。"

"不够我给你加钱，你还是自己想办法买一套房子住吧。爸爸，不然我在宁波也不安心，想着你的事情，我也放心不下呢。"

"哥，你就关注一下二手房吧，"我妹妹也说，"你的钱不够，我也可以帮助你。"

"大哥，"我妹夫也说话了，"住别人的房子也不自由，还是要想办法自己买一套房子，住着舒服，你没有钱，孩子可以帮你，妹妹也可以帮你，你何必不自己买一套房子住呢？"

他们说明了来意，我就自然明白了，他们说的意思是代表我前妻的意思，她想跟我一次性了结，以后永远切断联系，她想通过女儿加钱，再加上我的住房公积金，让我买一套二手的旧房子，以后我们家原有的那套住房，也就跟我没有什么关系了，我和前妻的房产就可以完全归她所有了，以后也就避免扯皮了。买二手房，买一套小房子，也要不了多少钱。我的住房公积金提出来，不够的前妻以女儿的名义补加一点儿，也就够了。我想前妻这样的计划就是这个意思吧。所以她不出面，她不来跟我谈，她请我女儿和我的妹妹出面，来做我的工作。前妻已经计划好了，通过我的亲人来做我的工作，我别无选择，只能口头答应他们。

过了年，我就特别关注二手房的市场情况。可是我到哪里去买房子呀？我到房产中介公司去了解二手房的情况，才大吃一惊：十年的时间，我们小城市的房产价格居然上翻了四五倍。

十年前，我处理父母房产的时候，三室一厅八十多平米，当时才卖了十一万块钱。十年后，三室一厅、八十多平方米的房子，已经卖到四五十万了。我感觉到房子买不起了，后悔十年前不该急急忙忙地处理父母的房产。可是如今的商品经济社会，什么东西都有卖的，就是没有卖后悔药的。

我到中介公司的房源信息处去观察二手房的信息，几天下来，我觉得二手房还真是不好买。不是房屋破旧、年头太久，就是冬天没有暖气、没有热水洗澡。看来看去也没有我中意的，也就是说没有我需要的既经济又实惠，又合我心意的房子。而且二手房的价格也不便宜，实在不好买。随便一套两室一厅的二手房就要三十多万，而且房龄已经快到期了，三四十年了，产权只有五十年，再过十年八年就要到年头了。这样的房子还能买吗？买房子还真是个头疼的大问题。

我看中了一套小房子，一室一厅，面积只有31平米，价格也不贵，挺合我意的。中介公司标价是 15 万元，我觉得这样一套小房子还算不错，房产权七十年，房子使用还不到十年，挺合我意的，结果向工作人员询问，房子已经卖出去了。其实这是房产中介精心策划做广告骗人的。

我寻找了半个多月的时间，也没有找到经济实用的二手房，我感到心灰意冷了。好点的房子太贵了，我实在买不起，买得起的房子，住上十年八年也就报废了。花钱买垃圾房，等于把钱扔进房地产市场的地沟里了。根据我了解到的情况，我所居住的小城市，只有三十多万人口，每一个家庭至少有两套房子。

以我的家庭为例，在小城市还不算富裕的家庭，只能说是中档水平。但是我的家庭，我女儿和女婿在宁波有一套房子。前妻还想以女儿的名义在宁波为自己将来养老买一套房子。我前妻和她的老母亲住着我们家原有的一套房子，前妻还要逼我买一套旧房子。如果计划如期实现的话，我们家四口人，一个人有一套房子。有人会说，你们家庭的情况是属于特殊情况。我只能实事求是地说，我与妻子就是不离婚，我们家三口人，一人最少也是有一套房子。

我们山里的房地产市场，已经建起来的楼房面积就达到了一千二百多万平方米，而每年的房地产销售，八十万平方米也卖不掉（这是报纸上公布的数据），房地产市场就是出售已有的房源，十年也卖不完。

中国的房地产市场已经炒疯了，随便挖出来一个贪官，家庭就有几套、十几套、几十套房产。什么房叔、房婶、房姐、房妹，在电视上爆光出来的，足以说明中国的房地产市场已经到了气球快要爆炸的时代了。中国房地产的问题，说明中国经济确实取得了辉煌伟大的成就。房地产暴涨的原因，主要是农民工进城务工，挣了钱，也想在城市买房子，安家落户，成为城市公民。如今的人们都追求华丽美好的生活，农民工自然也向往城里人的生活，这没有错。这就是过去人常说的：人往高处走，水往低处流。虽然国家出台了很多措施，也控制不了房地产市场的火爆异常。这既是好事儿，也是坏事儿。好事儿是刺激了房地产市场的发展，坏事儿是农民工以后都进城了，中国的农业就要出现大问题，因为我们的国家毕竟是农业大国，农民们不种粮食了，不种地了，都进城打工了，都想成为城市居民，以后国家的农业就要受损失了。其实国家的房地产市场，目前已经炒得太过头了，对国家未来的经济发展是非常不利的。

我觉得旧房子不能买了，买旧房子不如买新房子。但是新房又没有小面积的，只有大房子，最小的两室一厅也需要四十多万，超过了前妻心里所能接受的价格，所以她不同意我买超资的房子。这样，我的房子根本就买不成。因为花钱买旧房子，以后就砸在手里了。我看过几套旧房子，卖了三五年还没有卖出去，这就足以说明问题了。花钱买旧房子，等于买破砖烂瓦一样，以后想卖也卖不出去，买这样的房子一点意思也没有，我比照新房子与旧房子的价格差，我想了几天，最后还是决定不买了。

我又在中介公司看了一下租房子的情况，我觉得买旧房子还是不如租房子划算，我又想租房。我就这样在买房与租房之间犹犹豫豫、反反复复，沉思默想了好长一段时间，最后还是决定放弃买旧房，改为租房。我的决定不变了。可是，我的决定还是遭到了前妻、女儿、我妹妹，以及我所有的亲人一致的反对。

前妻对我说："你的要求不能太高了，以后你只要有一套房子住就行了。什么暖气呀、热水呀，你不能考虑太多了。二手房哪儿能满足你十全十美的想法呀？"

前妻的用意太明显了，她只是想为我买一套破旧的烂房子，了结我与她之间的房产纠纷问题，快一点把我扫地出门，以后永远不要为了房子问题找她扯皮，她就像打发落难的人一样，以后就永远不会管我的死活了。她和她母亲住着我们家漂亮舒服的房子，有暖气，有热水，光照好。她叫我随便买一套破烂的旧房子，没有暖气，没有热水，没有采光，她的如意算盘就是与我彻底了断家庭房产纠纷问题。

女人的计划有时太精明了，她以女儿的名义在宁波买房子，准备将来投靠女儿去养老。她又与母亲占据着我们家原有的好房子。我们离婚的时候说好的，老太太将来不在了，她同意把我们家原有的房子让给我住，她到宁波去。但是她通过大毛头结婚这件事，想逼我买旧房子，用心就有点不地道了。我突然明白了前妻的计划和算盘，我就不能听她的了。

我对她说："烂房子买下来，没有暖水，没有热水，一年四季没有阳光进来，这样的房子你来跟你母亲住呀？"

"我给你买房子是为了给你住的。"前妻还对我说好听的呢。

"既然你买房子是为了我，"我对她说，"旧房子买下来，你和你母亲搬来住，我回去住我们家原来的房子，这样可以吗？"

//生活见闻录//

"那不行,"前妻回答说,"家里的房子我不能让给你住,我妈已经八十多岁了,怎么能住没有暖气、没有热水、没有采光的旧房子呢?"

我问她:"为什么我能住没有暖气、没有热水、没有采光的旧房子,你们就不能住呢?大家不是同样的人吗?你和老太太在家里把我们所有的财物都霸占了,你给我买一套旧房子,叫我的余生在没有暖气、没有热水、不见阳光的破烂屋里居住,你的如意算盘打得也太不光明,太不地道了吧?"

我决定了自己租房子,放弃了前妻和女儿叫我买房子的计划。我把我的计划和想法打电话告诉了我的女儿。我的女儿也马上表示反对:

"不行的,老爸,房子你是一定要买的,不买房子,你没有固定的地方住怎么能行呢?租人家的房子是不可以的,那就像流浪汉一样,过得不像人的日子。三天两头搬家,我也放心不下。再说了,我当女儿的,又有房子又有车,你连一个稳定的家也没有,还租人家的房子住,外人怎么看我呀?房子你是一定要买的,不买房子肯定是不行的。"

"房地产市场我都看遍了,"我对女儿说,"没有适合我的房子,好房子买不起,旧房子买下来等于白花钱,还不如不买呢。我就租别人的房子住,也会过得很好的。买旧房的事儿过几年再说吧。"

"不行,老爸,你听我的,你没有房子住,没有一个固定的家,到处流浪,我当女儿的脸上多难看呢?你叫外人怎么看我呀?买房子一定要有耐心,慢慢找,慢慢看,总有适合你需要的房子。你只有安定下来,有一个家过日子,我才能放心呢。"

女儿不同意我的想法和计划,她坚持叫我买旧房子,我知道这是她妈背后的指示在起作用,我不想听女儿好心好意的劝告。

过了两天,我又给前妻打电话,告诉她,我决定放弃买房子的想法。前妻还没有听我说明理由,她就不同意我的想法,她还是劝我买一套便宜的旧房子,劝我买一套属于自己的房子,有一个固定稳定的家,有一个地方住。她说的话,真的是比宋祖英唱的歌声还好听。可是我不能听她的。

我对前妻说:"旧房子不能买,新房子价钱太贵了,等过几年再说吧。"

前妻回答说:"你自己看着办吧。我是把话对你说清楚了,也算尽到责任了,你如果实在不想买房子,过了这个村儿,可就没有这样的店儿了。以后咱们俩就不要为了房子的事情扯皮了。家里的房子以后你也就不要想了。"

"家里的房子有我一半的产权,我放着也不作废吧?"

"家里的房子,我不可能让给你住,有你一半的产权,不可能把房子锯成两半吧?"前妻说话到底坦白了自己的居心,原来家庭的房产她想完全据为己有了,我听着心里马上就有点火了。

她还继续说:"我在家里和我妈住着挺好的,以后你就不要想了。"

我听前妻说出这样无理的话来,我心里的火就越燃越旺了。

我问她:"家里的房产我为什么不想了?房产有我一半的权利呀!"

"房产有你一半的权利,我也不可能让给你,一半的房产权能值几个钱呢?"

"我们家的房产,最少值三十多万,你到房地产市场去看一看,我有一半的产权,也值十多万吧。离婚的时候,我们是讲好条件的,有协议约定的,我把家里的钱和所有的东西都留给你和孩子了,你做事不能太过分了吧?"

"我做事过分?我嫁给了你,算是倒了八辈子的霉了,你如果过去挣钱多一点儿,我们家里的生活也不至于过得这样艰难,过得这样狼狈,过得这样寒酸,连给姑娘在宁波买一套房子都买不起。你不挣钱,还要乱花钱,今天出书,明天出书,把你所挣的钱都花出去了。你还好意思找我要房钱?家里的钱和房子以后就没有你什么事儿了!"

路遥知马力,日久见人心。前妻到底说实话了,说出了她压在心里二十多年的真实声音,她嫁给我太倒霉了。她的意思是嫌我太无能了,一辈子既没有当上官,也没有发大财,所以我们家的日子过得不如她意,不能随心所欲。前妻说话不好听,又不讲理道,我心中的怒火立刻就烧起来了。

我对她说:"你做事不要欺人太甚!我一辈子是无能,既没有当上官,也没有当老板,也没有发大财。请你跟我说一说,你们家谁又当上官啦,谁又当老板啦,谁又发大财啦?我们从结婚到分手,二十多年的时间,我又比你少挣了多少钱?是的,我没有当官的挣钱多,也没有老板挣钱多,确实委屈你了,可是我挣的钱也不比你少吧?结婚的前十五年,我们两人挣钱是相差不多的,有时候我还比你挣钱多呢。也就是分手前的最后这几年,我比你挣钱少一点儿,也没有少过五分之一吧?家里的百万存款,也应该有我的贡献吧。我一分钱也没有多要,都留给你和孩子了。家庭房产有我一半的产权你还要剥夺我的权力,你是不是做事儿有点儿太过啦?"

"我做事怎么过啦？你摸着良心想一想，你自己这么多年出书、搞创作，花了家里多少钱吧？"

　　"这很好算，我出版第一套书，花了五万块钱，是找我妹妹借的，我顶着五万块钱的债务从家里出来的，对吧？"

　　"你找你妹妹借钱的事我不管，不关我的事儿，跟我没有关系！"

　　"你放屁！我找我妹妹借钱的时候，我们两人还没有离婚呢，什么跟你没有关系？你不认账也就算了，你不帮我还，我自己以后想办法还。我出版第二套书，是用了我父母传给我的五万五千块钱，实际上我只用了三万八千块钱，还余有一万七千块钱，对吧？我出版第三套书，才花了我们家庭的三万一千块钱，还不到我一年的工资。我们结婚在一起生活了二十六年，我挣了二十六年的钱，都为家庭做贡献了。家庭所有的钱和东西都给你了，留给孩子了，你还要剥夺我仅有的家庭一半的房产权，你做事太过分了吧？同志，不要欺人太甚啦！就是到法院去打官司，你也不是我的对手，你也要败的。家庭的房产权有我一半，这是天经地义的，谁也改变不了的！"

　　我和前妻在电话里激烈地争吵起来，我情绪非常激动，破口大骂，叫她识相一点儿！从离婚分手起，我步步让着她，她以为我是冤大头、二百五了，因此她越来越得寸进尺，突破了我的最后底线，这我就不能再让着她了。

　　她跟我讲道理讲不过我了，就转变了话题，不说房产权的事儿了，说家庭过去一些无聊的小事儿。什么我搞创作，她帮我打印了多少材料，复印了多少材料，等等。我叫她不要忘记了，我为了她家的烂事儿求了一辈子人，欠了人家一辈子的人情。她家人为我们家人做过什么呢？什么好事儿也没有做过。她家里的人也没有一个有办事能力的人。自己当了一辈子大学教师，晋升高级职称，还是我帮她完成的论文。我几句话就顶得她哑口无言、无话可说了。我气得把电话挂断了。

　　我觉得这样的女人好像脑子有问题，或者是脑子进水了。我本来是一番好意，放弃买房子的计划，花一点小钱，暂时到外面去租房子，留着钱，让她和女儿先在宁波把房子买了。我的房子以后看情况再说。

　　我想以后可能要离开湖北，此地没有什么我值得留恋的东西了。这个地方对我来说已经没有什么意义了。我想离开山沟回老家。我是湖南人，我最后的归宿应该是叶落归根。我在山沟里买一套破房子，身边又没有亲人，我一个人在此安度晚年，还有什么意义呢？

我的前妻一直梦想着到宁波为女儿买一套房子，将来老了到女儿身边去生活、去养老，我愿意成全她们母女将来相互有所依靠。结果她不理解我的好意，还不领我的情，我的好心被她当成驴肝肺了。她还变本加厉地算计我。她以为我争家庭的房产权，到什么时候肯定是一件扯皮的事儿。其实家里的一半房产权，只是我最后留下来的一条后路，实在万不得已的时候，我有可能要求回去居住属于我的房屋。如果余生有办法，将来有钱买房子，我是不会回去居住的，因为那所房子对我而言已经不是我幸福温馨的家了，那个家庭已经没有我所爱的人了，所以不到走投无路的时候，我是不会回去的。她以为我不想着在外面买旧房子，还是想着有一天回去跟她争夺房屋居住权。

我与前妻发生了激烈的争吵之后，我真的感到万分地伤心难过，我真的是想不明白今天的人们到底怎么啦？一个表面上看起来有知识、有文化的女性，还是大学的教师，居然把我这个前夫当傻子一样看待了。亏了我的大脑还够用，不上她的当。我叫她知趣一点儿，不要逼人走极端，不要逼人走绝路。她当时如果在我身边，我会不客气地教训教训她的。

我与前妻在一起生活了二十多年，就是不说过去我们之间的感情有多深吧，我觉得随便一个有血有肉的人，随便一个有良心、有感情的人，就是与一个萍水相逢的普通的朋友，在一起，在一个家庭，在一所房屋里生活了二十多年，她也不应该这样对待我吧？

我是老了，不想折腾她了。我要是想折腾她，我什么办法没有？我就是看在过去两个人曾经是夫妻，曾经是一家人的情分上，看在我心爱的女儿的情面上，我不想闹腾她。否则，我可以闹得她天翻地覆，叫她全家人不得安宁，叫她和老太太在我们家的房子里住得不安生，生活不下去。我一辈子创作了数百万字的文学作品，我什么办法想不来？我这个人不敢说比别人聪明，至少要比她全家人的脑子好用，我要想坏点子，想干坏事儿，折腾她和她的老母亲，她的全家人加起来也不是我的对手，文武方面都不行。

不过我已经是五十多岁的人了，不想干无耻的坏事儿了。我不可能再向她让步了。前妻知道我年轻的时候也是一个不好对付的人，也不是随随便便可以欺负的人，所以她也不敢把我逼急了。她聪明地利用我的女儿、我的妹妹、我的亲人来做我的思想工作，以此达到她的用心和目的。她以为她的玩雕虫小计能骗过我的女儿，能骗过我的妹妹，也能骗得过我吗？太可笑了。我只是不想跟她玩年轻人的游戏罢了。我觉得一个大男人跟一个小女人斗心眼，玩阴谋诡计，两败俱伤，实在太没有意思。夫妻一场，以后为了孩子，还是要低头不见抬头见的，我让着她就是了。

我警告她："做什么事情都不要太过了，知道吗？要给自己留一条后路。不要跟我玩魔术，不要跟我玩变火的游戏，我要闹起来，会叫你全家人不得安宁的。你要是不讲道理，想剥夺我的房产权，我会闹得你全家人不好过的，大家都不舒服。我说得到，也做得到，不相信你可以试一试看，你做初一，我就做十五。我要叫你跟老太太在家里过得日日不得安宁，夜夜心惊肉跳，我可以叫你跟老太太在那个家里过得像生活在水塘里、生活在火炉里一样，不得安生。如果你要把我逼得走投无路，我是什么事情都做得出来的！"

她听我发出了严正的警告，她也害怕了，马上又服软了，向我赔礼道歉。她知道我的火爆脾气要是燃烧起来，她是应付不了的。她马上承认错了。

她说："我的本意是劝你买一套房子，有一个稳定的家，以后能安度晚年。"

前妻说得实在是太好听了，可做出来的事情可不一样。我不想听了。前妻不讲道理，我就不理她了。我想到外面去租房子，不管后面的生活如何困难，我相信一辈子我能过得去，不会像要饭的、拣破烂的一样，过着悲惨愁苦的生活。虽然暂时居无定所，我也认了。

可是，我到租房市场调查了解的情况也叫我大吃一惊，房租市场的房价年前年后大不一样了，房租市场的租金年后又上涨了。我连租房子也租不起了。一套普通的一室一厅的房子，年前叫价是月租三百块钱左右，年后国家颁布了二手房要多加百分之二十的房产交易税，租房市场的房价马上就上翻了一倍。原来月租三百块钱的房屋，马上就涨到了六百块钱。我身上所有的钱，加起来还不够半年的房租押金了，租了房子我没有办法生活了。

生活对我来说实在太困难了。房子我也不买了，也不租了，我就住在原来老丈母娘家的房子里不动了，我看前妻到底能把我怎么样？我看她还能想出什么妙计来折腾我。算计我。

生活的苦难不能消磨我的意志，也不能磨灭我的志向，同时也不能毁掉我的梦想。我该静下心来干我自己的事情了。

# 第 8 章 房子之争

春暖花开的时候,我想着怎样能改变一下我目前生活的窘境及艰难的状况。如果出版长篇小说还需要钱的话,我只有老老实实地出去找工作,挣钱吃饭,不可能再继续待在家里创作我喜爱的文学作品了。因为生存是第一位的,我要挣钱吃饭,这是不能稀里马虎的事情。生存是人类最重要的大问题,人没有饭吃了,不能继续生存了,什么伟大的梦想也是毫无意义的。

我的心情苦闷极了。我需要朋友,需要亲人,需要爱情,可是我的身边一个亲人也没有,一个知心的朋友也没有,众叛亲离了。

我每天都是在孤独苦闷的生活中度过的,家里连一个说话的人也没有,我已经孤苦伶仃地生活两年了。我每天的生活就是看书、学习、写作、散步、吃饭、看电视、睡觉,天天如此。这是我一生中看书写作最疯狂的时期,也是我一生中创作最辉煌、最有成就的阶段。

"五一劳动节"快到了,大毛头要结婚了,前妻又给我打来电话,询问我买房子的事情怎么样啦?房子买到了没有?她也有一点着急了,因为国家已经颁布了二手房交易税上调百分之二十的政策,二手房市场的冬天也马上随之而来了,二手房以后就不好买卖了。二手房交易税上调百分之二十,也就是说,一套一百万的二手房子,交易各种税款后,要多花二十五六万。所以,前妻逼我在国家政策实施之前赶快想法买房子。她说的轻巧,哪儿那么容易呀?

她为了达到自己的目的,要亲自跑来找我谈买房问题。我不想理她,可是她一定要来找我谈,我也没有办法阻挡她的意志,谈就谈吧。我同意她来当面跟我谈。她定好了时间,定好了地点,就跑来跟我谈判了。

她定的时间是下午两点钟,在一个经常有人活动的老年健身场所。她安排的地方非常妙,是经过深思熟虑的:这样的地方是既有人活动,又没有人吵闹,因为老年人健身比较安静,所以我们之间的谈判既不张扬,两个人说话又听得清楚,其他人还听不见。她一辈子的智慧、聪明,都用在我身上了。

我们两个人坐在老年人活动健身的钢管转盘架子上。我们的眼前，距离三十步开外的地方，有不少老年人在舞剑、打太极拳。她坐下来，就迫不急待地开口说话了：

"买房子的事情，你要抓紧时间办，'五一节'马上就到了，大毛头结婚没有房子住，你整得我多难受呀？"

"话说清楚，到底是你整我呀，还是我整你呀？你难受，我就不难受吗？"

"你难受，你就赶快买房子呀！"

"我是想买房子，可是这房子怎么买呀？"

"到房地产市场去买呀！"

"我知道到房地产市场去买，可是我的两条腿都要跑细了，快要跑断了，我买不到你满意、我中意的房子。"

"反正不管怎么说，'五一'大毛头结婚，你要把房子让出来！"

"我为什么要把房子让出来呀？"

"房子是我大哥的，是人家大毛头的，你为什么不让出来？"

"我让房子可以，你回家把一间房子给我腾出来，我回去住，我可以为大毛头让房子，不是不可以。"

"你回去住不行，我们已经不是夫妻了，你回去住算什么事儿呀？"

"家庭的房产有我一半，我回去住名正言顺，我怕什么呢？"

"你回去住，我和我妈住到哪儿去呀？"

"那我管不了，我没有地方住，我要求回去住，我的要求不过分吧？"

"你的要求是无理要求！"

"我的要求是合理合法的。"

"我同意给你买房子，你为什么不想办法买呢？"

"按照你的要求，我买不到房子。你让我提取住房公积金，我可以听你的，但是你只同意加十万块钱，买房子不能超过……"

"你超过一点也可以。"

"买那样的烂房你去住吗？"

"我有房子，我为什么要去住呀？"

"那凭什么让我去买破旧房子，你和你母亲住我们家的房子里呀？"

"因为房子是我们单位的房子，房子是属于我的……"

"你不要忘记了，房产权有一半是属于我的，没有老太太什么事儿，她老人家没有权力住我们的房子。"

"你这是不讲理的说法。"

"我的说法没有道理吗？房子一家一半，就应该有我一间房子。你母亲应该出去，没有权力居住属于我们两个人的房子。"

"我母亲已经八十多岁了，你缺德不缺呀？"

"是我缺德还是你缺德呀？你的如意算盘不要算得太过头、太精明了。做女人不能这样！你一步一步的计划，算计得太好了，算计得太无耻、太出格啦！"

"我怎么无耻、怎么出格啦？"

"要我一点儿一点儿说给你听吗？想一想离婚两年来，你的所作所为吧，你所做的好事儿，要我一件一件地说给你听吗？第一步离婚，家庭的所有财产和钱都归你和孩子了，我是什么话也没有说呀。第二步，我找我妹妹借了五万块钱，你不认账，我顶着五万元的债务出了家门。第三步，你把我赶到你父母亲家的老房子里来居住，我也没有说什么。第四步，现在你们家大毛头要结婚了，你想为你家里人要房子了，又想到了要把我从居住的房子里赶出去，叫我以后连一个居住的地方也没有。你还是女人吗？古人云：一日夫妻百日恩。我们在一起生活了二十六年，不说过去的感情有多深，你这样一步、两步、三步、四步地算计我，逼我走向一条流浪的路，后半辈子连一个固定的住所也没有，你还算是人吗？夫妻一场，你变得连婊子也不如，我就不会让着你啦！"

"你不要骂人……"

"我骂你算客气的！你如果连一点人性也不讲，我就要绝地反击啦！我是看在人生一世，夫妻一场，没有感情也有亲情，我前面都向你让步了。既然你什么也不讲，既不讲亲情，也不讲旧情，我就不会听你的了。我可以让你一步、两步、三步、四步，但是我不会让你逼上绝路，还愚蠢地听你的安排。买房子，你去给我买吧。"

"买房子的事儿，应该是你操心……"

"我操心已经够多了，我买不来房子你叫我怎么办？该想的办法，我都想过了，没有办法可想了。"

"那怎么办？"

"你要真心想为我买房子，可以用女儿的名义买新房子，房产权以后归女儿所有。新房子旧房子，现在房价是一样的，买旧房子就不如买新房子。"

"不行，买新房子都是大面积的，房价太贵了。"

"你这也不行，那也不同意，我就没有招了。"

我和前妻争论起来，声音可能有点高了，对面舞剑打太极拳的老头、老太太们，用奇怪的眼神望着我们。为了躲开他们的眼光，我和前妻又换了一个地方，离他们远一点儿，面对面站着，又继续谈判。

"如果你不想买旧房子，你就到外面去租房子。"

"我为什么要到外面去租房子？"

"大毛头要结婚，你总要把房子让出来呀！"

"我已经说过了，叫我让房子也可以，你把家里的房子让出来一间，我回去住，我就把我住的房子让出来。"

"你说的没有道理！"

"我说的怎么没有道理，我的房子我还不能回去住啦？"

"你想回去住？想也不要想！"

"那你叫我让出房子来也就不要想了。"

"大毛头结婚是我们家的大事儿！"

"那我没有地方住，就不是大事儿啦？"

"你到外面去租房子也是可以的。"

"我没有钱租房子。"

"租房子又不贵。"

"我一个月就是九百块钱的生活费，到外面去租房子，一个月最少需要四五百块钱，我不吃不喝啦？我不生活啦？"

前妻听我说出了我的困难处境，好像一点同情心也没有。

"脚上的泡是你自己走的，你愿意过这样的生活，你是自找的。"

"对，我愿意过这样的生活，我是自找的，这跟你没有关系吧？但是你想叫我让房子也是不可能的。我还要想办法还上借我妹妹的五万块钱，我还要想办法以后出书，所以我不可能到外面去租房子！"

"我求求你啦，行不行？你这样整我，叫我在我家人面前多难看哪？"

"你求我，我求谁去呀？"

"那你说怎么办？事情总要想办法解决呀！"

"你想怎么办就怎么办吧。"

前妻在我面前装得可怜兮兮地哭起来，但是我已经不会为她的眼泪所动心了。我不可能再向她让步了，我再向她让步，我就没有办法生活了。我不理她了。她愿意哭就哭吧，我是不会继续听她的话，看见她的眼泪就心软了。我不会听她的哀求，看她装模作样的泪水了。我转身走了，离开她，回去干我自己的事情了。

我们这次谈判没有任何结果。她还是不死心，过几天又打电话来找我。我不理她了，把手机关了。我已经被她打扰得够闹心了，我不想再就房子问题与她交流了，因为我们之间已经无话可说了。我已经打定主意，决不向她退让，我已经无路可退了。

我需要安静下来，继续我的创作。我在有生之年，该做的事情我一定要做完，我写出来的作品，我一定要出版。不管生活方面有多苦、有多难，我都要把我创作出来的作品留在人间！

生活的路，对我来说越来越困难了。孤独、苦闷、没有朋友、没有亲人，我得不到任何人的支持与理解。外人说我变得越来越古怪，总是用异样的眼光看着我，不过我已经习惯了，小市民的冷嘲热讽和刺人的眼光，我已经觉得无所谓了。

我相信曙光就在前面，生活的阳光总有一天会照到我头上。我相信我们的国家还需要像我一样痴心不改，一辈子梦想为中国文学筑造金字塔的人！我的人生虽然没有成功，但是也没有失败。

我相信地球虽大，也挡不住太阳从地平线上升起来。

过了两天，我正在修改我的长篇小说，听见有人来敲门了。我奇怪有谁会来看我呢？我起身去开门，先用眼睛从观察孔镜看到外面的来客是我的前妻和她的大哥。她打电话来，我不接，关机了。她就聪明地把她大哥，也就是房产权的主人搬来了。我开了门，他们不用我请，自己就进屋了。前妻说服不了我，她请能人来了。她大哥在家庭的房产问题上占足了便宜，在我与前妻离婚的问题上，他在幕后当高参，现在他亲自出马走到前台来了，要与我交手，与我谈判。我觉得很可笑。如果她二哥来嘛，可能跟我还可以较量一下。她二哥难对付，能言善辩，说话也很有水平，一辈子就是靠着一张嘴混饭吃，混得还不错。在家庭的房产问题上,他们兄弟姐妹之间已经闹成仇人了,所以她二哥不会出面。她大哥来跟我扯蛋,我就好对付了。

我问他们:"来干什么?"

"还是房子的问题。"前妻开口说。

"房子的问题,我们就不谈了吧。"我不想为房子问题跟他们多费口舌。

"胡南,是这样……"她大哥结结巴巴地说,"毛头要结婚,没有房子住,实在是没有办法,我才来找你的。"

"你儿子结婚,跟我有关系吗?"

"当然有关系啦,他需要房子,你就帮帮忙吧。"

"我能帮什么忙啊?我帮了你儿子,我就没有地方住了。"

"你可以到外面去租房子嘛,孩子结婚是一件大事儿。"

"你儿子结婚是一件大事儿,我没有地方住就不是大事儿啦?"

"咱们商量商量,你到外面去租房子,我来给你出租金好吧?"

"这个主意真妙!你能出多少租金呢?"

"按房租嘛,房租是多少钱,我就出多少。"

"你能为我租多长时间?"

"按月算嘛。"

"大哥,你够聪明的,没有白比我多吃了几年咸盐。这样聪明的办法,你想了几天想出来的?"

"我这不是为了解决儿子的结婚问题,也是为了解决你房子的问题嘛。"

"那你能为我付出多长时间的房租钱呢?"

"这就看时间而定了,最少先付半年的房租吧。"

"半年之后呢?"

"半年之后再说嘛。"

"大哥,这样聪明的办法你是怎样想出来的?"

"我大哥为了你,才想出了这样两全其美的办法。"前妻说。

"是呀,这样的想法是两全其美,我出去租房子,大毛头就有婚房了。我以后就永远在外面租房子,到处漂泊了。你们能为我付几年的房租呢?"

"先付一年的房租也行。"

"一年之后呢?"

"一年之后到时间再说。"我前妻说。

"到时间再说，我找你们要房租钱，你们还能给我吗?"

兄妹二人叫我问得不吱声了，哑口无言了。

"我要活上十年、二十年，都在外面租房子，你们能保证付我租金吗?"我接着问前妻和她大哥，"你们能保证我后面租房子的租金吗?"

我前妻和她大哥被我问得都不知该怎么说了。他们兄妹想得太聪明了，先叫我从房子里搬出去，暂时先给我租一处房子，以后的事情就再说了。后面我找他们要房租，他们还能理我吗？他们的计划盘算得太巧妙了。但是他们这样的妙计能骗得了我吗？

我问他们："你们能保证我多少年的租金呢？十年、二十年，能保证吗？"

兄妹二人看着我，两眼发呆。

"能保证!"我前妻咬紧牙关说。

"能保证可以呀，你们先写个保证书，咱们双方立个字据，不能空口无凭。你先付我二十年的房租吧，后面的房租我就不找你们要了。二十年的房租，我们就按照现在的市场房租价格，一个月五百块钱来计算，一年六千，十年六万，二十年十二万。你们先付我二十年的房租钱，我马上就搬走，给大毛头让婚房。我也愿意成人之美，尤其是像孩子结婚这样的大喜事儿，我也应该成全大毛头。前提是，我要保证我的余生有房子住，不能像狗一样地到处流浪，你们如果能答应我的条件，我马上就搬走，为大毛头让房子。你们同意我的要求吗?"

两个人又不说话，又像哑巴一样了。

我前妻想了半天，说："给你十二万元的房租钱可以，那家里的房子以后咱们就算两清了，没有你的事儿了。"

"这是两回事儿。我说的这是二十年的房租，不是家庭原来的房产，如果你要想扯清，也可以呀，再加上原来家里的房产权，现在市场价值三十万，我也不多要，给我十五万就行。十五万的房产钱，再加上十二万的房租钱，两项算起来是二十七万，我要二十五万就行，你同意吗？你同意咱们马上就办，立字据，签字，一次性了结，此后我永远不找你扯房子的事情，咱们可以经过公证处的公证。"

前妻又不同意我的要求了，房子的事情就没有办法继续谈下去了。

// 生活见闻录 //

我对他们说："不要跟我玩这样的小计谋，你们还不是我的对手。要想叫我让出房子也可以，把家里属于我的房间让出来，我搬回去住，我可以成全大毛头结婚办喜事儿。除此之外，其他事我们就不谈了。对不起，我要写我的东西了，没有时间陪你们说废话了。"

前妻和她大哥气得什么话也说不出来了，白跑来一趟，也没有达到他们所希望的目的。我没有时间陪他们磨牙，请他们走路，他们就告别了。过去大家本来是一家人，相亲相爱，骨肉情深，如今彼此之间已经变为了仇人。

这种悲哀的家庭变故，是人间最痛苦的裂变！

离婚两年来，前妻想出了一系列的计谋，叫我不得安宁。开始是抓住家庭的所有财产，叫我光着屁股滚蛋，随后又把我安排在她母亲的老房子里面生活一段时间，接下来她侄儿结婚要房子，她又想到了把我从房子里赶出去，随便给我买一套又小、又旧的破房子，像打发终身落难的人一样，叫我一个人终身在一间破烂的小屋里过着孤独痛苦的生活。我粉碎了她的计谋，她又想到了叫我到外面去租房子，终身过着漂泊不定的生活。我实在想不明白，一个心地善良的女人怎么会变得如此地无情无义呀？

人世间有些事真是说不清道不明，也就是古人说的"清官难断家务事。"我不想把时间浪费在扯皮的事情上面了。我还有许多重要的事情要做呢，我要考虑出书，我要考虑还上我妹妹的钱，我还要考虑怎样挣钱买房子，将来到哪里去生活、安家，最后度过我的晚年，了度我的余生？我后面需要用钱的地方还多着呢。我没有钱，我也不可能花钱到外面去租房子。前妻不站在我的角度想问题，所以我也只能为自己做打算，守住我的底线，绝不退让，因为我已经没有退路了，我不可能再接受她的算计了，我无路可退了。如果后面她还要想方设法地算计我，我就要反攻倒算了。

这些乱七八糟的事情搅得我心烦意乱，消耗了我不少精力，也浪费了我不少的时间。但是人生活在世上，我又不能逃避这些生活中非常实际的头疼问题。人生自古多磨难，看来是有一定道理的。前妻和她的家里人后面还能想出什么阴谋诡计来折腾我呢？我也不知道。

生活的困难，对我来说是不得不面对的现实，解决问题的关键是我要挣钱，有了钱一切问题都好办了。可是我到哪儿挣钱去呢？回企业上班工作，我又挣不了几个钱，解决不了根本问题。

我想到外面的剧团去从事戏剧工作，当编剧，当导演，我可以说是有资本也有才能可以发挥的，但是外面的剧团我又没有关系、没有熟人，人家也不一定能相信我的能力。虽然我有四十多部戏剧作品，但是也难以打开门路。

问题的关键是，中国的文化体制改革还没有到位，国家的文化部门还是没有真正把全国各地的剧团推向市场，还有保护期。如果国家的文化部门真正把国家所有的剧（院）团推下了海，推向了市场，取消保护期限，那就有热闹看了。中国有一百多家国有、私人剧团，在激烈的市场竟争中相互抢饭吃，我相信我的剧本作品，就可以卖出版权，有机会搬上舞台了。可是国家的文化体制改革还没有进行到底，没有断了剧（院）团的口粮，所以剧团还有饭吃，还有依赖，所以他们也不着急。中国人就是这样，只要躺在国家的大树下有一口饭吃，他们就不着急。等到国家的文化体制改革把所有的剧团完全推下海了，推向了市场，剧团要自己找饭吃的时候，他们就要着急了，我的剧本就有人重视，有人买了。

可是，等到国家的文化体制改革度过保护期，不知要多少年，时间太漫长了，解决不了我眼下生活所面临的实际问题。所以我还是要想办法在小说创作方面争取突破、争取成功的机会，想办法挣稿费，才能解决我的实际问题。可是中国的小说界是不是一片净土呢？我对此同样一无所知，我像文坛的小学生一样，对中国文化出版界始终是个门外汉，虽然我已出版了三十多部戏剧作品，但是我对国家出版界的情况还是太不了解，只能是碰运气，不知结果如何？我只能是静候佳音。

可是，我的前妻还是不能叫我安宁，不能叫我平平静静地生活，她又通过我的女儿来电话劝我到外面去租房子。女儿来电话对我说：

"老爸，你就把房子让给大毛头结婚吧，你不让房子，你叫妈妈多难受呀！"

我对女儿："孩子，你不要参与我跟你妈妈之间的事情，因为我已经做到了仁至义尽，我不会再向你妈妈让步了。这不关你的事儿，你最好以后不要操心我们大人之间的事儿。"

我既不会听前妻的，也不会听女儿的，所以前妻和她的家里人也对我束手无策了。当然，我们之间的矛盾、冲突，也就越来越升级，越来越加深了。其实这不是我的错，也不是我有意叫前妻在她哥哥的一家人面前为难，而是她实

// 生活见闻录 //

在欺人太过了，没有这样欺负人的。我觉得现代人好像变态了，变得连动物也不如了。

在这个世界上，无论是男人还是女人，做人做事都不能太过，凡事都要讲个理，都要讲个度，不讲理，不讲度，问题就越闹越麻烦，越闹越复杂了。要说玩人的阴谋诡计，前妻全家人还不是我的对手。我是看在孩子的情面上，看在过去是夫妻的情分上，不愿意跟她一般见识，不愿意跟她斗法，进一步伤害了彼此之间的感情。男人应该做的是天下大事儿，不应该是为了跟女人斗法。可是她逼我越来越变本加厉了，随着她的侄儿大毛头的婚期越来越近，她对我是越来越不满了。

她又一次给我打来电话，叫我选择买旧房，或者是租房子，两条路必须选择一条。

我回答说："我既不想买旧房，也没有钱出去租房，这两条路对我都不适合，买旧房不如买新房，价值太高你又不同意，出去租房我已经说过了，我没有钱。"

"那你说怎么办？你不能影响大毛头结婚吧？你不能叫我夹在中间，在我大哥大嫂面前不好做人吧？"

"你们家的事情与我无关。既然我们走到了这一步，我就不能考虑你们家的事情了。那跟我一点关联也没有。"

"我家里的事跟你是没有关系，可是跟你住的房子有关系，买旧房也不行，出去租房也不行，你到底是什么意思呀？你不是故意叫我左右为难吗？"

"你觉得难，我也觉得难，大家都有难处，我也是没有办法。"

"胡南，你能不能照顾我的面子，不要叫我太难堪啦？"

"我照顾你的面子，谁照顾我的面子呀？我落到了这步田地，有谁为我想过呀？"

"胡南，你不要太欺负人啦！"

"我欺负你，还是你欺负我呀？"

我挂断了电话，不理睬她了，她愿意怎么办就怎么办吧。我话都对她说清楚了，她对我有什么办法，她就来吧。我是任凭风浪起，稳坐钓鱼船了。我看她还能想出什么妙计来整治我？晚上，姑娘从宁波打来电话，对我说：

"老爸，你出去租房子，房租钱我来出。你不要让妈妈为难了。"

"我不要你的钱,我也不会去租房子,这是我跟你妈之间的事儿,我跟你说过多次了,这不关你的事儿,你就不要操心了。"

"我不操心,你跟妈妈这样闹下去也不是办法呀。"

"我没有找她闹,我就是对她说了我的实际情况,我不可能到外面去租房子,我不吃、不喝、不生活啦?我凭什么到外面去租房子?你妈妈跟你姥姥住着我们平安温暖的家,我为什么就该到处租房子,到处流浪?"

"老爸,你是大男人嘛。"

"男人就该死呀?孩子,老爸也是五十多岁的人了,我在外面也折腾不起了。我不是为难你妈,是她在惩罚我。"

女儿也不知道该怎么劝我了,孩子也感到为难了。女儿到了关键的时候,就向着她妈妈说话,我也是能理解的,孩子是母亲身上掉下来的肉嘛,所以女儿与母亲的感情深也是理所当然的。我也不想跟女儿多废话了。我打定了主意,绝不让步,前妻有办法她去想好了,我坚守我的底线,决不退让,我的决心是不会改变的。管她什么侄儿结不结婚,我绝不让步,我要听她们的话,腾出了房子,我后半辈子的命运也就注定要到处流浪了,这是我绝对不能接受的。

由于我的固执,与前妻针锋相对,她无计可施了,承认失败了。此后,她和她的家里人再也不来找我的麻烦,再也不来找我要房子了。我胜利了,可是我这样的胜利,对我和前妻之间的感情伤害又加深了一步,对心灵的伤害也是极大的。亲情之间的情感彻底破裂了。

# 第 9 章  居有定所

可是我得意自己的胜利没有过多长时间，也就是一年的光景吧，我又没有地方住了，因为我居住的房子要拆除了，要盖新大楼了，我又没有安身的地方了，我又要失去家了。这对我是多么沉重的打击呀！我依然是一无所有，只有生活费，我还是租不起房子，只有打电话给前妻，找她商量，我要求回到属于我的房屋居住。

"不可能，你想也不要想，"她答复我说，"我是不可能叫你回来住的！"

我的要求本来是合情合理的，实际上却行不通，因为她的老母亲还活着，她和她八十多岁的老母亲还在我们原来的家里生活，所以她是不可能接受我回去住的。可是我走投无路了，我每个月的生活费只是本地的低保生活费，吃饭就租不起房子，租房子就吃不起饭，我面临的困境逼得我不得不想回到属于我的产权房居住。但是前妻又不能接受我回去居住，她要求我找女儿要房租钱，我不听她的。因为女儿在宁波为她母亲买了新房子，钱不够数，女儿以后每个月还要还银行的贷款，后面的压力也是很大的。我当父亲的无能为力，没有能力帮助女儿，我也不可能找孩子要钱的。能帮助我的人，只有我的女儿、我的妹妹。可是我又不想麻烦她们。我想只有回去找前妻要回属于我的房屋居住权，找前妻闹事儿，才能达到我的目的。当然啦，我的想法不大光彩，或者说有一点儿龌龊，但是我没有办法，我不得不这样做，因为我要生存下去，所以我也就只能以自我为中心了。我找前妻在电话里谈过两次，她死活不答应我回去居住我的房间，因为我要回去住，她和她的老母亲生活就不方便了。这也是实际问题。

"大家都知道我们离婚了，分开了，你回来住算什么呀？"她说，"我是绝对不会同意你回来住的！"

"我没有地方住了，我就必须要回去住！"我对她说，"我不管你同不同意，房产权有一半是属于我的，我回去也是名正言顺的！"

"什么名正言顺呢？我们已经不是夫妻了，你回来住算是怎么回事儿呀？"

"我想不了那么多，我回去只想住我的房间，有一个安身的地方。"

"那不行，我们不是夫妻了，住在一起是违法的，名声也不好听。"

"我是不会干违法的事情的，我也不怕名声不好听。"

"你不怕我怕，我一生清白，我是不会同意你的想法的。"

"你不同意，我就要采取断然措施了。"

"你不能胡来的，有什么事儿咱们还是可以商量的，我还是同意为你买房子。"

"买破烂的旧房子我不要！"

"你叫我出资买新房子也是不可能的！"

"我不要求买新房子，女儿在宁波为你买了新房子，你把家庭的房子让给我住就是了，我的要求也算合情合理吧？"

"不行，家里的房子，我跟我妈还要住呢。"

"你是两头都想要，两头都想得呀？宁波的房子女儿为你买了，家里的房子你也想占着，你的心也太大了吧？"

"那当然了，房子当年是我分的，家庭的房产，只要我妈活着，我就不会让给你住的！"

"我们过去家庭的房产，没有你母亲什么事儿，那是属于我们两个人的！"

"就算是我们两个人的，我要为母亲养老送终，母亲住在女儿家也是天经地义的！"

"房子有我一份儿，我回家住也是天经地义的！"

我跟前妻争论不休，就是说不到一块去。前妻是家里的房子也占着，宁波的房子也买下了，就是不同意让房子给我住。对这样的女人我只有采取强硬措施了。

我告诉她："你要不让房子给我住，我就要对你不客气啦！"

"不客气，你又能怎么样？"

"我有的是办法，你等着瞧吧。"

我想好了计划，第二天上午就跑回了原来自己的家，我趁她上班时间不在家，我就敲开了房门，是原来老丈母娘给我开的房门。老太太糊涂，不知道我跑来干什么？我也不想理她，八十多岁的老人家了，我跟她说什么也说不明白。我等着前妻回来。老太太马上打电话把女儿叫回来了。前妻看见我突然跑回来了,问我来干什么?

"我要回家来住,这也是我的家呀。"

"你的家?你要不走,我要报警啦?"

"你报警吧,也可以上法院,随你啦。"

"你是跑回来耍无赖来啦?"

"我怎么耍无赖啦?这也是我的家呀,我回来也是正常的、合法的。"

"这已经不属于你的家啦!"

"可是有一间房子是属于我的!"

"你跑回来,我和我妈妈怎么住呢?"

"你们住你们的,我住我的,我只要一间房子,有一个睡觉的地方就够了。"

"胡南,你不要回来耍臭无赖好不好?"

"我就回来耍臭无赖了,我没有地方住了,我不无赖就没有地方睡觉了。"

"你这不是跑来胡闹吗?我们不是夫妻了,房子怎么住呀?"

"这太简单了,两室一厅的房子,三个人还不好住吗?你跟老太太住一间,我自己住一间,客厅共用。房间随你们挑,你们两个人住大间,我一个人住小间。"

"那吃饭怎么办呀?"

"吃饭各吃个的,你们吃你们的,我吃我的,相互不影响。"

"胡南,我求你了,不要这样胡闹好不好?"

"这没有办法,我也不想回来胡闹,我要应该属于我的一间房子。"

"你这样胡闹,属于流氓行为!"

"随你怎么说吧。房子有一间是我的,我就不走了。"

前妻闹不过我了,她哭起来。老太太也傻眼了。我前妻随后打电话把她大哥叫来了,同时也把我妹妹叫来了。他们两个人一起来劝我有问题好说,可以通过协商的办法慢慢解决。我希望他大哥和我妹妹不要多管闲事儿,不要介入此事。既然大家走到了这一步,也就没有什么事情好商量的了,我要求法律付予我的权力,也是正当要求,我做得没有过分。我既没有跟前妻争吵,也没有对前妻打骂,所以谁也对我没有办法。前妻又好面子,不敢对外声张。我呢,也不想把家务事闹得动静太大。我就这样在前妻家里闹了一天，她就叫我闹得受不了啦。长期生活在知识分子中间的人，他们胆小怕事儿，根本就闹不过耍无赖的人。我之所以要跑回家来闹她，是叫她明白，我过去让着她，是看在夫妻的情分上，并不是闹不过她；我故意闹她，是叫她明白，我并不是好欺负的。前妻叫我闹得实在没有着了，她最后给我们的女儿打电话，叫女儿来电话劝我，等她回来处理我们之间的事儿。我闹了一天，饭也没有吃一口，前妻和老太太也同样叫我闹得没有吃饭。后来她大哥给老母亲和他妹妹做饭吃，也请我妹妹和我一起吃饭，我就走了。我闹得肚子也饿了，但是我不能吃前妻家里人做的饭。我就跟我妹妹一起走了，让前妻和老太太也休息休息，安定安定，改日再会，我就告别了。

我承认，我使用的方法是下三滥的做法，也可以说是非常下作的做法。但我不是圣人君子，我就是一个普普通通的人，一个思维正常的人。在正人君子面前，我也是正人君子，在凡夫俗人面前，我也是凡夫俗人。

我接二连三地回前妻家闹了三天，她实在受不了啦。她就打电话把女儿从宁波叫回来，调解处理我们之间的事。

女儿对我说："老爸，您不要闹了，您要租房子没有钱，我给您钱，您要买房子没有钱，我给您钱，随您的意，我的房子不买了，优先给您买房子，好吧？您不要跑来胡闹了，姥姥已经八十多岁了，经不起折腾了；妈妈也五十多岁了，心脏又不好，也经不起您折腾了。我求求您了，爸爸，不要闹了好不好？咱们家里的事，不要闹得天下人都知道，这样对您也不好，对妈妈也不好，对我也不好。我求求您了，爸爸！"

女儿本来是劝我的，自己却哭起来。我的心软了，在女儿面前，我这个当父亲的太失败了。我在女儿面前还能说什么呢？我不能再胡闹了，我再继续胡闹下去，把女儿的感情也伤害了，把女儿的心也伤害了。我毕竟只有一个亲生女儿是我的亲人了。我再胡闹下去得罪了女儿，我也就没有什么亲人了。我只能听从女儿的话，到此为止了，不找前妻的事儿了。女儿答应优先给我买房子，我也同样拒绝了。因为，女儿拿钱为我买了我满意的房子，她在宁波买房子压力就更大了。我为父的无能，也不要给女儿增加负担，增加生活的压力吧。

我闹前妻其实有两个目的，一个目的是想赖回家，想跟她复婚。因为她还是个好女人，大学老师还是比普通的家庭妇女有素质，她们比一般普通的家庭妇女聪明，就是太自私。她为母亲养老送终安排好了，她为女儿的生活安排好了，她为自己将来到女儿身边生活养老也安排好了，就不管我的晚年了，随便想给我找一个地方打发了。我岂能接受？我第二个目的，是想着女儿在宁波为前妻买了养老的房子，家里的这套房子以后就可以归我居住了。

但是，女儿从宁波跑回来调解我和前妻之间的事情，我就只有放弃了我的想法和目的。因为我不能伤害女儿的感情，不想伤害孩子的心了，我的晚年不能没有人养老送终。结果我精心策划，想出来的妙计，经过女儿的调解，消失得无影无踪了，我跟前妻闹不起来了，再闹下去就对我不利了。结果我胡闹了一场，什么目的也没有达到，全叫女儿回来给搅黄了。前妻把家庭所有的钱都给了女儿，叫她在宁波买房了，我当父亲的还能要女儿的钱为我买房吗？这显然是不可能的。前妻在家庭小事上，还是比我聪明。我费了半天的心事，计划了半天的谋算，结果等于瞎折腾，白跟前妻胡闹了一场。就是气得她掉了几天的眼泪。

事已至此，我只有答应女儿，我自己想办法出去租房子。前妻还是劝我买一套房子，既不买太差的，也不买太好的，只要我能接受就可以。

"你还是要有一套属于自己的住房，出去租房子肯定不行，租人家的房子麻烦事儿多，三天两头换房子，搬家，租房子，你的岁数也大了，经不起折腾了。"

前妻对为我买房的条件放宽了，同意为我买一套条件好一点的住房，事情也就这样定下来了。我和前妻之间的风波也就这样风平浪静了。复婚是不可能了，以后想在家里的房子住也是不可能了。最后闹事的结果，还是以我的失败而告终。

算了，男子汉大丈夫，不跟一般女人见识了。我可以得罪前妻，但是我不能得罪孩子。得罪了女儿，我就什么都没有了，失去了女儿的爱，我在世界上就真正地变得一无所有了。前妻和女儿要张罗为我买房子，我就听她们安排吧，我也不用操心了。

前妻和女儿为我寻找房源。过了几天，她们给我打来电话，邀请我一起去看房子。我就跟着女儿和前妻一起去了。这是我们家庭三位成员最后一次在一起相聚。

她们为我找的房子是一室一厅，有四十多平方米，一个人住是足够了。房子里面虽然基本条件差了一点儿，冬天没有暖气，没有热水，不过也算说得过去。

"老爸，这样的房子您能接受吗？"

我还能说什么呢？

"你要能接受，那就买下来？"前妻征求我的意见。

"买就买吧。"

我只能点头同意，在女儿面前，我是什么锐气也没有了。孩子和前妻就张罗着为我办理买房手续，什么事情我也没有操心。

事情办完之后，前妻对我说：

"胡南，我不欠什么了吧？夫妻一场，我为你安排了老年有一个生活居住的地方，咱们也算两清了，家里的房子，你就不要想了。其他的事情，我也帮不了你。以后自己要多保重，自己照顾好自己，有什么事情跟孩子说，女儿会帮助你的。"

"是的，老爸，以后有什么事情，我会帮助你的，女儿永远是爸爸的女儿，我不会不管你的。"

我望着前妻和女儿，心里真是有一种说不出的感受，可谓是酸、甜、苦、辣、咸五味俱全。面对前妻和女儿，我只能感到惭愧。作为男人，我在前妻和女儿面前算不上是一个好男人，因为我一辈子也没有挣到大钱，也没有发过大财，还不听老婆的话，我行我素，所以我没有给过前妻和女儿幸福生活的物质条件。为了我的梦想，我可能有一点儿自私了，我苦苦奋斗了一辈子，忽视了她们的生活需要幸福，需要物资，需要实实在在的生活物质条件。

我原本以为前妻占有了家庭的一切财物和钱，不会管我老年以后的死活了，现在看来对我的安排还算不错。离婚时她控制了家里的所有财产还有房子，现在她能想着为我花十四万块钱，加上我的住房公积金，为我买一套老年能安身居住的房子，让我以后能有一个稳定的家。这似乎可以说明她还是一个温柔、善良的女人。可惜我们不能白头到老了。说来说去我们不是一类人。她理解不了我对文化事业为什么会如此疯狂，如此痴迷！

其实人类如果没有文化，就是两脚动物，文化推动了人类社会的文明与进步。从两千多年前的中国文化圣人孔子，到印度佛教的创始人释迦牟尼，再到古希腊的哲学家苏格拉底、柏拉图等人的出现，人类才开始真正从两脚动物时代进化为人类时代。两千多年来，人类社会的文明与进步，都是由文化推进转化的。人类如果没有文化，跟动物没有什么区别，所以我们看到人类的群体中，吃喝玩乐、吃喝嫖赌、杀人放火、强奸妇女的大有人在。所以，人类需要文化。任何一个国家，任何一个民族，都需要有进步的文化推动人类社会的文明与进步。

可惜我与前妻的生活理念上大不一样，相差太大，所以生活不到一起去，最后只有各奔东西了。她不支持我的梦想，我也不能拖累她，只有独自前行了。

我请女儿和前妻在饭店最后吃了一顿便饭，向她们为我操劳买房子表示感谢。这可能是我们的家庭成员最后一次坐在一起吃晚餐了，以后再也难得有这样的机会了。

我的家庭就这样解散了，解体了，以后再也不可能复原了。过去的爱也好，恨也罢，情也好，怨也罢，矛盾也好，冲突也罢，一切的一切，都会随着岁月的流失慢慢地消逝的，生活留给我们的只有沉痛的回忆与思索。

人生的路啊，慢慢走吧，我相信我一辈子所走过的路，一定会在世界上留下足迹的。一生如梦，不知不觉几十年过去了。我觉得一辈子活得挺累的，活得也挺辛苦的。但是我并不后悔，因为我还算没有白活吧，至少我为中国的文化界留下了十多本书，三十多部话剧作品，还有长篇小说，是好是坏留给后人评说吧。

我既然选择了这样的人生之路，我就要一如继往地走下去，不管我的人生梦想最后结果如何，我都会继续向前走。我的人生之路还没有到达终点，我还可以继续为中国的文化事业创作我的文学作品，继续为中国的文化事业筑造我梦想的金字塔。当我闭上眼睛的时候，能够为中国的文化事业留下几部对得起大众、对得起读者、对得起子孙后代的文学作品，我一辈子也就死而无憾了。至于我的梦想能否实现，只有听天由命啦。

*2016 年 3 月 · 最后修定于武汉*